失格的味道

张冰丽◎著

作家出版社

每一个不曾起舞的日子，
都是对生命的辜负。
我感到难过，不是因为你欺骗了我，
而是因为再也不能相信你了。

——弗里德里希·威廉·尼采

1

雪，黎明时下得更大了，仿佛大朵大朵的白玉兰自天而降。房屋、亭台、树木、汽车……梦幻般裹上了圣洁的婚纱。

朱玉峰渐渐从梦的灰暗里浮了出来，呆呆地望着玻璃窗，辨别那颤巍巍飘落的影子，迷惑地清理着思绪。分明是夏天，怎么就下雪了呢？

躺在床上像躺在雪地上冒险，昏昏沉沉，四体僵硬。他起身下床，轻飘飘的似宇航员行走在失重的环境里。推开窗子，寒风夹杂着大朵大朵的雪扑了进来，纯洁又浪漫，瞬间扫荡了身体的灼热，连肋骨都感受到了雪花的冰凉。他觉得自己要不就是头晕，要不就是在梦中，对看到的一切，产生了一浪高过一浪的疑惑。

高低柜上的座钟敲了七下。玉峰出神地望着左右摆动的钟锤，仿佛一下下摆在他脑门上。

一位干瘦枯槁的男子诧异地瞪着他，他不由得后退了一步，目瞪口呆——那正是他本人，映在制造了景深效果的大衣镜里。朱玉峰扑到镜子前……错乱的神情让他再次意识到，这位皮包骨头、惊讶错乱的人就是自己——美男朱因斯坦。

他像马背上的拙劣骑手，被重重地抛下，坠入时空的深渊。死不是人生里的事情，活人都没有穿越过那个门槛。

所有的思绪凝聚在夏天，一个火热而美好的日子……此时，他被一种可怕的错乱情绪所左右……真想以头撞墙。

妈妈端着泡着毛巾的塑料盆走了进来，猛然看到儿子，脸盆啪地掉在地上，脚下一片汪洋。她哭号着一把抱住儿子，仿佛儿子随时会被抢走似的。

发生了什么事？妈妈的头发怎么灰白了？朱玉峰惊异而错愕，不是担心死，而是怀疑生。

人不可能看到比自己的疑惑更真实的东西了。

朱玉峰感觉自己为了逃避世界的重量，不得不把身体藏在隐秘的巢穴里。昏迷四个月零二十三天后，朱玉峰奇迹般苏醒了。邻居、亲戚们听到讯息，也都赶来庆贺——借给这家的钱有偿还的可能了，之前可真以为是肉包子打狗呢。几年之后，当得知这个倒霉蛋成了白鹭市最年轻的富翁时，个别人却又想把良心包成肉包子……可玉峰深知，有些人空有狗的奴性，却没有狗的忠诚。

幽默不是一种心情，而是一种方式。生活和朱玉峰开了个玩笑。长睡之后失去了爸爸，也失去了进北大或清华就读的机会，枉费了连续三年全市第一的好成绩。

“一条河就是一个佛，千百年来就这样流淌着，默默为众生祷告……”当初朱玉峰读到这句话时，只觉得隽永，但现在却汗毛直竖。

那个并不遥远的夏日，爸爸在西城的立交桥口接上儿子，玉峰一只手搂着爸爸的腰，一只手抓着后座……玉峰紧闭着双眼，努力回忆那夏日黄昏的风是如何灌进衣衫、吹扬头发，他又如何嗅着爸爸的气味，碰触着他的肩胛骨……

2009 年高考后第 10 天——6 月 19 日，在南坝河的桥上，被撞飞到河里，爸爸当场溺亡，玉峰昏迷不醒。

那是一起重大交通事故，两辆轿车相撞，又撞飞了摩托车，造成了三死一伤的悲剧。玉峰在医院住了一段时间，被当作毫无希望的植物人遣送回家。

同时掉进河里的另一辆轿车，车上三人，只有副驾驶上的中年男子，破窗而出，保得性命。他叫朱仁道，是出狱不久的杀人犯，也是交通厅副厅长朱仁明的弟弟。

在命运的宽宏大量面前，生还的朱玉峰像罪人似的羞愧不安，心成了上锁的牢房，拒绝探视。他像落水狗抖搂身上的水，也想抖搂梦魇、病痛、失意和忧伤……他不明白是什么在毁灭自己。心蜷缩着，只有花生米那么大。

幸福生活像梦一样简化成了记忆。二十六万元的巨额医疗费，似乎成了这个家永远也还不起的巨债。探究肇事者的信心不大，因为跟别的人命案子相似，复仇的证据一无所有。

仅仅为了做点事情，玉峰每天都要来南坝桥。

他忽然发现，回忆过去，有时并非为了纪念，而是体验一种略带忧郁的享受，但马上又为自己的这种感觉而惭愧不已。

"你在吗？"玉峰默默地呼唤爸爸。"男人老放着那活儿不用，真的会越变越小吗？"之前，他很想问爸爸这个问题，却一直没机会开口。

寒风劲吹，河堤上的枯草毛发似的倒伏着。背阴处的积雪闪烁着银白的光芒，像深褐色的长堤上白癜风似的斑块。河道中间，混浊的波纹美妙地涌动着，近岸处结着晶亮的冰层。游人们在岸边赏景拍照。

暗绿的冬青昏睡着，一如玉峰曾经的昏睡。

然而这昏睡终会被击碎，就像波浪在河堤上撞成碎片。空气里飘浮着彻底的绝望。南坝河带走了自己的灵魂，玉峰感觉肉体麻木地活着，灵魂和肉体已分离。破坏之中含有一种神秘的快感，像儿时用针刺气球般的痛快。他不敢表现出轻松的感觉，可他确有幽灵附体的喜悦。出门时，妈妈把灰色的羊毛围巾绕在他脖子上，还系了个麻花结。"给你爸新买的，他没围过。"

说谎。玉峰分明记得爸爸围过，还不止一次。可他不想违抗妈妈。此时，站在桥头，北风吹得正紧，围巾却像一条蛇，越来越用力地勒紧他的脖子，他窒息、惊慌、难以忍受，终于扯开围巾，向河里扔去，可北风却收起围巾，向高处托举着，起起伏伏地吹向公路……围巾翻卷，身不由己地随风而去，最终挂在了冬青上。

一名开拖拉机的中年男子，停车，取下围巾，绕在了脖子上。拖拉机冒着一朵一朵的黑色浪漫走了。

玉峰终于明白，电影里从去世亲人的衣物里获取温暖，都是虚假的表演。

玉峰的人生在十八岁时拐了个弯。当我沉睡在床上的时候，我被洗牌出局。

他凝视着风景——没完没了的天空、流淌不息的河水、灰暗的村落、从不安分的树木。人无非是田野上的一棵野草罢了。

昨天下午，平安中学已退休的郭新副校长到家里看望。郭校长曾为玉峰的班代理过数学课，非常欣赏玉峰的才华，称玉峰是他四十年教学生涯难遇的奇才。当玉峰从南坝桥返回时，在门口听到了郭校长和妈妈的对话。

“玉峰返校复读，保证能进一流大学。”

“挣馒头比翻书本实用得多……”

“让他上学，能给你挣一堆金馒头！”

妈妈是个绝对派，没时间理会那些没挥过锄头就以为种地不辛苦的人。

玉峰真想给妈妈跪了。如果不能上学，不如死了好。

屋里传来椅子挪动声，玉峰急忙闪到西屋里。郭校长走了出来，又回头向屋内望了一眼，叹了口气，步履沉重地向院门口走去。

再纯真的人也会突然被恶魔迷住心窍。玉峰在西屋的柴堆上坐了很久，夜幕降临，黑暗笼罩着世界，妈妈到西屋取煤球时，才发现冰冷的发呆儿子。妈妈抱着儿子，心疼得热泪纵横。“难道变傻了吗，孩子？”

有关系吗？反正不用学习了！

未来像没有箍的木桶，散了架。

一只蟋蟀不受干扰地放声歌唱，多少冲淡了室内的忧伤。

月光洒下一层深浅不一的银色，将灰蒙蒙的山野染成洁白世界，夜鸟在黑暗中叫嚣，在树林之间自在飞翔。

生活是可笑的，玉峰和前来庆贺的人一起笑着。

2

2009年3月的某一天，中欣监狱的铁门层层打开，看守警察检查了各种证件，挂着严肃到灵魂的职业表情，像放飞一只剪掉了翅膀的笼中鸟，还朱仁道自由。

朱仁道兴奋、忐忑又慌乱地迈出了铁门，那一步，他走了十五年。

他似乎不知道怎样享受这自由，站在监狱外的广场上，双手叉腰，仰着头，温暖的阳光照耀着他皮肤的每一个皱褶，和煦的南风扫荡着铁窗的气味。十五年前，他因酒后斗殴杀人入狱。其实，入狱的不应该是他，或者至少不能仅仅是他。刀子握在他手上，这没错，可有人从后面狠狠地撞了他，使他毫无防备地把刀子送入了对方的身体里。他被血吓呆了，依然记得那个男人急匆匆夺门而逃的熟悉背影。

他总是觉得自己还没有长大，对于事情到底是怎么发生的几乎满是疑惑。真理和谎言之间布满了复杂的山脉，尊严只是生存的假象。

监狱是一所学校，他毕业了，毕业证比清华或北大的含金量都高。十五年的服刑，对某些人来说，就是十五年的愤怒、十五年的积累、十五年的冥想。**我从铁棱和阴影中摄取养分。比卑鄙的人更卑鄙、比恶毒的人更恶毒、比无赖更无赖。我是王者，王者归来……杀人是奢侈的，在过去的每一天，他都回味着刀子进入肉体的那种简单直接的破碎感。社会不过是一处更大的监狱，我不过是从那个监狱挪进了这个监狱而已。**

朱仁道不满意监狱外的清冷，更不满意阳光如此温柔，像妓女对嫖客挂着的虚假笑容。

无数条路通向未来，他却不知道应该走哪一条。杀人犯是通向人群的通行证，是震慑世人的火箭筒。有人问他为什么不把事情说清楚，朱仁道告诉前来看他的朋友：我只想体会监狱的滋味。

监狱的滋味，是的，不错的滋味。十五年后，他依然在问自己，监狱到底是什么滋味，是铁窗生锈的滋味？是水泥地冰冷的滋味？是绝望的滋味？不，都不是。监狱的滋味是众叛亲离的滋味、忘恩负义的滋味。

所有强词夺理、巫术般的诡辩和通往幸福的不计其数的道路，终将使人们对原始的亲情越来越依赖。

忙碌了一天的交通厅副厅长朱仁明，回到家里，换上家居服，倒了杯纯净水，透过落地窗忧郁地望着院子里开放的蔷薇。妻子郭燕燕正和保姆准备晚餐，余光不时打量着老公的表情。老公是家里的皇帝，没有老公，就没有她富裕的世界。

晚餐很快摆到了餐桌上，四菜一汤。郭燕燕很懂老公的胃口，一顿可口的饭菜，能安抚老公的情绪，平复他疲累的身心。

夫妻推开餐厅的门——一位不速之客像饿了五天五夜，快意地享受着美食，一手抓着烤羊排，一手端着红酒，嘴里忙不迭地咀嚼着。朱厅长和妻子呆住了，而朱仁道点了点头，放下羊排和水晶杯，拿起挂在旁边的一条洁白的毛巾，擦了擦油腻腻的双手。

“瞧你们惊喜得连个招呼都不会打了。兄弟就是兄弟，哥，这接风宴正对我的胃口。”

朱厅长勉强扯起一副笑容，妻子郭燕燕像一个突然被叫醒的人露出了恐惧的眼神，轮廓分明的鼻孔颤动着，某根隐蔽的神经震撼了鲜红的嘴唇，抖个不停。

“你们只看着我吃吗？在监狱里，看着我吃的是狱警，他们馋得尿裤子，却也舍不得尝一口我们的饭。”他的目光上上下下地扫射着郭燕燕，像看一只刚刚从水里跳出来的海豚。“嫂子，你纯洁得像个处女，当初，是我不懂事，情窦未开，如果……”

“你这条乱吠的狗从哪里冒出来的？吃完了快滚！”副厅长终于发怒了。

朱仁道笑得眼泪都出来了。在哥哥欢迎辞的伴奏下，朱仁道的胃像秋千一样荡漾。

“瞧你们多恩爱。嫂子，你多淑女，在监狱，他们管淑女叫装逼妓女。现在是厅长夫人了吧，可别忘了，我是为了你，才让那流氓流血的，不过那流氓怎么会把手放在你乳房上呢，好像还伸进你内裤里了吧。噢，瞧我这记性，他是你酒吧情人，对吧？”

郭燕燕慌乱得像毒蛇爬上了脚踝，言辞卡在了喉咙里。朱厅长一把抓起弟弟的衣服，挥拳想打。

“哥，厅长得多长耳朵少动手，不过，你终于有了点男人味了。当初，自己的女人被别人摸来摸去，你却躲到我屁股后面……让俩侄子来见我，我想他们了。”

厅长松开了弟弟的衣服，后退了一步。“卫傅不在家，卫雄在美国。”

朱仁道从地上提起一个空空的旅行包，扔到桌子上。“猜猜多少钱？”

“这包也就二十多块。”郭燕燕马上回答。

“装满了百元大钞，需要多少钱？”

朱厅长和妻子都惊呆了。

“弟弟……”

“装满钱就更证明我是你弟弟。别跟我说没钱，少来那套。哥，你得明白，现在是我罩着你，不是我在里面建立的关系网，五年前你就垮台了！”

朱厅长曾有耳闻，但依然装聋作傻。朱仁道却突然退掉裤子和内裤，露出悠闲垂着的大萝卜和毛茸茸的黑草地。“哥哥，你看看，这些都是为你留的。”

弟弟大腿内侧一道道隆起的疤痕，像层层叠起的梯田。朱厅长吓呆了。“我做的比你想象的要多。”在他慢悠悠低沉的嗓音里，有一种极为骇人的东西。“当然了，我顺便尿一泡也不违法。”他竟然真的摆出了小便的架势。“嫂子，脸蛋不是女人唯一的武器，其他才是，这你知道的。”郭燕燕羞愧又气愤地跑了出去。

哥哥怪异地看着弟弟。他突然想起了小时候，弟弟调皮聪明泼辣，是家长和学校头疼的男孩……可是，那时，他那么喜欢弟弟，甚至有点嫉妒弟弟……

“这真是圣洁而高贵的地方！”半小时后，朱仁道提着沉重的旅行包出去了。

3

白雾扩散在河面上，轻若蛛网，淡如回忆。两女子在河边游玩拍照。北风卷过，寒得人喘不过气来。一位女子的红色帽子被风吹起，向着河面卷去，伴随着女声的尖叫，掉在河中央的波纹上，波纹欢快地托着小红帽，旋转着向前流去。女孩捶胸顿足，好不懊恼。河水只不过带走你的小红帽，可带走了我的爸爸。

两位穿着彩虹般羽绒服的女子欢欢笑笑地爬上河堤，消失在拐角处。玉峰的心思依然在那暗流涌动的河面上，小红帽被吞没了……这瞬间的一瞥，难以忍受的阴郁便浸透了他的内心，灵魂失语了，周身显出疲软的病态。

那位头发被吹得像烈马鬃毛的圆脸姑娘，突然停住了脚步。“朱因斯坦？”

久违了的外号——离开中学，再也没听到过这个名字。玉峰转过身来，才发现是高中同学吴乐乐，不由笑得轻浅从容。大凡才智出众的人，都会难逃被反复提及的命运，古往今来，这劫数一直尾随着才子们蹒跚的步履。

“朱因斯坦”这个称呼让玉峰明白了一件事：要么是猪猡，要么当才子。只是，当生活像一记耳光那么直接时，就只好安抚热辣辣的脸了。

“原来他就是你的梦中情人？”吴乐乐的同事小曲像发现新世界似的。

“你能苏醒，肯定与我虔诚祈祷有关。”

“那你干脆到太平间工作算了，”小曲调侃着，“挽救一个富翁，赏你百万冥币。”

吴乐乐的话让玉峰的大脑闪电般划过了一道红色的光束，如果说在昏迷长达四个多月的日子里，有什么值得记忆的话，那就是一位穿红衣服的女生，站在病床边，曾握着他的手，抚摸着额头……玉峰想和她说话，可喉咙被绳索紧紧地勒着，半个字也吐不出。

那位既近又远，既亲切又陌生的女子，原来，是吴乐乐。

死亡未遂，玉峰变得敏感而忧伤。几天来听了太多的贺语和施主般恩威并至的表白，他觉得活着是一种负累。对自己的庆贺，就是对爸爸的反庆贺，不知爸爸该多么伤心，当然，爸爸连伤心的机会也没有了。

此时，在南坝桥上，他多看了几眼吴乐乐，心仿佛第一次从长睡中苏醒，不由得加快了跳动的频律，周身也燥热起来。旷野模糊的风声，像大提琴奏出的缕缕低音。

驶向白露城里的公交车开了过来，吴乐乐把名片迅速塞进玉峰手里，转身跳上了公交车。“我在恺明房地产公司上班，打我电话，你一定想知道你替谁背黑锅的吧。”

“也可以找我，我们总在一起。”车门把小曲的声音截断了，一部分关进了车内。

许多年后，在这个桥头，伴着飞扬的大雪，玉峰悼念着吴乐乐，他为吴乐乐悲哀。她在床上赢得了爱情，又在两腿间输掉了生命。

在平安中学，知道朱玉峰的人不多，知道朱因斯坦的人却不少。

任何老师的课，不想听时，他都可以随时离开。这种特殊的自由除他之外，只有郭新副校长的儿子享受过。郭校长的儿子读了九年高一，听过所有班主任的课，直到和另一个智障女孩结婚，才结束了马拉松似的学业。

高中一年级，郭新副校长代理玉峰班的数学课。刚上了十分钟，玉峰想偷偷从教室的后门溜走，被大声喝住。当郭校长像一尊美丽而阴险的神像，厉声质问为何不遵守纪律，玉峰的回答差点让同学们笑尿了裤子。

“心理学家说：一副面孔看久了会产生爱意。我怕晚上梦到你。”

“没有比你更无赖的了。”

“那是您没见过宁杰的弟弟，尽管才一周多岁。”

最终郭副校长承诺出十道题，如果玉峰能答正确，不但可以从他的课堂上自由离开，他还保证，如果可能，在所有课堂，他都可以自由离开。

玉峰挑战校长的权威时，同学们觉得教室的墙更白了、玻璃也更干净了。对峙的双方不经意间娱乐了课堂气氛，同学们的眼睛不知道该看谁：校长铿锵、学生倔强，校长威震课堂，学生虎啸生风……同学们有的昏眩不清，有的拍桌子擂墙壁欢庆喝彩。

奇迹出现了，不止十道题，连那年高考的高难度的试题，玉峰都顺利地答了出来。之后，郭校长又协助测试了物理、化学等科目，他都能在极短时间掌握所学的内容。

特权就那样“赌”到了。他喜欢泡图书馆，从课堂上逃出来，可看历史小说或文学名著……他每年要阅读近百本书。高一开学才三个月，朱因斯坦的名字就叫响了。

作为十五六岁的少年，吸引他的还是那些情感如蜜的罗曼史，《简·爱》《红与黑》《恋爱中的女人们》《漂亮朋友》等，男女之间温柔细腻的描写，美好爱情的展现，冰淇淋般浸润着这位农村少年的心。他一直以为，将来伺候自己的应该是范冰冰类的美女，再差也是刘亦菲似的小妞。

聪明会成就一个人，但狂妄也能毁灭一个人。在许多同学眼里，朱因斯坦像一枚地雷，也许会轰轰烈烈地爆炸，也许会在湿地悄悄消亡。

社会每天都上演某种形式的欺骗，是人就难以避免。

贪婪地阅读大量经典书籍，更让他优越于其他学生，分析问题也更辩证和机智。他渐渐意识到，任何名著，无论薄厚、时间的远近，都是启迪智慧的妙药。捧书在手，会感到一种无可比喻的甜蜜，有时也体验到一种曲高和寡的孤独。

“因为博学，毒蛇都不害他。”图书馆的馆长总是这样介绍朱因斯坦。

朱因斯坦的成功，引来好多同学模仿。天真的同学们不知道，唯独智商是不能模仿的——那情景就像狗熊走钢丝。尖子生们和他在一起，心里总是七上八下，像乐师找不准调子，稍一松懈，成绩会像降落伞似的飘飘忽忽地落了下来。

玉峰具有孩子般的单纯和第一流的大脑，具有智性的新鲜、狂妄和柔软。骄傲是天才根深蒂固的需求。平安中学共八个高一班，每次考试都是他第一，这不但引起许多尖子生的嫉恨，还点燃了七班班主任李兵强厌恶的黑色火焰。

朱因斯坦在四班，班主任叫牛学者，和李兵强同龄。两人在升职、奖金、班级成绩排序等方面，一直明争暗斗。两位班主任的战火燃及到两个班的同学们，稍有不慎也是恶语相向，大有近身肉搏的可能。

学校不是圣殿，教师也是俗人。有时老师只传授知识，而不传授品格。世界疯狂了，老师也不例外。一切在利益中流转，心静不下来，灵魂没有出口。

学校举办文艺演出，庆祝“五四”青年节。舞台上，追光灯浑圆的光柱下，一位长发及腰的红衣女子，抱着一架大提琴缓缓走向舞台中央，电子屏幕上清晰地投放出此女子美丽而温暖的面孔，她月亮般皎洁的皮肤，微微上勾的嘴角、弯弯的眉毛和清澈的眼睛……朱因斯坦瞬间心碎了……世界像沙滩上的城堡纷纷倒塌，或一阵飓风卷走了大厅里的所有人，只剩他和这红衣女子……她演奏了什么，演奏了多久朱因斯坦全不记得，他只希望她一直存在，一直安静地坐在那里。

玉峰淹没在冰淇淋般浪漫的感觉里，这是他所有恋爱的源头。第一次床上之爱虽然与此女子无关，但精神上的性欲之欢，无不是和这女子完成的。

他可以洗净自己的心，或索性杀死自己的心，这太痛苦了。玉峰茫然坐在人群里，幻想着他的小月亮。

朱因斯坦甚至不敢打听她是谁，怕引起同学们对她的过分关注。嫉妒像火焰，烧燎着他的心。黑暗中，他发现两腿间竟然架起了火箭，滚烫地昂扬着六十度的角。他慌乱地将双臂叠放在肚皮上，以掩饰流氓做派。这次的经历让他明白，只要遇到真爱，肉体总是快于精神的。

许多年后，当他观看美剧里赤裸的镜头时，他又发现，早期的理论纯是处男的谬论。没有精神的参与，美女和臭猪一样，很难让火箭发射。

“我多想变成那把大提琴，被她抱着、弹拨着。”同学宁杰嬉皮笑脸地调侃着，朱因斯坦的表情像牙疼，真想一拳夯在宁杰的嘴上，让他从此记住胡说八道的后果。

朱因斯坦像鬼一样游荡在校园的各个角落，今夜他无法入睡，无法让自己安宁。他想找到那红衣女子，跪在她脚下，发誓永远保护她、爱她，像骑士对心爱的女人般宣誓效忠……教师宿舍区的拐角处，微弱的灯光下，竟然是红衣女子和那把大提琴，正与一男子说话。她有男朋友——这可真让人崩溃，怎么从没想到呢。他瞬间感到自己可怜、丑陋、低贱，不仅配不上她，也配不上世界上任何一个女人。

他像不会游泳的人掉进了水里，手脚乱扑乱打，绝望地把头露出水面。

男子挥起一巴掌，扇在女子的脸上。声音之响，比撕裂夜空的鸟啼更有穿透力。朱因斯坦像发现宇宙大爆炸似的惊恐，被巨大的声音弄蒙了。

他们同时发现了朱因斯坦，生气地瞪着这名闯入者。朱因斯坦血涌大脑，恨不得一步跨到男子面前。可红衣女子转身向胡同深处走去，卷着红色的心痛一步步消失在黑暗中，而男子却迎着朱因斯坦走来——竟然是七班班主任李兵强。错肩而过时，朱因斯坦强制自己没挥出正义的拳头，为此后悔了许多年。

黑暗是可疑的盟友。朱因斯坦走到女子站立的地方，微风把一丝若有若无的女性气息吹到鼻端，他体会到香甜、陌生、危险……他深深吸纳着，闭目感受着她被掴脸的痛苦……

一个紫水晶发饰在地上闪闪发光，是她的发夹。朱因斯坦放在嘴边吻着，幻想着吻她柔软的长发、吸纳着悠悠的发香。那一晚，他连绵不断地飘飞在一个又一个春梦里，和那大提琴女子辗转缠绵，像踢了一场足球比赛似的浑身疲软地瘫倒在床上。我已在道德上死了一夜，不配有眼泪和挽歌。

李兵强老师的那一巴掌好像坚实地捂在了他脸上，灵魂都被打肿了。为她报仇，才有资格做她的男子汉。无形中，李兵强多了个坚实的敌人。

红衣女子叫万小玮，是高一五班的女生。一定要让她成为我的女人!

4

一定意义上，人如何成就自己，取决于如何否定自己。晚上李兵强老师讲大课——欧洲历史。

阶梯教室的门口松松垮垮地排起了长队，朱因斯坦逡巡着，希望能看到万小玮。所有长发及腰的女子，都像战鼓敲击着他的心。有人碰了朱因斯坦肩膀，歉意地笑了笑。被宠坏了的他根本不在意任何人的歉意或讨好，他漠然地转过头去，像主人对待奴隶。然而对方却主动伸出了手。“你好，我是七班的庞培。”

“荣幸，这是古罗马执政官的手吗？那我是恺撒了？”

庞培不知道该说什么才好，言辞卡在了喉咙里，被莫名其妙地当众调侃，羞红了脸不说，内心的恨意像沉睡的火山。传说中的庞培是古罗马的美男子，被誉为——有着天使面孔的“小屠夫”。而眼前这位庞培大块头，凸眼珠，宽嘴巴，这副尊容让人觉得他父亲是跟河马交配才生下他。庞培以为朱因斯坦会熟悉他的名字，因为每次考试他总是紧随朱因斯坦名字之后，屈居第二已好久了。庞培还曾一度幻想他和朱因斯坦一起读名牌大学，一起到美国深造，一起从事高智商的工作，甚至花甲之时，一起登上诺贝尔物理或化学的领奖台。美好的幻想被瞬间打破，恼恨的情绪便无法平息。庞培的爸爸是某国企老总，妈妈是政府高官，接送他上学的车至少是奥迪 A6，老师和同学哪个不争先奉承。朱因斯坦这个王八蛋不过是土生土长的地瓜，有什么资格敢轻视我。要知道，如果没有朱因斯坦，那庞培就是响当当的第一。

英雄的终极凯旋，在于他不停地毁坏自己的凯旋门。被怒火冲昏头脑的庞培根本没听清李兵强老师在讲些什么，当邻位的朱因斯坦愤愤地骂“胡扯、胡说八道”时，庞培神游八方的思绪才回归到教室里。

原来李老师正在声色并茂地讲恺撒的战功，把阿克图海战、消灭了古埃及的托勒密王朝的屋大维的战绩，像一顶骑士帽，扣在了恺撒的头上，而那时的恺撒早已去世十二年了。李老师不负责任地剪辑时空，惹恼了朱因斯坦。

大厅里根本没有万小玮，她怎么可能来听这个对她施暴人的课呢？朱因斯坦感觉自己傻得像门口的石狮子。他好想登上讲台，像鲁提辖拳打镇关西般痛揍李兵强……一阵臭骂之后，他愤而离去，庞培牢牢记下了这个狂妄之徒的恶言恶语。

其实用不着庞培传话，阶梯教室广告栏里的留言，已让李兵强老师七窍生烟了。

“公元前 32 年，在希腊的阿克图海战，打败安东尼的不是恺撒，而是屋大维……不过，也许恺撒的鬼魂帮助了屋大维……鬼知道！”

李老师一夜未眠，仿佛有个啮齿动物附在身上，一点点、一寸寸在毁伤着他。

爱徒庞培送来湿润的耳语，无疑又在李老师的胸口扎实地刺了一刀。他记得这个朱因斯坦，在胡同口，朱因斯坦目睹了他的残暴。事态变得如此糟糕，他惊愕而惶恐。其实李老师也太敏感了，正因为他经常嘲笑其他人，才更怕别人报复他。现在李老师觉得整个学校在和自己作对。他扪心自问，发觉这种不安的情绪发自一种朦胧而隐秘的念头，一种老子天下独尊的念头。

报仇和生孩子一样，都不能拖。生命并不短暂，短暂的是人。人和动物的区别在于，人能变成动物。

周末，朱因斯坦骑车回家，落日用朱红和火焰点染着片片云霞，给万物罩上了红彤彤的光彩。他想起了万小玮，此时，她如果穿着那身红连衣裙站在这霞光里，该是多么美丽啊……霞光渐渐熄灭，颜色越来越深，天空也黯然神伤，树木在黑暗中凄惶地战栗着。夜晚的惆怅缓缓传给大地，袭扰着路人的心。朱因斯坦路过一片密集的小树林时，人影朦胧，迎面的车灯耀人眼目。一种莫名的战栗传遍肌肤，隐隐的惶恐袭上心头。为什么，他不明白，他感觉自己陷入危险之中，孤身一人行走在穹窿之下。突然从树林里窜出三四个人，瞬间用衣服罩住了他的头，拉下自行车，拖进了树林，一阵拳打脚踢。朱因斯坦蜷缩着，绷紧肌肤，护住头脸。会死在这里吧？不，我可真不想死！

一股似曾相熟的怪味勾起了他的回忆，他努力搜索着，拳脚结束时，他记起了那个叫庞培的男生。

或许因为朱因斯坦响亮地放了个屁，他们像狗似的落荒而逃了。

潮湿的土地似涌动的海洋，他像一只海贝隔着深水看天光，认为深厚的水体只不过是一层稀薄的空气。周身的疼痛给他开辟了新的王国，发现了新的高山和大川，而万小玮正跨越千山万水而来……这创痛只为她而受……这就是爱情，为爱被恶人摧残。

以钱开道，罪犯就可以畅通无阻，无须护照。

残暴的恐吓杀戮，不过为枯燥乏味的生活增添一点感觉而已。从此玉峰明白，一个男人不被揍几次，不流几次鼻血，是没有抗压能力的。窝在宿舍的三天里，他不停在给万小玮写诗，一首一首地写，痛哭流涕地朗诵，幻想着她读后的感动，然后修改、撕碎，最终也没敢送出一个字。他挂着满脸的伤疤，伏在高一五班教室的门上，像偷窥狂似的向里张望着。门突然拉开，万小玮被花脸的男生吓退了半步。“你找谁？”

朱因斯坦呆了片刻，像得手的银行大盗转身就逃，瞬间消失在黑蒙蒙的校园里。万小玮的脸那么亲切又陌生，她可知道她在我的床上睡了多少次？狂乱的心跳让他意识到所谓灵魂只不过是肉体的残渣。

期末考试刚刚结束，朱因斯坦在学校食堂大宴宾客，四班的同学全部参加了。平时不舍得吃的牛排、红烧肉、各色水果、蔬菜等满满摆了四桌，同学们像暴发户似的吃得欢天喜地。吴乐乐飞了多少次媚眼，朱因斯坦像木头似的全无感觉。当然，他要张罗这么大的场面，又怎能注意一个小女生的情怀呢？

买单刷卡，户主是李兵强。餐厅工作人员及时将信息报告给了李兵强老师。丢失了饭卡的李老师火速赶到餐厅。

身穿蓝羽绒服的李兵强汗津津地立在门口，朱因斯坦觉得李老师像披着一片蓝天似的令人心旷神怡。

朱因斯坦将一根鸡骨头骄傲而夸张地投进了设在门后的垃圾箱，微笑着走向李兵强老师，伏在他耳边说：“您要我在小树林捡到餐卡的事公开吗？”

看到这热闹的场面，尚未愈合的心灵创伤再次隐隐作痛，旧伤疤又流出了新鲜的血液。那一顿大餐，吃掉了李老师一个月的工资。

一位懂得仇恨的老师，一定能懂得怎样封锁秘密。圣洁学府的餐厅里，在李老师看来，不过是小丑们在举行一场恶毒狂欢。

李老师不想曲意迎合同学们，也不想债主般倨傲狂妄，这似乎具有苏格拉底的智慧。

5

如果一顿拳脚让朱因斯坦的自负有所收敛，那顿饕餮大餐却又助长了他的跋扈。张扬是年轻的通病，在浮躁而混乱的时代，稍有个性的人，总认为自己是时代的独生子。如果说朱因斯坦有些变化的话，那就是幽默了，不过他的幽默总透着冰雪的味道。在激烈的学习竞争中，同学们总想拥有经久不灭的东西，老师们便把垃圾和事实塞满了脑袋，愚蠢地希望以此保持高分的地位。

宁杰在高一八班的表弟跑到宁杰宿舍诉苦，他因拍蚊子的动静太大而被罚站了四十分钟。那位丁老师对当官的孩子比亲娘还好，而对农村的孩子，像对羊粪蛋似的冷漠。

来自农村的朱因斯坦极度痛恨势利眼，但势利眼也是眼，并不因为你痛恨，就会瞎掉。社会本来就分了三六九等，你不懂，等于还没长大。

没长大的特征之一就是争强好胜。有些麻木于讲台的老师，难免只图一时快感、对模糊不清的历史故事大放狂言……朱因斯坦往往会发出驴子似的鼻息声，让老师像听到淫言秽语似的尴尬。

教地理的丁老师——就是宁杰表弟说的势利眼，临时给四班代课。丁老师为了点醒昏昏欲睡的学生们，便讲了古希腊科学家的故事，故事的大意是这样的：

“在古希腊，有个想博得好学美名的国王问阿基米德，除了他的‘几何原本’之外，还有没有其他学习几何的捷径。阿基米德回答说：‘几何无王者之道。’意思是学习几何，没有专门为国王铺设的大路，任何求知者，必须勤奋而善于思索。后来，‘几何无王者之道’被引申为‘求知无坦途’，成为传诵千古的名人名言。”

丁老师的故事，像她漂亮的脸蛋，确实提振了精神，驱赶了不少同学们的睡意，接下来，更驱赶睡意的却是朱因斯坦。

朱因斯坦高高地举着手，申请提问。

“丁老师，您看的是地理出版社出版的数学书吧，我怎么记得这应该是欧几里得的故事呢？”

下课后，女同学张地愤愤地走到朱因斯坦面前，恨恨地骂道：“你该进地狱！”

“给我地狱的门票吧！”

“呸！我瞧不起你！”

“这正好还我清白！”

“你卑鄙！”

“佛祖曰，当你出口伤人时，内心早已被秽语污染了。”

张地辩不过朱因斯坦，气得转身出去了。宁杰拍着朱因斯坦的肩。“佛祖真说过？”

“佛祖喝醉的时候也许说过吧，不过不是他说的，应该是酒精说的。”

科学家说，把一张大纸折叠，反复叠五十次，这张纸叠起的高度等同于地球到太阳的距离，如果照这样再折叠一次，高度相当于地球到太阳的一个来回。这是数学上几何级数增长的一个例子。几何的规则并不等同于讲台的规则。挑战已定的规则，就会陷入混乱。单纯而骄傲的朱因斯坦不明白，纠正丁老师的错误为何会引起愤恨。难道势利眼老师有错也不能说吗？难道老师犯罪也不能判刑吗？在朱因斯坦的眼里，世界是由黑白两色组成的，非黑即白，非白即黑，不该有中间地带。他无法忽视心中那生不逢时的正义感，更不会失掉良心而不去仗义直言。一只硕大懒散的花猫睡在窗槛上，他真想一拳揍醒它，问它的祖先是农村猫还是城市猫，是流浪猫还是贵族猫?

错误和偏见像工厂日夜排放的废水对环境产生持久的危害。然而，生活的悲剧有时会出现艺术的美感，巧妙地骗取世人的眼泪。

朱因斯坦永远也不会知道，正是这位丁老师，像上帝的助手般操纵了他的未来。服也罢，不服也罢，你的命运就在那里，却被看似无关的人左右着、践踏着。

对商人来说，生活就是赢利；对学生来说，生活就是服从，无论对错。我从没真正做过自己。这个想法能让朱因斯坦的情绪变得忧郁了，认识到问题的存在是前进的第一步。这种由丁老师引起的迷惑和由妓女引起的迷惑如出一辙。

一定程度上，规则是为破坏而设立的。无论学校怎么严禁，考试作弊像特工传递情报，适势而生。

高二升高三那年，学校出台新规，考试成绩排序的后十名学生将被编排到末位班。这不但涉及高三的学习问题，还涉及同学们的颜面和情分。为了求得关照，朱因斯坦前后左右的位置都被同学抢占了，为此同学们请他吃了几次红烧排骨。宁杰为没能占得好位置而提心吊胆。

晚自习后，同学们有的在教室继续苦读，有的回宿舍吃零食，朱因斯坦独自在操场跑步。跑累了，朱因斯坦坐在台阶上，打开收音机，准备听中国音乐排行榜。突然手机响了，三步开外的台阶上，手机屏在黑暗中闪烁着诡异的光芒。

他捡起手机，手机的QQ正跳跃着一条条信息。“数学第五单元……物理……”这可能是考试的范围。

朱因斯坦飞快地跑回宿舍，将手机送给了宁杰，宁杰如获至宝，这绝对是考试重点了。宁杰啪的在朱因斯坦脸上亲了一口：“我要是个女生，今晚非得好好弄爽你！”

第二天，整个平安中学都“爽”了——女生马云丽从六楼跳下，脑浆摔了出来。

6

六十多岁的姜默从蒸汽浴室出来，舒服地趴在按摩床上。按摩小姐双手缓慢、柔软地在老皮肉上移动。一种甜美的快感热乎乎地从腹部冲到四肢，浸透全身——躯体和灵魂无不舒坦。每次按摩后，都让他有年轻三十岁的感觉，仿佛带两三个女子上床，依然会让她们极度疯狂。可惜年轻时没这条件，现在有条件了，又没了身体。上帝也非常不通情理。

姜默是齐台集团的老总周全运的岳父，女儿身家上百亿，老人的生活自然也像太上皇般自在。他非常喜爱杜鹃，因为这鸟恰当地代表了他的性格。杜鹃把其他鸟的蛋扔掉后，在那巢里下蛋——生命就是从竞争开始的。现在，他可以占据别人家的巢，可总也流不出几滴像样的精液。他一度发誓，谁若能怀上他的孩子，就娶谁为妻，可无论包养多久，女人的肚子像无籽的葫芦。这让他感觉人不如鸟。

妻子去世的早，他含辛茹苦地把女儿养大。不是他不娶，是没有娶的条件，一没钱，二没好名声。女儿很争气，既漂亮又听话。自从把女儿嫁出去后，他的生活由地狱立刻升至天堂。嫁女儿那年，他四十九岁，有了大把大把的钱，也有了之前四十九年没享受过的尊严——人们以周总岳父的身份敬重他、善待他。他突然发现，许多想靠近周总的漂亮女人——高贵的小媳妇或未出嫁的姑娘们，频向他抛媚眼。他开始还不敢应和，甚至撞到潘金莲似的眼神依然惊慌意乱，像个老处男。但姜默进步很快，女儿结婚才三个月，他已睡了三个女人，之后就以超速度累积着这个数字，更有痴情的女子以死相胁要嫁给他。十多年过去了，生活对他来说就是各种各样的女人。他总向人炫耀，他睡过的女人有二百多了，当然也包括晚年来临后，他柔软的阴茎磨蹭过的女人们——那种无力感让他诅咒时光的卑鄙。和朋友聚会，总会骄傲地说“我当年……”，“是啊，你当年鸡巴子闲了很久。”

每当这时，姜默痛恨听者的刻薄，无论他怎么表达，对方总以看骗子的眼神看他。燕雀安知鸿鹄之志哉！

经验告诉他，任何女人都美，都有使男人幸福的可能。其貌不扬的丑女往往爱得格外热烈，半老徐娘带有哀怨的浓情蜜意——每个女人都有自己的秘宝，每个女人都有自己的魔力，发掘起来令人无限快意。单从这一点上看，年老是最可悲的失败。

最近，他看上了一位处长——四十岁的寡妇，那高贵的漂亮女人一直严守妇道，心灵始终保持处子状态，拒不接受他的任何感情。经验老到的人一看便知，此女人根本不知肉欲，没被那过世的丈夫激起过性高潮。姜默要开发这位未发育的老花蕾。经过一番颇费心思的调教、引导，某一天，半老徐娘突然来了一百八十度大转弯，少女般的情欲之花奇异地开放了。以性诱惑为前提的爱欲虽来得迟，却同样激情而纯美，充满着出人意料的莽撞。她像小猪般的小声喊叫，说着肉麻的情话，发泄着未识青春的老风流。可她的爱抚那么鲁莽，像醉酒似的慌乱无序，实在叫人气恼。她像小女生似的一遍一遍地要，不知羞耻地耽于肉欲，带着一种笨拙的激情和吓人的贪婪，叫他忍俊不禁又厌恶至极。

最后一晚，他仿佛重复了年轻时的纯真胡闹，然后告诉赤裸的她：易得的幸福无法持久。这点体会更多源自经验，而非教训。

此时，他突然想起了那寡妇——她的床不会缺男人了。从本质上说，男人女人的天性如此相似，既是生活的流浪者，又是肉体的流浪者，犹如跑江湖的杂耍艺人。

按摩小姐的纤纤素手正在他后背上游走着，出狱才二十多天的朱仁道来拜访“朋友”了。他轻轻地走了进来，塞给按摩小姐两张人民币，挥了挥手，按摩小姐不安地退了出去。朱仁道看了看闭目享受的姜默，嘴角扯起一丝笑容，挥手在皱巴巴的屁股上狠狠地拍了一巴掌，疼得姜默翘起了半个身子，惊讶得像遇到了鬼。

“你想干吗？”

“肯定不干你。”

“你是谁？”

“当然不是朋友。”

“滚开，不然我叫人了。”

“最好叫警察，我就可以把你贩卖儿童的事报案了。”

姜默坐在床上，松弛的肥肉像排列了几圈的轮胎。他惊恐而胆怯地看着朱仁道，大脑快速反思着，怎么也想不起这个中年男子是谁。

“看来得给你讲个故事了——十七年前，我的朋友受你之托，从植物园里抱走了一个孩子，你说那是你侄女的私生子，只想远远送个好人家。可你让我朋友把孩子偷走，送给指定的人，其实那人是人口贩子……”

姜默拿毛巾擦了擦额头上的汗，眼神不时偷瞥着朱仁道。朱仁道一把扯过毛巾，扔在地上，姜默像条丑陋的鱼赤裸裸地在床上扭摆着。

“你以为我会怕吗？你弱智朋友的话像十七年前的屁，早没了踪影。那孩子已喂了十七年前的鱼，连鱼的骨头都找不到了，谁又能证明你傻瓜朋友的话呢？据说，你蠢货朋友在监狱里晒着太阳就咽气了！”

“看来你对监狱的太阳挺向往，也许不久你就可以进去晒一晒这把老骨头了。”朱仁道从腰里取出一个黑色旅行包，扔到姜默的身上。“不过，进去之前，先把这个包装满人民币。我赏你条好消息，那个孩子没死！”

“不可能，我亲眼所见，他病得连哭都不会了……才扔到河里的。”

“呵呵，只能说你心黑……可河水不黑……”

“真会讲故事，看来得为你精彩的故事付点小费了，我给你钱后会怎么样？”

“我会很高兴！”

姜默盯着朱仁道，无赖碰到无赖，无赖也愁。他一定在讹诈我，那孩子早死了，经手的人也死了，我可不上当。

“我有的是钱，给我个账号，我给你打过去。”

“只收现金，改天你准备好，我可不想再看你惊艳的肉体了。别忘了，我曾是卑鄙的杀人犯。”朱仁道捏了一把姜默肚子上的肥肉，嘴角掠过一丝残忍而快意的微笑，出去了。

“妈的，出门让车轧死！”监狱这地方真操蛋，把杀人犯放出来抢劫，让好人无辜遭难。

姜默看到了镜子里赤裸的自己，突然忘记了来这里的目的。手机响了，是女儿姜图美的电话。“爸，哈喽刚刚被车轧死了。”

姜默像中了魔咒似的全身一激灵，这恐怖以前有过。姜默因为楼上的阳台滴水，沾湿了他家的衣服，他大骂楼上的女人不得好死，出门被车撞死、过桥被河水淹死。第二天，下大雨，妻子不慎掉进河水，受了凉水浸泡，感冒了，发展成肺炎，入院一周就去世了。

从那以后，他大脑里总是回荡着诅咒楼上女人的情景，总是受着咒语的折磨。

哈喽是他花几万块钱买的名狗，陪伴他好几年了，对待哈喽就像心爱的人，那感情超越了弟兄和朋友。他睡觉都抱着哈喽，就差没和哈喽做性爱之事了。

姜默再次被自己的咒语击中，像得了心脏病似的心慌气短、手脚冰凉。他不由得仰望着天花板，想看到那个无形中主宰命运的人——是上帝、老天爷，还是观音菩萨……但无论如何，楼上那位把水滴到他家衣服上的女人，最终还是死于非命，娘家人怀疑是被人从七楼推下去的，而警方却证实是自杀。

这是一个残忍的世界，残忍世界唯一的道义就是机会——各种各样的机会。几年后，楼上的男人迎娶了新女主人，新女主人年轻漂亮。

只要还是羊，就避免不了被剪羊毛的命运。姜默觉得他急需的不再是女人，而是一把锋利的剪刀。

7

在某间教师办公室，宁杰和另两位同学，根据手机的提示，到办公室偷取试卷。办公室的门锁不知何时坏掉了，虽然从里面落下插销，只要从门外旋转把手，门依然会弹开。宁杰三人打开手电筒……两堆白肉紧紧压在一起……伴随着歇斯底里的尖叫，三位男生成了呆鸭。

裸男抱着衣服跳下了窗口，不是谁都有蝙蝠侠的能力——摔断了小腿。

把跳窗当成跨栏的刘老师是朱因斯坦非常尊重的老师之一，获得过全国优秀教师奖。他的博学曾让朱因斯坦心生敬仰。当救护人员把肥美白皙的他抬上救护车时，他用手遮着脸，鸵鸟般藏起他的羞耻。而那女生却轻易结束了十七岁的年华。她愤怒的家人把教学楼门窗砸得像战争的废墟，也砸碎了朱因斯坦的感觉。同学们梦一般站在尸体周围，地上的这位女生也曾在考试的荒漠中憧憬着无穷的荣耀。

未来像魔咒，左右着同学们的命运。学生们曾用灵魂喂养过，但从没喂饱过贪婪的欲望。

刘老师喜欢她，像喜欢鸡肉一样。朱因斯坦记得刘老师多次叮嘱学生：要用自由的双手创造干净的生活。然而生活从来没干净过。马云丽曾在图书馆向朱因斯坦问过数学题，他在作业本的背面给她演练了两遍，他滔滔不绝地讲着，铅笔在雪白的纸上画出弯曲的线条。前几天，在去食堂的路上，她曾向他莞尔一笑。那一笑，让他把大白菜吃出了牛排的味道。是我间接杀了她！是我把她置于羞辱的境地！

有人陷害刘老师，故意将手机丢在操场上，编造着信息引诱同学们去捉奸。朱因斯坦的内心充满了冰冷，父母终其一生，对他只有慈爱和关怀，养成了他耿直而单纯的个性。这是他第一次遭遇死亡，偏偏自己似乎是她自杀流程上的一个环节。悲痛像一颗嫩芽，在内心深处慢慢滋生，他感到骨头、牙根咯咯地颤抖个不停。

虽是无火不生烟，但谁也无权为青春第一步的挫折，就葬送一生。

为了给全校师生一个交代，给学生家长一个交代。校方处分了偷试卷的宁杰等三位同学，处分记入档案；校方也没放过送手机给宁杰的朱因斯坦，给朱因斯坦以口头严重警告，不记入档案。

这是一个共同拥有、合股经营的世界，到处都布满了法律和惩罚。因捡到手机就受处分，这似乎说不过去。马云丽死了，自己这点委屈又算个屁呢。天气晴朗，空气清爽，可朱因斯坦觉得每间教室的门后，都藏着一些损人的小人，而他却只能同他们在一起。由此他警告同学们："第一，夜间在操场遇到手机，可千万不能捡！第二，在某些老师眼中，肉体和考试成绩都可以明码标价。"

宁杰放声狂笑，朱因斯坦真担心他会笑破肚子。

谁都知道朱因斯坦替那位肇事者背了黑锅。真正的肇事者应该蹲监狱。

警方竟没查出肇事者，这似乎有点说不过去。手机是偷来的，至于 QQ 号也是盗的……一切似乎解释得非常圆满。

有人受过，花钱买平安，学校要求师生们严密封锁消息，谁若走漏风声，将被开除校籍。没有人是清纯的，生活强奸了世人。

"学校以为我们是刚出生的婴儿？"

"婴儿？别自恋了，宁杰，难道你也盼着女老师给你换尿布？"

"朱因斯坦，我受了处罚，你还能咽得下土豆吗？"

"难道你想让土豆也受处罚？"

"你真无耻。"

"别忘了我们是谁教的学生？"

刘老师被开除了，住院治疗期间，只有朱因斯坦一人到过病房。

刘老师像便秘半年的老头子，看到门口的朱因斯坦，背过脸去。世界缩小成尖牙和利爪，将终生啄食着他的心，但活着，总得有活着的理由和脸皮。

眼前这个曾让朱因斯坦尊敬的男人，用出其不意的方式“救赎”了自己的人生。他躺在那里，神情冷淡。

朱因斯坦觉得心已不知不觉地向着他了，也许人都和撒旦签订过灵魂的合同，总在某些关键时刻，由撒旦主宰着一切，而肉体却身不由己地成了撒旦的执行者。

朱因斯坦的脸变得像奶一样白，嘴张开又合上，但什么也说不出来。现在，他觉得和刘老师的距离如北极和南极之远。在散发药味的医院里，穿行在那些高耸入云的树干之间，他决定再也不去挖掘那令人心痛的秘密——谁是肇事者？他决定，让这成为今生的最后一个错误。

这次事故像一把利剑，深深刺中了他的神经。幸亏万小玮早已转校并消失得杳无音信，她的耳朵是不能听到这种消息的。

高三沉默而压抑地结束了。许多名牌大学到校提前招生，清华和北大争着收朱因斯坦，可最后，各大名校竟然集体放弃了朱因斯坦。

没关系，朱因斯坦立志要进清华或北大。但是高考后的第十天，他和爸爸就发生了车祸。至于北大或清华，都已是前世美梦了。

黑暗中运行的记忆将在黑暗中结束。苏醒了的朱玉峰，依然像患消化不良的老太婆，手无缚鸡之力，心无求强之念。他得意地发觉长高了，但马上为自己的得意而惭愧，因为被怜悯的人是没有资格得意的。

妈妈和邻居们觉得玉峰应该多和同龄人交往，加入年轻人的阵容，用不了多久，一个强壮如牛的劳动力就会锻炼而成。老太太们口气之坚决好像断言苹果树绝对长不出梨一样。两天之内，便有五份工作介绍给玉峰——泥瓦匠学徒、水泥包装工、养猪厂保洁员等。玉峰断然拒绝，摔门而去，震得老太太们的眼珠子乱颤。因为是债权人，大家都有资格对他指手画脚、指桑骂槐。

年老的长处在于可以把年轻人引向旧时代的羊肠小道，而贫穷的长处则在于能赢得债权人的唠叨和讥讽。村人怪异的目光让他全身都在消融，破碎的心和发狂的大脑不再反抗这个虎狼世界。

大学梦像遥远的星辰，寄存在永远的夜空里。泥瓦匠学徒、水泥包装工……这些低智商而又艰苦的工作，他永远不想接手，他应该做有尊严、挣钱多、环境不错的工作。

可这种工作哪里有呢？他骑着自行车在白露市转悠，高耸入云的大楼、宽阔的马路、涌动的车流……毫不通融的金钱为上的迷雾世界。

造就这个时代的人们，也无处可逃地成了时代的牺牲品，呼吸着雾霾的空气、吃着用地沟油制作的食品。

逛了一天，也没能决定将干什么。骑自行车窜过城市公园，"恺明房地产公司"的招牌让玉峰心头一紧。他刹住车，双脚踏地，向里张望着。吴乐乐欢笑着跑了出来。"这是谁啊？"

"反正不是买房的。"

"不买房来干什么？"

一只肥胖的花猫悠闲地从他们身边走过，玉峰指着猫说："和它一样，闲逛！"

"我可不懂怎么接待一只猫。"

"别给它一脚就算优待了。"

吴乐乐的心已抖得像风中的广告纸。

今天卖出了两套三室两厅的房子，更让她高兴的是，玉峰终于来找她了。

她要请玉峰吃晚饭，玉峰这才尴尬地意识到自己依然停留在学生时代——坦荡地身无分文。吴乐乐极力表明自己发了大财，并有两张极地酒店的免费餐券。她和玉峰进了这个五星级酒店，高档的装修，黄水晶吊灯美轮美奂，服务生谦谦有礼、英俊帅气。玉峰每迈出一步，都仿佛踩在云彩上般绵软无力，感觉自己像小偷进了皇宫般不搭调。

俩人在靠窗的地方入座，幽静的环境、轻松的音乐、干净而高贵的客人……玉峰仿佛到了另一个世界里。他看了看桌子上的酒水价格，心头像扎了根钢针似的疼痛。

吴乐乐高考落选，便直接进入了房地产公司，半年来，凭借单纯朴实的外表和敬业精神，渐渐成了一位出色的售楼小姐。这两张免费餐券，正是善良的客户赠送她的。

大学是每个高中生的乌托邦。吴乐乐滔滔不绝地介绍了同学们的归处，他们像燕子似的飞往全国各地。“只有九位同学没能读大学，七位在复读，没复读的只有你和我。”

失败中含有一种神秘的快感。玉峰笑了，学着吴乐乐的样子，轻轻喝了口咖啡，白色的泡沫沾在嘴边。吴乐乐用纸币替他沾了沾嘴唇。玉峰的脸突然红了。他恨自己的红脸。吴乐乐自然而夸张的动作，让他明白，一切已今非昔比了。

那么多同学都上了心仪的大学，而自己却像流浪猫似的在城市夹缝中寻觅机会，世事无常，人如蝼蚁。莫名的战栗掠过肌肤，隐隐的惶恐袭上心头，他感觉自己在睡梦中被世界抛弃、被所有人抛弃，即便品着咖啡，也不过是借阅了别人的生活。

语言是引起共同回忆的符号，吴乐乐叙述着过去，静静看着这位才子，在学校时，她曾无数次幻想能和他坐在一起，和他亲密地聊天。现在，梦想成真了。可他的表情那么没落。

“关于刘老师事件，你一定想知道谁是手机的主人吧！”

玉峰摇了摇头。

“刘老师家的人一半是疯子，另一半也等着进疯人院。肇事者是刘老师的妻子。”

“初中部美女主任？”

“是的。他们夫妇像斗了一次口角似的和好了，她原谅了丈夫所有的罪过。现在全校的男人和狗都很尊敬初中部主任，谁都不提那条坏在她手里的人命——不过，据说是女生主动勾引了刘老师。”

“窃贼偷了珠宝，有罪的不是窃贼，只因为珠宝实在太漂亮，是吗？”

随后的黑椒牛排和水果沙拉，玉峰没吃出什么滋味，香喷喷的咖啡也似乎有了中药的味道。他非常气愤。做人可不能这么卑鄙！事发时，学校里流传着一种恶劣的说法，认为谁是肇事者无关紧要，因为学校无非是一场无限的赌博，类似事件过去从来不少，未来也无法杜绝。

8

两位中年男子走进了餐厅，在靠窗的位置坐下。吴乐乐眼睛一亮，笑得像一朵花，伏在玉峰耳边，温热的气息喷着他的耳廓。“天哪，今天真是幸运日。”

吴乐乐憨憨地走过去，冲他们的餐桌深深鞠了一躬。矮个子中年男子冷漠地审视着她，像审视一条不满意的宠物狗。

“您好，我是恺明房地产公司的吴乐乐，遇到您非常高兴，祝您用餐愉快！”她发出的每个音节都充满柔情和敬畏，说完又温和地笑了，像憨厚而质朴的中学生。专业人士分析，在营销或服务行业，憨厚质朴的员工，反而比精明干练的员工，更能争取客户。在市场利益的博弈中，人们更喜欢与气质温和淳厚的人打交道。

身材高大的男子侧过身子，目光落在吴乐乐身上，似乎记起了这个圆圆脸庞的售楼小姐，轻轻点了点头。吴乐乐便像得了骨头的狗儿，蹦蹦跳跳地回到了自己的座位上。

在朱玉峰看来，她跟对方交谈，就好像跟一只老虎聊天。

“那位身材高大的就是齐台集团的老总，叫周全运，恺明房地产公司就是他的分公司。他到我们公司时，我还给他上过茶呢！”

其实，吴乐乐对老板卑躬屈膝、热脸贴冷屁股的做派，早已让玉峰厌恶，甚至愤怒。她膝盖痒痒了，总想朝什么老总跪下。他咚咚地喝干了咖啡，想说几句气话，可快乐的吴乐乐根本没给他机会。

“他是华东首富，一向藏而不露。可听说脾气相当暴躁，这年头，脾气和身价总是成正比的。”

玉峰的肠胃一直很脆弱，又喝了咖啡等刺激性饮料，胃像吞进了一团图钉似的绞痛难忍，急忙奔向洗手间，把刚刚吃下的大餐，照单还给了下水道。

玉峰看着镜子里消瘦的模样，对出现在这豪华之地茫然若失，他仿佛在看另一个人，另一个时段里的自己。他突然预感到，一种可怕的危机已经迫在眉睫，命运为他准备了大喜大悲，他却无力消受，妄图再次用昏迷逃避生活。

他洗了洗脸，用纸巾慢慢擦拭着。外面很冷，酒店很温暖。刚才一阵狂吐，后背激出了一阵冷汗，汗湿的衬衣凉凉地贴在皮肤上。突然镜子里的周总直直地瞪着他，玉峰慌乱地转身离开。

“混蛋，踩我鞋了，你爹没教你走路吗？”

玉峰向周围看了看，除了广告上的苏有朋微笑地端着啤酒，再没有其他人惹周总生气了。

“是他还是我？”玉峰指着苏有朋的照片问道。

周总盯着这个麻秸秆似的小伙子，棕色的眼睛半天不眨，充满了困惑和寒意。

有时一群蚂蚁也会膜拜一只毒蘑菇。玉峰转身走了。恐惧不是罪，露出恐惧才是罪。握紧的拳头如果挥出去，也许能使这位周总鼻子流血或门牙脱落……那样会毁掉了吴乐乐的前程，还会毁掉什么——天知道。玉峰终于明白世界上任何事物都可能成为地狱的萌芽，一滴水、一句话、一幅啤酒广告……如果不能控制，就可能使人发狂。他已不再是那个为一点小错就挑战老师的刺儿头男生了……他变得连自己都陌生了。

玉峰刚回到座位，两名高大的酒店保安走到餐桌前，要他到办公室去一趟。

“如果不去呢？”

保安没有回答，只是摸了摸腰间的警棍。

保安关上办公室的门，挥舞着警棍像围堵一只野兽，几分钟后，玉峰就被揍得多处青紫、满脸是血。他们翻遍了他的衣服，也没有找到周总的手机。

另一位值班的保安从监控录像中发现，偷周总手机的是另一个中年男子，在洗手间门口和周总错身而过时，走掉了。

保安扔给玉峰一团卫生纸，要他快滚。

玉峰看着镜子里血迹斑斑的脸，冲自己笑了笑。他不知道为什么要笑，可他觉得很好笑。吃了大餐，又吐了出来，遇到了华东首富，却被揍了一顿。

似乎失败和退缩能使玉峰兴奋，他秘密地知道了自己有多懦弱和疲倦，退缩的行为使过去、现在和将来的许多事情千丝万缕地联系在一起。

他寻找着退缩的借口，直到和颓废的感觉对上号。

朱玉峰扶着墙，一步步挪向大厅，周总众星捧月般从电梯里走出来——高大帅气、气宇非凡。玉峰和周总对视了几秒钟。几秒钟就够了，如果还有一点气力，他也想吐一口血水在周总严肃而高傲的脸上。可他每呼一口气，胸口都热辣辣地疼。年少时他有很多东西不懂，此刻他也不懂。望着周总一行穿堂而去，他忽地觉得生活的色彩像鲜血一样红。自己向来就活在如花的世界里，却没有觉察。

窗外的路灯散发着橘黄的雾气，雪不知何时下了起来，他还有十公里的路要走。这一天既无预感又无征兆，却成了他新生活的开端，简直难以置信。

2009年的平安夜，玉峰找到了工作——来祥超市仓库管理员。在一位五十多岁师傅的指导下将进购的物品搬到仓库，将待出售的物品补充到超市，同时要打扫卫生，整理货架，理清出入账目。

他终于工作了，理由不是希望，而是畏惧，畏惧与一群农村老太太的相处，她们的存在能使他水洗过的人生阴云密布。

瘦弱的玉峰并不是他们满意的人选，只是春节将近，大批临时工回家过年，而春节前又是业务量最大的时候。

上班第一件事从卡车上卸载冰冻的海鲜产品，冰冻的鲳鱼瞪着呆呆的眼睛，好奇地注视着冰雪世界。玉峰把冰冻鱼块抱在怀里，总想起农夫和蛇的故事。才忙了一个多小时，就累得气喘如牛、虚汗如雨，倚着防盗门捯气儿。老师傅不满地瞪了他一眼，像瞪一个价不符实的妓女。

玉峰望着没完没了的鱼虾，不由得痛恨起来，他也搞不清是痛恨这些腥臭的海货，还是痛恨吃货，总之，心慌得像世界末日。

每天工作十二小时，除了吃饭和上厕所，几乎所有的时间都被别人支配着。“小朱，送十箱刀鱼。”“小朱，送二十盒对虾。”“送六桶五升的花生油！”他以岩石般的冷漠执行着店员们的号令，穿着厚厚的蓝工作服棉袄，系着黑围裙，推着运货车飞快地穿行在超市和仓库间。仓库比室外还冷，冻得手脚麻木。也只有进超市，温暖的气息扑面而来，才感受到一点点坚持的希望。当然，他穿着肮脏的围裙，是不允许在超市里久待的，担心影响超市的整洁、档次。

玉峰在超市镜子里看到了自己肮脏的形象，蓝工装棉袄臃肿得像俄罗斯大妈、围裙污迹斑斑，他吃了一惊，差点以为是收垃圾的。

就在他从镜子里审视自己时，突然看到几位高中同学说笑着从购物架上选东西，他惊喜地想打招呼，恰巧张地的推车从他的水靴上蹭过去，眼皮都没抬，他们交流着圣诞节同学们狂欢的事情。玉峰恨不得立刻像水珠般蒸发掉——拉下蓝色鸭舌帽，低头为他们让路。他已被遗忘在同学群体之外了。

他们是大学生，而他是农民工，之前的朱因斯坦永远不存在了。

他提着一个空纸箱子，低头向外走去，和人撞了个满怀，他赶忙说对不起，可“起”字的尾音却弱得连自己都听不见。对方不满地瞥了一眼，昂着头走了过去。

玉峰回身，盯着宁杰的背影。他一度想叫住他，可还是忍了。

他突然觉得，他和宁杰的距离已不是什么尺子能丈量的了。

玉峰禁不住诱惑，像雕塑般立在院子里。我不能自取其辱。超市对他来说成了沉寂的场所，兜售着不知餍足的痛苦。

爱情和友情都是对本能状态的模仿，保持友情的秘密在于驱除不宜的情绪。距高考结束才半年时间，友谊就淡化成了时光的影子。谁也不在乎朱因斯坦，朱因斯坦死了。

玉峰和老师傅同宿一屋。晚上，老师傅就着半斤炸肉，美美地喝着二锅头，玉峰借着昏黄的灯光，翻一本租来的传奇小说。

“小朱，我教你点书里没有的学问：当今世界，开窑子比开超市挣得多得多！”

“不一样，在窑子里，你出力出钱，在超市，你出力却能挣钱。”

“在那里，没有比称为‘荡妇’更得意的称呼了，男女的神秘可不止两腿间那点事。小子，为了你的‘荡妇’，好好活吧。”

经典，这话如果写在教室的黑板上，班主任的脸该是乌贼的颜色吧。

“我爱死钱了，把钱甩在女人身上的感觉超级爽。”

“真遗憾，钱不爱你。”

老师傅又嘟囔了些什么，他半句也没听进去。老师傅在酒的作用下，香甜地在梦里幽会“荡妇”了。玉峰却怎么也睡不着，望着街灯投在玻璃上的点点光亮，暗涛汹涌。我要上学，上学，上学……流向耳边的是两行温热的溪流。他并不比别人差，在现实的尺寸里，除了情欲无可比性之外，他被利索地扫出了那个阶层。

他对仓库生活有了好感，但纯是错觉。

9

2010年的春节寂寞而伤悲地度过了，听着村子此起彼伏的鞭炮声、欢乐的拜年声，玉峰犹如掉进地狱，地狱里不是大火而是酷冰。年——因为一去不返而独具魅力。人们用鞭炮或美味表达对时间的珍爱。谁也不知道在四处炸响的鞭炮声中，朱玉峰是怎么想念爸爸的。他吃的很少，说的更少。放假的几天里，足不出户，翻那几本旧课本或小说。他盼着七天假期快快结束，盼着忙乱的工作让他没工夫胡思乱想。

空气中有一种悲剧性的成分，每次呼吸都避之不及，终于真切地体会到阴郁可怕的寂静和令人窒息的冰冷。

悲伤的冰冷混着院中的鞭炮气味飘进他的卧室，而他总觉得年像昨天的风转瞬即逝，和他的生活没有半点联系。

他被忧伤的迷雾弄得晕头转向，翻动书页时心中已没有了希望。

大年初四的上午，玉峰歪在床上看《三国志》，这是他从旧书市场花两块钱买来的。妈妈在院子里惊喜地喊道："玉峰，同学来看你了！"

玉峰躺着没动，他有点不相信妈妈的话。几天来，妈妈为了让儿子开心，使出了各种花招。

"姑娘，怎么称呼？"

"吴乐乐。"

玉峰慌忙穿上鞋、冲出卧室，妈妈和吴乐乐已进客厅了。玉峰惊讶得说不出话来，吴乐乐将礼品盒放在茶几上，大方地向他问好。

脸也没洗，头发也没拢一下，衣服皱巴巴的。他有点恼恨吴乐乐的突然造访，他不想让外人看到自己的狼狈相。

吴乐乐好奇地逡巡着农家的房屋。

这里与极地酒店的差距像地狱与天堂吧！玉峰根本没表现出待客的热情，心里堵着一股莫名的火气。

玉峰的妈妈热情地泡茶，问寒问暖，高兴得像丈夫起死回生了似的。她冲玉峰挤了挤眼，像只松鼠似的蹦蹦跳跳地出去了。玉峰太了解妈妈了，不出五分钟，村里人将知道有位美女正在和儿子聊天。

玉峰身上有一种使人着迷的东西，看一眼都是享受。自从在极地酒店分手后，吴乐乐天天盼着见到他，挂念着他。坐在玉峰身边，她觉得血管流的不是血，而是激动的因子。当得知玉峰在来祥超市工作时，吴乐乐相当吃惊，她和来祥超市咫尺之远，玉峰竟然从来没去看过她。

往事可以抹掉，手段便是克制或遗忘。吴乐乐有点小小的失落，玉峰像在学校一样对她漠视着、冷淡着。她心酸得差点流出泪来，低头抿发之间，调整了情绪。毕竟上次挨揍的是他。她坚定地认为，虽然他是仓库管理员，他终将不会永远是仓库管理员，他是一只潜力股。

果然，没出五分钟，东邻的王奶奶就喜洋洋地进来找妈妈，将吴乐乐上上下下端详了一番，笑哈哈走了。紧跟着，后院过门半年的新媳妇也借口自家的鸡找不到了，进院来找鸡。新媳妇走后，玉峰笑着对吴乐乐说："她们把你当成我女朋友了。"他本想消除吴乐乐心头的寒气，不料吴乐乐却腾地飞红了脸，羞涩地垂下了头，仿佛从茶水里照照自己的模样。

玉峰心慌了，他可真没想到会误会到这地步。他突然记起了那位大提琴女子——万小玮，在他想象中，他的女人一直是万小玮。他有越解释越复杂的感觉，踌躇着，不知如何招待吴乐乐。

"咱们出去走走吧！"吴乐乐突然提议，"我喜欢雪景。"

走出雪污的胡同，走向洁白的田野，北风肆虐地扫荡着村庄，像饥饿的狼群在房子周围呼啸盘旋。白雪以其自古以来的方式重建着世界：一望无际的雪野上，干瘦的白杨树、槐树像老光棍似的无奈地承受着风雪，雪下的麦苗发着暗绿的光，风过处，扬起的雪尘晶莹闪烁，像跳跃的心情。吴乐乐雪白的兜帽罩在头上，白色的兔毛拂在脸上，显得娇美而纯洁，那双棕色眼睛望着他，露出一种甜蜜而温暖的神气。

女人躲避着寒风，像躲避着某种传染病。一群翻卷的雪花，裹着凛冽的寒气，冰凉而灼热，扰得灵魂深处泛起对情爱的奢望。

不要再谈我，我讨厌自己。

吴乐乐却总是夸赞玉峰聪明、智慧，搞得他像做错了什么事似的难堪。

吴乐乐果然换了话题，说起了极地酒店周总被盗的事。偷周总手机的小偷是刑满释放的杀人犯，估计和周总有过什么恩怨。玉峰像咬到什么难咽的食物，面露苦色。如果说玉峰在小树林挨揍是自找的，那在极地酒店被保安拳脚伺候，纯是驴蒙虎皮、仗势欺人了。那场痛殴打掉了他的自信、打掉了他的坚强。如果再往胸口多踢一脚，他就会承认偷了手机，甚至让他招供任何罪行，他都会全盘应承。

他开始相信，所谓坚强，无非是挨揍的还不够！

“华东首富，他的手机里一定有非常重要的资料！”

“或许富翁就这德性，至死都牢记陈年旧账，不忘任何纠葛，睚眦必报。”

“听说他热衷于慈善事业。”

是很慈善，落在我身上的警棍都是爱！困守在这个话题里，玉峰像笼子里的猫一样不耐烦。他让我满脸挂花绝不是为了好看！

美好的时光不该用来争论。玉峰的气愤反让吴乐乐心花怒放。一直以来，她为玉峰的坚强和智慧着迷。看惯了哈巴狗的做派，玉峰的气质，如大山般坚实可靠。她不由得内心欢喜，走在雪地上，靠玉峰更近了，有几次还碰到了他的手。脚下打滑，她及时地抱住了玉峰的腰，玉峰紧紧地抓住了她的肩膀。这猝不及防的一跌，扫除了心情的阴霾。享受暗恋的快感吧，每当她以为自己又靠近了他一步，就变得无比娇柔。

无论是他还是她，都无法说清这同学关系的味道，他们从不曾过问自己，因为两人都宁愿不知道答案。

他沉默地走着，既不主动讲话，也不瞅她一眼，俨然如隔着一层玻璃似的不可亲近。车祸事故让他对生命之逝怀着忧惧，悲哀地看着花儿一次次地凋谢，雪片一次次飘落，内心深处感受着生命的脆弱和迷茫。

走到国道路口，吴乐乐从包里拿出一副皮手套，扯掉包装袋，拉着玉峰的手，给他戴上。玉峰的心突突地加快了节奏，心思也错乱了。这是他第一次收女生的礼物，黑色的皮手套柔软、暖和，也上档次。戴这种手套的人，才配在极地酒店就餐吧！

“可我没什么送你！”

“你想送吗？”

玉峰突然不知怎么回答，和女生说话，他总感觉脑子不够用。吴乐乐突然抱着玉峰的头，灼热的嘴唇吻了玉峰的嘴唇。“送我这个就可以了。”

玉峰感觉像嘴在玻璃门上碰了一下——不是甜蜜，而是意外。

这个仓库管理员终于明白有一个世界——在那里，人们再苦再累再卑微，通向光明的大门也会打开一条缝隙。但他又立刻意识到，一无所有的他不配走进这扇大门。但在吴乐乐赐予的快乐中，夹杂着一点天真烂漫的好奇，想知道在遥远的地方，性到底是什么滋味。也许一切来得太快，要记住——好酒要慢慢品尝。追求别人是甜蜜的，可被人追求就更甜蜜了。

坐上了返城的公交车，吴乐乐才细细回味两人相处的细节。其实她还有许多话要说，可不知为何，看到玉峰就紧张得发抖，有些话像黄豆滚到冰上未经思考就流了出来。他比我还紧张，那个吻让他羞红了耳根子！吴乐乐感觉自己掌握了主动权，她宁可主动，也不能被玉峰漠视，更不能被别人抢占先机。她对着车玻璃整理一下仪容，带着年轻女子的全部高傲，理了理纷乱的心绪，心中充满了对命运的感激。

裸体的人少有秘密，她感觉自己的爱已赤裸裸了。

公交车颤颤巍巍地消失在雪野中，玉峰才往回走。吴乐乐冰冷的一吻，竟然是他第一次接触女生的肉体，如果一秒钟的接触也算接触的话。

九岁时，暑假结束，没完成作业的会受到严厉处罚。玉峰在湖边捉蜻蜓，韩香用指甲一点点地抠着地瓜皮，扔进湖里，指甲盖大小的地瓜皮有的飘在水上，有的落在水中。“小峰，你知道蜻蜓点水是干什么吗？”

“照镜子？”

“是洗屁股。”

“你怎么知道的？”

“让我抄你的数学作业，就让你看我的屁股。”

韩香扔掉地瓜，一把扯下裤子。玉峰第一次看到女孩的肉体，他不是惊讶美或丑，而是惊讶她们两腿间竟然那么简单，简单成一条缝。韩香瞬间又提上了裤子，玉峰的眼睛却依然停留在两腿间的部位。他跑回家，拿出作业，韩香一把夺过作业本，像考了第一名似的骄傲地走了。玉峰呆呆地望着她的后脑勺，大脑里却是两腿间光秃秃的风景。

第二天，他抱着语文、英语作业本，在胡同口等韩香，盼着换取一饱眼福的机会。可机会再没出现。不久，他得知韩香总抄袭班长的作业，两人也总是一起进山采金银花。玉峰气得想把他们俩暴揍一顿，可考虑到班长高大的块头，还是忍住了挥拳的欲望。

高中还没读完，韩香就到南方打工了。春节这几天，他和韩香偶尔相遇，也异常陌生，仿佛那少时的一瞥，成了前世的记忆了。

雪野折射的阳光耀人眼目，飞舞的雪尘融化在阳光里。刚进胡同口，就遇到了打扮新潮的韩香，她玫瑰色的脸庞、纤细的秀颈、娇嫩的嘴唇，仿佛专为接吻而生。

“那女孩不错。”

玉峰笑了笑没回答。

“你不喜欢她，处男。”

“你怎么知道？”

“喜欢就留她吃午饭了。”

玉峰突然意识到女生的小聪明也很无敌。

“还能抄你作业不？”

“可我不是学生了。”

上天入地，找不到贞洁的妓女。女人改造男人的唯一方法就是让他们彻底厌倦。

韩香露出不可捉摸的微笑，观察着他，准确地知道什么时候不该说话。难道那女孩的箭射中了靶心？

玉峰不想和韩香走得太近，如果当年韩香抄了他的语文或英语作业，也和他一起上山采金银花，那么，现在成熟而美艳的韩香会让玉峰感动或陶醉。我可不喜欢抢别人盘里的食物。他不是一个好同学，过于计较曾经发生的事，在爱与游戏的边界，从不迷失口舌。

三年之后，玉峰依然记得韩香的话。他欠吴乐乐何止一顿午餐，还有一份永远不能送达的祝福。

10

年后上班的第一天，穿上肥大的工装、套上黑黑的围裙，玉峰希望彻底告别阴霾，驱散萦绕在家里的秽气，一切重新开始。他热情地和老师傅打招呼，积极地清理卫生，像充足了电的玩具，浑身有使不完的力气。

老师傅的鹦鹉像骑在马上的拿破仑，骄傲地站在铁环上，摆出一副沉思者的样子，偶尔瞥玉峰一两眼，仿佛有话要说，却又不值得对卑微者开口。

今天任务很重，要把好多物品搬运到超市。

玉峰一趟趟往返着，似乎付出的不是体力，而是激情。连怨气十足的老师傅都受他感染，乐呵呵地和售货员开着玩笑。

当玉峰往超市搬运整箱汤圆时，远远看到吴乐乐和小曲说说笑笑地走来。他突然感觉很卑微，像路边缺了一条腿的老乞丐。他本能地想躲一躲，有上次遇到同学的体验，他不想再次难堪。何必，这就是我，我就这德性。他交付了冰冻食品后，像路口值勤的警察，堂堂正正地迎接着吴乐乐。豁然明白了超市的另一层意义：美女和货架上的食品一样，都是幸福的陷阱，让他既忐忑又渴望。

今天来的隐形目的就是寻找朱玉峰，吴乐乐没想到这么快遇到了他，高兴得像卖出了一栋别墅，感觉世界如此美好，几乎要晕了过去，自顾自地幻想在无人的夜晚深情地吻他的样子。

“帅哥，今天什么东西打折？”小曲问道。

“有些东西对美女一直免费。”

小曲拉了拉吴乐乐的手说：“要发财了。”

“别信他，陷阱。”

小曲恍然顿悟，故作生气地推了玉峰一把。这动作，却让吴乐乐暗自发誓，再也不带小曲来了。由闺蜜到情敌，有时仅半步之遥。

“小曲，他又弱又穷，真正的汉子才配得上风华绝代的你。”

“你早知他弱了？”

吴乐乐在小曲的胳膊上扭了一把，拉着她走开了。

玉峰抚爱地看着吴乐乐亭亭玉立的身姿，大脑里回旋着那个冰冷的吻。多事的服务员撞了玉峰的肩膀，还向他挤了挤眼。徘徊在货架间的吴乐乐甜甜地、赞赏地瞅着他，除了爱的冲动之外，还感到幸福、欢乐和无限的陶醉。对男女之谊来说，笑是一个不坏的开端。

事情进展得很顺利，正月十五后的第一个周末，他们徘徊在公园里，越来越高的喧哗声和喷泉的水溅声交织在一起，喷泉的水柱在晚霞映照下好似一根火红的辫子，从高空直落到水池里。

两人一起看了电影，演的什么并不重要，重要的是他们都成了故事的主角。散场时，他们被熙熙攘攘的人群冲散了，彼此寻找，仓促间，两人的手紧紧地拉在了一起。他们不由得惊喜，熙熙攘攘的人流促成了爱情的第一步。那晚，他们的手就再没分开过。世界很大，了不起的人很多，他们惊讶地发现，他们一直是那个特殊群体的一分子。无论走到哪里，他们都有让世界侧目注视的能力。

在送吴乐乐回宿舍的路上，两人的脚步越迈越小，几乎像蚂蚁爬似的慢慢悠悠。二楼窗口的灯亮着，小曲在家。夜深了，窗口的灯突然灭了。他们已在冰冷的街道流浪了三个小时。可两人依然像火焰般炽烧着。熄灭的灯助力了玉峰的胆量，他捧起吴乐乐的头，猛烈地吻着。一阵破碎的战栗袭击全身，他疯狂地吻着、幸福而稀罕地享受着爱情的美。他低声倾吐着发自灵魂深处的温柔，像音乐优美动听，像美酒令人陶醉。吴乐乐内心像什么东西刚刚被唤醒了，她觉得全身被幸福包围着，这种幸福给她带来无限的欢乐，她面颊发烧，心在狂跳，嘴唇惊奇地张开着。她觉得自己是那样甜蜜和柔弱，那样昏沉和恍惚，仿佛置身于梦境一般。

他完成了真正意义上的初吻，激动得像一只亢奋的鹅，伸长着脖子，在午夜寒冷的街道放声狂叫。他飞快地奔跑着，直到气喘吁吁、疲惫如牛。交通牌下站着一对拥吻的情侣，在玉峰看来，他们可远不如自己激情而饱满。

他裹紧衣衫，沿着冰冷而瘦寒的街道跑去。爱情原来如此抗冻。

天空的烟灰色渐渐变成了紫色、淡紫色，最后变成了月光石的颜色，槐树的枝杈像勾勒的水墨画。不管是人，是树，还是楼房，都笼罩在清晨的欢乐中。

这一天的每一秒都过得梦幻而玄妙，微笑不自觉地挂在脸上。看到冰冻的鱼也笑，看到广告上的粽子也笑。老师傅说这小子中魔了，肯定勾搭上了哪个小寡妇。玉峰正在喝水，差点呛到鼻腔里。老师傅说自己当新郎时也是这样，笑的止不住——向往鸳鸯锦被下那无边无际的温柔，仿佛全世界的男人都有个新媳妇，全世界的姑娘们又都坐在洞房里似的。

老师傅真话和玩笑话交替使用，逗弄着玉峰。玉峰时刻盼着吴乐乐出现，即便推着运物车，也逡巡着人群。他恨不得将时针拨快几圈，恨不得立刻见到吴乐乐。十八点的钟声敲响了，那个使人头晕目眩的时刻成了他不可抗拒的兴奋点。

“在公开场所，他紧跟领导，私下里他紧跟女人。”快下班时，玉峰听到两服务员评价超市经理，他突然笑了。女人，吴乐乐可不是一般的女人……

他像冲出笼子的鹦鹉，扑动着翅膀就飞到了售楼处。小曲一副站在火葬场的表情，忧郁地告诉玉峰，吴乐乐被辞退了。

终有一天，恋人也得学会泪往心里流。

上午九点，售楼中心来了一位年近七十的长者，看中了一套别墅，他提意要到小区考察。老先生开车，吴乐乐便坐进了他的保时捷。

下午刚上班，经理就接到了举报，那老先生状告吴乐乐索要六万元的回扣，如果不答应，吴乐乐立刻将房子卖给其他人。

吴乐乐就这样被开除了。

玉峰好像得了不治之症似的茫然若失。历史学家说天下无新鲜事，过去发生的一切，将来还会发生，但故事的背景移植到自己的时空里，那结局就不是一般的伤痛了。

小曲肯定省略了什么，玉峰不相信故事如此清澈透明。简单的表面往往掩藏着复杂的玄机。小曲给玉峰倒了杯茶，玉峰还没沾唇就离开了。

“朱因斯坦，少惹事！麻雀被射中了，还跟猎枪讲理吗？”

玉峰收住脚，双手插在羽绒服的口袋里，那神情有种不受影响的城府与镇静。“我不在乎猎枪，只在乎猎手。”

玉峰感到一阵钻心的剧痛，每一根细小的神经都颤抖起来。

他走了，那单薄的身影却像钢针嵌在了小曲的心里。她不由得幻想着和玉峰相爱的不是吴乐乐，而是自己——他会狠狠地吻自己，他的吻一定猛烈粗暴，他的爱一定智慧而深情。她知道这样想很荒诞，可荒诞的事天天在发生。哪个女孩不怀春呢？毕竟听这位帅哥说话，就像听大海浪漫的涛声。

玉峰敲吴乐乐家的门，一无反应。邻居告诉玉峰，吴乐乐去医院了。

这消息像石头击穿了心灵的玻璃窗。他飞快地向医院赶去。站在诊疗室的门口，医生像画家涂抹油彩似的正往淤青斑斑的背上涂擦药液。玉峰呆住了，身体塌方，破碎地坠入深渊。

吴乐乐陪购房的老先生一起到了别墅，老先生不但满意房子，也满意这位圆脸的售楼小姐。在四壁皆空的客厅里，他一把抱住吴乐乐，说自己有钱有势，只要吴乐乐从了他，想什么就有什么。吴乐乐吓坏了，努力挣脱老头的怀抱，这可惹恼了他，一巴掌捂在她脸上，并撕扯她的衣服。吴乐乐尖叫着，可在空空如也的别墅区，根本无人能听到。吴乐乐被惹毛了，挥手扇了老头两巴掌，老头怒火中烧，对她拳打脚踢，扯下腰带，抽得吴乐乐满地乱滚，扬言要她永远找不到工作。

一只喜欢血腥味的大黑狗突然蹿进了别墅，老先生瞪了黑狗一眼，收起皮带，绕过气喘吁吁的黑狗，怒气冲冲地退了出去。

他以为那狗是这女孩的宠物。黑狗瞪着黑黑的大眼睛好奇地看着地上的女孩，又扭头看着离开的老头，抖了抖毛，毫无怜悯之心地蹦蹦跳跳地离开了。它也懂得多一事不如少一事的处世哲学吧。

吴乐乐看到玉峰的第一眼，眼泪像开闸的水库。这泪水瞬间温柔了两人的距离，加速了处于朦胧期的爱情。他们身处永恒之中，因为时间已经停摆。玉峰凝视着血痕，试图洞见另一种人生，另一种不一样的人生。

他们像相爱了三五年似的相拥着走出了医院，相拥着搭上出租车，相拥着上楼。玉峰把她安放在床上，接了盆温水，替她洗了手和脸。可无论如何用力擦洗，都拭不去悲哀。玉峰像个新婚丈夫似的给她煮面条，他吃惊地发现，这是自己第一次煮面条，当然还学着妈妈往面条里打上一个荷包蛋。

吃着淡而无盐的面条，吴乐乐的泪扑嗒嗒地往下掉。她也说不清是为浑身的伤痛哭，还是为爱情哭。一阵心乱，放下碗，搂过玉峰的脖子，深深地吻着。她发誓，今生绝不离开他。如果可以用身体换这个男人的灵魂，我愿意。

这之后，对吴乐乐来说，就再没有任何美梦能和这碗面条相比了。

生活中真正的悲剧往往以非艺术的形式出现，以赤裸裸的暴力，毫无道理地伤害着人们。玉峰发誓要找出那个车牌尾号——3Q3B 的保时捷，恨不得把那个老流氓踩在脚下。复仇的想法让他再度兴奋，失败是病，胜利是疗方，作为新上位的恋人，胸中满是正义和忠贞。

在一条声名狼藉的大街上，橱窗里的镜子把街景反射得光怪陆离，魔幻般的影像使玉峰感到自己成了别人。就在红灯变绿灯的瞬间，那辆车牌号 3Q3B 的保时捷从他面前开了过去，老流氓手握方向盘，副驾驶上是一位年轻女子。

那一刻，玉峰惊讶自己竟然错过了复仇的可能。

上天一定按照某种规则统领着世间万物，严重事件超过了时间范畴。玉峰为自己的呆傻悔恨不已，就像他在无数个不眠之夜预见的那样，因和那老头面对面而激动万分。

他哪里知道，这个残酷的老头从一开始就铭刻在两人的命运之中了。

连吴乐乐都认为，玉峰对抗保时捷老头，是杠杆撬地球。可玉峰却像对付一车冰冻鱼虾般自信。他买了一张白露市地图，用红笔标出富人居住区，用蓝笔标出高档馆所所在地。

他有时间就到高档小区转悠，光滑的石子路，高大而优雅的回廊，古希腊风格人体的雕塑，玉峰仿佛走在另一个城市。自己与这环境格格不入，环境排斥他，他也排斥着环境。小区的门卫首先把他当成了不法分子。

“喂，干什么的？”

“瞎眼了？这么久还不认识我！”他寻找字眼，强调着语气，仿佛尝到了旧时吃过的糖果那么惊奇。

保安赶忙赔着笑脸，整个身躯因道歉而弯了下去。真像书上说的，人和人对决中，你是狮子，对方就是兔子，你若是兔子，对方就是狮子。

玉峰观察着出入的人们，自信、从容，气宇非凡，他也挺直了腰杆，端正了肩膀，大步穿行在楼宇之间，浏览着停放的豪华轿车。几分钟的工夫，他就像老爸是警察局局长似的高傲而帅气、霸气又凶神地走来走去了。游戏本身激动人心，他成了一个没有东西可输的英雄，难道还怕谁不成？复仇让他有了男子汉的气概，而遍寻不着，又让他体验到一个穷小子的渺小和微弱。

社会可不是学校，不以成绩论英雄，你纵然读万卷书、考无数个满分，你依然是仓库管理员。

失败使人变得聪明而忧伤，他为自己朝露般的状况震惊，为那位施暴的老者惭愧。

吴乐乐提出为他牺牲整个世界的那一刻，沉醉如风，让他充满了对永恒的期待。

一个月过去了，依然不知那老流氓姓甚名谁。不过，他坚信能找到他。命运总喜欢与偏执的人开玩笑，等未来的某一天，玉峰知道那老家伙是何方神圣时，才明白这个老家伙拿他开了个怎样恶毒的玩笑。

11

吴乐乐休养了一个多月，肉体的伤疤治愈了，可精神的创伤不是短时间能复原的。她像失了舵的船在缥缈的大海上撞来撞去。青春光洁的面貌后面，隐藏着一副忐忑的、不寻常的懦弱灵魂。她怕黑夜，当夜幕降临，总感到暴力将至。梦里，或被疯狗狂追，或被恶男威胁，要么吓得跳入深渊，要么在火海挣扎。她终于弄懂了一个道理，那就是世界上任何事物都可能成为噩梦的开端，一张脸、一句话、一个令人厌恶的老男……幸亏和小曲同宿舍，不然，她无法独自度过漫漫长夜。

玉峰是她最贴心的陪伴，他们手牵着手出入电影院，徘徊在各大购物广场，不为购物，只为取暖。他们偷偷地吻，总显得那么神秘而珍贵。她需要一个能安抚的人，一个可以在她苦闷时，把头枕在他膝盖上的人。像所有有这种经历的女孩，吴乐乐害着一种莫名其妙的、忧伤的，甚至恐惧的后遗症，总感觉有双眼睛暗中窥探着她，有把匕首随时准备刺向她。

2010 年 2 月最后一场大雪，吴乐乐等在超市门口，下了夜班的玉峰拥着女友向公园深处走去。雪越下越密，透过橘黄、深紫的灯光和高大如篷的松树，纷纷扬扬，翩翩如仙境。吴乐乐仰脸向天，雪花轻轻地落在她眼睛、鼻子和嘴上，玉峰静静看着，欣赏欢笑的吴乐乐，也欣赏那悄悄落下的雪花。雪花融化了，变成了她嘴角的一滴透明的水，紫红的灯光将她的脸和那水珠照成了紫红色。玉峰突然想起那个紫水晶发夹。他收藏着那个发夹，没让任何人看过。此时，他感觉有点飘忽，像梦。

吴乐乐一把搂过玉峰的头，深深地吻着。两个人都为一种可怕的激情、比理智更深沉的激情所驱使，都顺从了那种无法解释的肉体的呼唤。尽管衣服冰冷，身体却滚烫如火。玉峰感觉自己的男根突然肿胀如柱，难以抗拒吴乐乐不断贴过来的肉体，不得不弓着腰，给肿胀的男根留出伸展的空间。在这神奇的大雪之夜，爱就像灯塔，给他们开辟了新的王国，发现了新的高山和海洋，透过云雾看到了一个无边无垠的存在……他们融化在云雾里。

吴乐乐贪婪地吻着他的柔软，手机不合时宜地响了，是小曲的电话，她告诉乐乐今晚住在同学那里，不回宿舍了。

吴乐乐心咚咚地跳着，眼睛放射着奇异的光彩，微张的嘴散发着香甜的气息。她拉着玉峰的手，沿着白雪皑皑的小路，冒着飞扬的雪幕，向着爱情的海市蜃楼狂奔而去。

玉峰有生以来第一次体验到，欢乐就像海浪冲击岩石般冲击着他的心房，他几乎不敢相信自己的幸福。枯树在风中发出尖厉的声响，雪花颤抖着落在他火热的面颊上，在他看来酷像自己火热的恋情和狂乱的冲动。

玉峰永远记得他随吴乐乐往回赶的心情，像去偷邻家成熟的桃子，兴奋的不是因为那桃子，而是因为避开众人监视、翻过土墙的狂野。人们把每个日子慢慢调和成道德固化的日常生活，规矩成了本性中闪亮的一面。一定时候，人活得太虚假。

特殊的激情和直率的冲动使他们头晕目眩。他们忐忑上楼，心慌意乱地取出钥匙，听到楼梯上的人语声，钥匙掉在地上。吴乐乐不像进自家门，倒像业务生疏的窃贼。

她不得不深呼吸，以便让自己更像个成熟的女孩，刚才热吻的激情，让她的心弦走了音，她对自己的疯狂感到惊讶。

独处一室的诡秘，肉体的赤热，贪婪而又胆怯的感觉……让理智见鬼去吧，现在已是热恋的季节了。他们在门后预热了很长时间，才找回公园里燃烧的火热。

玉峰的胸膛挤压着乐乐，突然感受乳房的跳跃，大胆地将手伸进她的毛衣里，第一次碰触那坚实的温柔、崩溃的快乐。乐乐在他怀里娇喘着，窒息似的呻吟着，他被这美妙的声音所激励，抱起乐乐向床上奔去。他们像两条粗糙的藤萝，胡乱地扭曲在一起。玉峰毫无经验地在她身上乱摸，吴乐乐则惊惊颤颤地傻笑。她突然握到了玉峰的阴茎，被它的坚硬吓了一跳。她像玩擀面杖似的搓揉着，玉峰感觉自己要爆炸了，他慌乱地褪下了乐乐的内衣内裤，两人赤条条地钻进了被窝里。当他翻身爬在乐乐身上，阴茎刚刚接触乐乐两腿间的温柔，灵魂立刻爆炸，那处男的温柔崩溃而出。乐乐惊恐、兴奋、窒息、好奇……此后，慢慢长夜里她都在担心会不会怀孕，她被这恐惧俘虏着。

许久之后，她才明白，他们的初夜是那么失败，她一直是处女身，只品尝了性爱的前戏，根本还谈不上性爱的本质。当她成为性爱大师后，她精心调养过那么多处男。有些四十多岁的处子男，比玉峰的第一次无知无趣多了。她觉得自己的传授很博爱、崇高，比中学老师在课堂上教授几何、引力都伟大。

短暂的肉体接触后，快速地套上了衣服，面对裸体他们相当羞涩和难堪、尴尬又兴奋。第一次的余温像文火烧烤，慢慢撩拨着他们的神经，滋养着幸福而又莫名其妙的感觉。玉峰倒了杯水，递给吴乐乐，吴乐乐刚喝了一口，钥匙的转动声响起，小曲本来在同学家留宿的，可同学出差的丈夫突然回来了，她无处可去，只好返回。

吴乐乐的目光不时落在门后的垃圾袋上，玉峰意会，告别时，顺手把装着卫生纸的垃圾袋提了出去。

他像打了胜仗的将军，高傲而得意地下楼，兴奋而狂喜地冲进大雪纷飞的夜里。那片刻的爆发，激情而喷的快意，用尽所有的词汇也无法描述那份美丽，无法和任何人分享那份感动。生活太美好了，吴乐乐太美好了，大雪太美好了。

爱情的真正目的不是爱的广度而是爱的深度，应该把爱交付灵魂，把肉体交付灵魂。玉峰感觉自己已完成了肉体和灵魂的完美结合。他的爱坚如磐石。

在 2010 年 2 月的大雪之夜，他成了另一个人，虽不更聪明，却更有经验；虽不更富有，却更成熟。他是个真正意义上的男人了。高楼和林木，街道和湖泊，对风、雨、雪是多么驯服和虔诚，耐心地背着冬天的负荷，姿态多么优美——恰如他的心情。

玉峰读过一些阐释易经的书，懂得否极泰来、阴阳相济的辩证关系，懂得逢上必下，有升有沉，有喜有悲的道理。许多年后，他发现自己每次极度兴奋之后，总是伴随着悲惨的事件发生，仿佛苍天有意和他作对。高考结束，无论从哪方面测试，他的成绩都几近满分，结果发生车祸；而在这大雪纷飞之夜，他生平第一次品尝了性爱的快乐，还没细细回味那过程的美妙，就接到邻居的电话：妈妈攀登梯子想去扫房顶上的雪，没踩稳，重重地摔了下去，后脑碰在砖块上，颅内出血，正在镇医院抢救。

接到电话的瞬间，玉峰像在看某部电影，只有电影里的主人翁才会如此倒霉，如此机缘巧合地发生一连串的怪事。挂断电话，他双手叉腰站在白雪茫茫的大街上，城市五颜六色的灯光诡异而漂亮，在飞雪的映衬下，更显得魔幻而神秘。可他突然感觉生活已退到很远的地方，自己成了抽离生活的人，也成了行走在沙漠里的人。这繁华与我有什么关系，他妈的，有屁关系！

他觉得自己成了悲哀的小丑，成了心被打碎的丑角，成了特地被创造出来以增强别人幽默感的道具。

一小时前发生的快乐已是一万年前的事情了。

他必须立刻赶到妈妈身边，不能没有妈妈，不能。公交车已停运了，出租车也在大雪之夜躲了起来。公园东南角自行车整齐地摆放着，车子都锁着，他疯狂地踢着每一辆车子，希望能踢开锁。一名乞丐裹着破烂的军大衣，戴着水桶帽，坐在商场门口的地毯上望着玉峰。玉峰真想将他暴揍一顿。

一辆缩在中间的自行车突然倒地了，原来这自行车太破旧，主人根本就没上锁。玉峰拉出自行车，没来得及扫掉座子上的积雪，就迫不及待地骑了上去，匆忙地向市外奔去。

狂风和着雪花翻卷着他。雪花像泼妇似的抓挠着他的耳朵、眼睛和鼻子。出了城，风更大了，有几个上坡路段，他不得不伏下身子推着走，不然风会把他和车子往回扯。最悲不过今天，他出奇地想念爸爸。泪忽然就流了下来，瞬间和雪花融在一起，变成了冰凉的水珠。妈妈可不能死！上个月，他第一次发了工资，给妈妈买了一条带着牡丹花的羊毛围巾，妈妈高兴地东走走西串串，让大嫂三妹们欣赏儿子的孝心。妈妈，儿子会让你享福的，一定会享福的！

玉峰像个鬼似的赶到镇医院，头发湿淋淋地披挂着。已是午夜三点，同村的朱七叔侍候在病房里。仅凭朱七叔今晚的付出，他决定今生要像孝敬妈妈一样孝敬朱七叔。

“病情危重，深度昏迷，也许……”

玉峰根本不想听“也许”，跪倒病床前，轻轻握着妈妈的手，他突然发觉自己的手太凉，怕冰着妈妈的手，又赶忙松开了。

“妈！”他贴在妈妈耳边，轻轻叫着，妈妈果然像木偶，没有半点反应。他不相信叫不醒妈妈，不相信他和妈妈之间没有心理感应。

“妈，听到了吗，我是小峰啊！”

妈妈的话关闭在嘴唇里，意识融化在躯体里。出于某种连自己也说不清楚的奇怪本能，他恨这个医院、恨这里的医生们。

他哭了，恐惧地哭了。当初，因为昏迷，不知道爸爸是怎么走的，从河里捞上爸爸时就已身亡了。难道妈妈也要离开吗？

玉峰跑到走廊里伏在墙上号啕痛哭。他不相信命运会如此冷酷，不相信上苍会让他一无所有。医生把他叫到办公室，借助墙上的阅片机，指给他看妈妈的脑部 CT 的片子。“脑干大面积出血，成活率也就百分之三！”

玉峰大脑轰的一声，仿佛星际大爆炸瞬间击倒了他。他呆呆地望着中年医生，窒息得喘不上气来，口唇紫绀，心率像失控了似的乱蹦……面条般瘫倒在医生办公室里。苏醒后发现和妈妈躺在同一个房间里，胳膊上打着葡萄糖……那缓缓滴注的水珠，使他意识到自己还活着。

时间是水平的，它在地平线上移动，永恒是垂直的，它坠入难测的深度。妈妈的时间靠惯性慢慢滑行，可妈妈生命的深度呢。玉峰质问妈妈，也问自己。他不知道自己还能在什么地方和妈妈相遇。

上午九点，火红的阳光把雪野反射得流光溢彩，树枝上的积雪像散花似的大块大块地掉落，可怜的麻雀吱吱喳喳地在树上蹿上蹿下。

“准备后事吧！”医生告诉他。

12

姜图美从小就是一个美人胚子，这是姜默的骄傲，也是姜默投资未来的原始资本。从事电焊工作的他，大脑总像焊花般闪闪烁烁，每朵焊花为女儿而绽放。女儿十二三岁时，已出落得让路人频频回头。姜默像蚌呵护珍珠一样，不让任何男生有单独靠近的机会，也不让女儿以任何借口脱离他监管的视线。就读白鹭大学时，他每晚在校门口等着，亲自接送，让那些对校花心存幻想的男生们，只得望花兴叹。女儿也偶尔抗议，抗议无效。

"爸爸，同学们都说你像我的保安。"

"以后记得给保安付费。"

"我都长大了。"

"大不大我说了算。"

男生们试图用激情的钥匙，打开少女被铁链封堵的门——任何仰慕者在姜默凶神恶煞的注视下，不得不绕道离开。女儿是潜力股，女儿的贞洁是天价的招牌。他指望这棵摇钱树，给他摇下数不清的金币。

女儿大学毕业，他开始为女儿扫瞄优质的男人。

齐台集团的老总——周全运的妻子难产去世了。许多美女盯紧了那个空缺，许多准岳母急不可待地求托媒人。

周总踏过的地板美女们都崇拜得了不得。

姜默研究了这个年轻的老总，这人的人品值得和他身体那样重的钻石。一个懂得生活的人，一定懂得怎样去爱。他如果爱上某个女人，一定会给她做一个贝壳形的浴池，女人躺在里面就像一颗价值连城的珍珠。可周总却像和尚似的谢绝了那些主动送上门的美女。

美女及美女的妈妈们对周总的意淫，在姜默看来，不过是小丑们举行的一场狂欢舞会，一场迟早要散场的舞台表演。

姜默却让女儿走了另一条路线。

姜默侦察到周总时常到公司附近的咖啡馆和朋友们聊天，姜默便动员女儿考研，坐在咖啡馆里复习功课。

考研是真实的想法，如果钓不到周总，就去提升学历，为下一次出手打好基础。

无数次失意和落空后，姜默几欲主动登周总的门——好在他终没那么傻。一个人不能每天夜里都在自己灵魂的花园里播种荆棘。不管伟大的人还是渺小的焊工，除了自己毁灭自己之外，没有人能毁灭它。一次偶然的机会，幸运地被周总的身子带掉了书、撞倒了咖啡，还沾湿了美女的衣裙。

美女羞红了脸，惊慌失措。周总拾起书。

“对不起。”

美女慌乱的连应答都不敢了，只微微点了点头。

“烫伤了吗？”

她紧张地扫了一眼肇事者，如此帅气的男人温和地询问，咖啡的温热早不是问题了。

美女是爸爸棋盘上的棋子，棋子当然不知下棋人的计谋。

周总记住了那女生，再去咖啡馆时，目光搜寻那女生。当知道考研日子临近，周总竟然有了小小的惋惜和淡淡的紧迫。无数次目测后，他终于品着咖啡，和美女互留了电话，当姜图美考研落榜时，周总为安抚她请吃了西餐。从此情窦初开的美女像朵娇贵的牡丹，姜默再也不用跟踪护送了。两个月后，她就成了周夫人。

姜默第一次走进周女婿家，坐到光滑细腻的意大利真皮沙发上，立刻感到身体和灵魂都被这柔软的靠背和扶手紧紧裹住，沉入了金碧辉煌的生活。这日子比皇帝都好！他瞬间变成了了不起的人物。

在众人羡慕、嫉妒的眼神中，姜默开始享受成功的硕果，像暴发户似的，根本不在乎银钱。

新妻入室，对待前妻留下的婴儿也如亲生般的疼爱。周总感觉上苍重重补偿了他的缺憾。姜图美不久就怀孕了，还是双胞胎，这可是天大的好事。周总把岳父奉如太上皇，有求必应，侍如生父。

姜默尝到了优越生活的甜头，惶恐便慢慢滋生，前妻遗留的婴儿成了他眼中刺。

姜默向来是做长远规划的人，像许多年前规划女儿的前途。现在，他依然继续规划女儿及她孩子们的未来。从女儿出生的那一刻起，他就不再是自己的主宰者，他成了女儿未来的守门人，成了女儿财富的监护者。

姜默的眼里容不得沙尘，更容不得铁刺。

自有钱之后，姜默混荡于三教九流，出入于市井陋巷。有钱和高贵根本是两回事，开着豪车，穿着名牌，家里家外仆人侍候的很舒服，他却与贵族无缘，顶多是个有钱的穷人。无论走到哪里，或玩了什么样的女人，都唤不起他贵族般的感觉。他在思考着另一个问题：除掉前妻的孩子——小石头，为以后分配财产扫除障碍。

有时恶劣的信念也需要奖赏。

为了确保链条的独立性，姜默选用了两个相互不认识的人。他像等待评书连载的结局，等的心都痒痒的了。10月，阳光分外温暖，植物园举办菊花节，五颜六色的菊花分布在各个角落。周总家的仆人推着婴儿车到植物园晒太阳，在一片紫红的花卉前停了下来。那菊花花坛紫中带黄，黄中带蓝，美的妖艳，美的诱人。仆人伏在花蕾上细细观看，不由得凑近鼻子像蝴蝶似的恋着花香。可是等她起身时，婴儿车里空了，仿佛周岁多的男孩迅速跑掉了似的。这可急坏了仆人，这一急，四十多岁的她竟然心脏病发作，救护车赶到时就没气了。

一切过于妥帖、过于顺利了，似乎上帝也在帮他。偷孩子的就是死在监狱里的周仁道的狱友，叫傻三。傻三听从了姜默的话，真以为那是在做好事，把大姑娘的孩子转移走——他还以为那接应的男子不能生育呢。把孩子迅速交出的那天晚上，他明白自己被姜默利用了，因为接手的人比他还年轻，根本不可能结婚。好像我是他的下等兵，对我指手画脚，让我冒着犯罪的危险去做一项慈善事业。终因孩子突然病重，卖不出去。站在桥上的姜默居高临下，监督船上的小伙子将竹篮漂走且慢慢沉入水中。这是后话。

“那孩子是不是大姑娘生的？”

“问的真妙，反正不是母猪生的。”

“你一肚子坏水。”

“别装好人了，你娘本来生了一个大盗，可你却成了一个无赖。你得信任我，可别害了咱们俩。”

傻三像落水的人抓住浮萍般绝望，偷孩子是犯法的，他可不想蹲监狱，毕竟自己的人生重要于别人的人生。终于因为酒后闹事，在监狱里走完了困惑重重的生命旅程。

有些人喜欢疯狂的生活，规矩的生活能窒息他们的生命。人们知道死是什么，地狱或天堂都不能对他们构成威胁或形成诱惑。世界睡了，天上的星星也疲惫地眨着眼睛。出狱的朱仁道威胁他了，让他睡意全消，这已是第三天了，不解决这个问题，根本没有合上眼皮的可能。他像蒙眼驴拉磨似的在院子里一圈圈走着，不知疲惫地思索着。这疯狂别有味道。

姜默深知周女婿对自己不满，虽不明说，可从他的呼吸中就能感知对方的心意。一直以来，姜默喜欢混迹于夜总会。他发现，给人以强者的印象并不难，关键别露怯，别让人当场看破你的无知，要施展手段，挥金如土；走路要昂首挺胸，撞人肩膀，毫不客气地推开挡道的人。因为不能融入社会的上层，就到底层寻找刺激。

去年冬天在夜总会，为争夺一位俄罗斯美女，姜默和另一位商人互不相让，像拍卖似的攀比着往上押注。仿佛那俄罗斯妓女是处女似的，俩老男人像两条斗气的狗瞪着血红的眼睛。俄罗斯美女已升到上万的价码，商人退出，姜默胜利地拥有睡俄罗斯美女的权力。可搂着美女时突然发现，她就像一朵腌过的玫瑰——满脸雀斑，去掉眼睫毛，眼睛像死鱼般无神。姜默吃了大亏，可钱已付了，两人的衣服也脱了，肌肤也赤条条贴在一起了。不知是因为这美女质量不高，或者感觉中了南方商人的圈套——商人大笑着离开夜总会。姜默却怎么也勃起不了，即便吃了药，男根依然非常温和地酣睡着。可他又舍不得就这样放走俄罗斯美女，俩人像一对八十岁的夫妻，木然地睡了一夜。

清晨，从洗手间出来，当看着睡熟的她时，就好像看一只爬满跳蚤的野猫。

他真想朝自己开一枪，当然，必须打偏才成。

任何美女都无法平复姜默绝望的狂暴、痛恨的侮蔑和无语的悲哀，越想越气。又花了一万，请了几个弟兄，把商人揍得皮开肉绽。他必须把太上皇的感觉从屈辱的痛苦中拯救出来。

当听到敲门声时，商人把手机的录像功能打开，本想掌握与商业对手的谈判资料，却录下了自己被揍的过程。

商人起诉，扬言要让媒体报道齐台集团老总岳父的胡作非为事件。姜默像在失重的环境里行走，晕头转向。不幸的世界里没有钟表，只有永不停息的嘀嗒。

周女婿花了很大一笔钱才摆平这事。周女婿非常气愤，女儿早已传过话来，如果再这样胡作，立刻断掉他的银根。断掉银根事小，这他不怕，女儿是他的银行，怕的是周女婿嫁怒于女儿。

周女婿确实生他的气了，姜默今年的生日宴，周女婿竟然没参加。

姜默忐忑地与过去隔绝，心已变成了不毛之地，除了贪婪，已没有东西能够生长。他从不让自己想起小石头，生硬的他已学会无氧生存。

黎明来临了，乌云从北方迅速笼罩着大地，夜幕似乎比刚才更黑更重了，严严实实地盖住整个城市，不一会儿就下起了滂沱大雨。雨滴疯狂地打在石榴树上、葡萄架上，像一群夜行人在黑暗里穿梭。

贩卖婴儿的事如果暴露，定是死罪一条。可那个该死的人贩子，明明让他看着沉到了午夜的河水里……敲诈！肯定是敲诈！小人、无赖、臭虫！若让这号人活在世上，就是对我的极不尊重。姜默哪里知道，那垫了石头的竹篮子，被傻三及时调换了。

13

玉峰感觉自己成了一个飘浮在空中的肥皂泡，轻飘飘的，随风而动，又轻盈又美丽又伤感。他不愿意看到气泡的破碎，因为破碎是早晚的事。悲哀的后面始终潜藏着悲哀，更聪明一点地说，悲哀之后一直有灵魂存在。安抚一个处于痛苦中的灵魂，也是一件可怕的事。因为任何语言都像施舍。

玉峰一切听从长辈的安排。他守在妈妈身边，握着妈妈的手，不停地流泪。他希望能感受到妈妈的温情，妈妈通过手指给他一点点暗示，可妈妈像服了安眠药似的一无反应。人生的意义是什么？奥修说人生没有意义，是人们将意义带给它的，是人们创造出那个意义。玉峰看着安静的妈妈，突然质问自己：母子这样存在，真实意义是什么？

他不相信妈妈不告别就走，可到最后，当心电图缓缓拉直，妈妈都没睁一下眼睛。

焚香的味道很适合留在一个痛苦下午的回忆中。

下葬了母亲，众亲友纷纷离去。玉峰跪谢亲友，他们既可怜他是个孤儿，又同情他的遭遇，老奶奶们抚摸着他的头，老爷爷们捏搓着他的肩膀，年轻的小媳妇们也唏嘘哀叹。在他们滔滔不绝的悲声里，玉峰感觉自己萎缩成了三岁的小孩，跪在地上乞求大人们的拥抱。泪已流尽了，家已解散了，他暗自盼着他们快快离开，给他一个空间，给他一份哀悼的自由。

玉峰就这样被残酷的生活弄成了一个低贱的人。用悲伤而低贱的面孔面对大众无疑是好的，但当他时不时地独自一人时，只是为了呼吸，他不得不拿下低贱的面具，否则，他一定会窒息而死。但即便这样，依然有多嘴的老太太们对他克父克母的猜测指手画脚、说三道四。

听到这杂沓的消息，仿佛一根根蜡鞭抽打在脸上。他痛苦地抽搐着，将缕缕恨意吞进肚里。一个人没有理由向公众展示他的生活和灵魂，他爱父母，这无须外人知道。而好事的人却把它作为一幕悲剧搬上舞台，要让全村、全镇人都知道故事的泪点。

他们以搬弄是非为目的，力证存在的价值、彰显年龄的厚重。他们是小杯子，只能盛那么点水，给他们再多一点智慧，他们也接纳不了。

他们是农村一代失势人的典型，他们来自自己的领地，仅此而已，至于灵魂的高贵，则是不能传染的。

当玉峰失去还没来得及去尊重的东西时，心里的那片柔软就开始疼痛。

抗拒长者是一件痛苦的事情，但被他们胡说八道更痛苦。他跪在尘土中，敲打着胸膛，呼唤着父母，可父母永远不会听儿子的声音了。

家里杯盘狼藉、物品杂沓，母亲的衣物被褥都烧掉了，像当年烧掉爸爸的衣物。如果没有了妈妈，玉峰不知道这是谁的家。几天来太疲惫了，他几乎没合过眼。送走最后一位客人，清算了葬礼各方的账目，背负着二十六万的家庭巨债，他关上门，和衣而卧，瞬间沉入了梦乡。

贫穷一旦钻进门，亲情就飞出了窗。对蛇讲青蛙的感情，对老鹰讲兔子的感情，都是无聊的。高尚的感情只为高尚的灵魂存在，第二天，天还没亮，他系紧鞋带，又扎紧腰带，束紧一个男人所剩下的全部，背负着沉重的债务，锁上房门，离开了。

吴乐乐听着玉峰离去的脚步，内心有说不出的幸福。世界谜一般美和谜一般神秘地包围着她，她在孤寂中侧耳倾听——茫茫人世上唯有自己的心跳声，它是那么胆怯，那么陶醉。爱情真是奇妙的感觉，想说却又不知如何说，不想说却满肚子都是倾诉的欲望。

不被人理解已经成为爱情独特的标签。

小曲比吴乐乐更乐于表达，她迫不及待地向吴乐乐汇报今天的惊喜。

“上午，一位帅哥走进了售楼处，气质绝不一般——文雅中透着霸气，谦和中带着功成名就的自豪。太迷人了……未开口先是一副迷死人的微笑：‘可以请您介绍楼盘的情况吗？’天哪，当然可以，介绍一百遍都可以。我详细地讲解了所有优厚的条件，包括优越的地理位置、超强的风水佳地等等。那帅哥一次就交付了四套房子的预付款。”

“四套？”

“是啊，全是三室两厅！乖乖，他还送了我两张后天音乐会的票呢，每张一千多元，要我和男朋友一起去看。我急忙说，我没有男朋友。”

“狡猾的小狐狸！”

“就是没有吗……你猜他是谁——M9的大陆总代理！我在想，他的女朋友该是什么材质做的呢？”

“肯定不是售楼小姐！你就死了心吧！”

“我心都死了一百次了。”

自从“白鹭天使”选美落败后，小曲便像输掉了人生似的颓废和没落。谁都知道她的颜值远远高于第一名，可第一名的背后站着某位权势人物。

小曲觉得命运已不会赋予她任何醒人耳目的东西，酸楚之心越发膨胀，简直就像一只猴子。这样的夜晚，她们的话题离不开男人，离不开那些前来购房的老板和他们福禄齐天的女人们。就在她们闲扯的时候，小曲的手机响了，以为又是哪个坏小子的骚扰电话，没好气地质问对方。当对方报出姓名，小曲从床上赤脚跳到地上，仿佛只有这样接电话才能表示对对方的尊重。她心里像着了火，握着手机的手微微颤抖，眼神放射着喜悦至极的光芒。她有一种感觉，仿佛她正在朝彩虹飞去，不禁飘飘然起来。

来电话的竟然是M9的大陆总代理钱宽，他正在对面的茶楼和朋友喝茶，刚才正好看到小曲上楼，问是否可以请她喝杯茶。

小曲连忙点头，说五分钟后就到。

小曲来不及回答吴乐乐的问话，像被老虎追赶着似的匆匆套上漂亮的裙子，争分夺秒地洗脸上妆，旋风似的飞奔而下。

吴乐乐不安地站在窗前，目送着小曲在冰雨中跑进了对面的茶楼。一朵玫瑰花落在了这个金钱万能而灵魂失色的土地上，落在了这个礼貌而又放荡的社会上。有些女孩宁愿在宝马里哭，也不愿在自行车上笑，通向欲望的大门可不是第一次向小曲打开。开头都是相似的，只是小三和弃妇的命运各有不同。

“白鹭天使”背后的权势之人，也曾向小曲发出过邀请，可小曲用白雪公主的圣洁，拒绝了权势之人的颜面。当年那位“白鹭天使”现在已是影视界的小红人，虽然不时靠绯闻上位，但上位就是上位，不在乎是走上来的，还是从男人的肉身爬上来的。小曲的命运正相反，没有任何舞台或T台接纳她，她被社会拒绝着，从“天使”跌落成了售楼小姐。她想找出生活的真相，既焦急又恐惧，真相却被一股无法控制的飓风绑架着。年龄渐增的她不由得顿悟到：适应现实，做一只平凡的美小鸭。

这注定是兴奋而忐忑的一夜。两小时后，钱宽非常绅士地把小曲送上楼，在门口礼貌地告别。

小曲像回忆电影般一点点向吴乐乐讲述了经过。钱总和两个朋友一起喝茶，他们都是台湾人，对此地风土人情不太熟悉，邀请小曲喝茶，其实也是向小曲了解白鹭市的概况。小曲很激动，不单感觉自己被重用而激动，因为与帅哥级的才子老总坐在一起而激动。

失败的确是一帖特好的补药，坎坷让她饱经世故。她的人生缺少一场不可捉摸的浪漫——浪漫或许找上门了。

“无论母猴多么漂亮，没有哪个男人愿意娶回家。”

“当然，斑鸠无论飞得再高，也嗅不到白云的味道。”

吴乐乐被嫉妒之火悄悄炙烤着，她暗自盼着小曲倒霉，盼着钱总睡了她，然后扔掉她，一次性地消费她，让她痛哭长夜。

所谓闺蜜有时也是为了发泄心火准备的。

第二天吴乐乐醒来时，小曲早已上班走了。今天，那位钱总还要去办理许多房产手续。

吴乐乐要到房产公司找工作，一切不快都成为过去，美好的生活依然继续。她给小曲打了电话，叮嘱她要抓住机会，说不定能修成正果呢。两女孩在电话里嘻哈了好久，像往常，调侃着可笑的男人，分享着彼此的心得。

挂了电话，吴乐乐非常想念玉峰。可是玉峰的手机无人接听，可能正忙着吧。如果这世界上有什么东西好过毒品，那一定是爱情，它能让人忘了一天有二十四个小时，忘记渺小和微弱。吴乐乐看着镜子里的自己，想着玉峰。爱情对她来说水晶般纯净，不管以怎样的方式在光线下将它举起，都会折射出不一样的颜色。

吴乐乐去了四个地方面试，都被拒绝了。明明发出招聘广告，却又推托说满员了。当从最后一家公司出来，吴乐乐突然顿悟——她被打入了黑名单。上次那个老流氓曾扬言让她找不到工作。难道真是他串通了各个售楼处？那老家伙的嘴巴像毒气室，尖酸刻薄的言辞灌进了她的世界。悲伤再次烫伤了她，忧愁是自私的，伤感也是。

受了委屈的吴乐乐拨打玉峰的电话，无人接听。远远地站在仓库前的树下，在这里能望到忙碌的玉峰，可等待了很长时间，脚都冻麻木了，依然不见玉峰的影子。

老师傅告诉她玉峰回家了，他妈妈病危。

早上出门时的兴奋，被接二连三的坏消息冲击得荡然无存。幸福那么脆弱，开心也是有条件的。对一个失业者，哪里还有开心的感觉。现实刺痛了她，没有工作，面包和房租都是问题。失意和悲伤仿佛成了生活的调剂。和玉峰在一起，自己仿佛登上了王位，成了爱情世界的女王，统率着一支仿佛来自梦中的劲旅，霸据着金山银山。可当太阳升起，梦便像蟑螂一样隐匿起来，厄运缠身，整个世界也黯然失色。

14

小曲兴奋得像得了竹子的熊猫，滔滔不绝地讲述钱总的事情。好像谁没接待过富翁似的，何至于这么兴奋！可小曲根本没发现吴乐乐的沉重，就像舞台上的歌手，根本不在意某个听众的忧伤。

“钱总邀请我一起去看演出呢！”

“很好啊，去吧。”小心带你上床，然后像避孕套似的扔掉。

“他说，我让他神魂颠倒。”

“他神魂颠倒，一定是酒的功劳。”

“吴乐乐，你好刻薄。”

“我为你好，别跟他上床，看他还能颠倒多久！”

两个女孩各怀着鬼胎又亲如姐妹了。

第二天，吴乐乐依然游走在各个售楼中心，到下午四时，依然被拒绝着。她心灰意冷，跳上了驶向郊外的公交车。

镇医院门诊大厅，聚集了许多忧伤的村民。一辆蒙着白床单的推车缓缓推了出来。玉峰扶着车子，低泣着。

吴乐乐像夯在地板上的木桩子，呆愣了。殡仪车开走了，大厅空无一人。她一时没明白，自己与这个现场有什么关系？和玉峰是什么关系？该不该去安慰他、照顾他？此时，关照他的悲哀是不是一种虚伪？吴乐乐不单单感到不幸，还有一种无法挂在脸上的空虚。

她突然顿悟到，悲哀是人所能表现的最高贵的感情，同时也是爱情的试金石。欢乐的后面，或许还有暴力、生硬和无感觉的东西，但在痛苦之后只有痛苦。痛苦与欢乐不同，不戴面具。

吴乐乐踩着融化的积雪往公交站走去，皮靴沾满了泥巴，心里也沾满了泥巴。她一会儿为自己的无情恼恨，一会儿又为自己多事不安。玉峰该多么难过啊，玉峰成了孤苦无依的人。太阳落山了，冷风越吹越紧了，白天融化的雪水正慢慢结成冰。吴乐乐手脚麻木，双腮僵硬，可公交车像死掉了似的根本看不到影子。吴乐乐后悔自己没把玉峰的头揽在怀里，给他最坚强的关爱和温暖。她真想痛哭一场，可在这地方流泪，泪水也会结成冰凌。

她不是那种以便利来取代爱情，以调情取代热恋的人。以超市的效率把生活打包，快递给心爱的人，恨不得立刻和他在一起。逝去的时间沉淀出冰冷的分量，在她的胃里嘀嗒作响。她渴望永久地困在爱情的牢笼里，渴望光线能渗透她，驱散她灵魂的阴霾。她有太多太多的寒冷，除了爱情，没有东西能温暖她的灵魂了。

风吹树摇，一团雪落在吴乐乐的肩膀上。她抓起雪，塞进嘴里，雪在温热的口腔里扩散——像玉峰的吻。事实上，多亏下了雪，村庄和田野才显出另一种冬季的风味。槐树比往常更加光秃，松树也更壮美。轿车上堆积着厚厚的雪，像发涨的大面包，小孩子用手指在雪上画出几个大字——小伟和娟娟是两口子！

在冰雪上行驶的车子跑得极慢，稍不留神就会打滑或飘移。一辆银灰的奥迪缓缓开来，前脸撞扁了，左前方的灯整个凹了进去，像独眼龙——吴乐乐差点笑出声来。

一位老爷爷突然抢在越野车前过马路，越野车猛然刹车。说时迟，越野车像玩飘移似的在雪地上打转，失控的车尾冲着吴乐乐横扫而来。瞬间，吴乐乐被重重摔在乱石堆上，痛得她差点背过气去。这下完了，腰断了。吴乐乐突然望到了冬季的蓝天，树上的积雪耀眼生辉，像是一张折叠的风帆。石堆在身下塌落，积雪在耳边发出轻轻的嚓嚓声，疼痛在体内闪电般流窜。吴乐乐晕晕乎乎，突然感觉悲剧也是抒情的。

剧痛过后，吴乐乐才缓缓动了动手脚。没瘫，能走。吓坏了的司机轻轻扶起她，她慢慢转了转腰身。幸亏乱石上有厚厚的积雪，缓冲了撞击的力量。除了脸上有擦伤外，似乎没有其他硬伤。

司机带着她到医院检查。坐上了路虎，俩人才发现，司机是个帅哥，而伤员也是个美女。司机不时问吴乐乐能否坚持到医院，吴乐乐内心的忧伤大于肉体的伤痛，不想应答。此后的路程，吴乐乐感觉自己成了笼中鸟，并打定主意不和陌生人交谈。司机时常寻问她身体是否不适，他提问的方式虽像个医生，但在吴乐乐看来，倒像是老师的故意刁难。也不知道由于害怕，还是出于反抗，好几次试图把脸转向车外、不瞧司机的脸，可那英俊的脸庞像金黄的向日葵——她心中产生异样的冲动，好像重要的话将脱口而出，冲动之核卡在了喉咙里。

CT 检查，果然，腰 4、5 椎间盘突出三毫米，需要卧床休养，短期内不能工作。

很好，借口不错，反正也没工作。司机把吴乐乐送回家，声明第二天再来。吴乐乐不想坑司机，也不想让玉峰误会，便告诉他不必来，有事她会打电话找他的。

谁也不知道吴乐乐这一天经历了什么。假如她向镜子能坦白出心中的自我，那小小的罪恶便可以瓦解。吴乐乐躺在床上，感觉一切皆空。小曲陪着钱总看音乐会了。生活的五彩缤纷都是别人的，而自己却只能是灰色，是忧郁的底色。自己已很努力了，却什么都虚幻着、蒸发着。她盼着玉峰来个电话，可玉峰一个信息都没有。她不能怪他，但又想怪他，关键时刻，他没把她当自己人。她有点失落。

小曲裹着一团喜悦回来了。吴乐乐佯装睡着了。可小曲又怎能沉住气，坐到吴乐乐的床边，像摇晃秋千。小曲的故事越诚实，在吴乐乐看来就越充满着人生的诈术。

吴乐乐像不困就会死似的闭着眼睛，不得已才应答一声。小曲终于安静下来，她没发现吴乐乐那悄悄流淌的泪水。我唯一需要的就是一个懂我的人。她不会为身体的任何痛苦哭，愤怒时才会这样。

第二天小曲去上班，刚打开门，司机朱卫博提着一个保温桶站在门口。

"吴乐乐在吗？"

"你是谁？"

"请把这个给她。"

小曲迟疑地接过保温桶，她闻到了鸡汤的香味，退回到房间，摇醒了吴乐乐。其实，吴乐乐立刻听出那个深沉的金属般的声音。自从昨天黄昏起，在那个冰雪的乱石堆上，这个声音便留在她的灵魂里。

小曲从窗口向下望着，发现那男子驾着路虎走了。"开着路虎送鸡汤，你可真有范儿！"

一两句也说不清楚，吴乐乐干脆沉默。小曲诡疑重重地走了。

15

玉峰处理完妈妈的丧事，坐上最早一班进城的公交车。逃离成了一种姿态，或一种纪念。

以前，尽管外表寒酸，可他感觉精神世界比谁都富有，抱有一种难以拂除的骄傲情绪，曾认为自己是被上天悄悄挑选出来的人，总觉得在未来的某个地方，无人知晓的光荣使命在等待着他。然而现在，他模糊了，他失去了存在的根基，一切都那么错乱、空虚。奇怪的是，他从父母那儿拿了那么多，双手本该满满，摊开时却空空如也。

进了长途汽车站，"青岛"两个红色大字像旗帜般召唤着他。在儿时的记忆里，妈妈总是给他买青岛钙奶饼干，印着黄白斜纹的包装曾那么亲切地滋养着他的童年，以至于上高中时，还偶尔买一包青岛钙奶饼干，在温水里泡几秒钟，含在嘴里，那奶香和甜蜜便回味无穷。

青岛，是的，青岛。玉峰坐上了去青岛的大巴。他要去看海，这辈子还没见过海，可不知为什么，他有许多话要对大海说。晚上他梦到自己被大海托浮着，像躺在摇篮里似的轻轻地摇晃着。弯月斜挂在天上，繁星闪闪烁烁，一阵微微的歌声从大海深处传来……

对海员来说，生和死只有一块甲板的距离；对妈妈来说，生和死仅仅是梯子上两级木栏的距离。玉峰觉得自己的心正渐渐枯萎，不会思考，不会计划，生命的热情像水蒸气般慢慢消失了。大巴在高速上跑着，原野上的雪越来越淡，当大巴驶入青岛地界时，已没有雪的痕迹了。

玉峰突然觉得自己的悲伤也和这雪一样，沉入记忆，雪逝无痕，却又冰冻刺骨。

冬季是旅行的淡季，玉峰选择了一个靠近海边的小宾馆住下。整个顶层只有他一个顾客。他像岩石，在海边一坐就是几小时，欣赏着渺远的海岸线、银灰的波涛、瘦弱的小帆船。海涛后浪推前浪地接踵而来，浪与浪之间折叠着灰色深渊，永远不停息，永远魅惑。

大海综合了各部分的矛盾——污染的环境，以及走调的气候。不知美是大海的本身，还是大海的空灵。大海的本身包容了万物的生命，而大海空灵却充满着不安、未知和虚无。然而正是这不安、未知和虚无，丰富了大海的精神。

坐在海边，孤苦感包围了他，像鸟儿剪断了翅膀、老虎拔掉了牙齿，忧伤快把他压死了。他从小就是父母的宝贝，在父母的关爱中度过每一天……可老乡们说他克父母，真的会克父母吗……

大海给玉峰安静的感觉，给他类似父母关爱的温暖，还给他摇篮般的幻觉。如今，生活成了一种惯性。然而这种惯性的生存似乎和自己毫无关系。现在，我是机械的，除了这样的我，我还能是谁？懒惰是很困难的事吗？堕落也不是罪！乞丐一样活着不也很好吗？生活是一种极大的失望，人们谈论幸福其实都是胡说八道。

痛苦确是一帖特好的补药，有时也是一服不可挽救的毒药。

他花了三天时间试图让自己适应悲哀，试图在狂风巨浪里搭建一个避风港，在那儿读书或欣赏风景。然而那里没有风景，没有书，也没有亲情的痕迹。

一个疯子坐在轮椅上艰难地从栈桥上滑过。破烂的看不出底色的大衣，打着补丁的滑雪帽，两只不同颜色的破靴上系着五颜六色的鞋带，膝盖上还盖着一块不知哪个厨师丢的油腻腻的围裙。轮椅上挂着掉了瓷的水杯、一只毛线手套和一只女式皮手套，两个喝了一半的矿泉水瓶子……居民每隔一两年看到这个残疾乞丐时，会不由得感慨：生命其实也挺抗糟的！

也许只有夏天的大雨才会帮他洗洗脸，老乞丐满脸苍灰，用露着棉絮的破手套转动着轮椅，突然车轮卡在了岩石缝隙里，轮椅呈四十五度角倾斜了下去，老疯子一脚点地，努力转动轮椅，可轮椅像被岩石紧紧咬住了。远远看去，疯子像一只肮脏的狗，在玩着自己的转尾巴游戏。

玉峰离轮椅隔着一片杂乱的岩石，他手脚并用地爬过去，把轮椅从石缝里提出来，把疯子重新安顿好。疯子不但不谢他，还恶狠狠地打掉了玉峰扶在轮椅上的手。玉峰拾起搪瓷杯子，疯子一把抢了过去，仿佛怕玉峰霸占他的财产似的。玉峰闻到了一种侵蚀五脏六腑的腐臭，立刻感到一阵错乱。他突然意识到，疯子的生活也应该去洗一洗了。

疯子两道剑眉，高挺的鼻子，浓厚的胡子，不知为何，玉峰第一次仔细审视一个人的五官。他突然想起了尼采、纳什、果戈理、小仲马、海明威……也许这乞丐是智商超群的天才。玉峰不由得多看了几眼，可他读不懂疯子的眼神，看不透他有着怎样的思维和内心。没疯之前，他一定也有不错的人生，也许是学习尖子。人世无常，未来其实是很可怕的。

疯子也许没有亲人，像我一样。玉峰有一种同病相怜的感觉。过去，骄傲的玉峰并不曾希望得到别人的理解，此时，却突然希望和这个疯子互通，希望自己完全地、一无遗漏地被理解，希望自己在疯子面前变成空白。

这几天，疯子似乎总在这个小区转悠，玉峰每天都要遇到他一两次。玉峰买了包青岛钙奶饼干，坐在岩石上吃着。

听到金属的碰撞声，玉峰就知道是疯子来了。疯子转到垃圾箱前，伸手够放在垃圾箱上的半块面包。可垃圾箱太高，他努力伸着胳膊，指尖刚刚碰着面包皮，却越碰越远，即便口水流得再长，好像疯子和那半块面包也无缘。

玉峰走过去，观赏小孩子玩游戏似的观赏疯子。玉峰香甜地吃着饼干，故意咬得咔嘣脆。可疯子连看也不看他，执着于那半块面包。有那么一刻，玉峰觉得疯了的不是他，而是自己。

玉峰把半包饼干放到他怀里，疯子连忙把饼干藏到大衣里，然后继续够那半块面包。玉峰拿起面包扔进了垃圾箱里。

“鸡巴……鸡巴……猪……猪……鸡巴猪。”疯子像恶毒的孩子，如果两眼能喷火，目光似乎能把玉峰烧成灰。

玉峰和疯子对视着，他再次想起尼采之流，不知为何，玉峰胆怯地把目光挪开了。

妓女并非为了爱客才接客，有的却也不是为了爱钱才接客，这个行业的学问和疯子一样深奥难懂。

黄昏时分，玉峰在海边看书，那是他跟吧台服务生借的一本书。阅读别人的故事，他总是同情那些倒霉的人。悲伤让人温柔了，但温柔不是他来这里的目的。他突然听到了金属的碰撞声，原来疯子正在短松下吃那半包钙奶饼干。他吃得那么香甜，那么小心，用手托着，把散落的粉末倒进嘴里。玉峰的舌头突然感觉一股温热，随后又是隐隐的甘甜，这温暖的状态，这大海的气息，和唾液一起似乎永远缠绕在了舌尖上——像妈妈的吻。玉峰突然泪流满面……钙奶饼干，那是妈妈的味道，家的味道……

感觉的突然复苏带来了起死回生的力量，他身体发抖，灵魂摆弄着记忆中的事，妈妈的微笑偶尔泛起又消失，爸爸的手指，即将够着又隐遁……大海在呼唤着他，海浪把他从深陷的无力中托举出来，顷刻间，他浑身充满了力量。向着大海奔去，发疯似的嘶声哭号着——爸爸、妈妈……海鸥在天上盘旋、鸣叫、喜乐，好像遇到了老朋友似的。

它们的飞行改变了玉峰呼吸的味道，淡淡的槐花或橘子花的香味一波波地随风而来。

鸡巴……鸡巴……猪……猪……鸡巴猪。玉峰坐上返回的大巴时，暗自重复着疯子的骂声。鸡巴……鸡巴……猪……猪……操蛋的世界！

16

1990年的某一天，周全运辞职了。他本来有人人羡慕的工作——城建处副处长。谁都知道他定会有着不错的前途，可因为和处长发生了一点摩擦，就愤而别离了座椅。其实，那点小摩擦根本没入周全运的心。在推进全市垃圾箱改建工程上，周全运建议新建社区的一千七百个垃圾箱不必参加这次重建活动，避免不必要的浪费。

“浪费？节约？”处长站起来，若有所思地晃着茶杯，像渴极了似的一饮而尽，随后将空杯往墙上用力一掷，弹出千万碎片，喷射到与会人员身上，吓得大家赶忙用手遮住脸庞。“这就是节约的结果！旧的不去，新的不来，一定程度上，节约是另一种……浪费！”

处长的哲学太深奥，众人没听懂。周全运啜着茶。若把这杯水朝他脸上泼去，会“节约”出怎么的表情。他把手放到了笔记本上，指甲抠进了黑色的塑料皮里，从政，这块赖以养生的迷人场地就这样从他脚下消失了。我不会与浅薄之人为伍，心绝对不能放在他们的显微镜下。

背后都是利润。权力无敌，人贱无敌。放纵吧，未来发出了邀请。

一种可怕的危机已经迫在眉睫，周全运有一种奇怪的感觉，生活为他准备了有强烈戏剧感的苦乐大戏，他却转身离开了。

周全运辞职是多方原因造成的，提拔他的老领导因站错了队而靠边站。在职场，没有属于你的DNA你是升不上去的，无论你怎样优秀、怎样勤奋，只能在一把椅子上磨到老，磨到你没了脾气、没了耐性、没了豪气。DNA就是力量，DNA就是权力、前途。然而培养新的DNA比乞丐坐上亿万富翁的餐桌更难。在周全运看来，职场并不是风平浪静的池塘，而是痞性十足的海洋，飓风袭来，翻江倒海，摧枯拉朽。一位非常要好的同学，早年得运，意气风发，去年因异派检举贪污进了监狱，大好前程像折叠的纸扇收窄了。

从政是一种风险职业。恰在这时，爸爸去世了。爸爸是研究哲学的大学教授，对人生有自己的领悟。临终前握着儿子的手："神欲使之灭亡，必先使之疯狂；欲摧之，先与之。"老人用中西两句话结束了他的遗言，也为儿子奢华的生活点了一笔黑色的句点。

这是爸爸在尘世的最后叮咛，他一向崇拜爸爸，相信他老人家的话一定有深刻哲理。来参加葬礼的表弟倒卖钢铁、水泥，一夜暴富。周全运从容地递了辞职报告。他知道，如果不破釜沉舟，根本没有挑战自己的勇气。自己王子般的历程被抛到了脑后，它的终结——就是蒙眼在悬崖边跳舞的终结。他盘算着，这种洁净自在的生活和刚摆脱的那种财源滚滚而又惊心动魄的混乱生活之间，没有任何内在联系。

在政务大厅，办理保险等各种手续，自己的声音那么陌生的，像来自陌生的胸腔和喉咙，也因为兴奋、忐忑和说不清的原因而不住地颤抖。旁边站一位留着蘑菇头的姑娘，连衣裙不时地碰着他的膝盖，高跟鞋也轻轻地擦着他的脚踝，这是用任何语言都不能形容的、活生生的、桃花般的暗示。他有些心魂不定，头脑发晕，像处男似的，终于没敢回头看那女孩一眼，办完手续，逃也似的离开了。

好了，现在是无业游民了。但真正的无业游民如果买一条金项链，会先把脖子洗干净再戴上。

周总还是个孩子的时候，曾做过纸船，将它们放在雨后的水池里，由此他学会了风是如何改变航向的，但那风可不是世风。当第一次摆脱那身官气，站在菜市场，询问茄子多少钱一斤时，他被老大姐吓了一跳。她扯着女高音的嗓子说：“茄子、茄子哩，三毛五一斤，一块钱三斤……”发现周全运转身离开，便换了说唱内容：“别走啊帅哥，吃了我的茄子，你那宝贝就会跟英雄一样坚强不屈……茄子、茄子哩……”

周全运像老鼠过街般逃回了家。柴米油盐的世俗生活，他久不踏入了，那些世俗文化，也心甘情愿地拒绝着。而今，他发现自己没有了归属感，既不属于有权阶级，也不属于苦力阶级。他给自己定义为白痴阶级。无论是权力的奢华还是拖鞋的凡俗，都会化为陈年的时光，一去不返。到了夜晚，闹市的灯光、喧哗、眼花缭乱的电子屏幕，以及蜂拥而至的人群，组成了和谐、繁荣、亮丽、赤裸的夜的哲学——真是荒谬透顶。

是的，这就是生活，不管是正人君子，还是贪污犯、强奸犯，以及骗子和经理人，都可以在这绚丽的光影里找到幸福、快乐和活着的意义。

尼采说上帝死了，人们说良心已离开了人间——再也没有比这更可怕的事情了。

在大学任助教的妻子万明劝他不必着急，安静一段时间，读读书、静静心，从容思索何去何从。工作原来不仅仅是一种妥协，有时候还是最好的陪伴。当失去还没来得及去尊重的东西时，胃就开始疼痛。他觉得自己像一个孩子，坐在陌生教室里，听陌生老师用陌生的语言授课，无奈得想哭。他搂着妻子的细腰，像在大海里搂着一块浮木，嗅着她身上那股淡淡蔷薇花的气息，内心那份感动无法表达。

贸然辞职的忐忑，不经历者，永远体会不到。

妻子是爸爸选定的儿媳妇，大学里有名的贤静姑娘，她从不对委屈喋喋不休，更不会与人争论天空是否是灰的或蓝的。她只欣赏大海的慷慨，欣赏树林向着阳光延伸的高贵。

人不是从娘胎里出来就一成不变的，相反，生活会逼迫着一次又一次地脱胎换骨。今天的周全运已不再是昨天的那个他，但未来，当他身家百亿，女子绕膝时，那时的他，也不同于现在，也不同于世人眼里的周全运。

周全运泡了杯日照红茶，深棕的色泽透着平和的光芒，浓郁的香气浸心入肺。他端着茶，站在书房里，面对着爸爸留下整屋的书。

生活本身就是一部哲学书，人人有自己的生活哲理。天堂还是地狱，由自己决定。他从书架上抽出了《包法利夫人》，大学时读过，许多年过去了，当看到这个题目，他又想起了从前读这本书时的感受——找个好媳妇是人生第一要事！

跷起二郎腿，书摊开在腿上，热茶在右手边的茶几上，真是神仙的日子。一种幸福感兜向心头。“我们正在上自习，忽然校长进来了……”他一页页地读下去，其间冲了两次茶，去了一趟洗手间。洗手时他突然想起中学时曾梦想当个作家，现在看来，放弃当作家的梦想像放弃工作一样太武断了，这类故事也许真可以构思一两个。

当他读到包法利夫人幻想着“太阳下山的时候，人在海滨呼吸着柠檬树的香味……”不由得感慨，这女人是风的产物。

17

经历了灵魂涅槃的朱玉峰从青岛回来，立刻去找吴乐乐。当再次站到吴乐乐楼下，距上次离开，已是十天后的事了。十天不长，却又足以改变一切。上帝用时间考验恋人的心灵，而不是穷恋人的衣着。

玉峰像电影中的闪回，重复着心动的镜头：他们在树下拥抱着，难分难舍……幸福又回到了玉峰身上。没给她消息，她会原谅我、理解我的。

树木虽被风雪折磨但仍朝向太阳，爱情有时却不如树木高贵。这个时代爱情也是保鲜产品，不懂这个道理，也必定不懂这个时代的女人。

街道背阴的地方结着厚厚的冰，下水道的出口散漫地冒着蒸汽，正午的阳光很淡、没睡醒似的。玉峰拿出手机，他想给吴乐乐一个惊喜，突然听到了吴乐乐的说笑声，他惊喜地挺直了身体，似乎每根头发都在经受检阅。果然，吴乐乐和一个男生从单元里走出来，玉峰急忙闪到树后，吓坏了正在铲冰的环卫工人，那妇人怪异地看着玉峰，玉峰则仔细捕捉吴乐乐和男生的对话。可街道的嘈杂声淹没了所有。

路虎拉着吴乐乐和那男生向东驶去，玉峰的兴致也被他们带走了。强大而酸涩的失落感油然而生，像坠入冰窖——喉头发紧，全身冰凉。

他根本无法抵抗由心而起的寒冷。

小曲和钱宽一见钟情，迅速坠入爱河。小曲的美好爱情值得所有售楼小姐倾心膜拜。几天的时间，小曲除了五脏六腑没有改变外，衣服、坤包、首饰……均换成了明星的水平。工作当然辞掉了，每天的生活都由钱总安排，看演出、听音乐会、购物、喝咖啡……穿的像公主、吃的像皇帝、威风像太后。人生的极致也不过如此。吴乐乐酸溜溜的，羡慕嫉妒恨诅咒全有了。

吴乐乐和小曲形成极大的反差，工作丢了，情人无力关照她，身体又受伤了。售楼小姐里也会有坏人，就像有堕落的和尚和糟糕的理发师。毕竟羊逼急了也会咬人。恋爱是一场反复涂改的手稿，不同的上下文，使用不同的比喻。人事无常，吴乐乐从镇医院回来的那个晚上，已渐渐变得如梦似幻、浪漫传奇、因果紊乱。然而，冰封的河面总潜伏着激流和陷阱，不由得你不思索、反省，从而嫉妒或心酸。

作为交通厅副厅长的公子，朱卫博自然也成了吴乐乐和小曲话题的中心。如果能钓住朱卫博，那吴乐乐也会变成公主或皇后娘娘。

每个少女心里都有梦，七十年代的梦是军人，八十年代的梦是大学生，二十一世纪的少女梦已换成了迷幻的金钱乐园。

无论冬夏，蟋蟀都放声歌唱，一如三千年前。同样，不管用什么方法也不能阻止刀刻斧凿般的月牙儿，圣洁而执着地挂在城市的上空。

人不是蟋蟀，也不是月牙儿，如今，有些女孩认为想活得自在，得用金币思考。

吴乐乐爱朱玉峰，她时常拿玉峰的智慧抵挡朱卫博的影响。一天天逝去，智慧是记忆中的事，美食美包美衣饰是眼前的事。吴乐乐痛苦地斗争着，内心的拉锯战很累、很心酸，愁绪淡淡地锁在脸上。从来不知道被拒绝是何滋味的朱卫博，品尝了被排斥、被否定的残酷美，以为美女根本瞧不上他，这更激发了悲剧般的痛苦。

人就是这么奴性，总以为别人碗里的米香。在这个灰蒙蒙的、罪孽深重的白鹭城，第一次，悲情竟然让他热泪盈眶。

过度解读是疯狂的第一个征兆，朱卫博觉得自己和吴乐乐以如此方式相遇，注定了要轰轰烈烈地相恋一场，比电影更传奇，比任何爱情故事更浪漫。吴乐乐那么漂亮，能胜任任何浪漫爱情的主角。烫伤的孩子爱玩火，他愿意在吴乐乐的爱火中消亡，并凤凰涅槃似的重生。

朱卫博是喜欢浪漫爱情电影的文艺青年，一颗柔软的心随时为女孩准备着。每次把女孩带回家，向父母发誓说这是要娶回家的女孩，父母从来不当真，因为过不了多久，新恋情就会覆盖旧恋情，新欢喜代替旧欢喜。他是那种心理年龄滞后于生理年龄的男生。

朱卫博浪漫的情怀被深深地激发出来，对吴乐乐关怀备至。她太安静，爸爸说懂得闭嘴的女孩，才会懂得表达。朱卫博的审美一直深受爸爸的诋毁和诟病，这次他要改头换面。朱厅长用一道眼光就能使某人倾家荡产、身败名裂，或者使某人飞黄腾达、青云直上。对无心事业却乐于周旋在女人裙袂间的儿子，朱厅长总是极尽刻薄之能事。

吴乐乐不由得痛恨玉峰，竟然一个电话没有，一条信息也不发。

她时常给自己设底线：如果今天再收不到他的电话或信息，就答应同朱卫博看电影。一个小时一个小时过去了，有时，她不知道是盼着他来电话，还是怕他来电话。不由得对镜自问，如果朱卫博和朱玉峰站在面前，让她二选一，她真会选玉峰吗？她纠结着。这纠结给她带来了多少痛苦，为了能在这场幸福的灾难中活下去，她又把自己关在厕所里流下多少苦涩的泪水。为了不让小曲看出她的势利眼，她抢先筑起一道痛苦的屏障。

但无论屏障再厚，也阻隔不了见钱眼开的味道。

小曲非常知趣，从不提起朱因斯坦，因为她明白这无异于拿长矛刺饿狼。

玉峰音信杳无。他终有返城的那一天。吴乐乐忐忑地等待着，像小学生等待着暑假也无可逃避地撞到期末考试。

电话响了，铃声喘息式地呼唤着。难道真是玉峰？

她看着镜子里的自己，闭上了眼睛，咬紧牙关，直到电话铃声消失在房间里。

是朱卫博的电话。朱卫博送来了九百九十九朵玫瑰，并约她出去吃晚餐，以纪念他们相撞相识十天的历程。

医生叮嘱吴乐乐要卧床休息，可在一种懵懂情愫的诱惑下，像林黛玉似的娇弱出行。强壮高大的朱卫博使出护花招数，倾力关照着。即便吴乐乐稍稍皱眉，他也会怀疑是否汤太热或菜太咸了，恨不得将上菜的服务生痛揍一顿。

工人家庭长大的吴乐乐何曾受到如此关照，真不知如何消受这份富贵、这份娇美。大脑偶尔闪过朱玉峰，不由得长长叹了口气。

“腰不舒服吗，要不要叫按摩师来？”

“不用。”

“你一皱眉，我就感觉自己罪恶重重。”

“进监狱得了。”

“早进了你的监狱了，还是无期。”

人们用笑脸隐藏忐忑、徘徊和对未来的担忧，表面上无忧无虑、坦坦荡荡，内心却被焦躁、贪婪和嫉妒占据着。朱卫博的奇异世界诱惑着她，心惊恐地收缩着，思想被扰乱了。日出日落，吴乐乐的心灵渐渐为朱卫博让出了位置，这个新上位的空间，涂满了彩虹。

两闺蜜比赛着包的牌子、饭的档次和玩的品位。如果也叫品位的话。

路虎消失了，环卫工人用铁锹重重地铲着坚硬的冰。冰片四处飞溅。玉峰看着铁铲下的冰层慢慢破裂、粉碎，变成一堆碎冰，装进垃圾车运走了。他不为看冰而来，却把冰看得很仔细。他知道自己失去了主题，失去了思维的关键，好像用自家的钥匙开门，却发现屋内住着陌生人。

站在积雪消融的大街上，当周围的世界在他心中变得无关紧要，当他像电线杆般孤独地伫立，一种冰冷的绝望感吞没了他，但这也比以往任何时候都坚定地成为他自己。

他空了，他感觉自己错误的时间错误的地点看到了错误的事。树枝在风中摇晃着，酷像自己的狂乱。在这个街头，空等爱情比铲冰要容易得多。他曾幻想用多情的手臂拥抱她，和她一起生活，直到头发像棉絮一样白。

他希望找个地方喝一杯，痛快地醉一次。他进了餐馆，坐在靠窗的木椅上，一位梳着浓浓刘海儿的服务生过来点餐。玉峰点了瓶白酒，要了一斤水饺。等餐的时候他观察着喝酒的人们，油面放光、耳目赤红、狂言乱语。酒用自己的芬芳，征服和操纵了人们。玉峰急忙让服务生退掉了白酒，改成了可乐。

与丧父丧母相比，失恋不足以让我狂醉。

玉峰的天性一向跟过度的痛苦势不两立，因为这种痛苦破坏了他内心的安宁。他相信自己是一场噩梦的牺牲品，带着惋惜和蔑视的心情，默默吞咽着忧伤。坐在这些人中间，玉峰感觉生活并不像这冬天一样冷冰冰的。有的是家庭聚餐，有的是朋友聚会，人人都似乎很快乐，没有悲伤。也好，这就是生活，不管失恋或失去亲人，至少活着。

可吃热腾腾的水饺时，他竟然泪流满面。服务生不解地瞪着他。

邻桌八九位男士在喝酒，酒已半酣，为某朋友的斜疝争论不休。“从前，只要得了疝气，让未出嫁的姑娘拿桑叶在蛋蛋上扫一扫，保准手到病除。”

“要是姑娘漂亮，得一回疝气也值。”

“妓女也是没出嫁的姑娘，管用不？”

一斤水饺和酒馆的冷笑话，填不平失恋引发的饥饿感。从餐馆出来，玉峰又进了路边的超市，买了包青岛钙奶饼干，就着一瓶矿泉水边走边吃，像匆匆忙忙赶路的部门经理或技术人才。

多幸运的人啊，尽管爱情变得糟透了，生活也难以忍受，只有一件事永远忠实相随，那就是生活的疼痛。

玉峰汇入人流中，精神和肉体的孤独，使他隔绝了人的温度、人的语言，更隔绝了精神的交流，而人群却像磁铁吸引铁屑，深深地把他吸了进去，摩擦着另一个人的肩膀、踩踏着别人的影子。男人、女人、大学生、打工仔、流氓狗或猫，使街道像汹涌的波涛，熙来攘往，川流不息。也就是从这时起，玉峰养成了在闹市匆匆步行的习惯，每当思考问题或精神需要呼吸时，他就汇入人群，匆匆地走一阵子。

他成了孤儿，感觉自己异常弱小。当一个人以孩子般单纯而无所希求的目光看世界，这世界是如此美好，月轮、星辰、河流、森林、花朵、岩石……生命真是一件赏心乐事，时光轻捷地流逝恰如一只载满财富与欢乐的船在大海扬帆远航。

吴乐乐，多希望能在人群中看到你。他在人群中看不到吴乐乐，吴乐乐却一直像皇后似的端坐在他心里，随时对他发号施令。

18

玉峰比以前更沉默了，匆匆穿梭在仓库和超市之间，他的记性堪比电脑，物品摆放在什么地方，存量多少，价格几何，记得清清楚楚。服务员搞不清批号，他能及时归整完好；服务员找不到某些稀缺的货物，他像电动机器人，匆匆走到货架前，整理出被遮挡的物品。以至于超市经理也时常咨询他进货量、存量、价格，以及保质期等。他渐渐成了个小神通，成了超市计算器。

玉峰沉默的性格，掩饰着生活的伤痛，每天下班后，他都要到吴乐乐楼下，等待着和她说话的机会。他希望那男生是乐乐的表哥或亲哥。每次在寒冷中等到午夜，看到路虎停在楼下，那男子陪她上楼……站在树下的玉峰终于拨打了吴乐乐的电话。吴乐乐说明天到单位找他。

假如向水中投一个石子，它会找到沉向水底的最快捷的路线。人们追求爱情，就像一颗沉向水中的石子。希望依然存在。玉峰早早梳洗干净，穿上崭新的工作服，像新郎官似的心头充满了甜蜜。吴乐乐果然来了——胳膊上挽着那男生。分明，吴乐乐想以这种残忍的方式剪断玉峰的恋情，浇灭他的爱情之火。

这招很管用，玉峰像条冰冻的鱼似的一动不动，任人推来撞去。

和他在一起，我就像坐在上帝的右侧一样安全。吴乐乐挂着甜蜜幸福的表情，大方地对视着玉峰，仿佛告诉玉峰，她和玉峰的事，不过是蜻蜓偶然点了一下水，一次小儿科的游戏而已。

朱卫博要买费列罗巧克力，在货架上转了两圈也没发现，咨询一位短发的服务员。服务员当时正在帮一位老太太选无糖饼干，正好看到玉峰闲在那里，便招呼玉峰替顾客找商品。

失去了她，我就像掉进陷阱里的熊。悲哀突然袭上心头，玉峰在悲哀的大海里无橹行舟。

“意大利，费列罗巧克力。”朱卫博命令着，仿佛服务员都是他家的仆人。

玉峰呆痴的大脑调回到现实，匆匆走到货架边，取下了精致的深咖啡色的包装盒。朱卫博正反面察看着，像看到了一坨屎，啪地扔到地上。“当我是傻瓜，这根本不是费列罗！”

几个服务员立刻围了过来，吴乐乐脸红了，拉着男友就想逃走，可朱卫博只想借此彰显高傲和霸气，愤怒地叫嚣着。

“没吃过还没见过吗？国际名牌，当我白痴？”

超市经理也应声赶了过来，当得知是副厅长的公子，像怕惹怒老天爷似的心惊胆寒。

玉峰拾起巧克力盒，大声读到：“FERRERO ROCHER，Origin:Italy，这就是意大利费列罗巧克力。我虽没吃过，可我有眼睛，认人不行，认字还可以。”

吴乐乐听出了玉峰的辛辣和讥讽，想缓和气氛，伸手接那盒巧克力。玉峰迟疑了一下，又放回货架上。本来就气恼的朱卫博，发现玉峰胆敢冷落吴乐乐，更是火上浇油，一拳擂在了玉峰的脸上。玉峰躲闪不及，撞在了货架上，各色巧克力落了一地，玉峰的鼻子血流不止。

吴乐乐急忙阻止朱卫博。“这是健身房吗？”

“射击中心才好呢。谁让他污辱我的女人！”

玉峰擦着脸上的血，像涂抹红色的油彩。他盯着吴乐乐，吴乐乐羞红了脸。原来，她已是这个男人的女人了。仇恨是人类独特的火焰，用水无法扑灭，非得泼醋不可。玉峰曾一度坚信，如果一个女人和一个男人相爱并睡过，就等于在她身上和灵魂上盖上了印章，只要他懂得如何打动她，她便会一直爱他。

现在，他推翻了自己的理论，印章的痕迹说有就有，说无可也真没什么。

玉峰推开众人，挤出超市，回到冰冷的仓库。当今富二代有两大特点，虚荣心和消费欲，虚荣心是年轻人佩戴的优雅花朵，消费欲却披着慈善家的外衣，戴着开拓者的礼帽，不知羞耻地索取，毫无感激地吞咽。

在此之前，玉峰曾认为吴乐乐是一时受诱惑，才与那位路虎哥在一起的。曾幻想她会怀念他们在一起的美好时光，会回到他身边。那场甜美的恋爱竟然成了她的过去。玉峰心痛得如同炙热的蜡。此时，看着镜中流血的男人，他感到，心中某些东西随她的背叛一同死了，仿佛世上再也没有什么东西值得追求了。

他以受虐狂的方式沉浸于此，下沉得太低，无法做出决定。

那晚，吴乐乐打他的电话，他没接。又打了一遍，他还是没接。他不想为别人的爱情增添笑料。你的誓言是飞絮，可我不是风。

他孤零零一个人待着，不由得扪心自问，是否曾和吴乐乐相爱过，证明这不是梦的唯一证据就是心痛，一阵阵的心痛。他重复着“吴乐乐”三个字，每个字都变成了外科医生的手术刀。上帝眼中的傻瓜与人眼中的傻瓜有很大区别，就超市一幕来看，人最大的悲哀是浅薄。

什么样的诱惑能使吴乐乐投身到朱卫博的怀抱？难道仅仅是钱？一想到下雪的那个傍晚，他和吴乐乐在公园里吃雪、奔跑、接吻——她的嘴恰如一枚新摘的无花果，玉峰就极度沮丧。

他觉得那晚吴乐乐的快乐是真诚的，爱也是真诚的。

19

周全运正沉浸在《包法利夫人》的故事里，电话响了，是高中同学、某国企副厂长郑包法。这小子早行大运，一步一台阶，是同学中提干最早的，行事中透着霸气和得意。人逢喜事屁也香，美女自然像蚊子似的吸上来，婚姻亮了红灯。两位老同学的谈话像在跑了音的钢琴上弹奏似的，处在半歇斯底里的状态里，需要不断地客气或重复才行。

郑包法约他见个面。周全运以为他是来安抚自己的，爽快地答应了。一小时后，当周全运赶到咖啡馆，郑包法早已焦急地等在那里了。原来郑包法因抗不住诱惑，和一位女员工发生了肉体接触，可那女员工让他提拔她的丈夫。郑厂长无权提拔任何人，大权握在一把手的指关节里。女员工和丈夫便要上告，风生水起，甚至告他强暴。这一课让郑包法醍醐灌顶，终于明白，撩起的裙子是不能看的，或许看也不要紧，不能摸或做其他深入研究。

一不小心，掉进了裙子的陷阱。郑包法觉得把整个灵魂交给了公司，而办公室的浪漫不过是将一朵盆栽的花，插在了纽扣上，吸引着众人的眼球。

这是功利时代，人们已忘记了水能清洁，火能净化，忘记了灵魂的存在，急于寻找神秘的点金术，急于开发肉体的万能作用。

郑包法是国企的功臣，从矿石进厂到生产出雪白的化学品氧化铝，每一道工序，每一个环节，每一项技术都是他亲自指导完成的。被迫离开公司，他有太多的不忍。但成熟预示着要不断交学费，不断犯错误再纠正错误。他性格耿直，为人豪爽，干事执着，攻克某项难关时，连续在车间吃住一个月，几天不洗澡，人瘦得和小鬼似的。那股拼劲，很有英雄气概。他在工作上花掉的力量、智慧和生活……国企无法抵偿。

他最大的弱点是心软，舍不得处罚员工，更舍不得拒绝年轻女孩的温暖。当了副厂长后，车间的或分厂的，不知哪里就冒出那么多体贴的女孩。工作服挂在衣架上，第二天口袋里就多了张崇拜、爱慕、夸赞的纸条。不经意的媚笑、扭摆而去的腰肢、无意识地碰撞……当女孩撩起裙角，跪在沙发上擦窗台上的花瓶时……眼前的景色发生过多次，心情朦胧得美起来，所有锐利的线条、窗子分明的轮廓、沙发的边缘，都消失了，代之以柔和的光晕、温柔的声音、清新的空气。她回眸一笑，整个世界像个丝绒枕头。

最圣洁的人也会突然被恶魔迷住心窍。他不由得深陷其中，自然把手伸了过去，女孩也终于钓到了大鱼。

如果魔鬼有居住的地方，肯定在这裙子里。

郑包法试图以超市的效率把办公室的爱情打包，从而享受天赋的启示，却最终收获巨大的混乱。在黑洞的边缘，无法前进也无法后退。仓促间，他的英雄还没来得及探寻到柔软的红润，传来了地狱般的敲门声。他有些恼火，下巴颤了几颤，提着裤子，却朗朗地笑起来，连自己都不清楚笑什么。沙发巾掉在地上，裙子的边缘脱了线，女子严厉而生硬的表情不像刚刚被宠幸过似的。

一切就那么简单而意味无穷。

小女子觉得这就够了，以最小的投入，获得最大的企图。

撩起裙子的小女子，有小女子的哲学。她不像妓女般那么目光短浅，只注重一次性收费，她看得远，且不以钱为计价标准，而是赌丈夫的未来。领导们总用麦克风呼三号四，因为他心底发虚；小女子总是撩起衣裙时提要求，是因为她权力不大。

“不给我丈夫升职，我就告你耍流氓！”

“我不喜欢威胁。”

“这也叫威胁？”

“至少不是赞美。”

“你比雷锋还乐于助人——这是赞美了。”

“不是。我是无赖。你不过是潘金莲，你的屁股向我翘了一百次了吧，翘了一百次，才碰一次，我算是贞洁的男人了。”仿佛她了解我就像我了解自己的男根一样。

办公室的故事确实很浪漫，而浪漫故事最坏的地方，在于到头来使人不浪漫。在卑鄙、狭隘、不堪重负的空气里，一切争执都是对矛盾的宣判。可以用岩石为功名建造丰碑，却不会为悲哀提供一处茅草屋。郑包法的婚姻本来脆若累卵，妻子的嘴除非睡觉，从不停息，似乎醒来就是为了滔滔不绝地说话，东家长、西家短，男同事的发梢，女同事的鞋跟，都可以入选她谈话的主题。在妻子的世界里，只有像电唱机似的不停地发声，才有存在的价值。任谁的家庭生活都不应该被当作飘扬的旗帜，或用力吹响的号角，她却致力于将任何私事拉到最大范围，推广到周遭人的耳边。当郑包法的风流故事传出，她家的故事成了大众嘲笑的话题，好面子的她坚决离婚，否则一天也活不下去。她是个绝对派，以为只有她才能分清鲸鱼和黄牛的区别。她没时间理会那些关于未来、家庭、婚姻、感情之类的琐碎。婚姻便在争强好胜中走向了结束。

妻子限他二十四小时离开家门，灵魂和头皮屑都不准留下。

从民政局办完离婚手续出来，太阳暖着膝盖，风用充满柔情的手抚摸着脸颊。他觉得自己要不就是头晕，要不就是梦想成真了，因为他第一次发现大街上的人们都那么幸福、那么快乐。

我是她特别喜欢的人之一，恐怕也是她众多牺牲品之一。郑包法被永久地困在办公室的沼泽里，洞察一切却无人诉说。名声扫地，还将面临作风问题的处分。放纵的瞬间很美，放纵后的虚脱也很美。他想求周全运帮忙调到政府工作。他怀着懊丧、自惭形秽的心情，尴尬地看到镜中的自己，活脱脱变成了一个庸俗的人。

一个刚从政府辞职，一个想到政府就业。

任何沉重的发生，总会被时间冲淡。

两位受伤的同学抱团取暖，周全运突然灵台透亮、茅塞顿开——何不建个化学品氧化铝厂！

上世纪九十年代末的某次聊天，齐台化学品氧化铝厂的蓝图在咖啡馆画就了，周全运负责资金、土地、厂房、设备，郑包法负责技术，任技术副厂长，除每年二十万的工资外，另拿10%的干股，三年后，转成实股。

一切承诺源于天时地利人和，当其中一项发生变化，承诺就失去了芬芳。如果没有签字画押，那双方的承诺像彩虹，只能暂时愉悦心情。监狱从来不缺友情背叛的故事，如果不理解这一点，也就对人性一无所知。在人生的长河里，人们不知不觉就把自己变成了权和钱的奴隶。

第二天，周全运托关系跑银行贷款，并将爸爸和自己的五处房产抵押，多方借款，共筹了五千万，半年时间，齐台化学品氧化铝投入生产。随后又将新公司抵押，投建了房地产公司、电解铝厂、自备电厂、纺织厂、炼钢厂，以近乎空手套白狼的形式，从各大银行贷款近二十亿。公司爆发式扩展，并从全国各地挖来高级技术人才，事业越做越大，业务也越干越精。周全运的公司像滚雪球般膨胀着，几家银行也忐忑地盯着雪球刺眼的光芒。

郑包法依然负责着化学品氧化铝部分，但那个分厂，仅占齐台集团的七分之一业务。郑包法试图提醒10%的干股转实股的事。公司今非昔比，他也知道自己提理亏，但不提，也亏，总会有一个折中方案。

现在的郑包法很难见到周全运一面。郑包法依然是化学品氧化铝厂的厂长，而周全运却已是集团的老总。其实周总并没忘记郑包法，毕竟曾立下汗马功劳。不过郑厂长的不良信息像冬季的寒风，吹得他耳廓红肿。郑包法像梁山好汉，是打仗的行家，敢于提着性命上战场，但搞细致的管理，锻造一支精严的团队，却不是合格的将帅。最近，事故频发，一批发往马来西亚的货物被退了回来，质检不合格，细如面粉的化学品氧化铝，出现了超大颗粒——这成了公司的盲肠炎。周总没法避开这些疼痛，它那么忧伤，让人痛苦，这又给他带来良心的考量。

周总像面对木讷的年老情人，不知如何是好。潜伏在周总内心深处的男孩想狠狠地揍郑包法一顿，拳打脚踢，异常猛烈——那男孩才不会在意郑包法的哭喊而停下来呢，但他又知道这很荒诞。许多时候，一个人需要不断地感悟、反省，才能提升自己。而郑包法总是埋在过去的功簿里，认为国企欠他的，周总也欠他的，妻子欠他的，情人欠他的，上帝也欠他的。

根据董事会的意见，郑包法够辞退八次的了。每次出现了质量和安全事故后，董事们义愤填膺。周总对他网开一面，终于明白，有些人像树苗，在南方能长成茁壮的大树，在北方却只能是柔弱的树芽。郑包法宁愿泡在车间里，整日与工人为伴，不愿出入大场合，也不接受现代的管理理念。公司的各种交流会，他能推就推，说辞就辞，似乎别人都务虚，只有他务实。正所谓天予不取，反受其咎，时至不行，反受其殃。

这种表面的务实精神，源于一种不自信，一种不敢融入高档层次的不自信，一种自身潜质的缺钙，说深了是灵魂阳痿。肉体一旦犯罪，便与罪孽结缘，除了回忆的酸楚、悔恨的奢侈，什么都没留下。年少时他有很多东西不懂，现在他懂了，忽地觉得自己向来就在如火的沙漠中探险，但一直都没有找到属于他的绿洲。

谁都想坐在胜利的休息室里，但公司不是郑包法的港湾，不是他的自留地，不是他的家园。如果离开这里，他还会去哪里呢？化学品氧化铝不再是公司的主业，齐台集团大变革，触角伸向了建筑和房地产。经过市场的淘洗，也逐渐锻炼出一支精干的团队，在印尼、越南分别投资建厂，将化学品氧化铝业务扩展到海外。

JP 摩根，是世界上第一位用电点亮私宅的人。不冒险就没有成功，这是行业领袖和一般人的区别。新型的领导者渐渐登上公司的高层，而郑厂长像旧时代的遗老陈旧而多余，成了鹅群里的鸭子。他凭借野兽对暴风雨来临的那种预感，嗅到了风息的严酷，满怀忧郁、焦虑、莫名骚动和没有出口的盛怒，把过往所有的快乐和骄傲渐渐吞没了。

淡而无味的生活用老狗一样的智慧，将郑包法上上下下结实地调教了一番，痛快地击碎了他那些精妙绝伦的天才理论，让他彻头彻尾地成了牢骚满腹、怨声载道的人，同时，也给他上了一堂扎实的哲理之课——谁也别妄图当生活的老师。

郑包法再没结婚，他有固定的女友，有的是大学生，有的是小寡妇，还有的是有夫之妇。爱如蜜糖，奇怪的是，他拿了那么多，双手本该满满，摊开时却空空如也。婚姻是用来抵制欲望最脆弱的武器，就如同拿着面包对付一只饥饿的老虎。他不再担心作风问题，私企根本不在乎这些。他觉得这种自在的生活也不错，至少没有女人天天唠叨，更没有嫉妒之火烧燎着他的男根。有些女人除了午夜的尖叫，别的都不在意，但钱币的声音在哪儿都畅通无阻。

如果问他未来是什么？没有后代将来怎么办？他会爽快地回答：死，有没有后代都得死。这回答极其简单也极其正确，让人无力反驳。虽无力反驳，却又觉得漏掉了什么。

20

带着旧痛新伤，玉峰投入到忙碌的工作。人们习惯尊奉胜者为王，谁也不把一个小临时工当回事，玉峰却不想与任何人靠近。2+2=？只有领导知道，群众是不敢知道的。伤悲的生活、孤苦的存在和失恋的慵懒，使玉峰完全能接纳任何粗俗争吵和丑行恶语。

玉峰搬着一箱冻鱼往冷柜方向走去，一位负责卖面包糕点的小媳妇，两条腿比希腊神殿的柱子还粗几分，她一巴掌拍在玉峰的屁股上，抓着屁股上的肉捏了又捏、握了又握，爽朗地发布新闻："这小子还是处男呢！谁能指导指导他，可怜可怜这孩子！"

"他要是处男，那你婆婆就是处女！"

女人们爆出一阵大笑，玉峰在别人的笑声中退场。

就算你睡过八十个男人，也无权对我指手画脚。

玉峰推着车子路过超市门口时，被那肥妇人故意关门挤了手指，食指关节的皮肤立刻呈暗紫色，疼得玉峰直吸冷气。

"夹得那么疼吗？"

妇女们又是一阵莫名其妙地哄笑。从此，那群性激素喷涨的女人们便直呼他“处男”。许多时候，玉峰不理睬、不争辩、不抗议，他以固有的沉默，拒绝着。但有时，他又逃不脱人们的围追堵截。

“处男，门口有人找，是个处女！”

“你真明白！”

“当然，不但知道你尿几斤，还知道你能射几两。”

玉峰在众人的哄笑里，一度多情地认为吴乐乐来了。找他的是朱七叔。朱七叔曾在妈妈病床边服侍了几天。为此，玉峰对朱七叔竟然有父亲般的亲切，当看到朱七叔站在门口，玉峰内心不由得热乎乎的，眼眶里蕴藏着乡土的重量。

朱七叔不是为亲情，而是为钱来的。曾借给玉峰的爸爸十四万元钱，现在，儿子在北京调动工作，得送礼。朱七叔声称不到万不得已，不会来催促玉峰。他问玉峰能不能和同学们借借，还上他的十四万。

玉峰把认识的人都过滤了一遍，没有富贵到随时出手几万元的朋友。玉峰被钱压迫得喘不过气来，不知从哪里能弄到钱，以解朱七叔的燃眉之急。

“要不就卖掉我的房产吧，估计能卖二十万。”朱七叔迟疑的口气、芒刺似的目光，使玉峰涌起了阵阵寒意。

听起来不像决定，倒像个陷阱。玉峰吃着面条，大脑里风起云涌。卖房子、卖房子、卖房子……把拉面的汤水喝尽时，他把筷子放在空碗上。“我卖，把我家房子卖掉！”

“这怎么行，你回村就没地方住了！”

“我可以住七叔家嘛。”

“当然，我们本是一家人。”

朱七叔忧愁地盯着玉峰，仿佛还想劝阻，却终也没开口。

从拉面馆出来，5月的风温暖柔软，已透着夏天的味道了。玉峰反复咀嚼着中午的决定，觉得轻易出卖祖上的宅基地，似乎太草率，也太不孝了。

下午下班后，他满腹心事沿着长征路盲目地走着，人潮如流，嘈如蜂穴，这是没有白鹭的白鹭城。一辆红色小迷你停在身边，吴乐乐像老朋友似的向他招手。“刚刚得到消息，你们村将被征地，建新型工业园，房产将翻几番了。”

“你是想帮助我，还是又喜欢上了我？”

“少来，你知道的。”

玉峰微笑着像早就听说这消息似的，示意吴乐乐快把车开走，挡住了后面的路了。

红色的迷你消失在傍晚的车流里。玉峰不知是因遇到吴乐乐惊奇，还是因听到房产将涨价惊奇。可他突然顿悟，也许朱七叔是为那房产来的……不，不可能，他是……七叔。他感觉自己睡了好长时间，头脑特别清醒，凡是大灾大难降临之际，都会出现令人信服的征兆，产生一种不可抗拒的现实感。

许多年之后，他不得不惊叹第六感的神奇和准确。

第二天，朱七叔打来电话，他内弟愿意出二十二万买玉峰家的宅院——五间正屋，两间东屋和两间西屋。如果玉峰有意，可回家办理相关手续。

玉峰坐上了回家的公交车，大脑一片混浊，像行走在乳白色的雾霾中，辨不清方向，理不清头绪。其实，在意识的底层，他什么都明白，他只是在赌，和什么赌，赌什么，他也说不清楚。

他像一头跑进屠宰场到处乱撞的猪，对孤苦的人来说，生活中没有事件，只有悲哀。他必须用痛苦来计算日子的长短，也只有痛苦才让他意识到自己的存在。

朱七叔家，朱七叔的内弟、公证人、乡亲们早已等候着他了。当着众人的面，朱七叔劝内弟又增了四万元钱，二十六万成交。朱七叔的内弟勉强同意了，一脸吃了大亏的表情。二十六万，正是玉峰家的债务数额。

他赢了，靠说谎和贩卖亲情。玉峰早就看透了其中的阴谋，可他宁愿上当，宁愿是这样的结局。这是亲人、是故乡，这是生养他的地方。他不想用世俗的心态判断亲人的行为，但行骗就是行骗，阴谋就是阴谋。王爷爷吧嗒吧嗒地抽着烟，一双小眼睛挤挤弄弄，干渴的嘴唇似乎想对玉峰说点什么。后院的新媳妇也在人群外长吁短叹，小产了似的。这场面有点忧郁，有点沉闷。

朱七叔想活跃气氛，开了个母猪和公狗的玩笑，可满院子的乡亲们没一个有幽默感的。

一旦找到一个失败的借口，就会为自己找到一百个借口。玉峰把童年精美的花朵、天真的快乐，深深地埋在了尘土里，迅速坠入了残酷的现实。他想读出隐藏在每个皱起眉头之后的心绪，审视着老奶奶促狭的微笑，总像在品尝着什么秘密。

玉峰与自己的村庄格格不入，困守此地，他像玻璃瓶里的蚂蚁不耐烦。他没有愤怒，没有嫉妒，而是感到一种巨大的自卑，他觉得自己可怜、丑陋、低贱，不仅不配做村民，也不配做头村猪。

朱七叔卑下的动机、低级的欲望和世俗的贪婪，对玉峰来说都成了坚守的法则。他的生活第一次，也是唯一一次完全受他人支配，仅仅践行妈妈病重时，自己内心对朱七叔的无言承诺。朱玉峰感觉过去的自己死了，那个生长在这里的朱玉峰也交付了祖宅，而另一个自己，一个没有亲人、没有故乡的自己必将涅槃再生！

朱七叔的傻儿子和玉峰同岁，叫朱玉嵘，都说兄弟俩长得很像。朱玉嵘久不见玉峰，高兴得拉着哥哥满屋乱转。他拿着身份证让玉峰看是不是很帅。嵘——峥嵘，山势高峻，不同寻常。连傻子都有身份证，玉峰却连身份和身份证都丢了。最后一次用身份证是去年车祸那天，到市图书馆看书——可能丢在南坝河了吧。

离开村子时，他带走了一张爹妈的合影照片、万小玮的紫水晶发夹和傻子朱玉嵘的身份证。朱玉嵘，这名字不错，是我的身份证了。因为没有身份证，他被许多工作拒绝着。

自此，他丢弃了使用十九年的“朱玉峰”的称号，开始了“朱玉嵘”的别样人生。

21

小时候家里很穷，但晚上和爸妈坐在餐桌前吃饭时，他感觉很富有。现在，什么都没有了，连故乡的灵魂都被拐卖了，可贵的亲情也被拐卖了。这就是钱，被亲人文明地抢来抢去。三个月后，他得知朱七叔以八十万的价格，将房子卖给开发商。

他替朱七叔高兴了一把。

他从未如此深切地感受到，故乡虽在眼前，却与故乡相距甚远。朱七叔想留玉峰在家里过夜，可玉峰还是坚持回城。我不是一棵枯萎的树，不用为我浇水……这情绪不是逐渐导入的，令他想起了水果箱里的烂桃，必须尽快处理掉。

一时间，他感到可怕的羞辱，低下头去，怕风偷窥他的脸红。

等公交车时，遇到同辈人朱玉宁，玉宁是转业军人。

“听说你卖了房子，那和这村就没关系了。”

“和铜臭的村子没关系也罢。”

“小子，钱是存活之本。”

“是的，领教了！”

“该争就争，干吗那么软弱，你是孬种吗？”

我就是孬种！他不知道还有什么比乡亲们的话更让他口干舌燥。乡亲们以为我是傻瓜，一文不值……玉峰感觉自己成了这里的陌生人了，明明什么都没有变，却又好像什么都不一样了。

远远望去，树木高贵地伸向天空，房子尊严地笼罩在苍穹之下。村庄一如既往，却让玉峰心慌意乱。

那时他还小，刚上小学吧，大雪纷飞，他和小朋友们打雪仗、掏鸟窝。每根冰柱都成了璀璨的水晶，枯叶和树枝好似穿上了玻璃衣服，就连草垛都放射出棕色光辉。隔着玻璃窗，看到爸爸妈妈在屋内忙活，热腾腾的晚餐透着诱人的香气，当小学校长的爸爸总要倒上一小杯白酒，妈妈则对爸爸的习惯不住地抗议，又不忘备上爸爸爱吃的下酒菜……

我和故乡已分道扬镳了……他很想找人聊聊，可没人能理解他的感觉，也没人愿意听故乡的故事。公交车晃晃悠悠地在国道上跑着，遇到招手的乘客便猛然停下。一路行来，上了许多乘客，又下了许多乘客。路过南坝桥时，玉峰的脸挂满了泪水。往事的魅力在于已成往事，而人们从不知道帷幕已经降落，却期盼着演员再次登场。电视剧的矛盾全部解决，人们却盼着一季一季荒诞地永不停息地演下去。

有位作家曾说过，故乡的感觉有着跟调情一样的魅力。这说法很荒谬——故乡的感觉远比调情更会嘲笑人心。

清晨醒来，他毫无理由地思念着那个空荡的院落——看到爸爸妈妈在那里忙忙碌碌。他望着那棵迟钝的枣树，望着那条挂在两树间的秋千，他曾坐在那里，一边荡着一边喊着小伙伴的名字……爸妈走了，秋千没了，小伙伴也散失在各个城市里了。

他从路边的食摊上买了两个肉夹馍边吃边向超市走去，至少那里有他一张床，还有一群拿他开玩笑的人们。当小丑也不错，能逗别人快乐，至少有存在价值。

推开宿舍的门，老师傅在喝二锅头。从老师傅的肩膀望过去，发现自己的床铺上半躺着个男生，在玩手机，胖得像丰收宴上的南瓜。

“你回来了。”老师傅咽了口酒，舌头着火了似的，在口腔里扇着。

如果一个人喝醉了，喝的是白酒还是红酒并不重要。老师傅眯着眼睛。“你应该……应该去见见娄经理……这位是娄经理的侄子……”“明白了，我可以拿三倍的工资了。”

“可能你在做梦。”

玉峰眼里一片幽暗。胖女人告诉他娄经理刚刚下班，可能还在停车场。他远远看到娄经理的紫红车子。拉开车门，坐了进去。玉峰粲然一笑，像老相好似的。娄经理惊异地瞪大了眼睛。

“谈工作，明天到办公室。”

“我给纪委打电话，明天你可就没时间了……”

娄经理怒眼圆睁，从没人敢和他这样说话，更没人敢威胁他。“你小子，造谣生事，不想活了！”受人崇拜是一件讨厌的事，人们，特别是女人们就像对待明星那样对待娄经理。

“你看我是不想活的人吗？你总是借超市洗钱，这事我都知道，别忘了我是天才，经手的每批货物，清清楚楚，比如上周的那批对虾……”玉峰滔滔不绝地罗列了十余种违纪事件，娄经理嘴唇哆嗦了。

“你坏的……这样吧，我给你调个更好的工作……”娄经理从没把他当成大人，即便现在，也依然当他是未成年的愣小子。

“娄经理也太有爱心了，那就按规定补给我三个月的工资，和六个月的失业保障。”

“行，明天到财务上去领吧。”

“不，现在！”

娄经理马上安排财务人员，算好玉峰的工资和补偿。娄经理像完成了一件重要任务似的，耸了耸肩，他又似乎意识到一个很好的机会给浪费了。

没有比被人说成无赖更得意的了。有些女人欣赏无赖，喜欢无赖的无耻，她们变态地享受着金钱和欲望的支配，一旦触及现实就把现实给毁了，现实也把她们毁了。

“好哥们儿！”玉峰混蛋似的狠狠地关上了车门。这令娄经理感到稍微的安全，继而又感到悲哀，他希望自己能比现在更有办法控制这个小混蛋。

对玉峰来说，威胁只是用来掩盖脆弱的面具。他不过与娄经理开了个玩笑，就像外科医生时常与剃头的开玩笑一样。他把自己弄成自己行动的律师，他不想做捍卫利益的英雄，但也不想成为自己悲剧的旁观者。

黄昏如此完美，硕大的蛋黄色太阳浮在地平线上。道路排列得像丝带，原野广博得像一场梦。在遥远的地方，夜幕深处，一扇窗子里的灯火像孤独的灯塔高悬村庄之上，永远呼唤着玉峰。

22

财务小姐给玉峰一个牛皮纸信封，里面装着厚厚的一叠纸币——八千九百四十一元。玉峰接过信封，像小偷迫不及待地转移赃款，塞进了背包里。包里有钱，心里就有了底，本想请财务小姐去大吃一顿，可突然想起她是娄经理的小情人，便送给她一个暴发户似的微笑，转身离开了。玉峰觉得整座超市都很甜，甜得足以烂掉牙齿。

背包里有两件衬衣、一条牛仔裤、一双篮球鞋，一本《弗洛伊德的智慧》等物品，这便是他全部的家当。

他沿着长征路向北走去，脸上洋溢着功成名就的喜悦。应该庆祝一下，或大吃一顿，对娄经理的胜利，是他自苏醒以来唯一的一次胜利。他拿出手机，调出了吴乐乐的电话，手指停在空中，最终还是没按拨号键。南坝桥的寒风在他脑海里回荡，恍若看见皎洁的月光下，田野没有尽头，他和吴乐乐穿越安睡的村庄、路边的加油站，坐上通往城里的夜班车。吴乐乐在他肩头睡着了……每人都在忙着生或忙着死，何必去干扰离开的人呢。

他突然发现，自己竟然没有一个朋友分享快乐。桀骜不驯的高中生活，也没为他留下一个可以跨越鸿沟的亲密同学。一切关系都是危险的，像生死两隔的父子或母子，何况朋友或同学？对一切称之为感情的东西，他有着难言的警惕和恐惧。所谓感情，就是人和人在同一旅程上磕磕绊绊彼此隐忍、又相互帮扶地前进吧。或许亲情像寒夜里的热茶、夏天的冰淇淋、寂寞时的歌声，然而爸爸妈妈又在哪里呢？恩惠与感激是亲情的起点，却并不是亲情的实质。亲情是紧紧交织的生命，是根茎相连的喜乐与哀痛，是荣辱与共的大美。然而，对玉嵘来说，这是梦中的奢侈享受。

住宿成了当务之急，他像一个远途而来的客人，寻找着一个合适的宾馆。宾馆贵得离谱，他睡一晚的心理价位是三十或四十元，如果再便宜点当然更好。

终于找到了一间地下室，每晚十九元。当他站到房间，一度想拔腿就逃。墙壁污迹斑斑，墙角处生着暗绿的霉苔，门帘像擦鞋布似的不忍目睹，床单虽是新洗的，可保留着洗不掉的污痕。房间里充斥着难闻的霉味，窒息得喘不上气来。

他非常怀念超市宿舍的那张床了。

他用朱玉嵘的身份证登记了住宿表，他喜欢新的名字——朱玉嵘。旅馆空寂无人，仿佛不是在城市，而是在人迹罕至的沙漠。他有一种奇怪的感觉，觉得自己到了时间和空间的空无地带，像人第一次脱离子宫，重新生活，脱胎换骨。

站在街上，朱玉嵘才意识到自己住在一条敏感街区里，多次听老师傅重口味讲述梦街的风流。玉嵘像观看池塘的死水微光，努力让心灵和视线适应这里的风景。生活的节奏放慢了，闲散的男男女女，似乎都很和善、温顺，仿佛既不缺钱，也不缺时间，有着别样的富贵与自在。

街道两旁开设着洗脚房、美体中心、美发室、美乳公司……从街区这头到那头，身体外在的各个部件，都有专门的呵护机构。到哪里能免费洗洗澡呢？站在人群中，自己是天才的浪费者，并感到一种奇怪的浪费的快乐。看来，人的欲望归根结底是一种热病，或是一种癫狂。日常的任何细枝末节足以创造一个人的品格或破坏一个人的品格。

一名长发披肩的女子走到玉嵘身边，像老朋友似的看着玉嵘，笑得非常温暖。正是她温暖的笑，让玉嵘心慌意乱，遇到劫匪似的。

“等人吗，帅哥？我陪你一起等吧？”

"行。收费不？"

"等人不收费。"那美女两个浅浅的酒窝浮在腮上，像两朵雨打的桃花。"其他，也可以免费。"

"能免费洗澡不？"

"洗澡不免费。"美女失望地离开了。望着她摇摆的身段，玉嵘感觉歉歉的，仿佛干了她，又没给她钱似的。他不由得满怀怜惜，如果几步追上去，给她一次轻柔的碰触、几句善意的话语或暗示性的眼神，她就会扑到他怀里，而他会带她去地下室。反正那床铺肯定不是第一次承载这样的男女，肯定不会尴尬他们的肉体。

玉嵘眯起眼睛，胡思乱想着，在细节上把玩不已。

宋代大儒程明道的"座中有妓，心中无妓"的名言，一直是后世儒者赞扬的至高修养境界，而此时的玉嵘却坚定地以为，那大儒可能是同性恋或性无能。

旅馆的对面是一所洗浴中心，那里灯火通明，金碧辉煌、高大雄伟，有着教堂般的崇高和神圣。玉嵘呆呆地看着，像走进某个梦里，或某场电影里。他正处于好奇的年龄，观察出出入入的人们，个个气度非凡或肥头大耳。身上真有那么多泥，需要在这里狠狠地洗吗？

他突然发现了那辆3Q3B保时捷。正是这辆车的车主把吴乐乐暴打一顿。他遍寻了白鹭市却没发现这车的影子，而今突遇到了这车子，吴乐乐却已是别人的女人了。一切成往，朱公子轻而易举地摘取了吴乐乐那布娃娃似的浮浪的心。也许吴乐乐已不在乎过去的快乐或痛苦，玉嵘也没有为吴乐乐复仇的欲望，却只想看看这人是谁，长的什么尊贵的模样。玉嵘恨吴乐乐，这仇恨中既有炽烈的痴情，又有心碎的嫉妒，有亲情和爱情的双重身份，不可告人而又异常疼痛。

这复杂的感觉足以做一锅史诗般的炖杂烩。

玉嵘一度以为自己不过是别人的享乐工具，此刻，在那位妓女冷漠的背影里，他豁然明白了事情的本来面目：吴乐乐是一个幸福的陷阱，既厌恶又渴望，他逃不掉吴乐乐，也必将逃不掉很多女人的诱惑。

停车场上全是好车，引导车辆的服务生也英俊帅气。车如女人，摸了他们的车，是不是就像摸了他们的女人。

这样胡思乱想的时候，几位服务生送客人出来，客人走下高高的台阶，服务生便迅速退回到大厅里。那位被洗得舒坦的老男人果然走向 3Q3B 保时捷，从停车场的东西方窜出几个黑衣黑帽男子，像猎豹似的会集到 3Q3B 保时捷旁，捣蒜似的一阵狂殴。玉嵘有亲临大片拍摄现场的感觉，惊恐之时，不免心律加速。这时，从路边的车上下来一个国字脸的中年男子，打手们立刻闪开。那中年男子狠狠地朝地上的老男人踢去，嘴里还高声骂着："记清了，这一脚是为桥上的车祸，这一脚是为被卖的孩子！"

停车场的服务生吓得急忙报警，当保安拥出来时，那老男人像抹布似的被扔在车轮边。

打手解决问题总是一根筋，挥起拳头，砸在人或猪狗身上，全由他们的兴致决定着。错乱的玉嵘发现自己不再是看客，仿佛是这暴力的参与者，这神奇的感觉让他着迷。

黑衣人像一群黑压压的苍蝇散开了，玉嵘闪到梧桐树后面，却被那个中年男人撞了个满怀。那人愤怒地瞪了他一眼，向东跑去。他像舌头被猫咬了，喉咙里的恐惧暴露无遗。

玉嵘觉得这场暴力似乎遇到过……在小树林里，他曾被同学们这样痛殴过……或者来自童年的一场噩梦？为什么竟然如此熟悉而又身临其境呢？

23

一位从事海运的朋友从印度给郑包法带来一只鹦鹉，他不喜欢养宠物，但这只五颜六色的鹦鹉见面就主动向他打招呼：“朋友，你好！”

郑包法吓了一跳，那清纯圆润的声音，真像某个快乐的女同学，顿时搅乱了郑包法记忆里的柔软。当天晚上，喝完酒回家，那只鹦鹉上蹿下跳地欢迎新主人。郑包法给了它早餐吃剩的面包，便有了教它说话的念头。“我非常非常喜欢万明女士！”鹦鹉便用清纯如水的声音响亮地重复着：“我非常非常喜欢万明女士……我非常非常喜欢万明女士……”许多年后，当周总在一家喧闹的茶馆突然听到鹦鹉重复这句话，他明白这只鹦鹉一定是在替主人发言。

只有鹦鹉始终忠于往昔。

经过细致调查，这只命运多舛的鹦鹉，先后换过四位主人，郑包法三个字，让周总心酸、心痛，想烤了这只五彩缤纷的鸟。

生活像牛奶般新鲜，又像矿石散发着浓浓的土腥味。按部就班的工厂像被巨大的汤匙给搅拌着，一切都被震荡、搅晕了。郑包法喝了一瓶 52 度的扳倒井，气冲冲进了集团办公大楼。警卫礼貌地起身致敬，询问他找谁。他像走进自家厨房似的大摇大摆地进了电梯，直奔周总的办公室。秘书小姐想拦住他，可他拿她当苍蝇，理也不理。他像上了膛的枪似的挺在了周总的办公桌前。

“我得找你谈谈。”

“你找到了。”

周总和颜悦色地站起来，拍着他的肩膀。“走，去公园，边走边聊。”

办公楼后面紧挨着公园，那里植物繁多，花卉正五颜六色地开放着。周总喜欢带客人在公园里聊天，往往棘手的合同，反能轻松拿下。好的风景对平衡人们的紧张神经大有好处。

又不是谈合同，干吗去公园？郑厂长虽然这么想，可没敢质问。

走在公园里，郑包法突然感觉自己比周总矮了几分，无形中气势萎缩了一大截，仿佛他是将军，而自己是做错了事的士兵，之前酝酿的话，竟然一个字也想不起来。紫罗兰绚丽地开着，像紫色的云团，沉静中透着贵气。美女樱、香雪球、矢车菊等许多花卉也各占地盘，竞相吐艳，风景从没这么绚丽过。走在芳菲中的男人们，再大的委屈、再强的怒气，也会无形中被消解、被感染。无数个痴迷的夜晚，他曾像只老鼠似的在街道上狂走，每一步都是万明。当看着幽静天空下的楼顶时，他清晰而无情地意识到，他和万明必将永远在一起。

“冲野火撒尿，老二烧掉。你还不快成家，男人有家才有安全感。”

“警察局有安全感，可不是家。”

风中吹散着说不清的花粉，竟在几分钟里改变了郑包法的想法，那可真是无与伦比的甜蜜，此时的每一分钟，都拽得像彩虹那么长。郑包法看着周总眼角的皱纹，心里却想着万明，她贤惠、知性、善良。他曾幻想如果周总离婚或意外去世，他就马上向万明求婚，甚至天天伺候她如女王。他每次看到周总，从而想起那位美丽的、智慧的、文雅而安静的女人时，都会产生成家的感觉。

她让我有了幸福的感觉。有一次郑包法去找周总，只有万明在家，万明给他上茶，嘴角挂着浅浅的笑。郑包法突然觉得周总肯定把自己的风流史告诉了万明，冲口而出：“不是，我可不像周总说的那样轻浮。”

他好像在一个儿时的朋友面前辩护，而这个朋友，已分别好多年了。

万明先是一惊，随后会心地笑了，端起茶杯示意郑厂长也喝茶。“人最终是活给自己看的，极度孤独的人，才会那样折磨自己。”

郑包法伴着眼泪喝下了茶水，他感动得骨头都酥了。她的话温暖了他的灵魂，每个人，即便是最冥顽不化的人，都会有一个供认不讳的时刻。总之，我前世一定认识她。她的声音低沉、缓慢，像午夜播音员。这个声息里，有某种温暖的、潮湿的东西，初听来没什么特别，但略一深思，那声音便会慢慢地、不知不觉地渗透到听众的心中，造成类似沉醉的状态。在她面前，他是个正直、诚实的人，却慢慢落入情感的监狱。

她像一本合着的书，他不知道如何翻阅，但一个心跳之后，骤起犹如希望——红花猛烈绽放。他想捧起书，不是读，而是深深地吻……心在飞扬的火中挣扎，终没敢翻动一下书的封面。

我又爱了，爱将我直接带往天堂。每次见到万明，他的心就蜷缩着，只有芝麻那么大。每次握别她的手，故意让手停留一会儿，她的手如此温柔，无骨似的，使人心旌摇曳，心律迷乱。他走在返回的路上冲着收废品的胖大姐粲然一笑，差点把她笑毛了。

成功的男人必定会幸运地娶一个优秀的女人。无数性冲动沸腾的夜晚，他都幻想怀里的女人是万明，幻想着她正爱抚着自己、吸纳着自己……只有在失败的时候，我才是真正的自己。

两个老同学踩着光滑的鹅卵石向绿荫深处走去。

“还不想成家吗？”

“剑是男人存活之本。我可不想下半辈子只和一个女人交战。”

“你别把工厂变成后宫。”

“后宫，不，是妓院！”

“说真的，万明有个女同学，她一直想……”

“她要有个妹妹还可以，女同学你就留着吧！”

两人又找到了创业时的感觉，周总在郑厂长肩膀上擂了一拳，郑厂长在他肚子上找回了反冲力。遗忘和梦想都毫无意义，唯有现实才完整。一只花蝴蝶扇动着翅膀在郑厂长的花衬衣上盘旋，他像会少林拳似的，抓了两次都扑了空。花蝴蝶又颤颤地飞走了。别以为几块糖果就让我放弃利益，趁早绝了这念头。郑厂长盯着老同学，深棕的眼睛半天不眨，充满了暗示和欲望。这是开口的好时机。郑厂长刚想提10%干股的事，周总的手机响了，原来万明不小心摔了一跤，羊水破了，正送往医院。

艺术创作和谈恋爱有着相同的功效——调和着内心深处的矛盾。曾经的万明，使郑包法分裂的天性获得一种美好的、不断更新的喻示。一直以来，无论经历多少女人和坎坷，他始终为万明保留着自由的闺房——原野上的欢畅，冒险时的乐趣，卧室里的幸福，都是万明的所在。郑包法个性中一切受压抑的力量和被禁锢的野性，都通过这个小小的透气孔发泄出来，使他成为全城闻名的大傻瓜和疯子。

两人急忙向路口跑去，远远地招手出租车，一起去了医院。说话的机会只是瞬间，但瞬间错过了，似乎就永远错过了。坐在出租车上，看着满头大汗的老同学，到口的话无论如何也吐不出来。

郑包法不由得相信，自己果然只是个高级打工仔，而不是企业合伙人。自己的这个同学像上帝的助手，什么能力都不缺——谈判的能力、交友的能力、融资的能力、开拓市场的能力……那一刻，看着周全运额头上的细汗，像看价值连城的青花瓷瓶。这个人会不会也有倒霉的一天。

那天下午，郑厂长就为自己的猜测后悔不已。周总的妻子因大出血在产房抢救，医护人员进进出出。周全运像风箱里的老鼠，焦头烂额、慌乱失态，忽而对医生大发脾气，忽而朝着大理石墙猛踢几脚。

霉运到处飘浮，总有人承受，今天刚巧轮到周总。

医院是一个没有记忆的地方，而医生反复做着一个简单的选择，要么忙着生，要么忙着死。虽然医生和病人亲密得像贼，可无数的生命还是烟雾般在风中消失了。

万明鼓励丈夫要勇敢地面对困难，她说大海如此浩瀚，没有一个人的航行能穷尽，人生不可能会像手风琴一样折叠起来。入院三个半小时后，医生决定切掉子宫保病人性命，可还没抬上手术台，病人就停止了心跳。万明的旅程突然被过早地折叠了。

郑包法终于相信，没有人是上帝的亲戚。厄运既光顾普通人，也以隆重的形式关照着成功人士。

24

早产儿暂时保住了，但能不能存活，天知道。

医生本应该及早对出血不止的子宫做切除手术，可医生考虑到富翁周总还将生很多后代，便一再坚持药物止血。周总气愤地要起诉医生，医生吓得像冰天雪地里的落水狗，哆嗦成一团哀求。

谁都以为自己的处境是天下最悲惨的，周总也不例外。周总不明白上帝为何替他进行了二选一的抉择，早知如此，他宁可不要这个儿子。他不知道该爱儿子还是该恨儿子，他不知道恒温箱里的那个小生命与他妻子是什么关系，为什么他来而她就必须走……

与外面温暖的空气相比，医院冰冷得像巴掌。郑包法看着盖着裹尸布的万明，内心的某个地方突然漏了个大洞，雨雪沙石一起坠向洞里。他多次在周总家受到万明的接待，她亲切大方，温柔而甜美，从不会让郑包法有做客的感觉，也从不在意郑包法不拘小节的习性。有一次她还带了女同事回家，特意制造与郑包法相遇的机会。最终……他决心寻找像万明一样贵气的女人。

由此他认为，幸福是个不可靠的感觉。不久他又真切地体会到，死掉的人依然有诱人之处，你尽可虐爱、篡改、重新点缀誓言和心动。有些鸟是不能关在笼子里的，有些爱是不能沉默在心底的。一个愚蠢的孩子犯了错，大人们都希望他改过，而大人们犯了爱的错，却一次次犯下去，直到成为老人。改过——只是个狗屁字眼。

郑包法准确地估量自己走到了什么地步，评估深埋在心底爱的癫狂，评估错觉的凶险。明天怎么办，后天怎么办，今后所有的日子怎么办？只能把爱和伤感埋在心里，他始终都装得心平静气，表现出毫无怨言的顺从。

晨雾扩散在原野上，轻若蛛网，淡如回忆。过往的重要事件已然消失在迷离中，坠落的泪滴也了无踪影，但一个心跳之后，骤起如月的希望。万明去世一周后，郑包法乘飞机，机场广播突然喊话："飞往香港的万明女士，请您马上到632号登机口登机！"

郑包法错愕地向632号登机口跑去，那里聚集着一群登机的乘客。"万明，请问她登机了吗？"

一位白发苍苍的老太太微笑地问他："我认识你吗？"

郑包法像咬着骨头不肯放的狗，快把牙咬碎了。之前所有的日子都白活了。他一副迷惘痴狂的神情，仿佛只要说出那个名字，就足以摆脱滚滚红尘和现在置身的机场。既然爱人已逝，还不如干脆像刺猬似的蜷缩起来，把心裹进密密麻麻的芒刺里。如果周全运知道自己如此痴迷地爱上他的妻子，该多尴尬啊。我爱她，虽然从没向她表白，虽然她死了。他发现自己的求偶哲学一直在变，人到中年才明白，他要找的其实就是灵魂的伴侣，一个能真切地读懂自己的女人。为了这个女人，他宁愿孤独一辈子。他穿着粗糙的衣服行走在人世间，总能感受到所爱的人，近在咫尺却又无法触及。在她的宽宏大量面前，我罪人似的羞愧不安。

梦是郑包法唯一拥有的东西，世界缩小在上下眼睑之间。如果心中有魔鬼，它们会跟着你到天涯海角。

戴上王冠的狮子，再摘下来就难了。郑包法已经孤独了半辈子。一辈子有多长呢，还真说不准。郑包法还没从万明去世的哀痛中恢复过来，周总却将年轻貌美的大学生姜图美迎娶进了卧室。在小石头一周多岁的时候，姜图美怀孕了。郑包法备感人世的凄凉，为万明悲哀，也为自己悲哀。他多情地认为，周总抛弃了万明就是抛弃了自己，同时也抛弃了万明的儿子小石头。对周总的鄙视，渐渐发展成怨恨，进而是挑衅。孔雀蛋既然已孵化，那就瞧瞧是什么颜色吧。郑包法什么也没说，他不会往火盆上添柴，他知道自己没那个资格。他扼制住酒瘾，终于没说出心底的秘密。记得小时候在海边戏浪，海浪把小鲱鱼冲上沙滩，掉头就走，这些不明所以的小鲱鱼只能奋力挣扎直至奄奄一息。他觉得自己和万明同病相怜，或殊途同归。他把自己丢进囚笼，过去虚幻的一切都那么真实。

恰在那时，郑包法负责的化学品氧化铝厂出现顾客投诉问题，出口韩国的包装袋上出现了砖块，个别包装袋出现了裂缝。由此对方怀疑产品的纯度而坚持退货。虽然经过双方的技术鉴定，圆满解决了这个矛盾，但化学氧化铝厂的干部员工的奖金被扣发了。郑包法到董事会理论，解释砖块应该是运输中的问题，不应由化学品氧化铝T的员工承担责任。但董事会的人们像一群养尊处优的黑猫，伸了伸懒腰，把郑包法当成了无理取闹的包工头给推了出来。

自此，郑包法才意识到自己一直活在巨人的世界里，就像老鼠活在大象的窝里。昔日的荣耀已经远去，他们的放肆像冬天的芒刺。带着满腔的怒气回到车间。他又找到了在国企工作时对推诿扯皮、敷衍塞责的怨怒。控告谁呢？唯一控告的应该是我自己。妓院也是一个充满技巧的地方，他没能与时俱进。

有些当官的去哪儿都带着一帮随从，以衬托当官的威风，这让郑包法嘲笑为一只母鸡带着一群小鸡。他讨厌这种做派，以平易亲和的习性，赢得了工人们的信任和亲近。

但信任和亲近抵不上擦屁股的卫生纸，这一点，很让其他干部们鄙视和嘲笑。自从和管理层的矛盾爆发以来，工厂就成了雾霾重镇。机器轰鸣声不断地消失在泥泞中，消失在天空发烧的寒战中。他更加清楚地体会到清算的时机近了。

生产氧化铝是郑包法真正的激情，生产是爱。无论在国企还是在私企，他都成了打工仔，根本不能实现自己统领一切的人生价值。明白这一点使他有从这个监狱转移到另一个监狱的感觉。他成了体制的囚徒，成了人际关系的败将。早知如此，当初就应该自己筹资建厂，完全自己说了算。悔恨是笨蛋掩饰无能的借口，粉饰失利的佐料。要想快乐地活着，必须忘记这个世界不是由石头做成的，内心有些东西不能到达，不能触摸，不能分享。你为别人干一件好事，就会形成习惯，看到别人眼里感激的眼神，你就感觉自己是上帝——可那也是很久以前的事了。

爱能让人读懂远古的文字，但恨只能让人看到自己的狭隘。恨使郑包法盲目，带着满腔的怨怒，又怎么安抚受损的员工？员工群情激愤，克扣奖金比欠工资更可恨。员工的报复比撒旦更直接，按下某个开关，洁白的碱粉像慷慨的大雪倒进了流程里，煤像地狱之火不计成本地燃烧着，机器空转，发出安抚灵魂的音乐……终于有一天，因解释不清的元素，生产车间发生大爆炸，瞬间，巨大的声响，十里八乡都能听到。

正在办公室和同事谈心的郑包法，突然听到外面异常的声音，意识到发生了意外，他蹿到门外，迎面遇到了向外跑的傻三，瞬间，巨大的火球从车间里滚出来，他本能地将傻三藏在身后。

把表摔碎了也不能让时间停止。

工人们在自己的生活里上演了一出可怕的悲剧。车间用这样的方式定下了生命的基调：不确定和短暂。介于恐惧和火焰之间是盲目的激情，员工凝望着火焰，忘记了自己要去哪里。热风劲吹，机器呻吟，千百万碎片集体舞蹈，一时之间，厂房化为灰尘的海洋，风暴流转，焰火狂舞，恒同创世纪的第一天……死了三人，重伤了七人，包括郑包法。齐台集团赖以起步的化学品氧化铝厂受了重创。

郑包法双下肢残废，精神受到刺激，那声爆炸撕碎了他的世界，时而清醒，时而糊涂。清醒时让人把保险柜里的东西拿给他，对自己的那点底货，倒记得清楚。糊涂的时候，却又忘记自己是谁了。出院不久，慢慢的再也不认识去看望他的任何人了。他用大火洗净了自己的心，或者说杀死自己的心。

就在这焦头烂额的时候，周总的儿子小石头在公园被偷走了。

25

站在梦街，玉嵘被一种须臾无常的景象所攫住，只用几分钟就踩懂许多世纪才踏成的道路，目睹了世人暴力、哀号、张扬、蜕化的激情表演。警车和救护车激情满满地开来了，停车场瞬间挤满了看热闹的人，仿佛早已潜伏在四周了。

许多年后，玉嵘回忆起那些警察寻找线索的场面，然而线索却像褪色的老胶片，把无关紧要的画面侵蚀掉了。在这部记忆的老电影里，胶片褪色部分造成了时间的裂变，仿佛漏掉了谁的一段人生。

一位胖警察直奔他走了过来，像十斤重的香肠，被硬塞进装五斤分量的肠衣里，每次迈步都担心警服随时会裂开。

“你，过来。”

玉嵘左右看了看，诧异地看着警察。“豆芽菜，就是你。”

玉嵘和五六位年轻人被指定站在一起，被当成嫌疑犯带他们回局里问话。玉嵘第一次和警察近距离接触，发现指挥他们站成一排的警察并不比他年龄大，说话声音也小得像猫，那身衣服更像偷来的，帽子松垮得像顶着个盘子。

“小警察，我们又不是三陪女，你们应该到里面去抓，”一位眉角有刀疤的男子指了指洗浴中心，“那里，全是一对一对的野鸳鸯，兴许她们还侍候侍候你呢。”

小警察的脸突然红了，那青涩的模样，逗得一排人都笑了。

一位穿着露膝盖牛仔裤的小个子，转身冲着下水道撒尿，好像整个停车场就是男厕所，那长长尿线流不完似的。站成排的几个人，包括警察都被他小便声吸引。

“你撒尿的本事不赖。”

小个子把那活儿抖搂干净，拉上裤门。“撒尿还不是我的特长，那活儿才出彩呢。”

人们像吃了蜜枣似的开心，以为这轻松的话题才应该是浪漫夜色的一部分，也应该是梦街幽默的一部分，而那道任性的尿线，仿佛有着五线谱的美感。

社会是一个舞台，演员总搭配得不伦不类。人们眼中的白鹭城该有多么不同啊，一个没有夜之繁华与昼之纯洁的白鹭城、一座迷离如幽灵的城市、一座暴力累累的斗兽场。晨昏之间，造就和毁灭了人世的美感，挖掘着欲望的深渊。

被打的竟然是齐台集团老总的岳父——姜默。姜默已身列土豪之林，享受着金钱的奢华，但内心深处一直没变，仍是那个恃强凌弱、贪婪自私、拈花惹草的电焊工。他曾发下毒誓再也不在夜总会惹是生非——可当天晚上，他便又和一位小姐吵了起来。忏悔的瞬间就是他妈的瞬间。

谁都知道周总有一个该揍的岳父，可真揍了就不同了。

岳父差点被打死，周总怒了。警察们发誓连夜破案，要查出凶犯。

最终，他们被带到警察局问话。玉嵘坐在外间的椅子上，想着呆乐乐和这位老男人的事，想着想着，差点爆笑起来。一切似乎没什么改变，但各种事态的发展，却又让人觉得滑稽可笑。他等待着，倾听心灵的喷泉在深夜静谧里淙淙流淌，这是心动的旋律，也是永恒的旋律。他从这次的经验中体会到：好奇和怀疑是需要付出代价的，如果安静地在地下室看书，也不会在公安局里度过漫漫长夜。

玉嵘被带进了问讯室，一种被追杀、诱捕、跟踪的感觉支配着他，相信自己是一场噩梦的牺牲品。他回顾自己的感觉时，带着惋惜和好奇的心情。

警察拉开窗帘，黎明的烟灰色已布满了天空。警察疲惫地坐在椅子上，示意玉嵘坐在对面。警察的右手边已记录了厚厚的纸张，一想到自己的名字将写进这些卷宗里，玉嵘有点替傻瓜弟弟难过。

负责问话的中年警察清了清烟酒嗓子。

为了能开口发声，玉嵘等了整整一夜。玉嵘不想说谎，却也不想说出实情。只要对那老男人有利的，他就一概沉默。他以“不知道”、“没听清”、“没看清”来对抗中年警察的质问。

询问他的警察放下笔，用类似蛇一样冰冷而不动声色的目光，盯着这个瘦得像豆芽菜似的青年。“你离事发地点最近，怎么会没听见呢？”

“我听到了汽车声、音乐声、手机声，还听见路人的放屁声……我不知道你想让我听见啥？”

“最后那位打手的骂声……”

“有人喜欢听骂声，有人喜欢听音乐，总有区别。”

“撞你的那个人什么模样？”

“我闪到了树后，突然被撞了，只记得是个男人，短发，其他真说不上来。”

警察的脸阴了下来，显然失去了耐性。“对抗调查也是犯法的。”

“为了配合您，我在这椅子上坐了一夜了。”

世人是自愿走向祭坛的，心甘情愿从记忆中将悲伤抹掉了，逐渐养成了某种行为准则——适时选择忘记。而监狱是社会调养自身最好的地方，却是犯人的祭坛。犯人孤独地背负着压得喘不过气来的包袱，很想与人分担，但很难找到值得信任的肩膀。

牛顿通过摆弄木球洞察天空的秘密，爱因斯坦盯着一艘逆水而行的轮船出神，科学家善于从细小生活现象里寻找解决问题的线索，而这位中年警察，除了那身警服具有职业特点，其他就不必说了。

负责记录的年轻警官嘴角扯起一丝不易觉察的笑容，瞥了一眼腕上的表，无名指上的金戒指闪闪发光。他的书法真不懒，他在我这个年龄在干什么呢，是否也干过女人？他又想到了吴乐乐。吴乐乐如果知道我在警察局待了一夜，会怎样诧异啊。

朱玉嵘为自己大脑滑坡笑了。英俊的警察让他离开了警察局，却在“朱玉嵘”三个字上画了个圈。玉嵘很有风度地退了出去，甚至还带了点实属难得的高贵、从容，他终于明白，警察是特殊材料制成的，不是他们的亲兄弟，就很难成为他们的朋友。警察不是左耳朵进右耳朵出，因为从他们看你的第一眼起，压根儿就不相信你说的任何一句话。

从公安局出来，站到黎明的大街上，他不记得十九岁的生涯中有过这么有质量的夜晚。人生的意义是什么？玉嵘问自己。没有意义，每人都在即兴表演。辨别旅馆的方向时，意识到那十九块钱的住宿费白交了，某根神经突然抽紧，心慌意乱，仿佛千万只蚂蚁在身上爬。黎明的大街上，没有公交车，也不见出租车，他急忙向旅馆方向飞奔而去，像参加奥运会长跑似的。

白鹭城的清晨不会记下一位男子长跑的足音，夏季的风也不会记挂着长跑者的心情。当玉嵘赶到旅馆，推开房间，一切如他担心的，那装着八千九百四十一元钱的信封不见了，他的衬衣、牛仔裤和篮球鞋也被人偷走了。包里只剩下一本《弗洛伊德的智慧》和牙刷、肥皂等零星物品，好在他的身份证、紫水晶发夹和爸爸妈妈的合影在侧袋里。

他不知道丢了的东西重要，还是留下的东西重要。如果一定要分出等级的话，正如旅馆的老板说的：这小偷还挺仁慈的。

就算疯子的一天中，也会有一次有道理的时候。玉嵘怒火中烧，然而他又觉得这愤怒毫无力量。他呆呆地躺在床上，这是他付过费的床，却还没能在床上做个梦就丢了巨款。他双手枕在头下，望着结了蜘蛛网的天花板，突然意识到不是自己的、再怎么强求也得不到——八千九百四十一元如此，吴乐乐如此。可什么是自己的呢？难道一无所有必定是自己的命运？

老板说中午十二点结账，过了这个点就加收半天费用。老板是个能把木闩挤出汁液的人。丢了钱财的玉嵘也不甘示弱，一定在十一点五十九分把手续办完。

他要把床铺用足，虽然毫无困意，却据守着床铺不动弹。钱没了，吃什么？今晚住在哪里呢？十一点了，玉嵘洗脸、刷牙，对镜整理压皱的衣服。我虽然像仆人一样朴素，也要表现出成功者的气度。这位高材生曾一直相信——智慧超群的人将永远是世界的强者，现在他生平第一次认识到，除了智慧之外，世间还有一种更大的力量。于是他不无惊讶地问自己，这究竟是什么力量？难道是命运吗？然而，命运女神是蒙着眼睛的，有时善恶不分、黑白不辨，导致智慧的人有时不得不依附于别人，就像亚里士多德完全依附于亚历山大一样。他顿然领悟到，语言也好，游戏也好，世上万事万物莫不自有其丰富的意义，每一个符号，也并非要导向任何一种例证，而是要进入世界的中心，进入一种原始认知之中，在呼与吸、天与地、阴与阳持续不断的变化中，完成它们自然的神性。

背包里只有一本《弗洛伊德的智慧》，他虽然对“本我”、“自我”和“超我”的定义有自己的看法，但这本书让他想起了征战中的亚历山大，他的随军行囊里也有一本书，虽然那书是瞎子写的《伊里亚特》。

因为年轻，所以狂妄，因为没经风雨，所以胆大包天。

向东走，还是向西去。前方是昨晚暴力的停车场。不知那群苍蝇般消散的人们，现在在干什么？昨晚是否睡得香甜，今早肚子里是否有饭。他们应该感谢他，他既没有交代最后一位打手骂的话，也没有交代他的长相。然而，即便在朦胧的月光下，他也会认出那个人的模样。

冥冥中似乎有一条规则，凡是你谴责过的东西，早晚会出现在你生活中。那位调戏过吴乐乐的老男人，怎么也不会想到被这个小子报复了。生活真是奇怪，警察不仅制造工具来惩罚人们所犯的罪孽，有时也还引领着人们毁灭身上美好的东西。就像在光柱里跳舞的尘埃，人们在自己的生活里上演了一出出可怕的悲剧。

饥饿是因为还活着。堕落一下吧，未来对你发出了邀请。拿破仑总是骑在马背上发号施令，因为他个子不高；兔子总竖着大耳朵，因为以它为美食的敌人太多。找份工作，填饱肚子，这才是孤儿的人生大计。穿着五颜六色衣服的姑娘们缓缓前行，就像阳光下慢慢摇晃的花儿。

玉嵘突然觉得自己是一群鸭子里的天鹅。

26

2010年5月的某一天，朱厅长在美国留学的二公子——朱卫雄放春假回国了。虽然临近回家的每一天，都盼着快快登上回国的飞机，可当飞机起飞的那一刻，家对他忽然陌生起来。就像当初独自坐飞机离开一样，或许航线的彼端，也不过是一团迷茫的生活。倘使世人以行动来体验亲情律动的话，那么他宁愿尽可能沉浸在内心的律动中。在美国，亲情的律动被隐藏起来，男子汉是不能像小女生似的凄凄哀哀的。亲情像甘美的葡萄酒，越品越有滋味。而此时，飞机正缓缓降落，他又觉得亲情纯是想象的产物，像童话里的公主，终有着谎言的味道。

坐在机舱里的卫雄，摇了摇头，似乎想甩掉某些冷冰冰的想法。他是个悲观主义者，凡事总往坏处想，总往事情的阴暗面靠拢。许多时候，也不过是自己给自己加压，自己坏自己情绪罢了。爸爸为哥哥和妈妈办理了美国绿卡，而自己将永远以留学生的身份过客般飞来飞去。他像进入拉斯维加斯的赌徒，用灵魂做赌本，以换取父亲的信任，却败给了哥哥。凡是认识到的都是对的。没有人关心你恨不恨父亲。恨，在思想上被看作一种永恒的虚无，而从感情上看是官能萎缩症，它会杀死除了它自己之外的一切。然而，他明白，不能恨，因为他是父亲。

飞机在首都机场降落，卫雄打开手机的瞬间，信息就飞了进来，哥哥卫博来接他了，卫雄的心像欢快的小马驹。哥哥是最疼他的人。

走下飞机的舷梯，呼吸的第一口空气就让他有了归乡的感觉。

淡淡的雾霾未来一样令人着迷又疼痛。他像淡忘的某种亲情，淡忘这感觉已太久了。

拐过走廊，卫雄第一眼就看到了哥哥，同时也看到了挽着哥哥胳膊的女孩。热情瞬间冰冻，寒气在肋间流窜——或许哥哥以接站为借口带女朋友浪漫旅行。

当这想法出现，他觉得亲情打了个对折，仿佛哥哥的爱被那女孩夺走了一半，也许是五分之三。

哥哥不喜欢看书，他说书是会说话的死人，既然是死人，就该乖乖闭嘴，他可不想听死人唠叨。卫雄记得小时候，哥哥抽掉他手里的书，拉着他去玩狗急跳墙游戏，而每次，吃亏的总是自己，仿佛那墙和他作对似的。

卫雄慢慢吞吞地提行李，慢吞吞地排队，慢吞吞地往外走，把分钟抻成小时，像争执中的恋人，折磨对方，也折磨自己。

“这就是传说中的弟弟——朱卫雄！以朱家的荣誉发誓，身上一定有美国女人传染的时髦病毒。”

“但愿咱家的荣誉比病毒好些。”

当朱卫雄三个字灌入吴乐乐耳廓时，她哆嗦了一下，伸出的手也抽搐了，好在握手的瞬间也是松手的时刻。

她误听成了“朱玉峰”——初恋情人，朱因斯坦，每次听到这个名字，都会针刺神经般的疼痛。

哥哥换女人就像换内裤似的，这个吴乐乐依然是丰满的、圆脸的、憨憨的类型。真不知他何时才会提高品位。

好在哥哥没让弟弟太伤自尊，他拉开副驾驶的车门，让弟弟上车。她不仅喜欢哥哥的吻和裤裆里的剑，更喜欢哥哥背后如山的黄金。

他们要开五六个小时才能到家。全天下没有贞洁的妓女。这女孩干吗不当个乖女儿，好好睡在父母的香笼里，等着英雄来救她呢。

卫博像风笛一样笑个不停，他目光牵引着吴乐乐，着了魔似的。

后排坐着陌生的女人，这让朱卫雄像隔着玻璃窗和哥聊天，总也产生不了共鸣。哥哥却神采飞扬、志得意满，像刚刚打了鸣的公鸡，仿佛这照耀世间的太阳还真与他的啼叫有关似的。对哥哥来说，任何时候，女人都是一道美味，但今天，所有食物都添加了名叫爱情的调料。他是那种只有和女人在床上战斗，才能感到生命律动的人。

“今晚在名仕天下为你接风。”

“都有谁？”

哥哥笑着瞥了弟弟一眼，伸手拂乱了他时尚的发型，弟弟生气地闪开了头。哥哥不想回答，因为吴乐乐还不能参加，她还没被正式介绍给父母。而弟弟另有心事，他惦记着出狱的叔叔，事隔十几年后，叔叔是什么样子。

很小的时候，叔叔是他最亲近的人，童年留下的几张照片，也都是和叔叔照的——有骑在叔叔脖子上的，也有坐在肩膀上的。如果不是凭借照片的举证，他早已忘记叔叔的模样了。他的想象力悬挂在铁丝网上了。

在叔叔入狱的十五年里，家人避谈这个杀人犯，仿佛爸爸从来没有这个弟弟，仿佛叔叔是毒魔，仅仅提起名字就会腐蚀掉舌头和牙齿。可随着年龄的增长，卫雄越来越深切地感悟到，没有无缘无故的牢狱，也没有无缘无故的尊崇，大家越是避谈，越说明有陷阱。卫雄时常踏入老奶妈的故事里：一个孩子若被一群疯狗袭击，哪条狗撕开他的喉咙有关系吗？所有的狗都有罪，而叔叔据说是那条被随便拉去顶罪的狗。

说也奇怪，离家的这段时间，最牵挂的人竟然是杀人犯叔叔。十五年里，父母禁止提起，更禁止探望。初中二年级时，他独自乘车到了叔叔服刑的监狱，可远远望见青灰的铁门，高高的电网，以及荷枪实弹的狱警，神经紧张得像琴弦。他默默观察探视的人，焦急、惊喜、痛苦……而唯独自己忐忑得快停止呼吸了，胸腔里像盛不下小小的心脏似的。我只是打战，并非发抖，再勇敢的人遇冷风也会打战。当突然看到班主任来探望吸毒入狱的儿子时，卫雄急忙转身，老鼠似的逃窜了。

“你见过叔叔吗？”

"叔叔是谁？李嘉诚吗？哈……哈……"

哥哥喘息式笑着，活像生气的母鹅。他的冷幽默让卫雄闭了嘴。哥哥拉下车窗边的镜子，照了照脸孔。"漂亮，帅呆了。"他开心地赞美自己，将镜子推回原来的地方，启动了车子。

一个人因冲动犯了罪，便不会有人再和他讲做人的道理，精神会死得无影无踪了，出狱后，便只剩下肉身的老人——改过自新，或许只是个狗屁字眼。

绿卡比金子、蓝宝石还值钱。关于绿卡，卫雄比哥哥更在意。一直以来，这对兄弟像倒了个——弟弟沉稳、忧郁，似乎饱经风霜，一副先天下之忧而忧的样子，而哥哥却乐观开朗、无心无肺，像个有糖吃就快乐的小孩子。当听说吴乐乐平安中学毕业后就当了售楼小姐，卫雄的心像被毒蛇咬了一口。他恨哥哥的麻木，希望哥哥尽快踢开这个女孩。如果家像没箍的木桶般散了架，一定不是因为家人的爱太少，而是因为愚蠢太多。

27

离白鹭市越近，卫雄距家的感觉却越遥远，这与在美国的心情成了极大的反差。明白也罢，不明白也罢，家就在那里，亲人就在那里。

车子拐进了白鹭服务区，卫雄跳下车，望着雾蒙蒙的天空和灰沉沉的远方，似乎才明白这就是故乡的滋味，他深深抽吸了鼻子。

"朱——玉——峰！"

卫雄像被抽了一鞭子似的，猛然回头，一位穿着淡绿裙子的漂亮女生，手里提着白色的太阳帽正微笑着向卫雄走来。卫雄像从梦里被叫醒似的呆愣着。女孩惊喜得滔滔不绝，像雨季的黄河水。

卫雄是那种神经过敏的人，从前看到别人做错了事情，自己倒觉得脸红。现在，脸虽然不那么红了，看到别人的夸张表演，依然呆得像木鹅。

外人只看到热情的相见，看不到内心的冰寒。匆匆问寒之后，卫雄尿急似的钻进了厕所。假如把膀胱比作源泉，那么从源泉流出来的却不是尿，而是恍惚不安。

吴乐乐独自在礼品店闲逛，突然看到了那位穿淡绿衣裙的女生，便微笑着问道："你是卫雄的同学吧！"

"朱玉峰，大学同桌。"

吴乐乐以为自己听错了，好奇地看着女生。明明是朱卫雄，怎么又成了朱玉峰。

卫雄不知从哪里冒了出来，亲切地搂着吴乐乐的肩膀，他像皇帝一样厌烦，绑架着吴乐乐向停车场走去。吴乐乐领受了这份温暖，不由得幻想，等她和卫博结婚后，一定会好好对待这位小叔子。

卫雄可不这么想，他不希望遇到任何老同学，无论是大学的还是高中的，他是那种不想要历史的人。他觉得自己的美好人生，定是从踏上美国土地的那一刻开始的——让过去的同学和小伙伴，像烟尘消失在茫茫的记忆里吧。不是自己太冷，而是太热爱生命。

从踏进家门的第一步，卫雄就嗅到了家里独特的气息，他又有了归巢的幸福感。呼吸的不是空气，而是亲情。由于精神的高贵和肉体的自爱，他的容貌像雕塑大师巧手修饰过，显得文雅、优美。爸爸妈妈问东问西，搞社会调查似的。"和美国人沟通有障碍吗？""东西贵吗？""猪肉多少钱一斤？"

爸爸亲自下厨，为他做蜜汁海参。哥哥一个鲤鱼打挺歪到床上，双手枕在头下，笑着问弟弟："睡美国妞了吗？她们那里的毛毛也是金黄的吧。"

正在整理行李的卫雄突然把一双黑袜子向哥哥掷去，正好落在哥哥的嘴上，哥哥抓起袜子，又扔了回来。

"小子，你不会还是处男吧，可别丢咱朱家的面子，停车场那女孩就很想贴你！”

卫雄瞥了哥哥一眼，想对吴乐乐发表几句灰色评论，但看到哥哥满面喜色，不忍破坏他的心情。

“你也别把自己当成种马。”

“种马有什么不好？我还想去欧洲播种呢？到时候一群五大洲的小孩围着你叫叔叔。”

“你真够放荡的。”

“放荡？这可是赞美啊。”

卫雄像沙漠中的鸟不知所措地望着哥哥，刚想了解叔叔回家的细节，妈妈端着一盘樱桃进来了，便连忙收住了口。这个年轻的怀疑论者，失去了打开黑匣子的密码。妈妈一向对叔叔朱仁道心怀芥蒂，仿佛叔叔是病毒，沾染了就会得病。

如果艺术的作用是驱赶丑陋，那么亲情的作用就是屏蔽邪恶。

叔叔上周回来过，只在门外寻问二侄子是否回来了，便像从门缝里塞广告的临时工，冷冷地离开了。

“他并非贵族之心而是狼狈之心。”妈妈总是以贵族的标准评断他人。“凡是丑闻，必定是不道德。你们可不能卷进案子里，绝不能在丑闻中出头露面，应该把这份荣誉留给别人……”

当然什么牛长什么样的皮，什么树结什么样的果。朱家的树林怎么会长成别人做床的木头呢？妈妈竭力收集生活的红丝线，想找到一条通往幸福生活的成功之路。

三人围坐在沙发上，卫博捏起一个紫红的樱桃，像小孩子似的送到妈妈嘴边，妈妈笑着张开了嘴，卫博却突然收了回来，妈妈故作生气地瞥了他一眼，卫博才把樱桃放入妈妈的嘴里，还在妈妈额头上响亮地亲了一口。妈妈高兴得像一朵牡丹，满脸洋溢着幸福的红光。

卫雄像掉进醋缸里的鳗鱼，又湿又滑，扭捏不安，心里灌满了醋，酸溜溜的。他羡慕哥哥和妈妈的亲密。哥哥时而搂搂妈妈的肩膀，拍拍妈妈的脸蛋，走在街头，母子俩胳膊挽着胳膊。每次看到哥哥和妈妈亲密，卫雄总感觉自己被排斥在幸福之外，总感觉哥哥贪占了他的那份母爱。可他也尝试着靠近妈妈，却怎么也伸不出胳膊搂妈妈的肩膀。有一次和妈妈去公园，他尝试着挽起妈妈的胳膊，妈妈却借蹲下系鞋带，躲开了。虽然妈妈对他又说又笑，但内心的那份排斥，却像深渊，阻隔了卫雄的感觉。听爸爸说，妈妈怀第二胎时，本希望生个女孩的。让父母失望了，卫雄却并不感到惭愧。

妈妈偏心。不，不是这样的。三人吃着樱桃，客厅的电话响了，妈妈起身去接电话。哥哥抓起三颗樱桃塞进嘴里，滚到弟弟的床上玩游戏机。卫雄将水果盘送回厨房。妈妈正在厨房洗手，卫雄捏起紫红樱桃的把儿，将樱桃向妈妈的嘴边送去，妈妈用胳膊挡开了樱桃，冷冷地说："我牙不好，你吃吧。"

卫雄呆愣了，仿佛不小心抓到了一只虫子，又像不认识樱桃似的盯着看了好久，最后提着樱桃把儿，仰着头，让樱桃落进嘴里——也让泪落进心里。卫雄的心成了上锁的房间。他抖搂对母亲的那份激情，像落水狗抖掉身上的水。

妈妈冷漠的眼神，让卫雄想起宁愿忘掉的往事。一定是我太孤僻、太狭隘了。哥哥乖巧，很讨人喜欢，可卫雄无论如何也乖巧不起来。九岁时，老师们就说他心事重。百合色的暮霭笼罩了黄昏里的校园，他总是一个人默默地坐在操场边，看同学们踢球、跳绳……考砸了也不悲，落单了也不恼，像根枯木。那时的他很希望自己生病，因为每次生病，老师和同学们都会到医院去看望他，围在他的床边，说些温暖的话，做些温暖的动作。生病时，妈妈会把他抱在怀里。

深夜，远处传来火车呜呜的鸣笛声，哀愁得就像找不到妈妈的小河马。树枝的阴影摇摇晃晃地铺展在玻璃窗上。至于卫雄对母亲的态度，仿佛孩提时代就一直扑向母亲的怀抱，可奔跑了这么多年，母亲的怀抱依然非常遥远。

爸爸是偏向我的。爸爸总是一再给他汇款，满足他任何需求。在爸爸眼里，再过分的需求都可以用钱满足。

妈妈一向杞人忧天，担心得头发都白了。她说叔叔早晚还得进去，早晚还会发生人命案子。那口气暴露了说话人的倾向。叔叔过着疯狂的生活，正在走向深渊，可他毕竟是叔叔，而不是一条流浪狗。对即将跌进深渊的家人无动于衷，似乎也过于冷血了。

生活从来没有真正赏识过叔叔。记忆里的叔叔总有着他的不凡之处——他那么爽朗、那么有力量，笑声那么浑厚而有磁性。

卫雄白天窝在家里看书、上网，晚上看看电影，或被哥哥拉去见识见识生活。哥哥的夜生活不是他喜欢的，他不想融入哥哥吃喝玩乐的圈子。阳光下，哥哥的夜色故事总显得过于虚幻，披上了孩子气的严肃外衣。

渐渐地，卫雄成了夜晚的独行侠，有时跟随爸爸出门见一两个朋友。相对于妈妈，爸爸更看重沉稳的小儿子。

看完电影，他故意拐到梦街，传说这里是男人做梦的地方，花钱就可以做一场美梦，梦的质量与钱的质量有关。他不是来做梦的，一路走来，他寻找的不是女人，而是男人的身影。妈妈说，叔叔少不了是这地方的常客。

叔叔到底为何杀人，卫雄了解的版本各不相同。报纸上说叔叔是为嫂子报仇，杀死了猥亵嫂子的流氓。妈妈却说叔叔欠了那人的钱，那人当众逼债并污辱了叔叔，叔叔将刀子送进了对方的肚子里。

不知为何，卫雄不相信爸爸和妈妈，隐隐感觉他们在说谎。当听说叔叔从家里提走了一旅行包的钱，卫雄更相信叔叔一定有着难以公开的秘密。那是一旅行包的钱，而非卫生纸。这是卫雄听过的叔叔最无赖的故事了，可笑的是家人对这件事竟然那么善良和包容。

他从没像现在这样想念把他扛在肩头的叔叔。叔叔像死神那样恣意杀戮，或许因为美好的生活被糟蹋了，内心的纯洁被污染了。生活在恐惧中是非常可怕的，此时，他竟然非常理解叔叔的感觉。

历史书揭示了一个现象——没有不可杀的人。江湖上有两件事不能做：一是绝不能背叛朋友，二是绝不泄露任何秘密。江湖的规则比法律更有威力，能管理好江湖的人，一定能管理好上万人的公司。

有些鸟是不能关在笼子里的，它们的羽毛总有白云的味道。

梦街灯火耀天，绚丽异常。美女糟哥熙来攘往。饱暖思淫欲，古人已有了定论。一个眼神，一次翘臀，一把温柔的碰触……便像蝴蝶般翩跹、蜻蜓般点水了。把思想交给纸币，把身体交付女人。搂着陌生的肉体，享受梦想的真实，剩下的就是对过程的回忆了。

救赎之道就在其中。

六七十元的标价，属残次品，不是年龄偏大，就是姿色太差。那些久不沾女人的农民工，才不得不从牙缝里省出一次打炮的钱。尽管他们倾其真感觉，进入状态时也热情温柔猛烈，可残次品的服务也就是残次的水平。有时任男人忙活那活儿，妓女们却毫无职业操守地玩着手机、聊天、游戏，或与别人约好下一炮的时间。农民工心里那个气，把抡铁锤的劲都夯在了幽洞里。三五百的女人品相好些，基本满足工薪阶层需求。而千元以上的，姿色和身段便经得起明亮灯光的检阅，这嫖的就有了感情。像买菜似的，熟客便也格外热情，每次服务或许还加点恋人般的温情，送上情人般的悄悄话。这便不单单是嫖，有点红颜知己的味道了。最温馨的享受便是高档娱乐场所的女子，不但学历高，容颜好，气质佳，属贵族般的享受了。嫖久了，嫖客不知该在意妓女的忠诚，还是更在意妓女的数量。这是个哲学命题，值得敬业的性学家们去深入研究。

在婊子看来，这个世界人人都是婊子。任何光鲜的男人，也有做婊子的乐趣和可能。

“别像个傻瓜似的站在那里搓手了。”调教男人是她们的义务。资深的妓女绝对是一位丰富的社会学家和心理学家，她们懂得男人虽然痛快淋漓、精疲力尽，心中却承受着做傻瓜的痛苦和天才的孤独。她们总是孩子般吻他们一下，将那种难以名状、杂乱无章的又懦弱胆怯的婆婆妈妈的爱，慷慨地传递给中意的男子。

再坏的人也敬自己的母亲，何况，究其根本，大家都是温暖的女人和良善的男人。多为别人做好事，多欣赏别人感激的眼神，就会以为自己也是上帝。宽容吧，任何行业都需要换位思考。

卫雄希望叔叔能遇到个好女人。

但这想法很快就像水一样从手指间溜掉了。一辆北京现代突然停在卫雄身边，车上下来的人把在正打电话的卫雄撞了一趔趄，手机掉在地上。卫雄顾不得气愤，急忙从行人的脚下救出手机。那伙人已向洗浴中心奔去。

灯火通明的洗浴中心广场，刚才撞他的黑衣男子和同伙，捣蒜似的踢打一个倒霉蛋。那可真是拳脚的狂欢。从路边的车上下来一位国字脸的中年男子，打手们立刻闪开了，仿佛来人是大王，有着发号施令和决策一切的权力。那中年男子狠狠地朝地上的老男人踢去，嘴里还高声骂着："记清了，这一脚是为桥上的车祸，这一脚是为被卖的孩子！"人群惊呼，慌乱得像飞机投下了炸弹……卫雄用手机录下了这一切。

现实生活如同纸制的布景被扯破了，露出了后面的真实——弱肉强食的丛林万象。

当警察赶到，卫雄默默退出了人群。梦街是身心自由的街道。自由一词听起来像在无人的广场上抽鞭子。

28

朱玉嵘做过各种职业，有的让他干一天，有的让他干一小时，还有的看两眼就把他支走了。包里没钱，肚里没饭，睡没床，住没房的虚脱感，严重损伤了他的自尊心，挫败了他求胜的欲望。未来像黑夜一样，既恐怖又庄严，既神秘又邪恶。他像横跨在深渊的桥上走着，桥断了，坠入虚无。

建筑工地招小工，干瘦如柴的他被包工头当即轰了出来，像轰一条围着餐桌转悠的狗。兴旺路十字路口的包子铺缺一名洗碗工，玉嵘拢了拢蓬乱的头发，在公园的喷水池里洗了洗脸，便去应聘。试用了两小时，就被男老板温和地辞了，送给了六个大包子，解决了两天的口粮。他走之后，老板和老板娘发生了一场大战，吵得连客人的包子钱也顾不得收。原来，在玉嵘洗碗的两小时里，老板娘的目光基本就甩向一个方向，通过开向厨房的小窗口，喜滋滋地盯着帅哥，心荡漾起来，充满了罪恶的喜悦。从此老板发誓，即便倒贴钱，再也不能聘用英俊的男生了。

这次经历让玉嵘明白，漂亮的五官对某些女人很有诱惑力，他不由得从喷水池里照了照模样，除颤颤的模糊的影子，没发现让女人心动之处。

他像一头公牛，驯服地垂下头，等待着决断的利斧。

社会很肤浅，有歇斯底里的症状。与老板娘谈话总像在缺了弦的古筝上弹奏。几次求职失败，让他有两个结论，或讨好老板，或撕去自己灵魂上的那层膜，但这两种，玉嵘都做不到。

北方人不爱投机，却尊重偶然性，有时在天象面前，宁愿捧出自己的生命、希望和惊恐。人人觉得自己将是一座完美无缺的宫殿的主人，是秘密宝库的拥有者。然而，过分的指望总是带来过分的沮丧。从失去房产的那一刻起，玉嵘感觉未来的全部任务就是填饱贪婪而不知感恩的肚皮。

他一直和一名叫阿康的睡在立交桥下。阿康的智商有点问题，但在夜幕下的城市寻觅安睡之所，却比玉嵘有经验。有一次深夜了，玉嵘本来想在公园亭子的长椅上躺到天亮。他赶到自己的地盘时，那里已横着一个五大三粗的男人了。玉嵘徘徊了好久，还是乖乖地离开了。与人对抗虽能增强一些力量，但是孤独却是天才的财富。

阿康有一个草编席子和一条脏得看不到底色的毛毯，这对睡在立交桥下的人来说就是巨富了。阿康发现玉嵘无处可去，便像老总似的对玉嵘说："跟我走。"

阿康从立交桥两个柱子的缝隙里抽出席子和毛毯，俩人挤在席子上。阿康因有了朋友，高兴得睡不着觉，而玉嵘却随即进入梦乡，像富翁似的不为未来担忧。第一次与流浪汉相拥而卧，第一次接受同龄男子的帮助和怜悯，不免使他感到命运的威力。被人怜悯是危险的，然而孤独地露宿街头更危险。现在好了，命运拯救了他，在这最危险的时刻，傻子阿康把友谊带给了他，给了他一片友爱之花盛开的花园，给了他一座寄托灵魂的崭新祭坛。这儿弥漫着善良、远离狡诈，虽没有围墙，却能抵御欺凌。

午夜，狗凶猛的吠叫把他吵醒了。他睁着眼睛，一动不动地躺着，觉得可以看到黑暗中自己眼睛的光芒。这安逸的静思是用莫大的屈辱换来的。他觉得自己穿着一件刺不穿的谎言铠甲，很坚硬，也很强大。

阿康是以翻垃圾箱为生的。当玉嵘天天为温饱纠结时，有那么几次，他不得不接受阿康的救济。当然，阿康只买馒头吃，发财了时，才舍得买肉包子或肉火烧。当问阿康的父母什么样、家在哪里时，他会现出一副苦笑的表情，摇头晃脑，不置一词，好像他和孙悟空一样，也是从石头里蹦出来的。

阿康全心全意地喜欢他，像孤独的狗熊遇到了自己的同类。而玉嵘却只为自己的命运悲哀，甚至不知道自己还能不能活过夏天。如果没有阿康，生活本身倒也不坏，就是因为有了阿康，玉嵘有时对自己都觉得恶心。

玉嵘似乎变成了一个令人捉摸不定的残酷的流浪人。连神仙也不是个个都知恩报恩的，何况人呢。

他从立交桥下的修道中得出一个结论，这个理所当然的世界，已处于相当腐朽境地，在某些隐形的力量面前脆弱得不堪一击，而任何有关德行的说教都让他备感伪善和无聊。他不再着急着找工作，低贱的工作他不想做，高智商的工作他连面试的机会都没有。没有哪个门卫愿意将肮脏的他放进门。他流浪着，流浪的感觉也不错，有音乐听、有空气吸，渴了有水，虽然时常挨饿，却也死不了人，更主要的是可以冥想、深思——世人都是猴子或戏子，而唯独自己是一位沉默的看客。睡梦中，好像有一只肉眼看不见的大手以超人的气力把他按放在悬崖边，他呆若木鸡地站在那里，只觉得胸中有一种东西要呕出来，有一种东西正在消失，他预感到自己的末日就在眼前。

有一次他坐在广场的飞天雕像下，吴乐乐和她的官二代男友手挽手从他脚边走过，他们似乎瞥了一眼毫无坐姿、影响市容的流浪汉——吴乐乐竟然没认出他来。有几次，每至夜晚，当他走在大街上，时常听到一个唤他名字的声音，一个甜美的声音，他转过头去，却不见人影。他知道那是错觉，是意识错乱的表现。一切必须重新开始，必须重新沐浴在朝阳里，经历着一样的白昼，一样的夜晚，或许也一样的邂逅，永远轮回。但那人，绝不再是吴乐乐了。他现在的心情，就像一个人回到家，却发现门锁着，而自己没带钥匙，却眼睁睁看着陌生男子，掏出钥匙，堂而皇之地进了家，却把真正的主人关在外面。

玉嵘为自己多变的造型而高兴。不错，这也是小小的胜利，是对过去的胜利。但他又想，自己如果猛然抱着吴乐乐的头狂亲一顿，会是什么样？向吴乐乐大声欢呼“我爱你、我爱你”又会怎么样？吴乐乐是高兴还是不高兴？玉嵘对吴乐乐忘记自己这一点，根本不信，他比谁都更了解这个女孩，尤其现在。

动物也能体验到肉欲之欢，但是人之所以和动物有区别，就在于人能把爱情变成一种高贵的艺术，为爱陶醉。把爱情保存在心灵里，既能得到肉体的满足，也能得到灵魂的升华。动物是没有灵魂的。玉嵘以前爱过她，现在感兴趣的倒是吴乐乐的谎言和愚蠢。谁能在这座堕落的城市里出污泥而不染？谁在道德上更加崇高？人世间便是这样一座堕落的房子，然而，值得庆幸的是人生短暂，转瞬即逝，坟墓的那边或许就是复活。

躺在立交桥下，黑暗从四面八方涌来。玉嵘意识到头颅里装的不是脑浆，而是熊熊燃烧的煤炭。

大风像急切的情人，猛烈地撕扯着他的衣服。

初夏的黄昏，百花摇曳，蝴蝶翩跹，蓝天白云，一副和美如画的景象。穷人和富人在风景里是平等的，上天不贪不占，均衡地恩赐着万物。白鹭城狂野而美丽。高中时他想用优异的成绩证明自己是天才，是时代骄子，清华或北大是他青春的圣杯。当他差点摸到天空的时候，却从云端跌落进泥沼里。而今，他与那梦想处于隔绝状态。昨晚他做了个梦，梦到同学们都进了北大。他问北大的感觉是什么。同学宁杰拍着他的肩膀，傲慢地说道："你没来过北大，我没法跟你说，假如来北大，我就不必费口舌了。"

平安中学的一位老师出版了一本小说，听说把学校发生的事全写进去了，人人都害怕在这本书里找到自己的形象，又希望在书里看到熟人的形象，以至于老师见面就问："书里写你了吗？"

"写了，可是作者搞错了，我的为人比他写的还要坏。"

玉嵘是从一张废报纸上看到这则消息的。他很想知道书里是怎么写朱因斯坦的。小说就是胡编乱造，可是又一想，写好写坏对自己有什么妨碍呢，世界本来就是建立在欺骗上，人生是一场幻梦，灵魂不过是幻影。妈妈时常求神保佑，可能正是由于神的保佑，让她的丈夫淹死在水里，让儿子成了流浪汉吧。

同学庞培当企业老总的父亲提醒他："不要和一个将溺的人游得太近。只要开得出价钱，任何友谊都有出卖的可能。"

平安中学校长却教育儿子："把缺点当成铠甲，就没有人能伤害你。"

现在，玉嵘的铠甲很厚，蚊子叮咬都会塞满一嘴的泥土。

几位中学生挤在公园的六角桌上做作业，这里肯定比任何教室，更符合学生们的口味。

他们为数学试卷争论不休，依然解答不了难题。刚买来的汉堡散发着诱人的香味。

玉嵘倚在一颗梧桐树上看着汉堡和同学们。

"我可以帮你们。"

同学们怀疑地看着这位脏兮兮的大哥哥。

“你会做？”

玉嵘指了指那一堆试卷。“全会。做对一份，给我一个汉堡。”

同学们将信将疑，甚感好奇，这年头，遇到怪事也不稀罕。

同学们让开座位，围着他，看着那脏乎乎的手，以比数学老师还快的速度迅速而准确地写着。

一个小时零十分钟，他竟然将数学、物理、化学、地理、英语、语文的试卷全做完了，并且无人能发现任何错处。

六个汉堡全归了玉嵘，这是玉嵘自丢了钱包以来最顽强的胜利。同学们怀疑他是北大或清华的学生，故意以这种姿态来体验生活。

玉嵘酸涩地笑了，这笑容掩藏着秘密。他伸出脏兮兮的手，谁若给他十块钱，他就把秘密告诉他。

富家子弟——小个子男生以出其不意的速度把一张百元的票子扔到他手上。

“我不找零！”

小个子手一挥，不用找。

“我就是个倒霉的全职流浪汉。”玉嵘伏在小个子耳边，嘀咕着。

小个子像遇到蜘蛛侠、蝙蝠侠，怀疑又好奇地盯着这个流浪汉。其他伙伴追问他答案，他却失语似的，死不开口。

同学们说还会来这里找他。他下决心绝不勒索孩子们，把智慧与勒索连在一起，似乎污辱了智慧也污辱了勒索本身。他呆呆地站着，临了竟像个孩子似的挥手告别。一定是被汉堡诱惑得发高烧了。真要发高烧，连苏格拉底也都难保不行为古怪。

流浪汉的生活恰恰是通往圣徒家园的捷径之一。如果朋友有了悲哀并拒绝让我分担他的悲哀，我是非常伤心的。但前提是，我得有朋友。阿康是位没有忧愁的“圣徒”。

玉嵘和阿康分享了汉堡，阿康像娶了新媳妇似的抱着玉嵘的头又是亲又是啃。反正脸很脏，不差这点口水。

玉嵘觉得这样的生活也不错，像和尚或印度的沙门，不为未来担忧，不为三餐担忧，太阳自会升起或落下，河水会向低处流去。

高中时，有那么一段时间，非常迷恋印度哲学，无论是主张自由思想的顺世哲学，还是主张诸行无常、诸法无我、涅槃寂静的三法印佛教，都曾让他混浊中着迷，迷惑中惶恐。

对玉嵘来说，立交桥下也不过是一所没有围墙的寺院，他毫不迟疑地融入其中，并已结交了两个知己——傻子阿康和脏乎乎的席子。他心知自己已成为寺院的光荣，头挨上席子就能瞬间入定了，且鼾声微荡。

当然，他还不能像沙门一样，执着于心中的妄念。只是他还没有妄念，没有任何需求，但他绝不是顿悟，而是懒散到不去思考，堕落到无心可分，无念可求。外人看来和傻子阿康没有分别，但实质上差距极大，阿康是积极地生活，而玉嵘则是沉沦、颓废、自甘消亡。

水晶发夹换了五个肉夹馍，《弗洛伊德的智慧》换了一个过期的面包。

这样活着真好，他缺的只是沙门的一件土色的披风或和尚的法衣，但如果真那样，他又会感觉自己成了骗子。

世人欢欢喜喜地凑在一起，要么结婚，要么结友，原本陌路的个体因为种种原因有了交集，于是不得不忍受彼此的缺陷和偏激，有时候放纵宣泄、明枪暗箭，有时候明明爱着，却彼此伤害来证明自己的价值。爱情亲情友情成了一段不能丧失的记忆，有疼痛，也有温暖，到最后，终因为生命里不能缺失这段记忆，只能妥协，只能原谅，只能沉默地前行。

玉嵘满足于现在的感觉，一位智慧的流浪者，一位不穿袈裟的出家人，一位没有自我，没有心灵，没有梦想、欲念、快乐和悲伤的修行者。他素来相信，某种生存方式就像磁铁，无论行走多远，动作多大，最后，终被那种生活不知不觉地吸引进去。

昨天他顺手从运输水果蔬菜的卡车上拿了个甜瓜。前天，他吃了一块烤地瓜。他没对烤地瓜的老大妈说谢谢，因为他在帮老大妈倒垃圾时，从垃圾筐里救起了那块烤焦的地瓜。几年后，当他想起现在的状态，总想以头撞墙。

只要动动脑筋，就绝对不会挨饿。何况连阿康都活得那么滋润呢。人们疲于奔命，做出好似大有可为的假象，整天却都无所事事。

有一次从超市走了一趟，可爱的助销小姐们，一会儿让他尝尝肉丸，一会儿让他尝尝火腿，更有大妈着急地让他尝尝烤肉、烤鱼，两位中年妇女为了争着让他品尝鲜奶，斗鸡般吵了起来——他差点笑死。助销妹妹，漂亮得像曙光一样。流浪汉多看一眼就意味着邪恶。仓库的老师傅说："若你发现跟自己上床的是个丑八怪，最好的办法是闭上眼睛，赶紧办完。"这话阿康不懂。

食物就放在那里，监管的也并不严谨——他可真是打着饱嗝出来的。都说她们的食物有添加剂，自己不是活得好好的吗。那晚他一个人坐在席子上，想着想着，就爆笑起来。

生活有些时候总让人觉得滑稽可笑又奇妙无比。

29

夏天的街道有无限的风景，但是无论情人们怎么激情表演，他竟然像个小沙门，无心女人，也无心激情。吴乐乐应该是上个世纪的事了，万小玮更是旧石器时代的故事了。

傍晚的时候下起了大雨，街道瞬间流成了河。立交桥下是不能修行了，今晚到哪里做梦呢？

玉嵘躲在商场的屋檐下，衣服湿透了。仅仅为等待，仅仅作为过客，仅仅处于对特殊天气的恐惧，他突然备感艰难、困顿、饥饿……望着茫茫的雨夜，第一次感到孤苦。都说父母会在这样的夜晚支持儿子。"妈妈，您在看我吗？"他向悲伤的夜空望去，不在于探寻真相，而在于找出合理的疑问。突然，他感觉自己根本不是沙门，根本就是自欺欺人的傻瓜，比阿康傻，比阿嵘傻，甚至比那个残疾的疯子更傻。他感觉今晚自己像个处男，第一次战栗地触摸着女人的裸体。

他向十字路口的地下通道走去。好在这里设计的科学，未进雨水。通道里一个老年乞丐在铺开的雨衣上，枕着凉鞋睡着了，一个留着山羊胡子的流浪汉倚墙坐着，在研读不知从哪里讨来的《唐诗三百首》。玉嵘选择了距他们偏远的地方，倚墙而坐，准备做个好梦。突然一串奔跑声、叫喊声从北入口灌进来，三名男子追上奔跑的男子，按在地上抡起了拳头。哀求、呼号、哭喊……灯突然灭了，只有入口处闪烁着凄迷的水彩流光。“警察！”

人们像影子般消散了。汽车声、风雨声、惊雷声、呻吟声，混成了特殊的交响曲。几分钟后，灯亮了。眼角流血、嘴唇肿胀的男子从地上爬起来，踉跄地挪到玉嵘面前，吓得玉嵘连连后退。

“找死！”那人裂着肿胀的厚嘴唇，异常恐怖地吼着。

玉嵘胆怯地看着，救赎无门之感海浪般淹没了他。他快速逃离了是非之地。他可不想被莫名其妙的人，赏赐一阵莫名其妙的拳脚。

蛇无声地从树上爬下，老鼠谨慎地夜间出行。一个花瓣或一只小虫，或许比整座图书馆能告诉人们的哲理更丰富。书上只写了沙门的自我救赎，写沙门在无衣无食无房无床时的修行，而没写沙门被市井无赖逼迫的惨状。他无法在雨夜的地下通道里冥想，更无法在暴力的哀号中深思。原来，书是书，拳脚是拳脚，修行是修行，疼痛是疼痛。所谓冥想，也不过像醉酒般的逃避，是一种麻醉，一种自欺。堕落就是堕落，颓废就是颓废，戴上任何礼帽也掩盖不了头疼的本质。猴子披上时髦的衣服，也还是一只猴子。

诗人用舞步般的节奏赞美生命的壮丽，音乐家将现实的美鸣响在自己的五线谱中。他们引领着人们穿越眼泪和痛苦，抵达光明和快乐的花园。他们或许也承受着世界上险恶的污辱、毒辣的诽谤，但他们坚信，唯有每个人自己良心的声音，才是独一无二的裁判者。

白鹭城是一座宏大的城市，可是玉嵘感觉到它是那样小，连流浪汉都容不下了。他曾相信用剑和拳头能征服世界，现在他生平第一次认识到，除了这种威力之外，还有一种更大的力量，于是他不无惊讶地问自己，这究竟是什么力量?

玉嵘像落水的山羊，站在暴雨倾注的大街上。商场的霓虹那么美丽，雨声汇合着店铺的音乐，组成诡异的交响曲。谁又是大自然的诗人或歌者?谁在这样的坏天气里还能幸福快乐?积流成川，汹涌而去。玉嵘觉得自己也沉沦如水，向着那低处、再低处翻卷而去。不需要动力，堕落本身就是动力，不需要负责，堕落本身就抛弃了责任。自由真好、堕落真好、赤贫真好、雨夜的大街真好……

玉嵘突然灵台透亮、茅塞顿开，转身向火车站奔去，那里有躲避风雨的候车大厅，可以美美又安全地睡一觉了。

候车大厅里挤满了人，仿佛都有重要使命急着去完成。玉嵘披着湿淋淋的衣服，像洒水车似的转了两圈，根本没有空着的座位。好在有火车临站发车，一群人急忙向检票口拥去，玉嵘疲累地压在了座位上，尽可能整理一下仪容，带着母亲生他时给予的全部骄傲，理了理湿淋淋的心绪，装作有列车来接他似的。

这里，大家都是同一身份——乘客。他观察着这些南来北往的人，疲惫、无聊、困倦、发呆……一如他的状态。

身后飘来方便面和钙奶饼干的香味，他没敢看狼吞虎咽的人，不想过于欺负自己的肠胃。那肥胖如牛的中年男子根本不在乎玉嵘的感觉，每次三片三片地咬着，还咕咚咕咚地喝着啤酒，勾引得玉嵘空咽了几次口水。他不过是个会走路的酒袋而已。

如果有袈裟就好了，可以堂堂正正地向人化斋了。玉嵘幻想着自己身穿袈裟坐在这里的样子，一定会左手方便面，右手青岛钙奶饼干。

这不是梦想的生活，但这就是生活。不知阿康现在哪里避雨?对面坐着一位年轻的妇女，怀里抱着周岁的小孩。吸引玉嵘目光的不是妇女白净的脸蛋，而是遍布她全身的忧伤。这女子使他突然想起了李清照的词句："凄凄惨惨戚戚……到黄昏点点滴滴。这次第，怎一个愁字了得。”她的姿态，就是一首忧伤的无字歌，而忧伤却是能传染和弥漫的。管它呢，谁的忧伤胜过我呢？

他这样想的时候，摆了个轻松些的姿势，头靠在柱子上，双手叠在干扁的肚子上，睡着了。

不知睡了多久，他被训斥声惊醒了。一群警察突然冲刺在过道里，从玉嵘的脚边急速地踏过去，还重重踩了他一脚。警察们有时就像个调皮的孩子，根本不会道歉。他想骂两句，没敢开口。

警察们押着一个中年男子出去了。“杀人犯”——这消息瞬间传遍了大厅。乘客们不由得暗自紧张，庆幸没和“杀人犯”同行。关于这个问题，火车最有权威，可火车从不多嘴。

有几列火车临站发车，大厅瞬间空了下来。对面的妇女忧伤地抱着孩子，两排座位上，只有他和妇女，以及她怀里的婴儿。

车站就是短暂的深呼吸，旅途就是拥挤和奔波。玉嵘喜欢人群和大厅的味道，喜欢各种餐食混杂的感觉，喜欢风吹过的轻响。这女子像雕塑。整夜抱着孩子一动不动，绝对是入定的功夫。良久，玉嵘想和她说话，没说。又过了良久，还是没说。两点的钟声敲过，他突然明白了一件事——那孩子出了问题。

“孩子怎么了？”

“白血病。得三十万，我没有。”

“我帮你抱一会儿吧？”

妇女摇了摇头。

他们仿佛把此生的语言都说尽了，又仿佛彻底失语。忧伤、疼痛、麻木……汇成了一条看不见的江河，从他们之间滔滔流过。他想思考，却什么也思考不了，他想动动身体，却被施了魔法般困守此地。任何精神错乱都会想出荒谬的背景，并且演绎得很尽兴，谁要觉得自己是李世民，他就是李世民，他真实的身份则屈从于错觉的需求之中。

玉嵘很想帮她，替她买瓶水或面包，可自己连一分钱也没有。

他呆呆愣愣地看着这母女或母子，一时忘记了自己身在何处。这片刻的感悟，胜过了许多天来装模作样的沉思和冥想。必然有鬼魅在暗中作怪，破坏了他混浊的和谐和盲目的安宁，那个无形的鬼魅把他撕裂成了两半，一半光明，一半黑暗，一半留在过去，一半扔向了未来。

列车进站了，她抱着孩子站了起来。玉嵘帮她提着两件行李到了检票口。他说自己是这女人的丈夫，送她到火车上。乘务员困倦地放行了。他竟然滋生了大丈夫顶天立地的威严感。妇女上车。当把一个花布包递给妇女时，妇女给了他一个凄美的微笑，像一个要融化的冰雪美人。玉嵘瞬间心碎如沙。她要他把那布包扔进垃圾箱里。

火车开走了。玉嵘失落落的，仿佛送别了亲人。

他打开布包，里面除婴儿的衣服外，就是营养米粉和装着半瓶奶的奶瓶。瓶子里的液体奶已酸腐了。

玉嵘恍然明白，那婴儿已死了好久了。

也许清醒是另一场梦，人们梦见自己并未做梦。人人都会有面包吃，有房住，有衣穿，健健康康地活到白头。这个世界本来就虚虚实实的，伤感的人们又何必较真儿呢。

他抓了把营养米粉仰头放进嘴里，呛得他咳嗽不止，眼泪都出来了。在午夜积水成潭的车站，他和伤感较真儿了，哭得稀里哗啦。第一次，他竟然不知为何哭，不知道是什么让他彻底崩溃。

一个人若会说全世界的方言，却没有爱，没有激情，那也仅仅是会鸣的锣，只会响的钹。玉嵘着凉了，一度干爽了的衣服变得又湿又滑，像刚从水里捞起来的乌贼。心却比乌贼还乌还贼。

他曾把自己当成已经死去的人，冷眼观看每一天的逝去和夜晚的降临。谁都不知道我的悔恨和厌倦。颓废之神的追踪没有间隙，流浪的生活没有梦。湿漉漉的车站、凄迷的灯光、伤感的车笛、梦魇的远方……午夜的列车把他的什么东西带走了，留给他的只有疼痛的心悸、焦灼的渴慕、忐忑的呼吸。他神不守舍，完全沉湎在内心的激流和声浪中，任其将自己卷入一道道深不可测、充满神秘声响的峡谷里。他回忆起忧伤女子的微笑，觉得自己融化了，身上涌动着奇异的痛快之感，一切梦想，一切恐惧，一切沉睡在心中的秘密，蓦然间统统苏醒，统统神奇起来。他哭并不是为她，也不是为她的孩子，而是为了这奇特的相遇，这命运的重重一击。

人们彼此消遣，为的是不致相互厌烦或相互攻击。候车大厅平淡的时光里，任谁也无法猜测有谁比自己更不幸，或有谁比自己更配得上长长的旅途。

显然，他听到了某种召唤。我要继续前进，沉沦是莫大的耻辱。

然而这一夜却并没有结束。当再次返回候车大厅，警察又回来了，把他当成杀人犯，客气地请走了。

无论警察以什么理由带走我，我知道，现在的我，并不是我想要的我，并不是真正的我。

与上次不同，这次警察把他带到了会客室，留他一个人坐在真皮沙发上，还真有点忐忑不安。他环顾客厅，暗红的大理石地面、茶几和墙壁上雕刻的大型奔马图，仿佛又置身于校长办公室——有一次竞赛中，他考了全市第一，被校长的车接到了办公室，喝了校长的咖啡，从此他竟然以为自己会有咖啡般高雅的人生，会有咖啡般香喷喷的生活。而今，那已成了前世的美梦。

30

公安大楼寂静无声，像默片电影。短短一个月内，玉嵘竟然两次进出公安局，这让他有晕海的感觉。黎明的烟灰色贴近了窗口，烦恼而沉重，似乎粗暴地证明夜晚是一个不想离开的鬼魂。一束花儿在瓶子里静静开着，新鲜得叫人倍觉舒畅，心里勾起了片片美意。门开了，进来一位表情严肃的中年人。玉嵘见过他，和吴乐乐在极地酒店吃饭时，这男人——齐台集团的周总。

玉嵘静静看着他走近，伸出手、握手，看着他慢慢坐在对面的沙发上，像在自己家里似的倚在靠背上。他盯着玉嵘，目光冷漠、高傲、威严，似乎想用目光给年轻人来个下马威，最好能吓得他屁滚尿流。

玉嵘茫然地看着周总，带着演戏的成分。

“洗浴中心广场发生的暴力事件，你靠得最近……”

“警察都问过了。”

“谁又向警察说实话呢？”

玉嵘若有所思地瞪着这位霸气隐现的中年男子，两人目光冷冷交错，像四把利剑在空中你来我往地砍杀着。

“那名最后出现的打手说了什么？还记得那人的长相吗？”

“你相信打手的话？”

“我信你的话。一千元，不知你是否满意。”

“十万会让我更满意。”

“我可没那么多钱！”

“我也没那么好的听力和眼神。”

“蠢货，你以为你的命值那么多钱？”

玉嵘起身离开，周总立刻拉住他。玉嵘突然感到一阵奇特的战栗，惊恐袭击了他，不由得后退了一步。一直以来，这种恐惧常常在夜里把他攫走，让他从噩梦中醒来，从而意识到自己还活着。

无论自己多看不起有钱就暴力的人，但统领这座城市的，恰恰是他们的拳头。

玉嵘感觉自己瞬间由一个伪沙门变成了善于敲诈的混蛋，正是那忧伤的妇女和怀里的孩子，让他有了呼吸的力量，有了争斗的欲望，而车站所激发的那份高尚，也随着黑夜的消失，逃遁得了无踪迹。人生的目标是什么，就是为自己寻找灵魂。他的人生似乎从今晚开始了，似乎从候车大厅开始了。不是狂人，就不是大师。

作为企业家、成功人士的周总，见识过各种等级的骗子和无赖，但遇到如此贪婪、凶狠，且敢在公安局公然敲诈他的小无赖，还真是第一次。十万，小子，算你狠！

钱可不是用来擦屁股的。强弱联盟一般由强者提议修建，达成目的后，再由强者撕毁盟约。周总坚信玉嵘知道更多信息，坚信他是有用的人。周总自然不会放过任何有利的线索。他的沉默是非常可怕的，也许他的秘密比金子、钻石还值钱。但周总坚信给对手的钱越多，他们就会索取得更多。

周总为那金贵的信息而灵台透亮。“记清了，这一脚是为桥上的车祸，这一脚是为被卖的孩子！”难道岳父拐卖了儿子小石头？难道真是他？这么多年来，没有一天不思念自己的儿子，没有一次头挨着枕头时，不是想着儿子的模样进入混浊中。泪水打湿枕头，悲伤打湿了光辉耀眼的人生。儿子若有心，定会理解为父的苦念。

周总要亲自询问那位目击证人，可警察遍寻无果。警察在候车大厅里踩了玉嵘的脚，意外发现了证人——玉嵘这才被带进公安局。

虽然一向厌恶狡猾的岳父，但岳父被一群打手狂殴，约等于自己被人暴扁。尊严是不能被污辱、名声是不能被诋毁的。警察在问讯时得到了一条不确定的信息，好像岳父大人与什么孩子有关——这信息像一条金脉，引起了周总的警觉，他像雄狮嗅到了危险的气息、嗅到了陷阱的隐喻。岳父大人，困住你的那张网不是别人织的。

活在这个世界上最聪明的做法就是不要原则。

一场不敢做或做了无数次的噩梦，把姜默从熟知的生活中拉出来。整理好衣襟，看着围在床边的亲人们，希望自己能声泪俱下地编造悲惨的故事。他羞愧而百般纠结地告诉女婿，无意中沾惹了对方的女人，所以才遭到报复。“其实，那女子也姓姜，我不过是和她在一起续了续家谱。”

“你们应该是姜太公的后代吧。”

“是啊，周女婿，她也是这么说的。她还说自己很会钓鱼。”

疯狂就像重力，只需轻轻一推就可以了。

周总叮嘱妻子和女儿们要照顾好老人，不能再让他受半点委屈。

妻子姜图美像一只受惊吓的考拉。丈夫一向讨厌岳父，每次岳父惹了麻烦，都会以断绝银供、限制进入女儿家门作为处罚，致使姜图美像风箱里的老鼠，两头受气。而今天，伤筋动骨的老父，果然赢得了丈夫的同情，于是她又将一大笔生活费贴到了爸爸的账户上。她哪里知道，爸爸身体恢复后，这笔钱正像一道闪电，迅雷不及掩耳般消失在女人们身上了，却也因此断送了慈父的性命。

这是一个残忍的世界，残忍世界唯一的道义就是机会，差点没收了女儿尽孝的机会。

“多吃些，保养好身体。”

“身体再好也扛不住总挨揍啊。你丈夫为啥突然对我这么好，还不是因为他惹的事，得罪了人，对手就拿我开刀。图美啊，你爹是在为你们承担灾难啊。”

“他说了，警察正全力破案，一定会严惩凶手的。”

“你也会骗爹了，警察的话也信？”

图美伏在爸爸耳边，悄悄地说：“警察局局长是他的表哥。这关系，他从来没公开过。”

姜默却并不像女儿期待的那么高兴，而是一脸忧郁地望着漂亮而简单的女儿。这他妈可不是什么好消息啊！

姜默对罪犯逍遥法外深感不安，祈祷王母娘娘、观音奶奶、如来佛祖、织女姑姑能立刻置打手们死地。

正如他所预言，新的恐惧以出其不意的方式摧毁着生活，甚至把姜默的人生迅速推向凶险的深渊。姜默怕警察深究此案，怕把朱仁道向他勒索钱财、他雇杀手在南坝桥上制造车祸的事抖出来，从而暴露小石头的事件……他被女儿的悄悄话吓出了冷汗，悲情地拉着女儿的手说：“图美，告诉你丈夫，过去的事就让它过去吧，冤冤相报，没有尽头。好在这次倒霉的是我这老头子，就让我承担这一切吧。别再深究了，毕竟，你们还有一对可爱的双胞胎……”

图美糊涂了，但又隐隐感到害怕。爸爸刚才还抱怨女婿对他不关心、不在意，现在怎么又如此宽宏大量地要放弃复仇呢。

“图美，别让女婿为我的事操心了。放过对手一马，对手会感恩的。”

“凶手也会感恩？”

“当然，狗都知道感恩，何况人呢。”姜默看了看单纯的女儿，忐忑不安地叮嘱着，“周女婿有什么想法，一定及时告诉我，好让我宽宽心。”

图美忧郁地点了点头。其实，她为自己能帮助爸爸感觉特别开心。一直以来，除了给爸爸的账号上打钱，爸爸似乎没有用得着女儿的时候。图美从未如此深切地感受到，暴力虽然让父亲遭受痛苦，却也让父亲和丈夫的关系变得如此亲密而友好。

31

夜里十二点，丈夫终于回家了，图美急不可待地表达了爸爸仁慈而大义的观点。

“我爸爸说，别再追究打人事件了，免得冤冤相报。”

“他怎么突然高尚了。”

“一直很高尚，他说狗都知道感恩，何况人呢。”

“亲爱的，有些人还真不如狗。至少你给狗骨头，狗就不会咬你。而人却不然。不过，你爸爸既然如此高尚，我当然得听他的建议。”

人们不会诋毁身心俱疲的病人，病情比道德更为重要，然而有些病人，全部德性也抵不上一杯白开水。

周总却比任何时候都心急如焚。还有什么比儿子的事大如天呢？随着年龄的增长和阅历的丰富，他深知自己生活的病症，这病症却无法医治，无法掩盖，也无法纠偏。树是自己栽的，苦果也得自己咽下。老天给了他一个智慧而贤明的妻子。那时的万明理解他，懂他，知道他在遇到困难时的忐忑、彷徨，能帮助他分析前因后果和各层次关系。万明是他的知己，是他的心理医生，也是他在外打拼的坚强后盾。可万明走了，用生命换取了小石头，而自己却把小石头丢了……万明曾赐给丈夫千姿百态的美……她的毛衣给人一种暖融融、毛茸茸、透亮亮的感觉，一种混浊恼人的快乐依然会在周总心里汩汩涌现。为了梦中的万明，哪怕赴汤蹈火也在所不辞……他相信，也许再抱她几秒钟，就能完成销魂的战栗，她就能从手术床上下来，重新回家，沐浴着晚风，或望着湛蓝的天空，听着一架看不见的飞机发出神秘的低音。

老天惩罚了他的大意，惩罚了他的贪婪，赐给他一个美丽却单纯的女孩。单纯不是罪，可从女孩到女人，成为两个孩子的母亲，而依然单纯、依然不食人间滋味、依然用童年的眼光看待成人的世界，那可就是罪了。当初周总还以为人人都会像万明——这漂亮的女孩也不过是另一个万明。那时她像一朵摇曳的水仙，能从香气中提取爱情，与她相比，整个世界都微不足道。可惜香气是一次性的，闪电般消失了。水仙代替不了三餐、更代替不了思维。蜜月还没结束，周总就明白自己娶回家的不过是一个高分低能的漂亮傻瓜。那种颓废和后悔、痛苦和艰难，只能独自吞咽，独自承担。

每隔一段时间，周总都会梦见万明的衣物挂在一条没头没尾的晾衣绳上，在一股永不停息的风里荡漾，而她的甜美而儒雅的微笑，在衣服的飘荡中忽隐忽现……醒来的周总把头埋在万明的衣服里失声痛哭。

双胞胎八岁时，妻子图美参加了一次同学聚会，带着满怀的疑问询问准备入睡的丈夫。“我的同学一个月才两千元的工资，她们怎么生活啊，难道每天只吃一顿饭吗？”

“你真应该问问她们。”

“我问了，她们没回答。”

“她们可真不懂事。以后少和不懂事的同学们来往吧。”

“咱们公司的工人月薪多少？”

“你应该问他们一天能吃几顿饭。”

越是伟大的哲学家，对普通人提出的蠢问题，越难回答。丈夫的话似乎很对，又似乎暗藏着什么玄机。像所有忐忑的时刻，图美不明所以地上床就寝，让所有的疑问和困惑，交付于幽深的梦吧，反正每月两千元的工资，根本就不是人能承受的生活。

周总时常用父亲灌输给他的哲学观点解释自己的生活，物极必反，盈不可久，刚柔相摩，八卦相荡……人生像一架天平，这一头重，那一头就高起来，那一头重，这一头就高起来，几乎没有一个时间是均衡的。因为照顾不好贤惠的万明，所以上天让他娶了一个高分低能的图美；看似功成名就，却丢了唯一的儿子小石头。

不残缺不是生活。

夜深人静的时刻，疲惫至极的周总时常怀念万明，心中有许多话要倾诉，有许多疑难问题要切磋……万明会给他一场温和的疏导，会替他客观分析各种利弊，帮助他选择和谐的方法。而今，公司遇到的问题比以往任何时候复杂，市场环境也比任何时候险恶，更让他担忧的是人为制造的陷阱——投资的陷阱、贷款的陷阱、洗黑钱的陷阱……稍不留神，就会惹火烧身、前功尽弃。疲惫的夜晚，他需要的是万明的怀抱，那种母亲般的博大、情人般的温暖……可他没有，有的只是花瓶似的、胆怯如兔的肉体。他早已厌烦了，可他又无权厌烦。如果重活一生，他宁愿娶一位智慧贤明、相貌平平的女人，绝不招惹情商如初中生似的图美。

对周总来说，生活首要的、最伟大的艺术是挣钱，以夯实帝国的家业，其他一切不过是为这目的所作的准备。

做自己生活的旁观者是一种逃避，然而，无论逃得多远，这就是他的命运，这就是生命的轨迹。

培养出这样的图美，岳父有着不可推卸的责任。就像鸟儿，生出翅膀的时候，却限制飞翔，久而久之，就失去了展翅的功能，成为笼中乖乖鸟，供人们赞赏和亵玩。可悲的是，岳父不以此为辱，反以此为傲。周总对妻子的厌恶，很快归纳到岳父身上。有那么一段时间，岳父对他有催吐的功能，看到岳父出出入入，特别是他驼背用餐的样子，像秃鹫在享用尸体，周总竟然连隔夜的饭都想倒出来，甚至连他坐过的沙发都厌恶起来。

姜默知道女婿不喜欢自己，也索性躲得远远的，只要不缺钱，除了月亮和星星，什么样的美丽女人不能带到床上呢。他从来不愿和金钱分手，那么压抑，一旦有钱，就绝不会是休眠的火山。正如他的眼睛被闪烁的霓虹搞得眼花缭乱，他的大脑也被各种女人的标价，弄得头晕目眩。玷污圣洁最让姜默兴奋了。没有小美人，夜总会的妞儿也将就，这冲动让他感觉自己还活着。

根据朱玉嵘的交代，岳父被揍与贩卖孩子有关。肯定是小石头。这个混蛋，我要杀了他！他必须安抚好岳父，不能打草惊蛇。找到那个中年男人，可能会找到失散近十八年的儿子。没有天赋的启示，只有巨大的悲伤。想到儿子，周总就激动不已。“君子乘时则驾，不得其时，则蓬累以行。”寻觅近十八年、疼痛了近十八年，各种预兆显示，和儿子见面的日子不会太远了。他渴望命运之光能冲散灵魂的阴霾，已经有多得数不清的夏天，没有东西能温暖他的灵魂了。他像处在高烧之中，仅仅靠希望来支持自己，一听到希望将要变成现实，突然浑身虚脱。

往事的魅力在于已经成往事，而周总却坚信帷幕降落后，往往还有续集。在市场竞争的舞台上，恰恰能让悲剧出现喜剧的结尾；如果他不开心，也有权让一切悲剧以闹剧的形式告终。商场的战争有着跟调情一样的魅力，没有比挤碎对手更让人得意的了。

儿子当然是帝国的继承者，是家族的延续者，对双胞胎女儿的失望，让他越来越期待自己的儿子。有万明那样智慧而贤明的母亲，必定会有优秀的儿子。万明身上有一种殉道精神，她的死具有那种殉道悲哀的美。

周总永远不会忘记这一点，否则的话，他会像锅里煎的鸡蛋，受到地狱的煎熬。

周总整天忙于公司的业务，很少顾及家族。他本能地以为，周家的后代自然会聪慧而健康地成长。健康倒是健康了，双胞胎却在单纯的母亲的教导下，过早地成人化了。每天早上，姐妹俩睁开眼睛就比头发、比脸蛋、比指甲、比牙齿，甚至背着父母偷偷地打了耳孔，像个吉卜赛女郎似的花枝招展地出出入入。对家的疏忽、对女儿们的失教，让他倍感沉重。

他认为自己是事业的王者、生活的奴隶。每当他像战场上攻克山头般攻克困难，就有了性高潮般的快感，这快感却带给他无尽的骄傲和财富。福者祸之所倚，祸者福之所伏，福祸如同荡秋千。睡梦中他曾用哀求的眼神追随着万明，像期待恩惠似的期待她能说一两句话。万明能读懂他的沉默，知道丈夫变得越来越忧郁、麻木、冷酷。

铝矿石紧张，许多铝厂因无米下炊而停机歇业，周总却能源源不断地抢断国有企业的货源。当国企派大批专家、技术人员到世界各地探寻资源，争取供应合同时，他每每以更优惠的条件，轻易挤占了份额，不费吹灰之力，便挣得盆满钵满，让国企专家团队空手而归。《史记》中说："善战者，因其势而利导之。"商场如战场，只能说国企善研究而不善利导。高薪挖人，是壮大力量最高效的手段——也等于国企免费给他培养了技术人员、管理人员、研发团队……不仅如此，政府、海关、地税、外贸等，也都有他安插的"特工"，关键时刻，都是他利益的维护者。

周总无数次幻想着陪儿子成长，手把手教导儿子。他满腹的理念，不是用书，而是用行动传染给儿子。商场唯一的规则就是没有规则，只要能挤垮对手，什么手段都值得一试。成功人士不用钱来衡量问题，而是用胜利。凡是商场上的王者，都需要读懂社会、读懂人类——哪些人需要联系，哪些人需要跳过，哪些人需要拥抱，哪些人需要无情地推开。当然，也不能忘记告诉儿子：如果试图攻击一位拳王，那就别想获胜。

想得再多，终不知儿子沦落何方？在生活的战场上，周总感觉，他的家庭、他的前世今生，却被邪恶地侵占了、被什么力量“特工”了。

一触及家庭生活，就把家庭给毁了，家庭也把他给毁了。

古道已逝，面对现实吧。

他用虚拟的十万就收买了无赖流浪汉——朱玉嵘的灵魂。他不但配合警察画出那位打手的容貌，还将日夜徘徊在街头，寻找、打听、搜索那位打手的信息。他成了周总安插在街头的“特工”。

玉嵘碰到“正义”一词，就被荒谬又迷人、有毒却悦耳的理论征服，心甘情愿地为惩治罪犯献出流浪之身。任何一个流浪汉拒绝这个时代的准则是不道德的，因为流浪汉的真正悲剧在于，除了服从，便什么也付不起。美丽的罪孽，像美丽的女人，是富人的特权。

为了那十万的期许，站在街头的玉嵘有了就业的惊喜。先付他两千，以维持他寻人的开支，随后的九万八千作为寻人的动力源，事后兑现。

玉嵘和周总进行智慧的博弈。“周总，您一点也不信任我。”

“信任跟金元宝一样，要靠行动换取。”

在公安局，周总当着众多警察信誓旦旦，以人格和公司的声誉担保，绝不食言……朱玉嵘站在巨大的警徽边，竟然有被授职的神圣和庄严，像个新娘似的，眼眶突然热了。

人们用誓言把生活切得粉碎，但这也是谋杀，对信心和忠诚的谋杀。一个渔夫或许能钓到大鲸鱼，但若不割断绳线，就会被拖进海底。

被警车拉来的时候，他是个落魄的流浪汉，当走出公安局的大门，却成了周总的“卧底”，还成了隐形的富翁。朱玉嵘望着雨后明亮、清澈的天空，断定这是前世修来的福。

此时，玉嵘像个百万富翁，一面走，一面唱歌。他突然觉得自己有一种无比幸福的感觉，这个世界上，再没有比不慌不忙地边走边唱更惬意的事了。下了一整夜的雨，把梧桐树冲了又冲，而在立交桥下，苍鼠们正睿智地沉睡着。

但也有偶尔一两次，他朦胧觉得自己卷入一场莫名其妙的悲剧，不过这悲剧却披着正义的面纱，虚无缥缈，似梦似幻。

32

朱厅长生日到了，小儿子刚从美国回来，一家人要团团圆圆地吃顿生日饭。卫雄从书店买了几本书，正巧遇到爸爸的车停在门口。和爸爸同时下车的还有另一个人，四十多岁，长发齐肩，却长着女人似的丹凤眼，暗红的嘴唇，穿着一身飘逸的印着福字的白色真丝唐装。穿了丝绸可不能吵架，这东西弱不禁风，说话重了便会把它毁掉。

卫雄在和这人握手时，像握着冰棍般透心凉。这人姓胡，人称胡大师，风水先生。

从看到胡大师的第一眼，卫雄的内心排斥垃圾般排斥着。他对着楼宇间的斜阳和正在兴起的苍然暮色，咬紧牙关，想把某条作怪的神经，控制在痉挛之前。

风水大师薄薄的嘴唇喋喋不休，能把生硬的苦瓜烫个烂熟。真不明白爸爸为何把这人带回家。

爸爸的世界他不懂，妈妈的世界他懂得也不多。妈妈郭燕燕热情地接待胡大师，和爸爸一左一右地陪着胡大师参观房间，介绍房子周边的路段等等。

聪明人是不会挡在野兽和它的美食之间的，但卫雄却总想一脚把装腔作势的胡大师踢出家门。改变家风的是人格，而不是胡言乱语。胡大师把自身的魅力都倾注进了自己的姿态里，吞吐在含章弄句的唇齿间。在他眼里，越是虚无的东西，像梦和传说中的鬼怪，越是他的摇钱树。

卫雄回到自己房间，给手机充电，连接电脑，便在电脑上播放前几天录的一段视频。哥哥卫博推门进来了，他也讨厌胡大师装模作样地指点家居的风水。当胡大师走进他的房间，他躲了出来。

“哥，老爸从哪里打捞了个太监？”

“肯定不是从他娘的肚子里。”

视频里一个人脸钻进镜头，随后扑向群殴处，极尽暴力。瞬间的画面，像闪电击中了哥哥卫博。“停停……停……”

卫博夺过鼠标，锁定特写镜头——叔叔愤怒地瞪视着他们。

“杀人犯……他干了吗？”

卫雄还真不认识叔叔了，最让他吃惊的是，竟然以这种方式与叔叔见面。他向哥哥讲述了洗浴中心广场上的暴力事件。因为是齐台集团周总的岳父被人暴打，报纸和网站也热闹非凡地炒作着。周总不惜重金收买线索。

冰块和亲情这类东西在不断地打击下就暴露出易碎的特性。悲哀和美是一对孪生姐妹，具有同样的意义。最可怕的不在于它撕碎了一个人的心，而是把人心变成枯木。处在叛逆状态的哥哥是不能接受叔叔的，反抗的情绪关闭了灵魂的通道。

“那王八蛋总是惹事，有他在，谁都别想安生！”

“他是咱叔叔啊！”

“操，我宁愿没这叔叔。杀人犯唯一的家就是监狱。把视频传到网上，让警察快把他抓进去。”哥哥急不可待地操作电脑，仿佛身后有刀子逼着。

“最好让爸爸知道这事。”

“你可真傻，他死在监狱里爸爸才高兴呢！”

人人都有自己的真理，时间在灵魂缺失的地方流逝。为了抵制哥哥花柳病一样诡异的想法，卫雄突然拔掉了手机，中断视频。哥哥不理解地怒视着弟弟。哥哥的目光重得像铅，似乎要把他压碎。恰在这时，爸爸妈妈陪着胡大师进来查看房间了。兄弟俩的战争即刻中止，表情僵硬得像挨了几巴掌。沉默的味道越来越浓，弥散整个房间。

妈妈像风中摇摆的花儿似的介绍着房间，而胡大师微笑得像春风，幸福、满足，仿佛桌椅、电脑和衣服，都是香喷喷的红玫瑰。

卫雄看到胡大师的这副表情，突然想到油腻腻的剩菜盘子。风水大师的职业跟某些宗教仪式相似，既需要祭师也需要祭品，借着世人的愚蠢，可以为所欲为。

哥哥说每个人都有渴望，了解他们的渴望，就能了解对方，然后可以操纵他。

“哥，请问，叔叔与你的渴望有什么关系？”

“叔叔是周总的渴望，周总——大人物。”

“这可真是无情的第三世界。”

“叔叔要在，就是冥界。”

胡大师留下参加生日宴。就餐的主题早已不是庆祝爸爸的生日了，而是听大师分析家里的风水。卫雄第一次见识爸爸如此低声伏就尊崇别人。妈妈则时常怒视卫雄，从妈妈的表情可以看出，哥哥已将视频的事告诉了她，她对卫雄阻止上传视频相当气愤。

上菜的当儿，爸爸向胡大师介绍家人的生辰八字。卫雄却回忆起偷拍视频的情景——那晚他急忙逃离了现场。他一向不是个好事的人，害怕某些灾难会招惹自己，害怕陷入是非之中。他盲目地走着，在街道织成的大网中迷了路，等赶到家时，已是后半夜了。当时那种忐忑、惶恐，以及难以平复的繁杂心情，现在想来好像都是有原因的，也许冥冥中是血缘在作怪。

爸爸说胡大师是著名的国学大师——学在香港，成在台湾，扬名世界。在八字风水、噩梦转运、东方哲学等方面，颇有造诣，在世界各地演讲，曾两次登过哈佛大学的讲堂。大师在富翁和高官中异常忙碌，能请到他，可不单单是面子问题。

爸爸不说，卫雄还敬他是个客人，经爸爸这一介绍，卫雄就坚定地认为他是骗子了，像看一件断臂维纳斯的赝品，欣赏着他的造假技术。

卫雄感到极其寒冷、孤独和沉重，就像他刚到美国，落脚于黄头发白皮肤人群中时，莫名其妙地感到恐惧一样。

胡大师了解到朱厅长的大公子刚大学毕业，二公子是学习尖子，在美国读书。这显然是个又官又文的家庭，给这种家庭看风水，自有他严谨的施政策略。

“哥，他以为我们脑袋里全是地瓜吗？”

“不，他肯定以为全是金币。”

菜摆满了餐桌，茅台酒也斟满了水晶杯，杯体透亮，美酒泛光，山珍海味香气荡漾。胡大师不急于发表高见，朱厅长便频频碰杯，以满足客人的口腹之欲。酒过三巡，鼻现红光，眼媚飞扬，蔚蓝的大海在眼前展开，仿佛所有的故事都在那里上演。胡大师终于开口了。

“我不羡慕上帝，我也能知道世人的秘密。如果时代变了，人却没变，这个人就完蛋了。我是个与时俱进的人，你也是，朱厅长。不知你承认不承认我的观点——看风水就像读诗歌，文明人都喜爱诗歌，享受它、追求它，可谁也不承认它的力量。风水也一样，官越大越看重。我刚才看了你们家的布置，确实存在着阻碍风水的问题。你们住了八九年了，这八九年，虽有喜事，但无不伴随着惊险，甚至心惊胆战，比如亲人的事，或职场的事。如果不纠正，家运依然会受阻滞，甚至会受更大的阻滞。”

“大师英明，如雷贯耳，可一直无缘请到您啊。”郭燕燕兴奋得像吃不到麦粒的笼中鸟，口气里透着殷切，表情上带着期盼。他们目光碰撞了一秒钟，但那一秒钟，就让卫雄哀伤不已。

胡大师扫了一眼女主人，体会到一种异乎寻常的感情，仿佛有一个热水袋放在了心口窝上，胸膛里荡漾阵阵暖意。他努力把暖意锁在心底，缓慢地对着朱厅长讲着：“这世界是龙蛇杂处之地，每个人都扮演着命运指定的角色，并非大家都能自由选择。但聪明的人可以规避风险，这就是为什么有人发财，而有人亏本，为什么有人官运亨通，而有人进了局子。朱厅长属龙吧，刚才，我按龙的属相测出了这室内的五角星的位置，只要固定了龙的五角星盘，你们家的运势就会一直往好的方向发展了。”

“是啊，是啊，他是一家之主嘛！”郭燕燕像正在吃食的母鸡点头赞许。妈妈穿着漂亮的白丝裙，像蹩脚的小新娘。这衣服肯定不是为爸爸穿的，更不是为儿子们穿的，现在卫雄明白，妈妈像猎人，或者她和胡大师彼此涉猎着。人们曾说绝色女人的丈夫都可能变成犯罪阶级。果然不错。

“‘丁’的位置是客厅的东南角，在那个位置放一个油灯，就可以丁财两旺；‘艮’在客厅窗子的位置，垦旺我兴，在那里写一个‘艮’字，或放一把土，就可以消灾避难了……先天八卦，五字在中宫……”胡大师一举一动装腔作势，故意乐呵呵的，话语里透着隐喻或神秘，仿佛只有这样，才能显示学问的深厚。在行骗的战场上，胡大师只相信神秘，而非逻辑。

郭燕燕殷切地望着胡大师，像望着一个高不可攀的神物，仿佛他的话都是最高指示，需裱糊出来贴在墙上。不等酒喝完，她便急不可待地按大师的口令去布置猪狗牛羊了。餐厅里就留下了父子三人。显然爸爸已知道了视频的事，不耐烦地听着暴力过程。当卫雄起身回屋拿手机时，透过书房半掩着的门——胡大师的手正揉搓着妈妈的屁股，像揉搓着面团。卫雄立时大脑充血，恨不得冲进屋把胡大师痛暴一顿。他略一沉思，转身进了自己房间，把门踢得山响。等他返回餐厅时，胡大师和妈妈正品尝着龙虾了。妈妈的脸色像龙虾鲜艳，正沉浸在自己扑通扑通的心跳中。对她来说猎艳的奇妙如同冬眠的动物，拖着极为缓慢的脚步出现了。

卫雄盯着妈妈，像不认识似的，妈妈屁股上的大手在他心里唤起着阵阵惊讶、疼痛和愤怒……他不禁可怜起她来。克尔凯郭尔说：“我们文明人什么时候才能变得真正严肃呢，只有当彻底了解了地狱之后。”看来胡大师根本不了解地狱，虽然他一直拿地狱吓唬别人。

餐桌上，卫雄讨厌胡大师直勾勾盯着他看，仿佛他是一只没进化完全的猴子。胡大师随后又发表了五角稳定大局的理论，指出朱厅长家虽然只有四人，但那虚空的一角只是隐藏着，和这家庭有着难以分解的关系。“第五位——可能是男人，也可能是女人，可能是老人也可能是年轻人，总之，过去或未来，都不可能忽视第五位的存在，要从内心尊重这个潜在的人物。因为他（她）是运势兴旺的定盘星。”

到医院看病，某些庸医总是装出一副煞有介事的样子，又是扣诊，又是听诊，问些不问也知道的问题，又装出威风凛凛的神气，仿佛在说，一旦落到我手里，就得听我摆布。卫雄感觉这胡大师正是冒牌货，谁都知道叔叔杀人入狱，当然是这家的第五人。可妈妈却不这么认为，那个第五人是谁，她心知肚明。朱厅长自然也另有盘算，第五人当然是个女子，那女子深入地影响这个家庭二十年了，是他心中的女人。卫博想的简单，这第五位的女人，当然是吴乐乐——他们未来的儿媳妇。

卫雄不知道该怎样欣赏这个高价请来的骗子的演讲。骗子的脸如此洁白，像阿司匹林。骗子经常利用这种模糊而神秘的圈套，让听众们着迷。他大段大段地引经据典，闭着眼睛，扬着头，仿佛在思索风水击荡的画面。他的问题是开放的，自然答案也是开放了，谁在思考，谁就成了胡大师的受众，堆积如山的钱财和惑人的胡氏帝国就这样炼成了。他自认为过去现在和将来都比世人聪明得多，也高尚得多，对待高官和富人总是一视同仁。他打着中国传统文化的幌子，把命运当拐杖，目标只有一个——钱，这是世界上唯一绝对的东西。

不管钱来源肮脏还是干净，一样都拿来喂饱肚子。

33

郭燕燕把风水大师看得比皇帝还要尊贵。而胡大师每到一家，总喜欢闻女主人卧室里的味道，那气味幸福着他的心田。晚餐结束，爸爸到书房接电话，妈妈去寻找金猪，哥哥跑到电脑前和吴乐乐聊天。客厅里只剩下卫雄陪着胡大师。胡大师盯着墙上的全家福照片。爸爸妈妈坐在椅子上，他和哥哥站在椅子后面，在摄影师的逗引下，僵硬地笑着。

卫雄感觉胡大师并不是在看全家福，仅仅是盯着妈妈的脸蛋看。不由得心生恨意，盼着他快快离开。卫雄故意咳了一声，把茶递给胡大师，胡大师接过茶杯，仰头一口喝干了，背对着卫雄，继续察看照片上的风水。他已习惯了和难以对付的人物相处了，习惯于给他们恶劣的预言，以便让他们灵魂都泛着苦味。

“你不喜欢我，至于表现在脸上吗？”

“你得道歉！”

“是吗，我讲得口干舌燥了，怎么道歉。”

“无耻！”

“这个家里，还能找到不无耻的人吗？”

“如果我把你的无耻行径说了，你就得头破血流滚出这个家。”

“真要是那样，我发誓你会后悔从娘胎里爬出来。小伙子，在众多的欲望中，性欲是最可怕又可爱的一个，可以说你一辈子都在为那半尺长的家伙服务。这个家和任何家庭一样，我都没兴趣。可当官的对我有兴趣，知道为什么吗？”

胡大师转过身来，正对着卫雄，刚想发表高见，朱厅长进来，胡大师便亲切地拍着卫雄的肩膀，像一对聊得甚欢的好朋友。

屏息时间长得不可思议，卫雄觉得肩膀上的那只手沉重如山。

爸爸和胡大师一起出了大门，又回身悄悄对卫雄说：“听你妈的，把手机给她。”

卫雄想和爸爸多说两句，可爸爸瞪了他一眼，转身走了。站在车门口的胡大师儒雅而温和地向卫雄挥了挥手。卫雄像站到云彩般眩晕、迷惑。不同人种的友谊，不超过狗和它的主人之间的关系。

光影在池水里摇曳成了碎片，被喷水柱打湿的青石板像一块湿了的防水布。卫博将手冷冷地伸到弟弟面前，卫雄看着哥哥的手，眼里尽是委屈，心底无声地呜咽着，就像被抛弃的小男孩追着家人后面跑，这种断然而安静的哀伤，让卫雄心中不忍，定夺不了该不该听爸爸的话。

“卫雄，你叔叔必须得进监狱，在外面，谁都不安全。”

“至少要了解发生了什么事？”

“笨蛋，他打的是什么人你不知道吗？”

卫雄简直不敢相信妈妈的话，怎么能牺牲亲人而去讨好齐台集团的老总呢？

卫雄转身将手机扔进了水池里。妈妈和哥哥急忙奔过来，可为时已晚。每一枚良心在某个地方都有一个开关，池中水淹没了三个人的开关。

郭燕燕怒火中烧，像微波炉里火星四射的刀子，响亮地甩了卫雄一巴掌。卫雄捂着热辣辣的脸，再次嗅到了童年的某种气味，内心涌出一股似曾相识的恐惧，仿佛整个人被抛入了深渊。哥哥一把扯过弟弟，挥起拳头就要揍。突然，从墙角的阴影里走出一个人，边走边拍着巴掌，拍得极其响亮。

“打，狠狠打，对不维护家庭荣誉的人，就应该痛痛快快揍一顿。”朱仁道目光所到之处，似乎寸草不生，此时，却像个幸福的微服私访的皇帝，乐于迁就和宽容。

记忆像一种可怕的疾病，蚕食着郭燕燕的灵魂。她吓得本能地后退着，试图躲进房间里，但又一想，守着两个儿子，不能那么没风度。她忽而消沉得像一摊烂泥，忽而又露出蒙娜丽莎古怪的微笑。

“嫂子，你就这么着急着把我关进监狱吗？我的故事你一定没如实讲给孩子们。也好，我来补充一下。”

“把他赶出去！”

“嫂子，让他们赶一个杀人犯吗？别傻了，听故事死不了人。当初，有一位漂亮的女子，和丈夫结婚后，却一再勾搭情人，结果两人色授魂与时，被丈夫抓了个正着。那淫男挥舞着匕首，你们的叔叔在亲人的帮助下，英雄救美般结果了那人。嫂子，应该来点掌声吧。”

“你就是个混蛋！”

“这名字高抬我了，我就是个杀人犯。我不怕再进去，但得由我选择，而不能由你决定。有些人故意和生命中美好的记忆搏斗，把记忆扭曲成了妄想……这是小侄子卫雄吧，果然有点良心，可别被帝国主义的教育弄坏了脑子！”

对一些人来说，片言只语就能够使彼此默契十足，心灵相通。卫雄读出了叔叔声音泄露的感觉，体会到了缠绕在字符里的乡愁家恋。他不由得羡慕叔叔的冷酷和幽默。

喷水管里的清凉雨箭，把院子变得更为荒凉孤寂。朱仁道回忆着，怀着乐趣，带着悲哀。

“《马太福音》第五章第二十八节说，‘凡是见妇女就动淫念的，这人在心里已经与她犯奸淫了’。听听，嫂子，男人是多么危险的动物，你知道的……在地里信不得马儿，在家里信不得婆娘，这话说得多好。嫂子，瞧你，真调皮，又穿了白色的连衣裙。你以前每每穿上这种衣裙，总问我好不好看。其实，你穿什么都好看，只是得心灵美才成。家和万事兴，你们怎么对我，我都不往心里去，我依然是这个家的人。还是感恩点好，朱家的家风，总得有点品格才长久。”

“你们还不把他赶出去，听他胡说八道！”

“嫂子，看来哥哥对你的教育还不到位，你应该说：快请你叔叔进屋，泡杯好茶……好了，茶我也不喝了，我放在窗台上一瓶酒，祝哥哥生日快乐！侄子们，凡事记着，尽人力，听天命，因果总有报应时，还是多做善事为上。嫂子，我可不会给下金蛋的母鹅带来麻烦，我会记得你的好处，哪怕是很久很久以前的……”

朱仁道整理衣领，挺了挺胸膛，端平了肩膀，仿佛要参加宴会似的。他仰头望着满天的繁星，像是对天上的星星说话：“我讨厌过于亲密的亲情，冷酷无情的家才更真实。每个人都过着幸福的生活，也要付出幸福的代价，有时还得一而再，再而三地偿付。嫂子，一切罪孽都来自反抗，恶魔在与人交易时永远不会结账。小的时候，我和哥哥最喜欢看星星，他说每颗星星都代表着一个美丽而善良的小公主。你们信吗？侄子们，我从前不信，现在信了。今晚星星真不少……晚安，亲人们。”

一半认真，一半玩笑，这是朱仁道一贯作风。他语调忧伤地走了，郭燕燕急忙关上了大铁门，仿佛把一条凶恶的流浪狗关在了门外。卫博站在院子里，像一尊埃及法老般沉默而警觉。光滑的青石板反映着这个家的生活，影像冰凉，来去匆匆，对对错错，无以言表。

夜晚湿热的风诉说着含糊不清的承诺。

34

在城市里寻找那名国字脸打手，相当于在大海里打捞某只含珠之贝。朱玉嵘游魂般在街头巷尾、犄角旮旯晃荡，体会到的不是城市之大，而是城市之深，不是城市之灿烂，而是城市之忧伤。仿佛他心中的什么东西，随着对城市的丈量唤醒了。

总有某些日子灯塔般影响着此后的时光。被周总聘为耳目的那天，像功率强大的发电站，远远地作用着玉嵘。他果然把寻觅打手当成誓言约定的职责，当成神圣的使命。时光流逝，随着对城市皱褶的反复阅读，当周总不再关心找人事项，玉嵘突然明白，这一切不过儿戏，聘任他也不过是随手抓用一个农民工，那九万八的期许，不过是从农民工身上榨取更多可能的诱饵罢了。

人们只有躺在太平间，身份才是平等的吧。玉嵘影子般穿梭在夹缝里，感觉自己真的成了影子——没人在意，没人关心，没人拿你当作法定的人。人的意义是什么？没有意义，每人都在即兴表演。世界好像出了许多问题，这却既不能责怪外国诸神，也不能责怪中国众仙。没有任何国家的司法制度能避免人为的错误，没有任何铁窗能平复躁动的灵魂。

人们的眼睛对风景的判断是与生俱来的。

玉嵘从流浪和寻觅的生活中逐渐体会到：信心和怀疑是相互关联的一对元素，就像吸气与呼气、静脉和动脉。与周总签订的无字协议，既恢复了他的信心，却也搅浑了他的信心。一个人可以成为傻子式的流浪者，成为少林寺的和尚，或者去武当做一个吸风饮露的道士，然而，对病弱的玉嵘来说，这仅仅是放弃责任、放弃追求、放弃作为自然人的一种存在——那只不过是在逃避自我。

高中时，因为学习优秀，同学们都喜欢他，甚至愿意受他控制，请他指点，包容他的缺点和坏脾气。那时的生活固然有令人爽心惬意的一面，但又有危险的一面，他难免对同学们的弱智、低能、愚钝怀有轻蔑、厌恶之感。他一直认为自己才华横溢，必定会从事辉煌的事业，举手投足都影响着众人，那时的他没有一丝一毫的矫饰，似乎负载着重若千金的精神力量，他有着崇高的使命，有着一飞冲天的雄心。可现在，事业又在哪里呢？在街道上？天桥下？在夜色朦胧的旮旯里？

玉嵘坐在十字路口一座废楼的阳台上，双腿垂直地吊在栏杆的外面，双臂环绕着栏杆，慢性腹泻让他精疲力尽。他从宽宽的栏杆间隔中望着空中的月亮，仿佛月亮是懂他的女人，是知己。

月亮是最能保守秘密的情人。

不知道这个阳台是否掩盖过一个男人的秘密。

街对面是家比萨店，一个十岁左右的小男孩端着刚刚出炉的比萨，站在路口等红灯，把比萨盒调皮地放在鼻子前闻了闻，喜滋滋地走上斑马线。玉嵘也不由自主地咽着口水。突然，三个大孩子围住了小男生，其中一个一把夺过比萨，另一位则赏给比萨男生一拳，这一拳捣得有些蒙，男生捂着鼻子蹲了下去，第三位索性又送给他一脚，仿佛不补这一脚，就无权分享比萨似的。三人快速地消失在地下通道里。

城市并不因为暴力而减少魅力，人们依然愉快地来来往往。

那倒霉的男生从地上爬起来，抹了把出血的鼻子，缓缓消失在拐角处。玉嵘双手抱着栏杆，望着人来人往的大街，又望望圆圆的月亮。倒霉人从不孤单。人们像母腹中的婴儿，离智慧遥遥无期。

暴力的恐吓对所有人都起作用。

一定意义上，人就是一条智慧的可怜虫，是强大、仁慈、秉性善良却又残酷无情的高级动物。

干吗这样看我？他仰头对月亮说。我是个笨蛋，是疯子，是无用的流浪汉……你在嘲笑我吗？嘲笑吧，我也嘲笑你，你也无动于衷，你也麻木不仁，你也不切实际！

一片云彩缓缓飞了过来，遮住了月亮，月亮像块易碎的玻璃，脆弱地被白云包裹着。万物仿佛披上了一层朦胧的纱幕，变得神秘、忧伤、暗淡，呼吸似乎也沉重了——玉嵘体会到一种从没有过的凄凉。自然创造的这个世界在他看来就是一个秘密，他曾带着满腔热情极力要解开这个秘密。如今，一切简单明了，原先认为精神的存在才是真正的自我，现在他却认为健康的体魄和基本的温饱，才能成就活着的自己。

灵魂出现了乱象，在黑暗中看不清道路。假如把生活比作源泉，那么他的源泉流出来的不是水，而是惶恐和忐忑。

小时候，大雪飞扬，天地间一片纯洁。玉嵘和小朋友们在河堤上打雪仗，被小朋友的雪蛋击中，随即像雪蛋似的滚下河堤，掉进了冰河里。妈妈疯也似的扑进河里，瞬间抱起了儿子。他依然记得那冰冷刺骨的疼痛……只有哭叫才能平复坠入冰河的恐惧，只有妈妈才能给他最温暖最慷慨的怀抱。

空中飘来《回家》乐曲，萨克斯携着淡淡的忧伤和超越时空的美感，瞬间唤出了玉嵘的泪水。爸爸妈妈总以为他是能成大事的才子，可以挣大把的钱，买更大的房子——让父母坐享清福。父母按照自己的口味为他蒸馏出一部发展蓝图，可只有精神的墙壁和幻想的房顶。他们只知道儿子总考第一，却完全不理解生活里有厄运，有凶险，有难以为继的苦日子。他们不会想到亲爱的儿子会坐在这里，饿着肚子数星星……他曾经有一个目标，像印度小沙门，力图使自我化为空无，抛却一切欲念，在空寂的心灵中获得安宁，等候奇迹发生——自然觉醒。他冥想了许久、饿了许久、迷茫了许久……他还是原来的他，风和冥想都填不饱肚皮，最终他明白，他可以承受孤单、疾病与疲惫，沿着弃绝自我之路，千万次抛弃自我，可在阳光下、在阴影中、在疼痛里、在饥饿中再度回归现实。

玉嵘闭上眼睛，尽力逃入一个清白无辜的假象世界，他已不再从流浪中获得慰藉，从理智中求取忠告。

昨天他去应招永和豆浆快餐店的服务员，对方以招聘结束为由，把他打发出来。在游戏厅门口意外遇到了平安中学的郭新副校长，郭副校长显然不知道玉嵘的妈妈已去世，他本能地以为玉嵘也迷恋网络游戏，便拍着玉嵘的肩膀，苦口婆心地劝他要说服妈妈，尽快回学校读书。“孩子，你不明白你将成为什么？你不知道自己的天赋有多宝贵。你也不小了，应该懂得，并不是谁都有天才的大脑——朱……因斯坦，别让游戏偷走你的灵魂……”

郭校长就像只苍老的雄鹰，绝望中撕扯自己的翅膀，狂躁不安。玉嵘努力装出一脸呆相，故意傻傻的不明所以似的瞪着郭校长。闪光的东西不一定是金子，也可能是碎玻璃。他觉得郭校长真可笑，竟然看不出这个朱因斯坦正病着，发着高烧，为了省钱每天只吃一顿饭。

或许，我也应该去抢孩子们的比萨。

口渴、饥饿、病弱，陪伴他度过每个时辰，最终成为他的朋友。玉嵘周身乏力，腿软得像煮熟的方便面。他不敢和身体开玩笑，便向小诊所走去。那可恶的老太婆非要他输液，说什么腹泻使体液丢失了很多。我拉的是屎，却补的是钱。老子不傻！

买了几片药，晃晃悠悠地向门口走去。一位穿白大衣的小女生叫住了他，塞给他一盒庆大霉素针剂，要他每次喝两支。玉嵘尴尬地笑了，担心付不起药费。

“针剂马上要过期了，反正也得毁掉。”

玉嵘的心突然泛起滚滚的热潮，眼睛也酸涩得差点奔出泪来，他急忙转身走了。尘归尘，土归土，因为接受恩惠却不承认被怜悯而感觉像个骗子。

他非常感谢又肥又胖的老太婆和这位小女生，他记住了这家诊所。可两年后，等他再次踏进这个门槛时，诊所里全是男医生了，老太婆和小女生不知去了何方。他竟有走失亲人的感觉，失落之伤无以言表。有时，这小小的温暖是一种腌制起来的毒药，可以用来对付情感麻木和灵魂淡漠。

茫茫宇宙中有些神秘的和谐，但那些曾温暖过灵魂的片断，却被生活像吸尘器一样吸走了。

走过十字路口，玉嵘就掰开了两支庆大霉素，仰头将药液缓缓弹到嘴里，可药液贴在玻璃壁上不下来，玉嵘将舌头轻轻贴住破碎的玻璃口，将液体引出来。在夜晚街头，这古怪的动作引来不少路人侧目。药液又咸又苦又涩，简直难以咽下那独特的美感。小女医生真应该送瓶矿泉水，这般苦滋味她肯定没尝过。

他将空瓶扔向垃圾箱，碰到了垃圾箱的边缘，玻璃碎片瞬间弹了出去，一辆车恰恰停在垃圾箱边，玉嵘听到了微小的碰撞声。车门开了，玉嵘本能地以为车主找他算账，紧张得干瘦的身体像绷紧的弓弦。

“朱因斯坦，果然是你。”

真是个怀旧的好日子，这两天反复听到这个名字。

35

玉嵘立刻认出是七班的庞培，曾调侃他是古罗马执政官，考试名次总是紧随玉嵘之后。如今他已是清华的学生，开着奥迪 A6，很是拉风。

庞培依然那么丑，凸眼珠，宽嘴巴，开口说话齿龈外露，进了好学校也没能让他面貌宽容些。想当年，他对朱因斯坦又恨又怕，三年高中，一直被困在朱因斯坦的阴影里。

“在哪儿上学呢？”庞培早就知道朱因斯坦放弃了学业，他只想揉搓这位老对手的神经，“今晚有同学会，联系不到你，一起去吧。”

官二代的庞培一向把宽厚的感情看得分文不值，在他以自我为中心的世界里，傲慢得像皇太子，刻薄得令人无法忍受。这是官商家庭给他的DNA，也是时代的新品种。

副驾驶的门开了，走下车的却是万小玮——这位一直走在玉嵘梦里，让他疼痛的女生。高中时他曾发誓——一定要让她成为我的女人！这誓言影响了玉嵘很久很久，是他学习、呼吸、争强的动力源。什么时候这动力源弱了，或消失了，也许因吴乐乐吧。此时，看到万小玮，胸口像被重重擂了一拳，疼痛、酸胀、窒息……

“你好，朱因斯坦，你不认识我，我可认识你。”

玉嵘握着她柔软若无的手竟然木讷了，气管像被紧紧勒住了似的。她眼睛又大又黑，珠宝一样明亮，她的嘴唇如玫瑰花瓣，启合间香气暗浮。玉嵘急促地挤出了一句话，“我有你的紫水晶发夹。”

万小玮的思路显然没跟上，不明白玉嵘在说什么。

玉嵘突然来了灵感，通体涌动着宛如刀绞般、甜蜜又辛辣的欢乐。“庆祝‘五四’文艺演出，你穿一身红衣裙，抱着一架大提琴……”生活的轮回也是挺鼓舞人心的。

万小玮惊喜得泪快飙出来了，太出乎意料了。第一次有人这么详细地记得那次演出……竟然是她遥不可及的——朱因斯坦。“是的，那次我特地买的紫水晶发夹，却丢了。”

“在我这里，我一直保存着。”玉嵘也搞不明白自己为何说谎，而说谎让他表情丰富。

玉嵘因为心碎而发狂，因打击而敏锐，精神沮丧的他发现悲伤原来是一块可以俯瞰自己的高地。

庞培被晒在一边，相当不爽，他乐于调侃和讥讽，渴望赢得感激。“上车聊，一起去吧，在富豪大酒店。”庞培的声音里有一种奇异的力量，眼神中有一种古怪的激情。

玉嵘瞬间由虚幻之境跌回现实，仿佛在欢快而不安稳的大海上航行，突然撞到了冰山。理智消除痴想，判断力抵消热情。玉嵘已几天不洗澡了，身体脏得能闻到臭味，这破烂衣服根本就上不了富豪大酒店的台阶。

“我不去了，值班……在一家设计公司。”

万小玮仿佛神经疼痛似的看着玉嵘。

“那就改天再见吧。”庞培搂着万小玮的肩膀转身上车。万小玮扶着车门，像抱着大提琴站在舞台上。“我今年秋天到美国留学。”

玉嵘有点蒙，一时没咀嚼到这话的深意。也许根本就没有深意。但此后的许多天，甚至整整三年的时间，这话都是玉嵘反复思索的名言警句。

“我也是，我们都去常春藤。”你善于以悲惨消息为食，我就来成全你。

玉嵘茫然地望着奥迪 A6 消失在车流里。常春藤，我也要上常春藤！我一定上常春藤！玉嵘感觉自己像做梦，生活真像一场梦。只有梦里才会发生这么多稀奇古怪的事情。应该做点什么，不应该这么傻呆呆站着。他索性掰开了剩下的八支庆大将八支苦涩的液体一股脑地吸了进去。可是当想起庞培的手放在万小玮的肩膀上，便觉得整个世界的秩序都颠倒了，来了个大翻个儿。如果生活就是一场赌博，他已没什么可输的了，如果生活就是一个过程，那他也没有什么可顾惜的了。万小玮，我有过你的水晶发夹……可我换成了肉夹馍，吃掉了。高中时，玉嵘感觉自己纯洁无瑕，像蜜蜂在油菜花上采蜜，又甜蜜又新鲜。那时，我的心是 5 月的花园，而现在像沙漠了。我正拼命在沙漠里寻找海市蜃楼。

人总是不断地被醍醐灌顶。他感到某种东西已脱离了他，仿佛蛇蜕皮，将那迷茫缠绕的时代抛在了身后。去他的周总，去他的十万。

万小玮怀疑那次事故是不是人为的阴谋，他却从没这样想过，父母是普通人，谁又会和平凡如土的他们过不去呢？

他突然记起了打手的话："这一脚是为桥上的车祸，这一脚是为被卖的孩子！"桥上的车祸是什么意思，难道就是爸爸遇难、自己昏迷的那次车祸吗？

这瞬间的反省，让玉嵘有轻飘飘随风而逝的虚脱感。阴谋吗？真是阴谋吗？难道也是周总的岳父制造的事端？

他真想找到那流氓又残暴的老人，质问他许多问题。据说那次被打后，他像只蜗牛似的缩了起来。

如果说玉嵘用习以为常的游荡和颓废在毁掉自己，然而与庞培、万小玮，以及火车站女子的突然相遇却震撼了他，唤醒他酒醉般的迷失。嫉妒和心酸犹如一只毒蜘蛛，用密密麻麻的网，扎扎实实地罩住了他，吮着鲜血，啮着灵魂，使他终于明白自己的抑郁、颓废以及沉沦，并非来自命运的残酷，而仅仅是命运的一次冷幽默。

人必须找到自我的内心之源，必须拥有它，哪怕有弯路与错误——他要走自己的路。

一小时以前他还感觉自己像网里的沙丁鱼，以为没命了，现在却被刺痛而坚忍地激活了。梦想、欲望、激情、爱情甚至仇恨，激起了生存的火焰，激发了抗争的冲动——这真是一件令人兴奋的事情。

站在街头，玉嵘举目四望，仿佛初次见到这个繁华昌盛的世界，街道绚丽而斑斓，高楼奇特而雄伟。车流如火，夜幕如墨，一切都如此美好，如此神秘，如此诱人。玉嵘正走向自我救赎之路。

一想到万小玮刚刚在这里站过，他感觉脚下的大理石更白了，病也好了很多。

36

显然，岳父姜默是贩卖小石头的知情人，为了尽快探寻到人贩子，了解小石头的信息，周总和警察制定了周密的监督计划。岳父——这位焊工出身的狡猾泥鳅，像梦一般摆渡在两重世界，曾在沼泽和荒漠中编织女儿的宫廷梦——最终帝王似的享受着女人们的诗意。任何女人的温暖，都已喂饱不了这个精神饥饿的幽灵。

姜默的手机被监控了，最初几天。这老头安静得像入定的和尚。日出而醒，日落而息，公鸡一样守时，母鸡一样恋家，以至于女儿姜图美怀疑那次暴力打坏了老爹的智商。周总去日本洽谈业务，需时半月左右。周女婿出行的第二天，姜默就约了妓女，之后，几乎天天泡在夜总会里。可除了肉体之欢及酒肉之乐外，并没与可疑人物会面。

姜默悠闲地踱到了夜总会，定睛望了望，熟面孔居多，半生不熟的面孔也不少。男人是哥伦布，是女人的发掘者、鼓动者，是新人类的种子。嫖是一个独特的字眼，有时，彼此越是陌生，越有征服感。

他抿着酒，这动作不在于酒，而在于绅士，在于优雅地观察。窗前一位圆脸姑娘突然让他颤动了。那姑娘显然是个新兵，生涩地笑着。这笑更让他心生罂粟，不由得大脑像焊花似的闪烁了一阵子，不记得是否上过这姑娘。姑娘的脸红了，目光散乱，游移不定，虽然光线昏暗，姜默依然感觉到她嘴唇颤动了。

姜默端着酒杯向姑娘走去，挺胸昂头，显得年轻硬朗。他站在姑娘侧面，微笑地看着姑娘，像老手遇到了旧情人。姑娘像只刚买来的鹦鹉东张西望，最终她红着脸，愤慨地猛一回头，随即又低下头去，表情异常复杂，而这复杂却被姜默理解成初次操练这行业的忐忑了。他像老师傅引导徒弟似的温和地笑着。

音乐像冰冷的小雪粒，缓缓地落进她的胸腔，坠入黑暗无底的内心深处。它融化着，渐渐流向虚无。

“我有艾滋病。”

“哈哈，初来的女孩们都这么说。”

“你不觉得我面熟？”

“我们亲密过吗？”

“无比亲密。”

姜默笑得像个爬上床的新郎，不由得认真地看着这女孩，努力从记忆里搜索这女孩子的影子。在这令人沉醉的夜晚，空气也装腔作势地蛊惑着人心。

“我做售楼小姐，带你去看楼……”

姜默突然笑了，把杯中酒仰头喝了下去。“真对不起，那次……你看，我补偿你……不过，”他一向认为女孩的裙底风光比江山都美，看着这位漂亮的露着半奶的圆脸姑娘，“早知如此，我们当初何必那么客气呢。”

“说起来都是因为你客气的拳头。”

“我喜欢女孩的故事里有我。”

“你打了我。我失业了，遇到了一位官二代，分手了……就这样。”

“可怜的小乖乖，用我的小榔头敲敲你就性福了。”

天堂还是地狱，由你决定。吴乐乐忐忑地望着姜默，不知该怎么办好，像第一次操起肉体生意的女孩，胆怯地等待着嫖客的命令。

“怕我的小榔头？”

“莫非你的小榔头上有牙？这里全是陌生人……”女人惯用生活的事实去撒谎，男人则借助爱心的帮助去行骗。夜总会就是摇摆的吊床、赌徒的游戏、钱色的摇篮。

姜默把吴乐乐带走了。吴乐乐越是羞愧、尴尬、不知所以，姜默越是如获至宝。他不由得相信，在承受了惊险的肉体之痛后，吴乐乐是老天赠送给他的昂贵礼物。

事后，吴乐乐穿衣服时问姜默："你相信我的话吗？"

"妓女的话句句真理，但只有鬼才信。"

"我不是妓女。"

"我也不是嫖客。你是我的售楼小姐。至于信不信吗，凡是不可信的我都信；凡是别人齐口夸赞的，我绝不信。"

人们摇唇鼓舌地去欺骗，如果得手，也会披着慈爱的外衣。二十一世纪，街头巷尾、广厦馆所，到处充满了胡诌八扯的说教——时代害着慢性脑膜炎。

傻瓜才会认为妓女不纯洁，可惜世上挤满了傻瓜。吴乐乐如愿以偿地落到了这个男人手里。渐渐的，一种贪婪的欲火和深切的懊悔，毒药般在血管里流淌。她要让这个男人尽快地沉浸在艾滋病毒的泡泡浴里。

37

朱卫博在吴乐乐宿舍待到夜里一点，才匆匆赶回家。说好第二天去看电影的，可怎么也联系不上他。晚间最后一场电影也散了，依然不见身影。三天后，卫博给她回了条信息。"我马上到北京，从那里去美国，详细情况到后再说。"

吴乐乐快被这莫名其妙的信息搞昏了，她恨不得立刻追到北京。可卫博像秋风一样无踪无影。日子不像日子，而是灾难，思念也不是思念，而是折磨。

她以为自己怀孕了，疲惫、低烧、懒散……到医院检查，医生说怀的不是孩子。真可笑，难道怀的噩梦？医生坚持要她抽血检查。她不相信自己会生病，不相信命运对她如此无情。

长着青春痘的医生用法官冷冰冰的口气宣读了判决书:“艾滋病。”

吴乐乐蒙得仿佛不知自己是谁，又仿佛一脚被人从头顶踩了下去，踩成了薄薄的纸片。自己不存在了，飞了、化了、蒸发了、磨碎了……又好似掉进了深渊。

卫博，就是卫博，他去美国治病了……他竟然不管我……她短促地叹了口气，脸颊苍白，没知没觉地站起来，转身向外走去。

看到她那表情，谁都会以为她死了什么亲人，可这一次，死的却是自己。

午夜，吴乐乐赤裸裸地站在高高的楼顶，却没有飞身而下的勇气。他喜欢我，像喜欢鸡肉一样。她不想自杀，却又不想活了。她不想早早地告别这美好的人世，可她又是个死缓的犯人。她闭着眼睛站在大楼边缘，想到身体将一块块地腐烂，骨骼也将一段段地断掉，不由得泪水如注。还有什么比突然看到自己的死亡通知书，更让人难过的呢。此后的日子，她得拖尸体般地拖啊、拖啊，拖着病弱而腐烂的一生。她爱过，可爱带给她的只有死亡；她真诚过，可真诚留给她的只有背叛；她纯真地热爱生活，可生活慷慨地剥夺了她。我就是一个笑话。

男人的价值取决于手里的权杖，而不是两腿间的短剑。卫博的声音让她着迷，卫博两腿间的短剑却断送了她的人生。吴乐乐赤裸地仰躺在楼顶，面对着满天的繁星，仿佛她对星河展露她的肉体，星河就会发出奇异的光芒来治愈疾病，使她纯洁如初，健康如鹿。风用充满柔情的手抚摸着脸颊、双肩和脖子……玉峰，你是唯一没在城市里变疯的人。突然想到玉峰，她有些恼火，下巴颤了颤，对着夜空笑起来，连自己都不清楚笑什么。

堕落让她无所顾忌。她对着镜子，把自己涂成妓女模样，又涂成魔鬼模样，有时又打扮成林黛玉的模样……她有各种各样的造型，每一个都不是她自己。她有无数设想，每一种都对付不了那个叫艾滋的病毒。

男人有伤疤，女人有闺蜜。就在吴乐乐处在生死抉择的关键时刻，收到了小曲和钱宽的结婚请柬。她决定在生命结束前为好友尽最后一份能量。毕竟，这命运，或多或少与小曲有关。

“乐乐，亲爱的，你一定来当伴娘啊。海南很美。”

“你老讲那里美，好像不是中国地盘似的，到夜总会看看吧，里面挤满了混蛋。”

“你那抽筋的世界观让你抽筋了。”

“我的世界已没什么可观的了。”

即将当新娘子的小曲像处在轻度歇斯底里的状态里，任何语言都不能使她安静下来。在吴乐乐看来，小曲以及那新郎，也不过用虔诚的行为掩盖一个个魔鬼的心罢了。

好在艾滋是藏在内心的毒，外表看不出来。当吴乐乐以伴娘的身份出入海南的婚礼现场，她感觉自己像伴星一样，吸引众人的目光。

新郎是 M9 的大陆总代理，台湾、香港等各地的宾朋如云，欢天喜地。如果新娘是太阳，那陪伴在她身边的吴乐乐就是月亮。这可真是个光鲜的日子，不少青年才俊寻着机会和吴乐乐搭讪，托人介绍，约会未来。

吴乐乐自认为是从地狱里逃出来的女孩，还将回归地狱。无人能解救她，没有魔力或巫术能解除她身体里的毒素。吴乐乐的生命成了魔幻美丽的海市蜃楼，一缕轻风就能把她吹散，一阵细雨就能摧毁她的造型。

她原本也可以和这么多优秀人士为伍，原本也可以有不错的人生。当享受生活无穷美妙的时候，生活也无穷残酷地扼杀了她。她曾认为天窗只能射进爱情的光芒——可赏给她的是死亡的利剑。

音乐响起、花瓣撒落，五彩气球欢快地升上天空——新郎吻着新娘。

吴乐乐心海泛酸，脸色惨白，泪水终于汹涌地飙了出来……

婚礼风光地结束了，吴乐乐调整好心态，给英俊的男生们一个妩媚的微笑，给蓝天白云一个妩媚的微笑。大家明里装圣徒，暗地里却是魔鬼心肠。人们只会空谈、傻笑，陷在胡扯的泥潭，被金钱和物欲瓦解、腐化。夜幕下的城市都淹没在梅毒和酒精里。

城市需要一种殉葬，才能在火里变得纯净。

吴乐乐用意识形态征服自然，事实是燃料，思想是火花。她要在死缓的余生里，活出别样的自我。

吴乐乐在攻防平衡中，把姜默当成第一个目标。她已守候好几天了，果真钓到了他。既然艾滋是苍天别样的恩惠，那她可不能独享，那些曾有恩于她的人，都应该品尝独特而魅力无穷的美妙。

姜默苍老干硬的手缓缓划过吴乐乐光滑的脊背，一股征服美人的幸福感漫过全身。

“我可以到齐台房地产公司做售楼小姐吗？”

“只要不做老板娘，什么都可以。”

姜默很仁慈，作为吴乐乐传染给他艾滋病病毒的赠礼，他给了吴乐乐一千元，外带安排了售楼小姐的工作。姜默觉得自己要不就是头晕，要不就是梦想成真了。对这个单纯而娇美的女孩，竟然产生了一浪高过一浪的热情，似乎有把她纳为小三的想法。可惜女儿给的零花钱并不多。他仔细分析着，怎么能从女儿女婿那里套到更多的钱款，最好上百万，或上千万。女儿真不孝，从来只像打发乞丐般给几万的零花钱。他懊丧地松开了吴乐乐的手。一时间，他竟然步履蹒跚，心意懒散，眼神游移，活脱脱变成了一个好吃醋的情人。

周总可不想知道岳父大人睡了谁谁谁，他焦急地等待着更有价值的消息。警察成立了专案组，虽然布下了天罗地网，那打手像消失在大海里的水滴。

38

实体经济受阻，国际化学品氧化铝价格一路下跌，齐台公司也遇到了风险。双胞胎女儿又比赛着谁更能考倒数第一，谁更能对抗父母的管教……诸事烦心，周总比任何时候更想念万明，他觉得只要万明在，肯定能教育好孩子。古语说“功成，名遂，身退，天之道也”。然而，他无处可退，对女儿们的失望，让他看不到未来。她们遗传了母系家族的特点，轻浮、浅薄、骄傲自大而又不辨是非……万明的儿子，必定会像万明的家族，延续高大上的传统。万明的爷爷曾是某省的副省长，万明的妈妈在民俗文化的研究方面很有影响。周总没有一天不想念那个被偷走的儿子，他一定有着万明的智慧，万明的长相，万明的情怀……每个孩子都有自己聪明的天性，儿子却在被拐卖的丑恶行径里，用焦灼和恐惧编织着生存的监狱。

周总的精神世界在城市和大海间游荡，在恐惧和向往间徘徊，来路疾风骤雨，归途更是一片坎坷。

周总被评为优秀企业家，不得不接受电台采访。他非常低调，一向远离任何媒体，生活也很节俭，从不崇拜名牌。周总之所以不想走近媒体，他觉得媒体里的人物像冬夜里纷纷飘落的雪花，别人欣赏雪花的诗意和浪漫，而他却感觉到冰天雪地的寒冷。

四位获奖企业家同时接受主持人采访。直播开始，主持人首先祝贺获奖，然后就一些热点问题进行了问答式座谈。说些吉祥语言，侃些正能量的话题，气氛热烈而祥和。采访周总作为压轴环节，自作聪明的主持人，并没按事先准备的提纲发问，而是直奔敏感话题。主持人的爸爸正是某私企副总，有些业务被周总逼得无私利可图。主持人话锋一转，突然以咄咄逼人的气势问道：“周总，您根本没有自己的研发团队，您的钢铁厂、纺织厂，以及化学品氧化铝厂等等的技术，却走在国企的前列。有人说，您总是第一时间从国企里挖掘人才，包括一些订单，您也是鸠占鹊巢。您让同行苦不堪言，有人骂您是企业的盗贼，抢夺人才的蛀虫。”

企业家们像斗鸡般警惕地观战着，以防战火燃到自己身上。

“您年轻，听力好，会听骂声。我可真没听见过。”

“有过挖人才、抢订单的事实吗？”

“如果中央电视台来挖你，你会不会去呢？如果是我，我肯定起身就走，如果不去，那脑子肯定漂烂白菜了。《孙子兵法》说兵不厌诈，在商场，谁反应机敏，谁行动快，谁就能抢占有利的山头。现在，中国经济有两个孩子，国企和私企。有些国企，它们有着官二代的特性，懒散、享受，不刻苦，不勤奋，我们公司的生产效率，是个别国企的两倍还多。孟子说，贤者在位，能者在职。有些人才放在国企就是浪费，他们会像温水煮青蛙，煮得脑子水肿了……”周总滔滔不绝地陈述着，内心深处却暗暗发抖，浑身激起了一层壮观的小米。

原本热闹的座谈、采访，却成了周总的专题演讲，主持人突然觉得失掉了麦克风的掌控权，又莫名其妙地中了两发炮弹。他也算出自名校，也算是人气爆棚，又怎能败在奸商手下。周总不过是幸运的酒囊饭袋，多半连恶狗和恶瘤都分不清。

狡辩是笨蛋掩饰无能的借口，粉饰失利的佐料。

直播室的对抗之风越刮越大，看不见的硝烟已悄悄点燃了，尽管导演已提出了暗示，但主持人感觉自己已长高了，早已摆脱了那些幼稚的尿布，只有傻瓜和没用的人，才会向周总这种无赖屈服。老虎也不能想吃什么就吃什么。主持人心里像着了火，觉得雷电就要摧毁直播间，屋顶就要掉下来打在狡猾的企业家头上。他灵机一动，突然问道：“听说您已掌握了贩卖您儿子的线索，似乎有家人参与，是真的吗？”

长高和成熟果然是两个概念。

主持人的这一招像核武器，瞬间击蒙了周总，周总呆鹅般瞪着镜头，毫无反应。在主持人的提示下，半天才回过神来。

“您太有才了，如果您是我儿子，那我可就不用任何线索了。”

“我倒想啊，至少您比我爹有钱。”

“有钱就是爹吗？不过，您幸亏不是我儿子，有您这样机敏的儿子，我可应付不了。”

走出直播厅，周总非常恼火，恨不得想咬碎牙齿。其实惹怒他的并不单是主持人，还有女儿的事、家庭的事，以及遍寻无门的打手的事。进直播厅之前，有人告诉他，岳父姜默曾和三个妓女睡了一晚，房费、酒水、点心和水果共消费了两万多。就在四十分钟前，姜默老先生又带走了一个站街小姐。这样的岳父，也他妈太奇葩了！

走在电视台光洁的走廊里，周总才意识到这采访闯了多大的祸。他本不该把寻找儿子的事公布于众。可这位骄傲的主持人，端着冲锋枪把周总的胸膛当成了靶子，猛一阵狂扫。

新闻部主任迎面遇到周总，热情地伸出手。"祝贺，就要找到儿子了，一定很高兴吧。"

"是啊，估计会有很多应招的了，送你几个吧。"

"如果是女人我就收了，这，还是免了吧。不过你还真说对了，这是他最后一次主持了。"

主持人这职业真操蛋，把镜头当成了生活，把生活却过成了狗屎。除了自我痴迷，疯狂卖弄，根本就不懂什么是疼痛，什么是宽容。

走出电视台，周总依然不能平复烦躁的情绪，司机已把车子停在身边。他想在夜色里步行回家，便让车子开走了。

蝙蝠高高飞翔，周总心想，也许它们根本就没有烦心事，多么幸福的动物啊。他突然意识到，世上再也没有比夜晚飞行更高贵的了。他叹了口气，心想如果主持人真是他儿子的话，他会把他领回家，用温水给他好好洗个澡，然后关在书房里，三年后再放出来。

周总好久没有这样散步了。脱去镜头下的伪装，初秋的风含着淡淡的清爽，似乎能拂去心头的雾霾。穿过松香气味的公园，穿行在那些高耸入云的树干之间，树叶哗哗作响，树叶零星脱落。如果在春节之前找不到小石头，那真不幸。

一个失去两条腿的乞丐肮脏地坐在路灯下，面前摆着一个白色搪瓷缸子，里面有几张毛票或一元的钢镚。他突然想起被岳父花掉了两万元的嫖娼费，心头一阵抽搐，一股酸痛电流般滑过全身。他掏出钱包，从里面取出一张面值五十元的纸币，放在搪瓷缸里，偷了东西似的匆匆地、逃也似的离开了。

他不想以任何形式成为人们关注的焦点。光影摇晃，雾蒙蒙充满魔幻色彩，前方走来一个小孩子，刚刚周岁，步履蹒跚，帽子扣在纯洁的额头上……五千年来，这小孩一直走在父亲的旁边，月夜皎洁，涌动着无边无际的光明。

周总在街头晃荡了一个多小时，直播间扇起的狂躁情绪慢慢平复了。做人要高尚，但有时候统治财富不需要高尚，而需要力量。电话响了，警察表兄告诉他，出大事了，岳父大人突发心脏病去世了。

周总坐上了出租车，疯也似的赶往牛座宾馆。他坐在出租车的窗前呼吸着初秋气息，似乎还不会品味这消息带来的全部寒意。警察已控制了那位哭哭啼啼的妓女。当看到警察对周总毕恭毕敬，妓女像风中的枯叶，摇摇晃晃无枝可依。妓女把向警察陈述过的事实，又向周总复述了一遍。

“我们进了房间，他对我很好，问我喝可乐还是雪碧。他给我打开了一听可乐，并且说这个不扣我的钱。他还说妓女就别装清纯了，装也不像。他让我猜猜他多大。我可不傻，绝不能说大。上次有个大哥让我猜，他才三十，我说成了四十，结果打了我一顿就走了，一分钱也没给。我看着他满脸的皱纹和佝偻的背，说顶多四十岁。他告诉我，他七十多了。我说不像，顶多像六十，他喝着可乐扑哧笑了。他问我接待过年龄最大的是多少岁。我说八十三。他又问那八十三岁的老头能勃起吗。我说他吃药，吃药后小 JJ 像煮熟的红萝卜，软塌塌的惨不忍睹。他又问了那八十三岁老头的许多事，他是大学教授，喜欢用什么方式，他睡过我多少次，每次都是三百元等等。聊天时，姜老先生也吃了白药片。他脱光衣服，打开了电视，便爬到我身上，要我学那八十三岁老人的哼哼声。我就哼……哼……哼……地叫着，他问我，知道电视里那男人是谁吗，我说是你儿子？他说他可操不出那样的儿子。主持人说了小石头、人贩子、亲人之类的话，老头子就突然停止了，一动不动。我心想，这是什么节奏啊。几秒钟后，他突然像倒塌的墙似的压在我身上，怎么喊也不答应，口水流了我一脖子，恶心死了。他死了呢。早听人说这行当什么怪事都有，我可得告诉姐妹们这条真理：做那事的时候一定得关掉电视，不然会死人的！您是他的亲人吧，您是电视上那位，姜老先生还没给钱呢？他说要给我五百的。”

周总拿出钱包，数出五张纸币，递给妓女。妓女没接，却看着那五张纸币，低声说道：“耽误这半天时间，又受了惊吓，您不多给点。”

周总愣了一下，把五张钱又放回到钱包里，像看一只从垃圾箱里觅食的狗。“滚！”

妓女瞪着熊猫似的黑眼，梗了梗脖子，生气地走了，身体摇曳得像风中的野菊花。她永远也不会想到，她得到的艾滋病毒礼物，是医术甘拜下风的人间“大爱”。

周总手扶门框，指甲抠进了暗红的木纹里。岳父，这位他赖以存在的唯一关键人物，就这样消失了。他陡然坐在椅子上，泪眼婆娑，双手掩面，泪水从手指间渗了下来。谁都以为他为岳父奔泪，谁都以为他是个大孝子。可只有他知道，那滚滚而下的泪水不过是为万明流的。他感觉对不起父母，更对不起万明，他再次丢失了寻找儿子的重要线索。也许永远找不到小石头了。与小石头相比，整个世界都微不足道。

岳父带走了他的一切希望。他心里盘算着，如果有一天自己要死了，还会不会见儿子一面呢？

突然感觉这种平凡生活和岳父那种混乱生活之间，根本没有任何联系。

妻子悲痛欲绝，伤感像漏水的水龙头。只有畜生，没有良心的畜生才会中伤她的爸爸。周总有好多次想说出真相，但舌头打结，出于对妻女的防卫而反叛着。

宾馆内外蚂蚁般聚集着好事的观众，他们观赏着他、品评着他，像等待看电视剧的续集似的等待着故事的延续。

这世界很丑陋，也不公平，但对嫖客和看客而言，却也是一片有趣的乐土。

39

朱玉嵘给卖发夹、袜子、胶带等杂货的小摊贩当过钟点工，在兰州面馆当服务员，做过一个月的快递员。因为丢了一个包裹，赔不起，便扣发了工资，被辞了。最终，他在富豪大酒店找到了服务生的职位。求职时的他，血管里荡漾着能挑战任何工作的冲动和狂喜。歌德说凡是值得思考的事情，没有不被人思考过的。玉嵘却深切地感受到，凡是值得做的事情，没有不被人做过。

小摊贩的摊位在香街的一个十字路口，下午五点到晚上十点，是最忙的时段。玉嵘帮着照看摊拉，应付顾客，同时观察人群，寻找着目标。可除了显得三心二意外，一无所获。

他时常想念阿康，很久以前他去大桥下寻找阿康，阿康不在，席子依然像往常一样藏在立交桥的夹缝中。他在那卷“豪华”行李上放了一个苹果，幻想着阿康吃苹果时美美的样子。可是第二天再去时，夹缝里的行李不见了，不知是阿康走了，还是行李被人偷走了，但至此，阿康和他的“豪华”行李都毫无音信。

每当看到流浪汉，玉嵘都会想起阿康。天冷了，阿康会在哪里呢？

摊贩老板是个三十多岁的长相不错的小伙子。繁忙时段让玉嵘打个短工，便有当老板的自豪。“我从十六岁开始在这个地盘上摆摊，到现在竟然也二十年了。城管换了一茬又一茬，谁是谁的爹，谁又是谁老丈人，我门儿清。和他们处好了，一分钱不用交，无非过年过节给他们意思意思就成了。”

两位女生站在摊位前看水晶手镯，紫水晶、黄水晶、白水晶闪闪烁烁，非常漂亮。俩女生试戴着、品评着，和老板讨价还价。小摊贩非常慷慨，以极低的价格将两串假水晶卖给了两个可爱的女生。

“一对鸡。”

“别脚上长了鸡眼，就看什么都像鸡。”

“绝对鸡，长发细腰的那个，我上过，在理发店。”

玉嵘怔怔地看着小摊贩，以为他在吹牛。

“站在街头二十年，眼光绝对比警察犀利。婊子不淫荡，社会难时尚。鸡和一般女人不一样，一般女人看男人扫一眼就不错了，而她们看男人像探照灯般投出光束，紧紧地罩住你，那诱惑味道的微笑，让你无处可逃。她们衣着暴露，经常三五成群结伴出行……”

嫖，也许是一种本能，要么不学就会，要么永远不会。人们越深入彻底地探讨一个命题，往往会不可抗拒地陷入反命题的误区中。社会是个大学校，哪个行业都出人才。玉嵘真切地感觉到人和人之间的孤立、隔绝，这个小老板终生都不知道高楼大厦里的白领们在忙什么、吃什么、玩什么，终生不知道匆匆而过的路人们过着怎样的生活。过去的一切可以跨越时间，轻轻松松地消失在十字街头，而现在的一切又笼罩在没有时间限制的各种熟悉的味道之中。小老板一言不发的时候显得很深刻，但这不足以显示个性，满肚子都是与顾客斗嘴的小计谋。他没多少文化，也没大的理想，淫荡下流的段子多得可以塞满一个超市，但这就是他的生活，他的娱乐。行人和街道除了一般功用外，还包含隐秘的意义——究其根本，这是一个私欲泛滥的社会，也是一个屈服于个人主义的社会。

周五晚，一群青年男女从酒店里出来，说说笑笑、推推搡搡地钻进了两辆出租车。看到吴乐乐的瞬间，玉嵘愣住了，以为她不过长得像吴乐乐，可当她跑向后一辆出租车时，那姿态让他差点喊出她的名字。

“鸡。”小摊贩愤愤的，仿佛谁偷了发夹似的。

“胡扯。”

“她就是鸡，拿我的良心发誓。”

“你的良心本来就不值钱！”

玉嵘愣愣地望着出租车消失的方向，像望着自己空白的内心。那晚他一直发呆，茫然不知人为何物。他孤独地背负着这个压得他喘不过气来的包袱，多少次都想与人分担，但至今不敢揭开心疼的伤疤。

人为何物呢？这还真是个问题。狗可以嗅出谎言的味道。玉嵘真希望有枚狗的鼻子，以便闻个仔细。或许街头荡漾着全都是骗子的味道。

谦逊的万物慢慢滑向深秋，一个季节正穿透另一个季节。人或许还有一个更深的结构，人与环境、与时间、与空气，都有着独特的关联。昨天是旧我，今天是新我，而新我又会成为明日的旧我。玉嵘感知深藏在内心的需求，闭上眼睛不去证实那些难解的疑问，尽力逃入自己的世外桃源——他已不能从痛苦中获得慰藉，从理智求取忠告。

时机恰当的话，口风比宝剑更管用。给牛座宾馆送快递时，宾馆门前聚集了许多人，警车和好事的人们把路堵得像珊瑚礁。玉嵘不得不把三轮车停在邮政局的门口。牛座宾馆的小厨师穿着油污斑斑的工作服跑来拿快递。在众人的寻问下，便像新闻发言人似的讲解着。“八十多岁的老头，一次睡仨妓女……有钱啊，有钱就任性，女儿嫁给齐台集团的老总，每月的零花钱都上几十万……这才是富豪……可想，那齐台集团的老总怎么也不会输给岳父吧……老头就死在妓女身上，靠，古代叫作马上风，这是男人最灿烂的死法……”

是够烂的。那是玉嵘最后一次送快递。当得知死的是姜默，他突然房倒屋坍似的悲催。他曾多次守候过那老头，坚信终会让老头开口，从而道出那次车祸的真实情况。他越来越相信，爸爸的死和自己的昏迷，都是人为的结果。现在只能求助于神圣的象征层面，同那些神秘而不可知的力量联合起来，才能探听到真相。

周总在许多人的陪同下，从玉嵘身边走过。周总看了他一眼，也许大脑里塞满了东西，根本不思考他是谁了。

他们有着共同的目标，共同的约定。玉嵘感觉某种伤感把他们绊在了一起，不是因为那老头的死，而是因为某些东西的缺位。突然一种说不出的欲望，迫使他一步蹿到周总面前。“周总，您有那打手的消息了吗？”

周总怒气冲冲地盯着玉嵘的脸，仿佛时钟停摆了……周总的拳头握紧了，用发至胸腔深处的共鸣音低沉地吼道：“滚开，穷鬼！”

见面礼太厚重了，“穷鬼”——相当那九万八的期许。玉嵘被厚礼冲昏了头脑，晕乎乎的。最终被人偷走了一架相机的包裹。

历史书告诉人们——没有不可杀的人，但历史书上又说——绝不可恨敌人，会影响大脑的判断。

玉嵘觉得自己很窝囊，他应该理直气壮地告诉周总：“人人生而平等”，或者“中国历史就是不断均贫富的历史”。

玉嵘和周总在公安局缔结的誓言早已被收拾妥当了。实质上都是些仪式化的陈词滥调，而玉嵘的传统观念如此根深蒂固，根本就不清楚自己的斤两，竟然想从企业家那里捞到人生的第一桶金，真是正大光明的糊涂。

工作一直是他寻人的伪装。他必须找到那个国字脸的打手，他不再纠结于虚假的东西，仿佛只有找他，才是自己生活的目标，只有找到他，才会填满自己的前世今生。然而冷漠的实用主义，使人间缺乏基本的诚信。现实像搅拌机，搅浑了他的生活。

给富豪大酒店的员工送快递时，两位年轻的服务员身着暗紫色工作礼服，厚呢圆顶帽，领口和袖口露着雪白的衬衣，比英国皇家卫队的仪容还漂亮。

一辆奔驰停在了酒店门口，服务员打开车门，下车的是一位戴着一串金手镯的胖贵妇。贵妇戴着墨镜，金黄的头发，行云流水图案的纱裙，像面口袋似的套在她身上。

“那骗子又来捞金了。”

“她不是什么集团的老总吗？”

“她要是老总，那你就是奥巴马的女婿。”

两个服务员谈论着骗子和老总的关系离开了。玉嵘却不能从富豪大酒店的秘密里扯出来。五星级酒店的服务员也许才是他要做的职业。虽然骗子和老总经常居住在同一肉体和同一酒店里，这更让玉嵘有一种挑战的感觉，让他品味到一种刺探、侦察的快感。他走到酒店门口，向里望了望——金碧辉煌。他感到极大的乐趣，仿佛这是他的家，也是他的白日梦。

经过一段时间的培训实习，他穿上了那身暗红色的工作服，衣服的光鲜、服务员的神秘，像阳光下的沙滩，一览无余。新的身份，给他打开了一扇通向另一个世界的大门。在他眼中，五星级酒店是自己的第二个故乡，酒店折射着宏大内涵，极大地提高了玉嵘的审美和判断能力，街道已不再是流浪汉眼中的街道。高楼也不再是流浪汉眼中的高楼，世界在他的眼中，已赋予了新的精神、新的气质。从前的颓废、懒惰，以及心性的消解，完全被一种入世的积极态度所取代。

流浪的岁月竟像梦中酣眠，那梦太长，夺走了他的意识，差点导入别样的空无。几千年的世界，其实就是一个大赌场，恶棍们轮流坐庄，混蛋们换班值岗，炮灰们总是做祭品。他觉得自己变了，长大了，感觉自己和社会之间有了新张力，产生了新的和谐关系，有无限美好的前程等待着自己去驰骋。

站在门口迎接客人，替客人提行李，引导着办理手续，在尊重别人时，也获得别人的尊重。玉嵘仿佛第一次感受到了别样的存在。这种尊重和高中时同学们的尊重别有不同，那时他骄傲得像头公牛，而现在，则谦逊得像只兔子。在公牛和兔子间，他发生了多大的变化啊。

上班的第二天，便看到吴乐乐陪一位五十多岁的中年男人从电梯里走出来，径直向大门口走去。玉嵘心头兜起一种近乎肉感的喜悦，刚想开口喊住她，大堂经理把一个文件夹子顶在了他胸前，要他立刻送到总经理办公室。他望着吴乐乐走出了大堂，走下了台阶，消失在阳光下。

“想认识她很简单，那妓女每周来一两次。”

玉嵘愤怒地盯着多嘴的小白，恨不得赏他一顿拳脚。

“你上过她？和妓女玩感情可就太没有幽默感了。”

玉嵘寻找的是情绪，并非幽默感。他像踩在云彩里飘飘忽忽地上楼去了，内心深处痛楚着，一种奇特的酸溜溜的感觉告诉他，吴乐乐对他的创痛比想象得要深刻得多。

总经理不在，读高一的女儿在做作业，老板桌上摊满了试卷，玉嵘拿开试卷，以便放下文件夹。他往试卷上瞥了一眼，便向门口走去，又回过头来，学着老师的口气。“小同学，你的第五题和第八题做错了。”

女生懒洋洋地抬起头，像没睡醒似的看了他一眼，嘲笑地吐了一下舌头，又低头写她的作文。

“妓女，妓女，在你们眼里谁都是妓女！”玉嵘边走边骂，突然总经理从电梯里出来。“胡说，在我们这里，只有尊贵的女士！”

玉嵘赶忙低头称是，心跳得像敲响的豆腐梆子。

他像苏格拉底似的边走边思索，一个中年男人提着包匆匆从他身边走过——国字脸打手！玉嵘突然灵台透亮，当即意识到自己那九万八就要到手了。

他像得知重大启示，立刻给周总打电话。

周总的反应出乎意料。“你不必操心了，他在为我工作。”

“可是……可……”

“没钱，你应该明白！”

“那桥上的车祸呢？”

“是桥就有车祸，怪桥呢，还是怪车？”

周总啪地挂断了电话。

玉嵘被这张国字形脸所困惑，也被这张脸深深打动了，世俗世界曾用这种阴霾密布、孤独悲伤的脸庞掩盖过一个打手的真相，而今天，他却那么慈眉善目、那么阳光灿烂。更可疑的是，打手竟成了周总的下属。玉嵘如走在巨大的阴谋里，却又不知道哪个方向正确。世界变化太快，正义和邪恶的错乱，成为人间私德的照妖镜。玉嵘好似穿着一件不合身的旧衣服，浑身不舒服。流言八卦被亢奋的大众广泛而且深度地消费着，他感觉自己被画饼诱惑得灵魂出窍。

玉嵘沉入了一种平平静静、无知无觉的状态。“我就这样沉到海底吧。”他不止一次对自己说。坐在窗前，仿佛倾听时光在怎样地流走，倾听这豪华酒店偶尔的安静。

关起门来，每个社会都是孤岛，闭上嘴，每个人都是孤岛。人们是羊，却总点评狼的品行，未免对狼有失尊重。

40

吴乐乐成为业绩最好的售楼小姐，当然也成了挣钱最多的售楼小姐——当之无愧的劳模。没有人嫉妒她的红利，也没有人嫉妒她的衣着品位。谁都知道，在投入产出方面，她是最下革命本钱的。

革命本钱对她来说代表着所有。

没有富翁来购房时，吴乐乐像等待情人似的，心里既焦急又恐惧，两种感觉不相上下。她容易发火，言辞刻薄，独来独往，像一头关在笼子里的狮子。谁都知道她是周总岳父安排来的人，她的坏脾气就是她的铁栅栏。

一名开着宝马来咨询房子的客人，吴乐乐热情而不失风范地侃侃而谈，销魂的微笑、勾人的眼神和柔美如蜜的嗲音，穿插使用。可这名宝马男，逛大街似的围着楼盘图转了两圈就走了，根本没有看房的意图。

“怎么让大鱼溜了？”一脸失忆相的同事孙虎，调侃着吴乐乐。

“打赌吧，他若一小时内回来，你请我喝咖啡；他若不回来，我请你。”

“赌咖啡没劲。他若回来，我请你上床；他若不回来，你请我上床。好不好？”

吴乐乐像看一只又笨又可爱的大熊猫，发现左右无人，一把抓住小孙的生殖器。“这，对我没吸引力！”

小孙像刚从红染料桶里扎了一头，脸红得实在让人怜悯，随后吴乐乐用一阵照亮了整个屋子的笑声，把他从红色的尴尬中赦免出来。

世界对吴乐乐来说变成了一座妓院，是伟大的爱情把她培养成了疯狂的、毒辣的妓女。她恶毒地和世界做着交易，这最后的疯狂给她带来了些许的满足。男人在狂热的胡言乱语中，什么都允诺，但过后，所有的事情都搁置了。她却坚持付出，付出肉体的同时，付出了艾滋。他们至少将陪她走在未来的路上。她不孤单。男人怎么爱护她的，她也慷慨地回爱男人们。至于道德，在妓女和嫖客的眼里，也不过是那几缕媚惑的眼神和纯正的交易。

小孙的红脸还没褪去，宝马就停在了门口。

自然，吴乐乐或者把宝马男带到床上或者带去看别墅，哪个先哪个后，还真不重要。金钱万能，尊严滚蛋，人们生活在一切明码标价的时代。

文化人在炒一盘中西文化交融合并的菜，而吴乐乐在炒一盘淑女和妓女、贵妇和荡妇交会的菜。她忽而娇媚得像花，忽而又尊贵得像牌坊，忽而抬臂撩发间，露出雪白的乳房，忽而伏身拾笔高高地翘起屁股，露出粉粉的底裤，偶尔还在房间里一个转身，撞到对方的怀里。到现在为止，还没有不上钩的大鱼……有的脱掉裤子的瞬间又提上裤子，仿佛感觉对不起妻子似的低下头去，咬紧牙关，咬碎欲望，仿佛欲望黏在牙齿上。当抬头看到无辜的售楼小姐，又像新婚第一次似的发起狂来，心里惦记着不再是妻子，而是一遍又一遍地进入那孤独的隧道，仿佛正在生死线上做一场绝世之爱……之后，他们便愉快地回家去，堂堂正正、恩恩爱爱地体贴起家人来。

宝马男和吴乐乐愉快地进了富豪大酒店，正在大厅里忙碌的玉嵘，立刻闪到柱子后面。这时一批顾客拥了进来，大堂经理示意玉嵘帮客人提箱子，玉嵘却像被钉子钉住了似的，一动也不敢动。一个端着水果盘的服务生从玉嵘身边走过，玉嵘抢过他的盘子就往半圆形楼梯跑去。“2308房间的。”

玉嵘不想诋毁吴乐乐的名誉，因为她根本没有名誉。爱得越多越脆弱也越混乱。

当他刚从2308房间出来，吴乐乐和宝马男从电梯里走了出来，玉嵘忙退回到房间里，像贼怕警察似的，听到隔壁落了锁，才匆匆折回大厅。

他把自己关到厕所里，仿佛听到了吴乐乐淫荡的叫声，仿佛看到吴乐乐娇美的躯体……她怎么了？她和男朋友分手了吗？快乐是肉体的，痛苦是灵魂的。妓女们挥霍如王侯，一腔没有着落的野心和荒唐无稽的狂热，傲然于男人的两腿之间，睥睨生活，不可一世。

玉嵘不知道是肉体更痛，还是灵魂更痛。现实太可怕了，但最可怕的不在于吴乐乐撕碎了一个人的心，而是什么东西把吴乐乐的心变成了石头。

玉嵘只有把自己封闭在厕所里，才能躲过吴乐乐淫乐的时间，才能制止自己用嘲骂的嘴唇和愤怒的双脚，不去破坏那对鸳鸯的缠绵。处在愤怒状态的服务员是不能工作的，反抗的情绪关闭了灵魂的通道，隔绝了沟通交流的本能。玉嵘感觉自己最大的错误在于把自己当成瞎子，只记得吴乐乐的善良美好，而忽视了她黑暗的一面。自己也曾失败、羞辱、贫穷、悲哀、绝望、痛苦……那时，恨过吴乐乐，诅咒过她，可并不希望她成为妓女。

所有的光彩靓丽都抵不过时间。两个小时后，吴乐乐和宝马男结账走了。小白痴痴地望着吴乐乐扭成麻花的步态，告诉发呆的玉嵘：“这女人是夜幕酒吧里的常客，我套过她，她没看上我，还替我付了一杯酒钱。太伤自尊了。她以售楼小姐的身份，装模作样地做鸡的事业，还装高贵，装品位。终有一天，我会好好地捣鼓她。”嫉妒的嘴唇里泻出破碎的言辞。幻想的甜蜜渗透着小白的欲望，好似一阵狂飙，掀起衣裙，香风习习，氤氲的血液沸腾。

为了不至于像死刑犯似的活着，并且为了不说出真相，吴乐乐就像瑞典火柴，只在自己的盒子里擦燃。男人们在爱的火焰中许下的谎言，在妓女的床上永远地付之东流。然而妓女为了能在肉体的灾难中活下去，又流下多少苦涩的泪水。

吴乐乐该不该报复这些富翁男人，她不考虑道德问题，世界便无权举证她。为了不让别人看出她的恐惧，她总是抢先筑起一道屏障。

生活是一场悬而未决的疑案。

也许我只有变成鸭才能和她站在一起。下第一场雪时，玉嵘进了售楼处。售楼小姐和先生们正闲散地聊天，发现有了客人，大家起身迎了上去。

吴乐乐正在照镜子，惊喜地发现了玉嵘。“朱因斯坦！”

知道不是自己的菜，大伙便散去了。

吴乐乐和玉嵘一起向公园走去，再没有比公园更能培养怀旧情绪的地方了。这默默的散步，是以薄薄的雪片做支撑的，空气中滞留着忐忑不安的气息。他们不敢将情绪暴露得太快，怕招惹自己的脆弱。去年的大雪之夜，他们还你望着我，我望着你，欲火如焚，心旌摇摇。而今天，风景依旧，任何喜怒哀乐却也软化不了旧情人间那暗淡的视线。

玉嵘不开口，吴乐乐也不想重提旧事。现在的她，有足够的耐心对付任何人，包括初恋情人。

雪越下越大，纷纷扬扬、漫漫洒洒，风斜斜地翻卷着雪花，一只小麻雀在风雪里迷失方向，尖叫着起起伏伏。

生活把两个原本很近的人，推搡得陌生之远。谁也不想打破那层阻隔他们的坚冰。

天气也太不给力了。

玉嵘不敢挑明真相，这无异于用长矛招惹一只老虎。

狂风吹掉了吴乐乐的帽子。玉嵘突然记起去年在南坝河边，吴乐乐也曾被吹掉了帽子。此时她从容地整理一下仪容，带着这个阶级女孩全部的高傲，理了理冰凉的心绪，心中充满了对命运的讥讽。

“请你吃饭吧。”

吴乐乐笑了笑，算是答应了。玉嵘选了一个不错的中餐馆，点了三菜一汤。

吴乐乐端起茶水，看着白色的热气袅袅浮荡，轻轻吹了口气，热气散开了。“说吧，别不好意思。”

“你会读心术，知道我想说什么？”

“不就是仁义道德、礼义廉耻吗？”

玉嵘感觉时光不是才过了一年，至少有半个世纪之远。

“你为什么要那样？”

“钱啊！”

这直白的回答坚实地堵住了玉嵘所有思考的通道。

“吃得要钱，穿得要钱，病了得要钱？没钱，人还是人吗？”

“我养你。”

“你想睡我了吧？别人五百块钱一次，你……你……没五十万别来找我！”

“我娶你，因为你救过我……”

“是求婚吗？”

“我车祸昏迷的时候，你到医院里陪过我，穿着红衣服……或许是你唤醒了我。”

“娶我还需要编故事？真感动！”

吴乐乐突然站起来，大声喊道：“他要娶我！”

声音如同一颗铅球滚在银盘里，响亮地在大厅回荡。

她打开皮包，竟然满满的百元大钞，抓一把向空中抛去，粉红的纸币像天女散花似的从玉嵘头上身上飘落下去。服务员和就餐的客人不解地看着激动的吴乐乐。

“你们听见了吗，这个傻小子要娶我。他什么也没有，穷得只剩下债务了……可他还敢说娶我！太污辱我了！”

在纷纷飘落的纸币中，玉嵘丢失了吴乐乐——从前的吴乐乐，已留在他的记忆里。人斗不过天，男人也拗不过女人的疯狂。人不由自主。

玉嵘看着她，好像看了二十回，依然不能看透。

玉嵘招手服务员，服务员应声而至，他从钱包里取出两张百元纸币，让服务生结账，零钱不用找了。玉嵘起身走了。

故事的男主角突然消失了，吴乐乐安静下来，在服务员的帮助下，捡起纸币，清理好桌子，端上菜来。餐馆里客人来了又去，去了又来，吴乐乐慢慢吃着，怎么也吃不饱似的。

玉嵘又回到公园里，静静地站在湖边，无数痴迷的雪片落入湖水里，消失于无形中。大地很湿润，积雪渐渐增多，湖水泛出绿光。他永远不会忘记初雪的气息，更确切地说，从此以后，直到老年，每当重逢初雪，都会回忆起第一次和吴乐乐在一起的体验。这种无与伦比的庄严肃穆或愉快开心的经历，时而让人热泪盈眶，时而又让人心酸不已。

他和吴乐乐之间的疏远冷淡像一场精心设计的骗局，自己都觉得奇怪，怎么会让这骗局持续了那么久。她一定有原因的，但什么原因又让她堕落如此呢?

玉嵘随即又否定了自己的判断。世上每个人都能与别人对话，然而，任何两个人，都不可能完美无缺地相互理解和交谈。

父母的突然死亡都没有让玉嵘如此不可理喻。他决定从记忆抹去吴乐乐这个名字，从生活中擦掉吴乐乐的存在。但当他在市图书馆阅读时，又突然想起了她，不禁打了个寒战。一个可怕的想法晴天霹雳般击中了他——他觉得和吴乐乐之间根本就没有距离。

一切都互相矛盾，一切都自行其道，有什么是确实可靠的呢，事情可以这么解释，又可以那么解释。人们把世界史说成发展史，也可以反过来解释成堕落史。玉嵘觉得自己不应该渴求别人完美。这段时间，他再度变得沉稳、快活、亲切而生机勃勃，越来越多的业余时间泡在市图书馆里，再次成为书的朋友。

说也奇怪，自那次大雪后，他竟然有两个月没见过吴乐乐。

2011 年 2 月的某一天，小白碰了碰正在低头记录的玉嵘。“脸蛋不是女人唯一的武器，最好的武器在两腿之间。换西方口味了，下辈子，我也当女人。”

“直接说当妓女不就得了。”

吴乐乐陪着黄头发白皮肤的高大欧洲男子进了电梯，目光坦然地甩向玉嵘。玉嵘想笑一笑，可还没拉出表情，电梯就关上了，仿佛他的笑也被电梯门挤断了。

十多分钟后，欧洲男独自向外走去，与拉着行李的玉嵘差点撞在一起。他不会将吴乐乐暴打一顿吧。前几天发生过这种事，一名迪拜商人带一名大学生来开房，将其脱得光光的用鞭子抽了一顿，走人了。

会不会有生命危险？玉嵘正犹豫着是否冲到房间里帮助吴乐乐，吴乐乐却娇艳地从电梯里出来了。昂首挺胸、目无旁人地从大厅走了过去。

“嗨，老同学，请留步！”玉嵘突然兴奋起来，他觉得这样放走吴乐乐是对自己的羞辱。缺乏精神滋养的生活自然会陷入泥潭，会转化为兽性，甚至越坠越深。如不拯救她，自己也不仁义。

吴乐乐优雅而大方地转过身来。玉嵘挺了挺胸膛，拍了拍小白和小孙的肩膀。“我同事非常仰慕您，看在您我同学的分上，给他们开个价，一小时多少钱，给打个折？”

“我不和穷人做交易。”

“真没眼光。过不了几年，他们或许都是大富翁，到那时，您脱得再光，估计也没什么机会了。”

“承蒙瞧得起，我还是饶了这群未来的富翁吧！”

“这群未来的富翁们很想给您快乐，他们做梦都崇拜我和您是同学呢！”

吴乐乐没想到玉嵘竟如此污辱她，优雅的仪态瞬间变成了愤怒、委屈和浓浓的恨意，扬起火辣辣的一巴掌，扇在了玉嵘的脸上。小白一把抓住了她的胳膊：“装什么贞洁？你不就一个鸡吗？你都用肉体加强中西交流了，为同胞服务你又委屈个屁！”

吴乐乐的泪瞬间流了下来，猛地抽出被小白握着的胳膊，转身小跑着出了酒店。

“走好，不送了！”

大约一小时后，大街上挤满了人。警车呼啸而至。对面十八层商贸大楼的楼顶，面向酒店，站着个女人。

“吴乐乐！”

玉嵘随警察火速奔向楼顶。

“乐乐，对不起……别这样……”

吴乐乐转过头来，微微一笑，像蒙娜丽莎，或者像挂历上任何一个似笑非笑的女孩。显然，她不是笑给玉嵘看，也不是笑给警察看，她笑自己，笑这可笑的高空。

她燕子般扑了下去。

41

2010年对朱厅长一家来说，差点成了过不去的坎儿，灾难以出其不意的方式摧残了这个家庭。妻子郭燕燕声称自己要疯掉了——仿佛疯也是一种可以自由选择的待遇。她仿佛知晓上苍为何如此报复她、折磨她，如此无情地把她扔进痛苦的深渊。

待在深渊里，才发现，深渊里友人也不少。

她最爱的大儿子朱卫博竟然得了艾滋病。儿子哭得死去活来，恨不得要跳湖自杀，拿剪刀自宫。朱厅长、妻子和卫雄不得不二十四小时轮流看守他。家里的气氛七上八下，每人的心跳都像乐师找不准调子。郭燕燕悲伤得简直不可一世，步履那么沉重，仿佛地球也不能承受忧伤之沉重。厄运像啮齿动物附在身上，一秒秒，一分分地在毁伤她。

这个家的全部悲喜交汇到一起了，仿佛快乐被宇宙神秘的黑洞吸走了。这听起来像个笑话。其实，每个人都是笑话，只是对这个家来说，向来耻笑的总是别人。

朱厅长想痛斥妻子对儿子的放纵，想狠狠地揭穿妻子不分青红皂白的溺爱，可看到妻子痛不欲生的样子，又实在说不出口。有些秘密永远不该提，有些耻辱一个男人应该带入坟墓。

“你快想想办法，你总是有办法的，救救孩子……”

“我又不是天王老子！”朱厅长真想向妻子致敬喝彩，有其母必有其子，这光荣的疾病至少也是她的娇儿从妓女床上挣来的奢华。

许久以前，朱厅长在家门口看到卫博搂着一名妖艳女子离开。他曾责备妻子的不作为。

“管好你的儿子，别和不三不四的女人来往。”

“他是王子，不是和尚。”

“王子千百万，不稀罕。”

“至少，有当厅长的爸爸，就稀罕了。”

像从前，朱厅长再次把刻薄咽了下去，但刻薄在肠胃里翻滚，转化成狂怒而悲愤的血压，一路攀升。由于欲望强烈，这个家有时混淆了物质享受与精神愉悦，举止高雅与心地良善的区别。混淆了索取与奉献的内在因果。

一直陪着哥哥的卫雄走了出来，轻轻拥抱着妈妈，绝望的妈妈倒在小儿子怀里哭得死去活来，卫雄竟然有暗暗的温暖，这是他有记忆以来，妈妈第一次亲密地靠近他。

卫雄突然感觉自己的担子无形中加重了，无论承认与否，哥哥都成了被判死缓的人，双亲的未来，这个家的重任，责无旁贷地落到自己肩上。事态突变得如此神速，每个人都惊愕而惶恐。他觉得这个家庭在和整个世界较量，而每个人又都在和无名的敌手对抗着。他有点蒙，还没理清头绪。他是一直活在哥哥影子里的人，谁也不关注他，谁也不在乎他。他把自己关在洗手间，仿佛挨了一闷棍，昏头昏脑，按捺不住怒气，连连向墙壁打去，那种陶醉于疼痛的劲头，好像同命运搏斗过了。

经过慎重讨论，决定让卫博以陪弟弟到美国读书为名，立刻去美国。好在卫博和妈妈早已办好了移民美国的手续。这先见之明仿佛也是为这疾病准备的。

美国医术先进，或许还有治愈的可能。曼哈顿有他的房产，芝加哥也有别墅，室内的装潢设计都和白鹭市的家没什么差别，连电视机、电冰箱都是海尔的——儿子又怎能不佩服妈妈的远见卓识呢。

兄弟俩一起走了。郭燕燕很想去陪着儿子，可她收敛了欲望：一是怕总待在美国，给丈夫造成不好的影响；二是怕缺乏监管，丈夫会招蜂引蝶；三是必须保守儿子的秘密，如果消息一旦散播出去，对丈夫的影响更坏，若引出儿子治病、房产等事项，蹲监狱是小事，人命可能都保不住。莫名的战栗像寒风阵阵掠过心头，传遍肌肤，隐隐的惶恐折磨着柔软的心。她感觉自己陷入危险的包围之中，瑟缩在恐怖的穹隆之下。

郭燕燕突然很想念那个又恨又恋的小叔子——杀人犯朱仁道。可谁也联系不上他，也不知他流落在什么地方。

朱卫博已没有多少心力关照吴乐乐。她一定也染上了，别无选择。但他绝没有吴乐乐到死都执着的想法：为何相恋的人不能一起迎接死亡？

这是个庞大的人生命题，只有吴乐乐和卫博能解答。许多年后，当卫博知道吴乐乐在发病不到一年就跳楼自杀了，内心那缕疼痛既真实却也非常有质量，尽管泪水不值几个钱，可那汹涌的泪水还是让他的品格升值了不少——如果还有人在意他的品格的话。然而放眼望去，夜幕下的街道、公园，那永世不断的一对对，都默默地搂在一起，急于奔到渴望的床上。至于疾病，那是别人的衍生品了。

悲伤汇流成河，每个人都成了悲伤的一部分。这种痛比突然失去亲人更深、更浓、更持久，也更能折磨人。儿子很年轻，将慢慢死去，他挣扎着——这注定是死神之舞。看着儿子无助地消亡，比一刀刀切自己的肉更绝望。她可以替儿子去做任何事情，可无法换取儿子的生。她战战兢兢缩在卧室里，好似挨了打的母狗。她越来越觉得这是命运对她的报复。是的，儿子的今天，有我不可饶恕的罪责。无论承认与否，儿子和她的天性如此相似——同是外表高贵的正人君子，骨子里却又是自在风流的西门庆或潘小姐。儿子第一次带两个娇艳的女子回家，她不但不阻止，还默许甚至鼓舞了他那浮浪的心。儿子多少践行了她的欲望，那种征服无数男人的欲望。她恍若看见在永世照耀的月光下，城市安睡，夜总会的灯火和美女帅哥迷人眼目，而得病的应该总是别人……

生活好似风雪天，朝北的窗子玻璃碎了，雪粒裹挟着寒气，冰冻了她的心。

42

郭燕燕医学检验专业毕业。“检验屎、检验尿，检验科的美女没人要……”从坐在显微镜下的第一天起，她就下定了转行的决心，也是从那一天起，置身于成年人的世界，才真正意识到自己美貌的价值。

在医院，她成了高傲的玫瑰，向英俊医生发出玫瑰的香味，诱惑他们的嗅觉而折磨他们的灵魂，她却不希望未来的丈夫天天被呻吟的病人包围着。她聚光灯似的对周围的男士迅疾一扫，像老鹰那样一览无余。医院之花的芬芳一波波地散向社会。各方帅哥像玫瑰花的信徒争先恐后地来朝圣。生活从来没有这么好过，青春从来没有如此迷人过。她不着急，她要细细地筛选，世界是她的，未来也是她的，她相信，她一定能遇到梦中的白马王子。她的女同学们有的委身于大专生、嫁给一米五八的小个子或者干脆赢得了一皮箱的笑料。每每听到这些，她的嘴角总掠过一丝残忍而快意的微笑。

给男人以高贵而美好的印象并不难，关键是别露笑，别让男人胆敢接近你，却又让他们意有所舍，心犹未甘，只好把她放在非凡的境界。要施展手段，借助周围的丑女人显示自己高不可攀的优美，要知道，男人面对漂亮女人没有不抓狂的。郭燕燕坚信自己是最好的。

然而，世界总是非常不仁慈地让她失望，甚至有点绝望。她几乎相信这世界就是一所医院，里面住的全是病人。想找一个健全的男人竟然也很难：有钱的男人却没有学历，有高学历的男人却又长得不帅，长得帅的男人却性格不好，性格好的男人却又有罗圈腿……阅尽帅哥无数，却没有一个可以让她托付终身的。

在拥挤的杨树林，为了争得阳光雨露，树梢努力向着天空钻去。郭燕燕的贪婪和那永不满足的渴望，使她的本性逐步丰满，欲望像伸向天空的树梢。蓦然回首，发现被自己抛弃的男子们，却也娶了不错的女人，早早地升官发财了。郭燕燕的后悔，可不是言语能表述的。二十六岁春节时，她暗自发誓要把自己嫁掉。也许是为了誓言，她在众男人中比较各方条件，像买古董似的，看中了品相相对好的男子——朱仁明。朱仁明像中了彩票般高兴地带着郭燕燕回家时，郭燕燕灵台透亮，她终于明白自己苦苦追寻……要嫁的人是朱仁明的弟弟——朱仁道。

她刚进朱家的大门，一位帅哥站在那里，二人近在咫尺，她不由得后退一步，目瞪口呆，愣在那里，闹不清隐隐约约的紧张情绪从何而来，只觉得自己已进入了美妙的新生活，拥有了无比甜美的东西。

朱仁道高大英俊、五官端正、声音洪亮，和他哥哥一样，也是名牌大学毕业。郭燕燕回到宿舍，气得想扇自己两耳光，喉头回荡胆汁的苦味，胃里仿佛有一窝毒蝎子在撕咬。她不得不承认，答应嫁给朱仁明，其中有他弟弟的成分。从看到仁道的那天起，她就想俘获这位美男子。

在男性公民居多的家里，突然娶进这么一位漂亮的嫂子，仁道非常高兴，全家和和美美地在一起。当然，郭燕燕知道自己展露的笑容为了啥，知道自己的网该撒向哪儿。我唯一需要的就是一个懂我的人。

餐桌上大家谈论起报纸上刊登的银行抢劫案，像医生谈论病情、店家谈论商品一样冷淡而理性。坐在兄弟俩中间的郭燕燕，一本正经，微笑着同丈夫交换眼色，仿佛二人串通一气，正在顺利地干一件棘手的事情。她贪婪地嗅着弟弟身上飘来的气息，一种甜美的快感传遍周身，热乎乎的，温润灵魂，通体舒坦。

郭燕燕像一只狡猾的狐狸，时刻等待着可以出击的机会。那天家里正巧只有郭燕燕和仁道，她警觉地听着弟弟的动静，思考着怎样不露痕迹地发出第一阵香气。当时正是夏天，挤下公共汽车的弟弟习惯去冲个凉水澡。机会难得，郭燕燕尿急似的贸然冲了进去，又像被自己的行动惊呆了，木然而惶恐地愣在那里，直到弟弟仓促地捂着下体逃走。郭燕燕却像受了刺激似的把自己关在洗手间达四十分钟，直到丈夫下班回家，已没有演戏的空间时，她才不得不结束闹剧。那四十分钟里，就像漫长的四十年，她渴望着仁道破门而入——而仁道却没有一点同情心。

为了推进剧情，晚饭后，她故意到弟弟房间里借书，仁道没抬头，依然倚在椅子上看书，郭燕燕站在书橱边，手指沿着书脊慢慢划着，像在筛选书目，目光却停留在弟弟乌黑柔软的头发上。她真想抚摸那头发而不是破破烂烂的书。结过婚的女人，就像爱情大学的优秀毕业生，善于用词语揭开面纱，如同撩起衣裙，让难以启齿的事情，云朵般在头脑中飞快闪过，达到一种不洁的接触，幻想那隐秘的、羞愧的、渴望交欢的种种片断……她毫不怀疑自己能成功，像摘蔷薇花似的把他弄到手。

“看的什么书？”

“专业书。”

郭燕燕可不是能轻易打发掉的，她有信心能俘获他，甚至能霸占他。如果那样，才是女王。

“今天，真……”郭燕燕感激地瞥了他一眼，女人这明亮的眼神能直透心扉。“没关系”三个字快速地从弟弟嘴里吐了出来。郭燕燕像吃米饭时被石子硌了牙似的难受。为了彰显当嫂子的霸气，她故意用书拍了拍弟弟的头，把他当成小调皮鬼似的笑着出去了。

这假笑却让她一夜无眠，恨不得睡在床上的男人是朱仁道，恨不得骑自己的也是那个冷漠的男生。他越是对她冷淡，她越是痴迷地爱上了他。是的，她被这不伦之爱折磨得死去活来。只要听到弟弟的脚步声，她就心跳加速，只要远远地听到他的声音，她就幸福得像新娘子。如果他加班未回，她就到门口张望。郭燕燕是个好儿媳妇，是个好嫂子，但所有这一切仅为一个目标——赢得弟弟的爱。她给丈夫织毛衣，仅仅为了有权给弟弟织，她给丈夫买手表，仅仅为送弟弟手表。当着家人的面，弟弟亲切地叫嫂子，大大方方地和嫂子交流，可当二人独处时，弟弟总像刺猬，警惕地自卫着。吃饭时她曾故意碰过弟弟的腿，也曾和弟弟撞个满怀，柔软的乳房贴在了弟弟的胸前……终于有一天，她到弟弟房间翻他的抽屉，她本想检查他是否留有女孩的照片，却把弟弟的照片陶醉地放在嘴上亲吻着。恰在这时，弟弟进来了。

仁道注视着她，却想不出一句此刻该说的话来，只觉得内心忐忑。嫂子隐秘的动作带来了阵阵肉体快感……他心里慌乱，就仿佛自己干了一件蠢事，转身欲走，她却拉住了他。

郭燕燕觉得今生不会再有第二个这样的机会了。她胆怯、痛苦、悲催且含泪地告诉弟弟，她是多么喜欢他。她反复重复着这句话，希望听到弟弟的应答，哪怕是应景似的应付她。可弟弟比钢铁还冷，像看才智平庸的小丑表演，找不到一点幽默的戏份。

“……我爱你，从看到你的那天起，我决定嫁给你哥哥，只为了能和你在一起！”郭燕燕一口气吐出了排演了几百遍的台词，因为排演的次数太多，她已感觉不到这是真心话，还是为霸占这位帅哥的潜台词。

“不要开玩笑。”

"不是玩笑！"

"我为那照片难堪！"

仁道冷冷地出去了。天知道，为了控制那汹涌的波涛，他的牙齿快咬碎了。

郭燕燕感觉自己成了潘金莲，而仁道却恰恰是武松。她用诱惑西门庆的方法诱惑武松，却大败而回。郭燕燕觉得自己真的爱上弟弟了，没有他，她会崩溃而亡。只有弟弟才能从地狱的桎梏中解救出她，弟弟是她的天使，拥有了他的爱，就是世界之王。和弟弟在一起即便经历苦难，经历死亡，也依然死而无憾。

情欲来时，郭燕燕感觉朱仁道就是全世界。可当他不在眼前，三天便又换了新的情爱主角。她的爱情来势汹汹，摧枯拉朽，去势也浩浩荡荡，排山倒海。

千万别低估了慷慨的力量。第二天，仁道报名去了西藏，支援西藏建设，并且一去就是六年。六年之后，他已是两个侄子的叔叔了。

43

最初一段时间，郭燕燕恨透了弟弟，这恨中既有炽烈的痴情，又有心碎的嫉妒，包含着情欲和乱伦的双重成分，不可告人而又凶狠异常，像新创的伤口灼热疼痛。她忽而希望他永远留在西藏，但随后她又坚定地认为，仁道是爱她的，为了哥哥，他才选择了这条艰难之路。

聪明人应该知道无论猿猴多么像人，它终究做不了人妻。生活刺痛了郭燕燕，酸酸的水果和放荡的性欲是生活的调剂，也是对仁道的报复。

郭燕燕从嫁给丈夫的那天起，总是拿丈夫和仁道对比，丈夫不如弟弟智慧，却比弟弟温柔，丈夫不如弟弟霸气，但比弟弟听话，丈夫不如弟弟英俊，但比弟弟安全……郭燕燕越比越灰心，痛恨自己当初在未嫁时不及时调整方向，而试图俘虏兄弟俩。然而，生活的魅力在于时间的不可逆，遗憾永远压在了心底。

许多夜深人静的夜晚，她情绪低落，心里别扭，淡淡的忧伤拂之不去。她一遍遍回忆仁道在家的日子，他那神情，既不动声色，又和蔼可亲，既吸引人，又把人拦在道德栅栏之外。仁道虚幻的身影在眼前晃动，仿佛带走了她的灵魂。而他的幽默、风趣、机智甚至磁性十足的声音，时常萦绕心间，拂之不去，使她莫名其妙地着了魔，迷住了心性——像在显微镜下观看某种病原菌，又神秘又朦胧，又惶恐又美妙。

保持敏感，对灵魂有好处。值得欣慰的是，丈夫官场得意，这几年一路攀升，并且风光旖旎、财源广进，丈夫给她皇族般的生活。当然这生活，她是值得的。毕竟有玫瑰般容貌的女人并不多。

郭燕燕不由得感慨，若儿子找妻子，女孩五官端正就好，不必漂亮，漂亮的妻子不安全。任何环境，只要有男士，郭燕燕总是最吸引人的那位，如果她想散发香味，那勤奋的蜜蜂就会嗡嗡地围着她转。对仁道的渴念，随着距离的阻隔，慢慢地转向其他男人。毕竟平淡的生活需要新鲜的色彩，就像蓝天需要白云点缀，大海需要海岛陪衬。有些人，没有秘密就不是自己。

对仁道的这场荒唐之恋让郭燕燕顿悟到，一个人若坠入情网，就从正常人的花名册上勾销了，变成了白痴，而且很危险，会像疯狗那样随时发狂。

男人对女人来说，爱情无非是一种欲望，是一种心灵呼唤肉体的借口。郭燕燕又恢复了未婚之前的状态，任何环境，她总是用流盼之睛飞快地瞥一眼，瞬间便能锁定目标，而某个幸运的倒霉蛋便快速地成为幸福的奴隶。这种事情不常见，但足以湿润单调而苍白的生活。嫁给一个木讷的傻瓜也不错。那么多次艳遇都能成功避开丈夫的目光，她觉得很成功，但同时又觉得很乏味，没什么戏剧感。

作为官太太，她早已成了文化局的一名行政管理人员，自然结识了不少有品位的男士，在平凡的日常生活里，偶尔和某位男士一起吃吃饭，聊聊天，享受来自禁欲的浪漫。儿子卫雄两岁多时，仁道返回白鹭市，她再次山崩地裂地旧情复燃，作为两个孩子的母亲，不可扼制地又爱上了他。现在的她可不敢再把这个弟弟逼走了。她那百无聊赖的生命从没像现在这样——没有弟弟的周日下午竟会如此漫长，如此孤单，如此不堪忍受。一度她曾幻想和弟弟离开这个家，一直走，一直走，一直走，永远不再回来。

她猜测仁道在西藏一定有过好多女人，可他从不回答嫂子这方面的问题。他在某民族大学任教，因几年的高原生活，心肌肥大，不得不辞去教授的美好前程，回到白鹭市。

一位伟人说过，生活的一切都和性有关，除了性本身。她始终也不知道是更想获得仁道的肉体，还是更想得到他精神的关爱。欲望用柔软的手指头碰了一下她，所有的激情和恼恨便成了她的专利，她怀着绝望和报复心情，决定去钓鱼，以弥补情感的亏空。她坐在办公桌前，望着窗外寂静中纷纷飘落的雨丝，远处，高高的电视塔之上，一群白鸽诗意地盘旋着。这诗意，就是情人的诗意。

在夜总会浪漫气息和酒精作用下，郭燕燕被在舞会上认识的情人带到包间里。说来也巧，朱家兄弟正好和朋友也来喝酒，那野性十足的男子被朱家兄弟堵了个正着。

“看来我差点错过了狂欢啊。”仁道调侃着。

“滚出去，这可不是你家的妓院。”

“也不是你的卧室，野小子。”

野小子以为来人是美人的备用情人，便恼羞成怒，肆无忌惮地把手伸进裙子里，把头埋在乳房间。朱仁道一把拉开他，男子操起腰里的尖刀刺了起来，甚至连郭燕燕都不放过，这个疯狂的男子认为——背叛情人也是背叛！

他是个畜生，但他不傻。

朱仁道肚皮被划了一刀，他奋力夺过刀子，当他终于握住了刀柄时，被身后的人猛地推搡出去，仁道手里的刀子被不可阻挡的惯性，送进了对方的肚里。

朱仁明急忙退到众人之外。

戴着手铐的弟弟被警察押走了。

朱仁道进了监狱，为了哥哥嫂子的声誉，他坦承自己和死者因小事起争执误至死亡。他坚实地成了一名囚徒。

“弟弟，我能做什么？”

“到监狱来看我。”

后来哥哥及一家人发现，即便不去探望那个杀人犯，杀人犯的影子也难以从这家里清除。

若把事情说清楚了，反而会使亲人受伤。但真相无论多么丑陋，都会浮出水面。善良的人因正义而受伤害，另有一些人却会幸灾乐祸、落井下石，这才是世界最丑陋的事实。善良的人却不得不一再给恶魔开支票。

许多年来，朱仁道都透过小小的窗口，窥望湛蓝天际中那轮尖细单薄的月牙儿，幻想着阳台对着公园，还有那永远拖着绿荫的小树林，放学的孩子们穿来跑去……而每一次回忆，都是对酒后冲动的忏悔。他时而感觉自己非常年老，灵魂无聊至极，失去了表情，整个人消失不见，像铁棱里的空气。世界不会因为某个伟人的创举而发生巨变，而人却可以瞬间扼杀一个人，也毁坏了自己的生命。

在法官眼里，犯罪是更容易谈论的话题，善良却太过深奥。当一个杀人犯自省时，一分钟可能像青春那么漫长，也可能像亲情那么久远。在经历铁窗的磨砺之后，朱仁道渐渐失去了起初的多愁善感，变得更加刚硬，更加冷酷，更加尖锐，也更加叛逆。

44

郭燕燕由此背上了灵魂的十字架，在丈夫心目中的地位一落千丈。她一度担心丈夫会甩掉她，好在丈夫越升越高的官职，以及两个可爱的儿子，让丈夫隐忍着、迁就着。她是一张正在贬值的垃圾债券，经历最初的疼痛、尴尬、折磨后，家庭关系重新定位，郭燕燕奴仆似的遵从丈夫……然而丈夫像冰块，太难捉摸，内核冻得石头般坚硬，但表面时常融化，流下冰冷的汗水，犹如眼泪。丈夫这一冰冷的特质，确实让郭燕燕费了不少心思。然而时间终是一服很好的补药，儿子们成人了，特别是家庭共同的风险，使夫妻达到了从未有过的和谐甜蜜。

现在的郭燕燕当然不希望仁道这名杀人犯一再揭开那丑陋的伤疤。不要拿年轻时的小事，腐蚀现在的婚姻。忘记过去是为了让自己的良心得到安慰，但更多的是为了逃避自己欠弟弟的十五年的解释。她拖延自己的种种问题，期盼冰冷的铁窗和地位的悬殊能解决一切。

杀人犯的哥哥身份让朱副厅长羞于见人，羞于填写家庭档案。持久的亲情胜过金钱，但亲情从不持久。

郭燕燕从没像现在这样又恨又怕，青春时期对朱仁道滋生的浓浓的情爱荡然无存。他像定时炸弹，不知什么时候就会做出让人心惊肉跳的举动。她像急于卖菜的老农，急于将弟弟贱卖——当然，交付给监狱是最安全的了。从高楼俯视街道，聚集的人群看起来像一片蚂蚁，没有高低贵贱之分。郭燕燕蚂蚁般忙碌，变得十分脆弱，飘忽不定，就像偏头痛，说来就来，说去就去。但她可不能一点影响力都没有，像个吉祥物似的到处晃悠。

前两任厅长都进了监狱，郭燕燕深知这个家的幸福也悬在钢丝绳上。听说前两任厅长倒台，都与周总的业务有关。她以女人纤细的思维判断：讨好周总，和谐关系，同时大义灭亲，掀起弟弟和周总的矛盾，也许将弟弟送进监狱——至少一箭双雕。

当重要事情发生时，任何细节都不应被忽略。

有心计的女人是可怕的。节省点能量吧，每个人都有一场硬仗要打。

推测可不是一种好的投资方式，也不是一种好的政治手腕。郭燕燕像待产的妇女小心翼翼地迈上了齐台集团的台阶，脑中的计谋也像十月怀胎似的酝酿了很长时间。可是当她通报了姓氏名讳后，秘书小姐把她让进会客厅里。在等待的当儿，空旷的会客厅、米黄色图案的波斯地毯、水晶灯和金黄麦田的壁画，却毫无缘由地让她觉察到某种严酷性。麻木感、压抑感、忐忑不安感，甚至将受到嘲笑的挫败感，黑沉沉地罩住了她，使她喘不上气来，她真切地感受到原先怀抱的高度期望已受到了一定程度的损伤。她决定撤退，立刻逃走。刚从沙发上站起来，周总微笑着进来了。

“朱夫人。”周总握手的瞬间，目光便将这个女人的表情读透了。

郭燕燕本来想改变话题，却无法抗拒周总那X光似的检验，竟然毫无应变能力地将提前准备好的话和盘倒出了，即便在诉说的过程中，依然痛恨自己的多嘴。“那天在洗浴中心广场，是我丈夫的弟弟将您岳父……”

周总挂着一副微笑的表情，像观看小朋友们做游戏似的。这观看就是生活的观看。郭燕燕变得更加混乱了，实在没有信心再吐出一个字。听者欢快的笑容让她肚子疼痛难忍，好像腹内有只蝙蝠在飞。

“您说的是朱仁道先生吧，他就在隔壁，是我的战略部经理。”

周总不给郭燕燕吃惊的时间，按了一下设在桌面上的红色按钮，原本由大海、椰树和海鸥组成的风景画自动开出了一个小窗。朱仁道身着一身笔挺的黑西装，帅气十足地正和员工交谈。

郭燕燕真希望是梦，恨不得在梦里瓷器似的破碎。

“需要我把他叫来吗？我不记仇，只是我不和彻头彻尾的骗子交往。朱仁道，他人还不错。”

生平第一次，郭燕燕有被强暴的感觉，比那次在夜总会的感觉糟糕一万倍。她昏昏沉沉地起身，喉咙干燥，头晕目眩……她甚至忘记了自己是怎么走出大楼的，直到晚上丈夫回家，她还沉浸在一种浮荡不安的恍惚中。

自找羞辱，怪谁呢？唯一控告的应该是我自己……晚上，郭燕燕独自到公园散步，沿着石子路，顺着人造的上坡或下坡慢慢走着，又内疚又反感。很早的时候，甚至在迷恋仁道的时候吧，就有过这种感觉，她觉得自己成了低微的人，成了需要怜悯、需要救助才能活下去的人……雾霾将夜幕渐渐收窄，仿佛只有目光所及那么远。她仰望夜幕，想象着雾霾之上那些灿烂的星光、那迷人的世界，还有那清爽的空气，她似乎有一种极其奇特的感觉。我什么也不是，我连这石子都不如。她抹了一把脸，不知何时，泪水早已流到下巴了。

谁会关心一场必输的棋呢，然而，她却走不出棋局。

与其说她是个告密者，不如说她是受害人较为妥当。直到此时，她才认清事实的真相，她清楚地意识到自己在伤害别人的同时，也被别人坚实地伤害着，而自己却成了亲人们地道的过客。

一周前，大儿子卫博检查出得了艾滋病。郭燕燕恍然顿悟，所有这一切都源于风水大师的一句话。胡大师曾强调五角稳定大局的理论，“第五位——可能是男人，也可能是女人……要从内心尊重这个潜在的人物。因为他（她）是运势兴旺的定盘星。”

郭燕燕痛苦得想挖掉自己的眼睛。朱仁道——无论如何都是那第五人。很久很久以前对朱仁道的那杯爱情，早已变成了毒液。毒液是如何也变不成醉人的红酒的。她希望这悲惨的一切，消失在生活的泥泞中，消失在发烧时的寒战中，消失在灿烂霓虹的痛苦中。她艰难地估量幸福生活走到了什么地步，评估埋在心底的癫狂，评估这个家庭的悲惨指数……

她宁愿替儿子得病、去死，可她却无法替他生。她宁愿重新来过，严加管教儿子，可生活严酷而执着。她一度想抱着儿子自杀，可卫博在痛不欲生地折腾了一番之后，又对美国怀有希望。是的，儿子是对的，说不定哪天，医术高明了，治疗艾滋病就像治疗感冒一样简单。新的希望，让她的心漏跳了一拍。

听到卫博得病的消息，丈夫的血压一度升高到二百毫米汞柱，住了两天院，才调整下来。在朱厅长看来苦酒之杯像击鼓传花的花球，不久又传回来了，过去的日子只不过是过眼的繁华，是生活和空虚之间奇异的衬里和变色的丝绸。从弟弟报名去西藏的那天起，他就知道了郭燕燕的阴谋，从而明白了睡在身边的女人就是一个潘金莲。他在内心的不甘和男人的虚荣间浮游不已，好在，男人，他的心并不总在妻子身上。当弟弟因杀人入狱时，朱仁明心底涌动着暗暗的窃喜，谁又能知道呢？

而今，朱厅长的悲愤已消解成了一杯沉着、镇静之酒，部分成了礼貌，部分成了太监般的狡诈。曾经是光明的地方，渐渐变成了无人理解的黑暗。

朱厅长的血压可吓坏了郭燕燕。她突然觉得幸福生活像湖冰上的舞蹈，虽然美艳却也惊险。在她的世界里，儿子的病和丈夫的病纠缠在一起，打成了个死结，说不清谁的更重，谁的更痛了。这世界早已无关一份耕耘一份收获了，而生活本身就是一场痛苦大赛。

即使儿子得了那病，也不是世界末日。头挨着枕头的时候，郭燕燕决定做个大善人，给家人积点德，给后人留点恩。她明白得那么晚，缺乏敏感性，在理解珍贵的、优雅的和美丽的东西时总那么迟钝。

第二天刚一开门，一个流浪汉的轮椅停在门口的大树边，流浪汉倚着大树睡着了。郭燕燕厌恶地看了一眼。“嗐，滚开！”

轮椅没有反应。郭燕燕用脚踢了踢轮子，流浪汉依然没有反应。她害怕了，怕他死在自家门口。就在她左右望望想找人帮忙时，流浪汉睁开了眼睛，发现是位美丽的妇人，便咧着残缺不全的牙齿笑了。

“滚！”

流浪汉非常听话地用手划动着轮椅，还不时回头看一眼美妇人，仿佛除了美妇，万事不过一场香梦而已。

郭燕燕回到院子里，反思流浪汉睡在门口的意义。豁然顿悟，立刻跑进厨房，拿了些瑞士糕点、巧克力饼干、盒装奶等，提着满满的塑料袋追了出去。

可那名流浪汉却顺着斜坡滑过了红绿灯，滚远了。

郭燕燕第一次站在大街上思考起人生的问题。何为人生？生又为何？如果流浪汉也快乐地活着，自己又何必不快乐。

因做善人而不得，她极不快乐。世界四通八达，地图上却没有标出通向善良的那条路。不得不说，制图人真愚蠢，没能替郭燕燕想得周全些。

45

做酒店服务员和当空姐空哥一样，颜值成了重要指标。英俊帅气的服务员往往会得到更高的赞誉，赢得更多的机会。凡事总有相反的一面，英俊的容颜是机会，有时也是灾难。小牛给顾客送餐，下班后，便被一位富婆约去强行灌了两杯，还不得不陪睡了一回。如果不听富婆的，就告他要流氓、试图性引诱顾客。人一胆寒便输掉了一半，并且强取胜于诱骗，富婆太懂这个道理了。结账走人时，情人似的给小牛留了电话，大摇大摆地走出酒店，好像酒店是她开的。有人羡慕小牛，有人嫉妒小牛，也有人同情小牛，小牛尴尬地愣在那里，谁也不理解那尴尬到底是装的还是自然反应。

一个月后，小牛辞职了，开着奔驰，穿着 Burberry，提着 LV，晃掉了众人的眼球，但也遭到某些人的嘲笑。包养，可真不是女孩子们的专利。为了活得像王子，灵魂上多点泥巴和铜臭也值得。

白鹭市有一种地方名吃——酥心糕，是用面粉、冬蓉、冬瓜、栗子、紫薯等食料组成，外酥里嫩，柔软芳香。据说很得慈禧太后的喜爱，名扬天下，代代传承。富豪大酒店的酥心糕做得最正宗，也非常讨顾客喜爱。为了让酒店和品牌相得益彰，扩大了酥心糕的产业链，开通了酥心糕的网络销售和外送业务。外送工作由服务员排班轮值。大街上身穿英国皇家卫队般华服的服务员，迅如飞燕，是广告，也是一道靓帅风景。

自从吴乐乐在玉嵘眼前跳楼自杀，仿佛死去的不是吴乐乐，而是玉嵘。他以头撞墙，滴水不进，却狂吐不已，最后连暗绿的胆汁都吐了出来，直到电解质紊乱，不得不住院治疗，才勉强维持了生命体征。“我杀了她……我杀了她……我杀了她……”

酒店的孙副经理拍地扇了玉嵘一巴掌。“她是个想死的人，与你有屁关系。上周她就服安眠药，洗了胃才救活的。”

那个高高站在楼顶的是谁？吴乐乐又去了哪里？

经过一个多月的休整，玉嵘像出了满月的产妇，病病弱弱地下了床。他病的不单是肌体，更是心灵。这心灵之痛，需要的不是药物，而是灵魂的转型。他要么变得更冷酷、更贪婪，或者更无赖、更卑鄙。他像头一回看见树木、蓝天、青草，头一回听见水声潺潺。柔和的歌声飘散到水上，风带走颤音，从他身边掠过，仿佛翅膀在扇动。虽然他对生活的认识大部分来自于书本，而没有一本书会歌颂苦痛与不公。

吴乐乐也应该活着，傻瓜才该死。

玉嵘骑着电动车带着糕点箱赶到了花园路 26 号，按响了门铃。摄像头蜂鸣式的发出颤动声响，绿钢门弹开了一条缝。他提着糕点盒走过暗红砖铺设的小路，刚走上台阶，大厅的门就啪地弹开了。他忐忑地进门，站在门口的鞋毯上，等待着主人。可室内静得像深夜的湖。一只雪球似的博美狗颤颤地跑了出来，围绕着玉嵘和糕点盒转着圈嗅着，一双水汪汪的大眼睛好奇地瞪着他。不应该是狗儿开的门吧？玉嵘盼着主人快快出来。

可博美狗像侦察到敌情似的，满意地跑掉了，消失在某个铺着厚厚地毯的房间里。

“有人吗？”声音有些沙哑，像夜晚独自在湖边自言自语。

别墅里有股女巫的味道，虽然不懂什么是女巫，但他断定女巫的家就应该是这样的地方——到处充满骇人加谎言的气息，仿佛这里是梦的豪华布景，无论家具或墙壁，瞬间都会化为尘土。

房间里安静得像午夜的教堂。玉嵘甚至盼着那雪球似的小狗再跑出来。他望着宽大的沙发，明亮的落地窗，安静的环境。女巫或许坐在那里读书，不时望望院子里花草的风景，也一定非常惬意。

一位穿着玫瑰红吊带真丝睡衣的中年妇女，赤脚踩着厚厚的地毯走了出来，丰润的贵妇描着银亮的眼影、银亮的唇彩，抽着长长的女士烟，仰着头向空中吐着烟圈，斜盱着玉嵘。“请进，雪儿可以嗅出骗子的味道，我喜欢和骗子打交道。”

“难道骗子是酥心糕的味道？”

这美人的出现令玉嵘感到安全，却也感到悲哀，她太美。他不敢正视。

贵妇向大厅的茶几抬了抬下巴，玉嵘忐忑地向茶几走去，贵妇像挺拔的旗杆挡住了玉嵘的路，玉嵘绕开她，将酥心糕放在茶几上。

“钱在包里，自己取。”贵妇依然像石柱似的挺在那里，只是将身体转向玉嵘。

“二百三十元，还是您自己取吧。”

贵妇微笑地眨了眨眼睛，向玉嵘展示了她修长而葱绿的指甲。“刚涂的指甲油。”

玉嵘还是拿不准该不该动别人的包，迟疑了一下，便打开了那米黄的皮包，取出了印花漆皮钱包。在贵妇的注视下，从厚厚的百元纸币中抽出两张，又取出三张十元的。

玉嵘为贵妇展示了二百三十元钱，贵妇点了点头，玉嵘便向门口走去。

“先生，拿错钱了。”

玉嵘慌乱地转过身来，急忙掏出刚刚塞进衣袋里的钱，让贵妇检查。贵妇连看也不看，示意他打开另一个黑色的皮包。

玉嵘迟疑着，不知该不该听贵妇的。贵妇掐掉烟，像一团玫瑰红的云移向黑皮包，未戴乳罩的双乳有节奏地跳动着，玉嵘不由得想到此女子也许没穿内裤。片刻的神游让他脸红得像秋后的山楂。这性感的旗子给玉嵘指点了一条歧途，诱使他错误思辨，捉弄着这青涩男生。

常常有这样的事，有人只用几分钟就走完了几十年的道路。玉嵘就经历着这须臾无常的几分钟——他顿然领悟到，语言也好，游戏也罢，世上万事万物莫不自有其丰富的内涵，有着特殊的指向。

所有的恶意在心中腐烂。

贵妇刚把手伸向皮包，突然手扶额头，好像头疼难忍，傲然的身体也像红色的丝绸倒瘫在了地毯上。玉嵘略一沉思，不知道是该拨打 120，还是该先抢救病人。有一次在电梯里，一位老先生就这样突然倒了下去，可当时人多智众，救护车赶到时，有人正进行着胸外心脏按摩，赢得了抢救时机。她是不是也突发心肌梗塞，不对，她捂的是头，不会脑血管破裂吧。邪念诞生的地方，厄运将至。

他忐忑地伏下身子。“您怎么了？我怎么帮您。”

地上的妇人突然把手搭在玉嵘的肩膀上，眯着朦胧的双眼，调皮地看着玉嵘。“你是来帮我的吗？”她一把把玉嵘潮湿的嘴唇拉到了自己的嘴上。玉嵘体会到窒息的濒危感。

“你血液冰凉，在发抖。”

“没抖。”

“我试试。”

她的手突然抓住了他两腿间柔软的物件，温柔地捏了又捏。“这比酥心糕更酥！”

玉嵘双手撑地，仓皇起身。世界不在这别墅里，在外面。

“酥心糕小弟，那里闹鬼了吗？还是处男？”贵妇舒服地躺在地上，似乎比躺在床上更有美感，更坦然，也更有创意。她双手枕在头下，微笑地望着惊讶的玉嵘。

“别怕，谁都有第一次。”

玉嵘像失手的小偷，逃出了花园路26号别墅。骑在电动车上，恍若隔世，刚刚的事件仿佛前世发生过，今天不过是过去的重演。别墅美妇有温存的语言和销魂的吻，这种娇媚面容就是一首绝美的诗句，到了无迹可循的地步。奇怪，她从什么地方学来的？

每个人可能都有过前世，可能在另一个世界里、与另一个肉体交往过，不然，茫茫众生，为何单与她萍水相逢。他像临战落逃的士兵，享受着逃脱的喜悦，这完全归功于坚强过人的意志。

别墅美妇技艺精湛，很容易把他这小鲜肉诱入圈套，引到惊险的薄冰之上。别墅的生活只是一连串的谎话，好像遮面纱网，用来包藏她的奸情。

玉嵘清楚认识到，每当他想放肆地大喊一声，或者以某种孩子气的动作抒发快乐心情时，内心就会羞愧难当。相比当仓库管理员或流浪街头的那段时间，现在他感到像在美好的梦中。从前他不识人为何物，既不识人的兽性，也不识人的神性，现在，他感觉谁都骗不了他了。他梦游似的骑着电动车往回返，刚到富豪大酒店拐角处，就看到总经理的女儿嚼着口香糖，一条腿蹬在墙上，像等了很久，好像又有足够的时间继续等下去。

这位叫娜娜的女生，自从第一次被玉嵘纠正了试卷的错误之后，总是让玉嵘帮助她解决疑难问题。玉嵘乐意面对各种复杂的试卷，胜过面对任何复杂的人。但几次之后，这小姑娘便以自己是总经理的女儿，贪婪地让玉嵘帮助解决更多的试卷，有时是偷懒不想做题，有时却想为难玉嵘。她的黏人训练有素。

“得让大家知道你是天才，不然你就爬不高了。”

“我并不想站到树尖上。”

“少惺惺作态了，你不希望明星似的被人记住？”

“滚开，小孩，别挡我的道。”

前几天这丫头带着两名女生，抱着一团难题在咖啡间等待着玉嵘。她们像三只不安分的麻雀，忽而向外瞅，忽而三颗头凑在一起，掩嘴嬉笑。娜娜向闺蜜分享了玉嵘提供的世俗美好：英俊、天才、沉稳和善良，这些东西被少女一旦叠加，看似爱情，或者容易滋生出爱情。

疯子才打无把握之仗。她拉住了玉嵘。“我朋友有难题，数学的、物理的、化学的、心理的、生理的……”

玉嵘想躲她们远远的，可娜娜却像橡皮糖。总经理已发过话了——娜娜的成绩就交给你了。当时玉嵘感觉自己的五脏六腑都热了，可现在，他发现这小姑娘根本不拿学习当回事，玩乐永远是她的主题。

“帅哥，给你介绍一下，她叫苔丝，她是洛丽塔，都是我的好闺蜜，她们特地向你请教难题。帮助她们就是帮助我哟！”

“下一个同学该叫包法利夫人了吧！我可没时间陪一群悲惨女孩玩乐。”

“你得帮我们，我可向她们打过包票的。”

“打水漂和我也没有关系。”

“我说到做到。”

“包括谎言？”

“特别是谎言。”

“你父母或许喜欢你的谎言，我不喜欢，孩子们，快回吧。”玉嵘转身走了，根本不理娜娜的公主脾气。

娜娜气得直跺脚，而苔丝和洛丽塔却仰慕地看着玉嵘的背影。苔丝动情地捂着胸口说：“太帅了，是我的菜，心快跳出来了。你们俩谁和我争谁死。”

少女们的和平是脆弱的，就跟红纸叠的玫瑰花一样。

娜娜觉得很没面子，又被苔丝争夺帅哥，心里窝火，拿出手机就给爸爸打电话。“爸，玉嵘那个坏蛋不但不帮我们做数学题，还挖苦我……”

三位悲惨女主角喜滋滋地等待着，像等待可口的冰淇淋。一位长得像土豆似的粗壮男子走了过来。“我是来帮助你们解决数学难题的。”

男人的价值有时不是取决于脑子里装了多少知识，而在于皮囊的形象。常言道，恐怖能让强者糊涂，做出不该做的事，而三个女生从来不是强者。女生们望着这个恐怖的中年男人，表情僵住了，仿佛有人逼她们嫁给猪八戒。娜娜反应快，赶忙站起来，强忍着笑。“我们……我们……已解答出来了。”

这件事，一直是女生们回味无穷的笑料。

显然，娜娜在等他。玉嵘想骑着电动车不理睬任性的娜娜。

“嵘哥，如果洛丽塔给你写情书，你可不能理她。”

“你想多了，我可不是笑料。”

“难道我是笑料？”

“那在这里干什么？”

玉嵘将电动车固定在车棚里，提了糕点箱往酒店里走。

“等我大学毕业，我们就结婚，这和太阳升起一样确凿无疑。”娜娜在玉嵘身后大声喊着。玉嵘扑哧笑了，停住脚步，回转身，面对着倚在墙上的娜娜。

娜娜一副生硬又郑重的表情迎着玉嵘，不可侵犯似的。

“小屁孩子懂什么结婚？再胡说八道我就告诉你爸爸。”

“行，就说你喜欢我，我也喜欢你。”

“我什么时候喜欢你了？”

娜娜生气地瞪着玉嵘，用瞪冰淇淋的眼神，心如捣蒜。

“不喜欢我为什么帮我解题？”娜娜吐掉口香糖，转身走了两步又返回到玉嵘身边，“我可不允许你拈花惹草！所爱越多，人越脆弱。哼！”

娜娜怨妇似的气呼呼地走了。

玉嵘感觉好笑，却又觉得有什么地方不对劲。在酒店，人人都得学会管住嘴巴，因为听者都是有心人。但是少女想要在爱情的游戏中胜出，就需要像发情的母狗般乱吠。

这可真是奇特的一天，先是被贵妇诱惑得心惊肉跳，后又被娜娜调侃得昏头昏脑。过分喧闹反使人麻木淡漠，再也辨别不出情爱的妙趣了。

洗手时，玉嵘发现镜中的自己疲惫而不安，不了解这个皮囊下到底包裹着怎样的一副灵魂。生活像乱发般不可理喻。那贵妇也许是条毒蛇。他突然想起了万小玮、想起了吴乐乐。不知道女人这本书是用什么语言写的——读不懂。望着水汽模糊的镜中影像，瞬间，城市在他心中消退，他像原野上的一棵孤独的树，寂寞地伫立着，一种冰冷的绝望吞没了周身。

46

有时大海捞针，还就真捞到了那根针。警察为了侦破周总岳父被打事件，忙碌了一个月，半点线索也没得到。如果耶稣基督有案缠身，也得尊重线索的提示。周总岳父去世两周后，却意外地破获了一起大刀伤人案，其中一人供出了伤害姜默的主犯——朱仁明厅长的弟弟朱仁道。

进出警察局次数多了就会发现，警察局就像个马戏团，全世界也不过是个马戏团，以犯人的眼光看世界，这世上只剩下一件事情可做了，那就是欺骗。

周总激动得一夜未眠，仿佛儿子就藏在朱仁道的身后。近二十年的企盼，哪能一个等字了得。他决定亲自出马，用慈父的耐心，去和杀人犯周旋。他知道杀人犯的残忍和冷酷，但他更相信自己，相信来自一位父亲自身的力量。

时机已成熟，比葡萄还熟。局长表哥要陪他一起去，他谢绝了。周总小时候练过几天拳脚，耍过几次双节棍，但那点底货，连只狗也对付不了。有些人生来就该打仗，和剑一样，若把他们挂起来，只等着生锈吧。他腰里别了副双节棍，袜子里还塞了把匕首，手机也调到触键就发送的状态。这个城市，大家都一样，不过是一个又一个肉皮囊。瞧我这商界英杰沦为什么了！整件事给人的印象好似闹元宵。

朱仁道住在一套租来的两室一厅里，当门铃响起，一位十八九岁的男生开了门。周总激动得心嘣嘣乱跳，目光像精神病人似的直直地盯着小伙子。

“找谁？”

朱仁道根本就没结婚，更没有儿子。周总突然口吃起来，一时不知道该说什么了，想说“找你”，怕吓着孩子，想说找“朱仁道”，怕这男生以“不认识”或“不在家”把他打发了。

“你是那个卖坟地的吧，他不在家，让你滚远点。”男生啪地带上门，走了。

周总着急地追出来，可男生像躲开垃圾堆似的，骑着自行车，头也不回拐过了街角。

他是一个好青年，不以傻笑讨好别人。周总心里充满了甜蜜，仿佛走在成熟的果园里，百果飘香，彩蝶飞舞。那是儿子……儿子……他痴迷地望着，像喝醉了。但几个小时后，当知道他是另一个犯人傻三的儿子时，便又觉得那青年无礼、愚蠢，简直不可救药。

虽然吃了闭门羹，但周总仿佛高考中榜掩饰不住兴奋，甚至连妻子姜图美都高兴得落下了眼泪。自小石头丢失以来，她见证了丈夫痛心疾首，和美的生活从此划上了深深的刀疤，而每逢阴雨天，那刀疤就赤痛难忍。丈夫似乎不再会笑了，甚至不会和颜悦色地生活。她终于切身体会到丈夫那样的忧郁可怕、那样的沉默，以及冷冷的鼻息声——不安的感觉在无数个不眠之夜，混着雾霾飘进卧室。夫妻被忐忑的迷雾弄得晕头转向，即便在床上做起起伏伏运动时，心中似乎已没有了爱，只存留着一份责任，一份羁绊。双胞胎女儿一天天长大，娇生惯养，做母亲的由己推想女儿脆弱的未来，姜图美深知男人在社会和事业中的作用，也时刻盼着有个男子汉能关照两个妹妹。可十多年了，小石头音信杳无。

姜图美幸福的唯一的参照点就是爸爸的评价，只有和爸爸相关的事情，才能让她找到岁月的支点。所以，周总碰倒她咖啡的那个遥远的下午……她从最久远的记忆回顾自己的过往，回顾了一桩桩数不清的往事。可直到这一刻才发现，随着爸爸的去世，那个时代也告终结了。现在，女儿们越来越渴望自由，丈夫也希望重新找回家的合理尺度。说不清、道不明的浪头已经涌起，终有一天会把人们冲得东倒西歪。

姜图美的任务就是抚养双胞胎，她以父亲把她养大的方式，复制着女儿们，她们像温室里的花朵，像皇宫里的小公主，不明白世界还有没饭吃、没房住的人，不明白同学为何欠学费，不明白为何住校生八人挤在一个小房间里。她们觉得有些人在自虐方面很过分。

青春的叛逆使双胞胎性格大逆转，比赛着涂脂抹粉，比赛着花红柳绿，似乎心智的成熟总与身上的颜色有关。学习成绩像高山滑雪，大波浪地、优美地降了下来。周总夫妇对女儿们的担忧，对未来的担忧深深埋在心里，发展成了一种忧伤的情绪，弥漫着原本和谐的家庭生活。

夏天的连阴雨会扰乱姜图美对现实的感知，午后，她坐在窗前的沙发上，望着雨丝密集的庭院，有时也是一种享受。生日的时候，丈夫带回一束玫瑰，她伏下头嗅着芳香，泪水落进了花朵里，她分辨不出是感动还是心酸，始终糊涂地存在着。她以为任何女人都这样糊涂地存在着。冬天，空荡荡的家里只有她和用人，寒冷的北风肆虐地拍打着玻璃窗，饿狼般在窗外呼啸，寻找可以钻进来的可能，她总会比任何时候更想念丈夫、更爱丈夫。她心神不定，情绪烦躁，不是无缘无故，多半是由于对自己不满。可丈夫回家时，她又不敢表达自己的感受，无论是他还是她，都无法说清这种对家的依赖是建立在爱情的基础上，还是习惯使然，她从不曾过问这类问题，因为丈夫总是以沉默对之。

周总告诉妻子，也许会有小石头的消息。妻子高兴地哭了，不知小石头受了多少苦、怎样艰难地长大。她对自己不抱一丝怜悯地吞了一把养生药和止痛药，为这十几年来重要的胜利而欢喜。事实上，这消息成了治愈家庭疾患的良药，神秘而邪恶，激动而忐忑。这消息也让她联想起无数个深夜丈夫深沉的叹息，对家庭、对孩子们的反感，这让她十分惊愕。因为丈夫的沉默痛苦地证实了，在这么多年的夫妻生活中，他们所做的一切不过是培养了莫名的麻木和陌生。而今，这好消息像狂风和太阳，既冲开了雾霾，又晾晒了空气。

她至死都不知道贩卖小石头的人竟然是自己的父亲。她天真而愤慨地咒骂了一辈子那个罪该万死的坏蛋。

下午五点，周总又去敲响了朱仁道的门。这次开门的正是杀人犯朱仁道，朱仁道的左腮上粘着一块血迹，左手背上也粘着血。周总突然大脑短路，一片空白。他竟然忘记了腰里还插着一副双节棍。

恍惚了良久，周总开始介绍自己，朱仁道抬手制止了他。

“我认识你——姜默的女婿，齐台的老总。”

和杀人犯打交道果然透着一股寒气。

朱仁道冷冰冰地请他进屋，周总双腿迟疑着，却不敢迈步。朱仁道用嘲笑的眼神把他拖进了小客厅。

周总站在客厅里，环顾四周，竟然布置得干净整洁，东墙的书橱里塞满了书。杀人犯竟然也有一套爱德华·吉本写的《罗马帝国衰亡史》，这让周总有当众受污辱的感觉。

厨房里传来鸡的咯咯声和扑打翅膀的声息，水壶发出沸腾的鸣叫，像午夜的长笛。当朱仁道端出清香的绿茶，脸上和手背上的血迹已清洗掉了。

他是杀人犯！周总默默地看着他倒茶，白色骨质瓷茶杯里倒满了清香的日照绿，顿时芬芳扑鼻，充斥在房间里血腥气息顿时消散了。我不能惹怒他！在周总看来朱仁道把礼貌当城墙，把自己藏在后面。礼貌是杀人犯的铠甲。

两人品着茶，谁也没说话。显然朱仁道在斟酌着词语。周总的焦急片刻化作一股对世界，甚至对自己的盲目怒火，而这反而给他注入了面对杀人犯的勇气，他小心翼翼地不让自己的任何表情，泄露对杀人犯的偏见。这个宁让人负我，绝不负人的企业家，这个从不愿付出情感，又想得到一切的成功男人，竟然在这个小小的客厅里，差点出卖自己癫狂的内心。

“乞丐和妓女之间不说暗话，听说，为了替岳父报仇，你布下了天罗地网。”

“可你就在这里，距我不到一公里。”

“你是为被岳父卖掉的儿子来的吧。”

生平第一次，周总目瞪口呆、心慌气短。

“在这世上还有什么，比丢失儿子的父亲更不幸的吗？”

“当然有，被父亲丢掉的儿子，最不幸！”

朱仁道再次从周总的眼睛里看到了这样的眼神——畏他却有求于他，又想躲他千里之远。他鄙视我，但绝不可能有我鄙视自己的程度深。在这之前，他从未认识到二十多岁时造成的悲剧的意义，从未意识到它会一路跟随自己直到死亡。他无数次边睡边呜咽，想得最多的竟然不是那个肚子上插着刀子慢慢倒下去的男子，而是那个美丽而邪恶的嫂子。年轻时的盲目，竟然成为此生惊天动地悲剧的源头。

虚荣心已封闭了心灵的窗户，看守的名字叫恨。

对狱中人来说，只存在一个季节——悲哀的季节。那次事件超出了生活的常规，仿佛是生活的窟窿，通过这些窟窿看到了人性真实的境界。现在，整个生命都处在迷途知返的变奏中，希望在意想不到的地方找到方向。

以日日新的态度来看待整个世界吧。

朱仁道向他讲述了周总做梦都想了解的故事。朱仁道在狱中结识了傻三，傻三单薄瘦弱，人很老实，说话细若蚊蝇。当年他因酒后被辱，夺车而逃，发生车祸，一死一伤，还是无证驾驶。入狱后，屡遭强者欺负，朱仁道总罩着他……傻三便向朱仁道吐露了贩卖孩子的事。

“傻三说他上了姜默的当，姜默说那男孩子是未出嫁的侄女生的，要把孩子送给没有生育能力的中年夫妻。可当傻三将孩子转手后，才知道上当了，因为买孩子的人很年轻……虽然傻三是酒鬼，可他不会干卖孩子的事。报纸上刊有寻人启事，那孩子竟然是齐台老总的孩子，傻三害怕遭报应，很想去坦白，可他更怕魔鬼般的姜默……”朱仁道简短地回忆了傻三的话，周总焦急地寻问傻三的去向。

“一定要找到，我要去拜见他。”

“拜见？他不需要这个。”

“他需要什么？”

“一炷香，或者一些冥币。”

周总生平第一次呆到痴傻的地步，他一时不知道该怎么思考、怎么应对，甚至不知道自己为什么和陌生人坐在这里。绷紧的和弦断了，悲喜的泪水涌向心头，激动得浑身发抖，半晌说不出话来。一段时间以来，他已将这个人的作用扩大化了、理想化了，已把一切可能的线索和想象中的完美结局，全部归依于他。

周总虽然纵横捭阖，行事果断，但对儿子事件的敏感和多疑，成了他最大的障碍，单单想到儿子在陌生人家里受罪，他便生出一种无法抑制的疼痛。恐惧成了霾化的空气，成为日常生活的一部分，他无法选择，要么跟恐惧待在一起，要么成为其中。

此后的半小时他忽而懵懵懂懂、忐忐忑忑，忽而沉静自持或疾风劲草。肉体在这里，灵魂却被推向一场刀光剑影、捉对厮杀的战事中。他曾一方面提防内部阋墙、家庭黑暗，另一方面不得不在商场的乱局中合纵连横，扭转颓势。最终他发现，自己也不过是别人战局里的一个平凡小兵，是难改商场棋局里的一枚小棋子。

杀人犯就这德性，随时亮出宝剑。

“我差点被你的孝心感动，对那样的岳父如此孝敬，天下无双。”

我也想让你被我的拳头感动。周总风度全无，几乎想痛揍这个幸灾乐祸的家伙，但一想到他是杀人犯，不由得收敛了怒火。周总始终无法探访对方心灵深处的秘密，任性的脸庞不足以掩盖焦急的想法。

“你娶了仙女般的妻子，可也收获了魔鬼般的老丈人。我之所以揍他，是因为他制造了一起车祸，死了两人，他想害死我，显然，我让他失望了。”

“我只知道他总和女人结怨。”

“我敲诈他，他怕贩卖孩子的消息暴露，所以想灭掉我。”

周总从没听说过如此坦诚，如此悦耳的声音。有那么一刻，他想诚心悔悟，谦逊地匍匐在杀人犯脚下——乞求原谅、乞求帮助。事业的成功与厄运的来临实际上没有什么关系，就像夜莺的歌唱与月亮的升起没有关系一样。从前，他只玩必胜的游戏，总是在游戏规则里占据最高点，毫无疑问，这个杀人犯让他睁开眼睛，让他灵魂开悟——钱财和亲情根本不能合并同类项。

不知从哪一刻起，周总内心充满了渴望，不由得热血沸腾，急切地想抓牢杀人犯，仿佛他是一只飞翔的鹰。一股不可抗拒的力量迫使伸出手，却又不得不收了回来，他看见了杀人犯冰冷的眼神、严肃的面庞和僵硬的双唇，又被他的生硬吓得手心冷汗涔涔。

戴上王冠的狗，再拴起来就难了——杀人犯的招牌成了他骇人的王冠。

“该死的岳父……我无法咽下这怒火。”

“最好别咽，免得烧伤。”

“我可以相信你吗？”

“欢迎尝试，到最后，你必然不相信任何人。”

“上午在你家里的年轻人是谁？”

朱仁道自刑满释放以来，一直没接触到能让他温暖的生活，监狱内外的差别，也不过是活动的范围不同而已。许久以来，他仿佛被一种薄命的黑暗包围着，人和人之间没有真情，只有利害，这仿佛是人类对成熟阶段的过度开采，又像是对冷漠生活的过度绝望。周总盲目认子的行为，让他惊讶而又好奇。

“傻三的儿子，他倒很想当你的儿子，你愿意吗？”

“我愿意——如果能让傻三复活。”

周总感觉自己的真情被蹂躏、被侮辱了，心情渐渐冷却、沉重下来，无力优胜于它，一股不可名状的憎恨沉重地涌上了心头。他低下头去，紧紧抓着这个“复活”的念头，像小孩子紧紧抓住玩具不放。

有了目的，就会变成疯子。

47

玉嵘正在帮助一位顾客办理入住手续。一位美女叫住了他。

“仓库管理员，我以为你会像蟑螂一样隐匿起来呢。”

玉嵘奇怪地看着这位穿戴时尚的美女，实在想不出在哪里见过她。

“我曾以为你是这世上最帅、最聪明的男子，那时我为你神魂颠倒。”

“你神魂颠倒，恐怕是毒品的功劳。”

“你可不只是毒品，更是毒药……”

玉嵘突然记起了，眼前这位靓丽的美女就是吴乐乐的好朋友小曲。她的嘴唇仍在哆嗦，亏得她没把舌头吞掉。

“欢迎入住富豪大酒店，曲女士，有什么可以帮您的？”

“是我在帮你。我得把吴乐乐托付给我的事告诉你，虽然是替死人传话。”

玉嵘的大脑立刻发胀，再没有比“吴乐乐”这三个字更让他惭愧悔恨的了。

为了避开眼目，玉嵘和小曲沿着回廊、假山和溪水走着。汉白玉小桥上，河水潺潺，欢快得像新郎官，根本不懂游人悲伤的心情。

“吴乐乐跳楼前给我打了个电话，吩咐了两件事，一是要我告诉你，你车祸昏迷时，到医院守护你的并不是她；二是她发现卫博的弟弟卫雄，也叫朱玉峰，吴乐乐曾看到过朱玉峰的出国资料，毕业班级一栏竟然写着平安中学零八级四班。”

“我的班！她为什么不早告诉我……她一点也不信任我。”

“信任你跟信任彩票一样。”

语言就像风吹雪，玉嵘呆愣了，这信息太深奥，一时反应不过来。血液在体内变了质，掀起了黑色的海啸，一波波冲击着麻木的大脑。在那朦胧状态，在苏醒的过渡期，那位看望他的红衣女子，一直是他心目中最美的风景，他曾带着感恩的心和吴乐乐相处，曾愿意为那引导他的红衣女子付出生命的期票，结果呢，吴乐乐用谎言领走了皇后的王冠。怎么能这样，怎么能这样。面对现实吧，古道已逝，不会再来。像老虎身上长了个鱼头，玉嵘错愕得像丢掉了自己的历史。

小曲盯着玉嵘，发现这位一度让吴乐乐痴迷的朱因斯坦根本就没有天才的灵光，看不出智慧的影子，不过是一个凡俗的臭皮囊。她决定再往这皮囊上补一刀。“吴乐乐得了艾滋病，被一位外国嫖客发现了……”

小曲享受着这枚重磅炸弹在玉嵘心里爆炸的快感。每个人年轻时都应该吃一场败仗。

“她……她……太卑鄙！”

小曲收住了脚，恼怒地瞪着玉嵘，啪地给了玉嵘一巴掌。必须终结两个人的战争，虽然吴乐乐已被战争所终结。

“卑鄙？你不是她，不知道卑鄙的滋味。她没传染你，你可真该感恩戴德。你不也想嫖她吗？”

小曲气愤地转身往回走了，走了几步，猛然回头，恶狠狠地骂道：“烂人！垃圾！无耻混蛋！”

玉嵘真希望她骂人的水平比卖菜的强一些。顾客们好奇地看着这位暴怒而去的美女，欣赏着这名被尊称为无耻混蛋的男子尴尬而又忐忑的表情。

玉峰的生活仿佛一具解剖的白鼠，连最秘密的角落也暴露无遗。他的脸活像一张诉状，写满了悲苦和辜负。过去玉嵘一直想要征服自我，现在他觉得自我是从不能征服的。对世上万物所知最少的恰恰是自我，是陌生的自己。

羞辱、悲愤，苍凉之感击碎了玉嵘的心脏，他闭上眼睛，深呼吸，似乎这样能平和内心的波澜，他羞辱吴乐乐的一幕幕，放电影似的在眼前播放着。吴乐乐曾是个愉快的伴侣，却已阴阳两隔。

情窦初开的娜娜拿着一张数学模拟试卷，蹦蹦跳跳地跑到汉白玉桥边，对站在台阶上的玉嵘扬了扬试卷。

“赞美诸神，终于找到你了，帮我解答几道难题！”

玉嵘恶神似的望着这位癫狂的小女生，满腔的怒火火箭炮似的飞了出来。“滚开，你这个烂人、垃圾、无耻混蛋！永远不要让我看到你……滚得越远越好……”

如果说娜娜在这里学到了什么，那就是一厢情愿的爱，根本就没什么价值和尊严。

玉嵘无法扼制自己的愤怒，即便玫瑰在他的注视下也会统统枯萎。他一掌掌击打着汉白玉石桥，不过这样的击打就跟砍苍蝇的翅膀一样无济于事。汉白玉石栏上一片血迹。对战士来说，流血是稀松平常的事，可这位战士无仗可打。这世界又阴又冷，连太阳也颤抖了。

小曲过分清晰的语言产生了某种惊人的效果，从严肃到讽刺，从尊敬到辱骂——他对过去回忆越深，就越感沉痛。那个快乐的吴乐乐竟然没有得到爱情的滋润，反而踏入危险的陷阱，她按照美好的爱情计划前行，却挤上了死亡专列。

他一直觉得黑暗是盟友，现在看来，自己接触的黑暗太少了。这就是生活吧，时间变得含糊，变得缓慢，过去和将来一起消失，甚至身体也不复存在。玉嵘感觉不到伤口的疼痛，感觉不到呼吸的分量，感觉不到心底流淌的泪水，事实上，不再感觉，不再思想，不再是自己，但也不是其他人。纵然吴乐乐的死亡就在身边，但他无法阻止，眼睁睁看着她消失在虚无里。

玉嵘抹了一把脸，脸上一片泪水。

玉嵘以为自己会被辞退或至少被总经理训斥。两天过去了，平安无事，却也不见娜娜的身影。玉嵘对自己相当不满意，像瞎子和聋子似的有目不能看、有耳不会听，以至于在吴乐乐最悲惨的时候，依然对她落井下石、极尽嘲讽。曾几何时，他对生活的喜悦曾给缺乏信念的人注入希望，然而，灵魂的痛苦让自己都无法相信还是原来的自己。他变得尖锐、刻薄，与所有人为敌。

一个女生背着书包坐在了咖啡厅里，尚虎想起了那天的事，便和玉嵘聊了起来。

“你把娜娜吓傻了。”

“有关系吗？反正她脑子从不思考。”

“那丫头喜欢你，母狗都能看出来。”

“祝贺你懂母狗的心意，但你不懂那丫头的心意，她以折磨人取乐罢了。”

“你要不是真傻，要不就是狡诈……”

“谢谢表扬，这两个我都不想要。”

艰难的经历让玉嵘认识到，永远都要让对手迷惑，永远都要让他们特别是女人们猜不透他的打算，看不透他的斤两，这样，就不会惹火烧身，也不会万劫不复。世上只有一种永恒的游戏——男女的游戏，至于爱情，现在他也认为是游戏之一种。

48

朱仁道不像个刑满释放的杀人犯，倒像个轻闲自在的大学教授。他声音浑厚、语言犀利、反应敏捷，周身透着主人般的自信。他富有意味的声音使得周总矮了一个台阶，低沉的音色令他难忘。周总始终不能相信，一个杀人犯又怎能赢得他内心的尊崇。多年以后，当他试图回忆这次聊天时，却发现自己无法从杀人犯那些支离破碎的定义中分离出来。不知从何时起，世俗的生活早就变得没有人格、无情无义了，没有钱和权，休想参与其中。

这名杀人犯仿佛不在世俗之内。快乐不在于发现真理，而在于折磨真理。之前周总已准备了大量泥块，一旦时机成熟，就好往杀人犯身上扔去。

仁道给周总倒茶，淡淡茶香和周总的心情极不搭调。朱仁道抱着幸灾乐祸又参与其中的心情观察着周总，不由得心生同情。

他对刀剑无所不知，除此之外就是彻头彻尾的混蛋。此刻，周总再也没有心思去思索这个杀人犯，他渴望快快回到书房，取出小石头的照片痛痛快快地哭上一场，痛快地沉浸在眼泪汇成的汪洋中，直到天昏地暗。

不远的地方，司机谦恭地等候着他。刘副总像一只打足了气的皮球，颤颤地向他跑来，额头上渗着汗珠。“周总，我是从大雁湾赶来的，我们客户有五辆货车，路过大雁湾时，大雁湾的村民收取村头费，双方发生冲突，闹大了，一死三伤。”

“与我们有什么关系？”

“没关系。但双方各控制了我们公司的人，说是我们的货物，得负责。”

“你可真淡定，还有心情在这里聊天。”

周总回转过身来，向着朱仁道家望去，司机看不出他表情的含意，仿佛笑了，又仿佛愁苦。沽名钓誉，飞黄腾达，难道这不是当今男人的全部货色吗？周总受到一股升腾勇气的召唤，这足以震撼脚下的土地。此时，他已经不再把这个人当成杀人犯，而是当作坚实的盾牌，他突然顿悟到，每个人活下来都艰辛不易。

你不是懦夫，同样我也不蠢。周总坐进车里，腰里的双节棍硌痛了肋骨。他突然大笑起来，拔出双节棍，抽出袜子里的匕首。司机脸色蜡黄，不知是被他笑毛了，还是吓坏了。

我居然带这玩意儿来，一定疯了。

几天后，朱仁道就成了周总公司的一员，协助处理大雁湾事件，并且发挥了奇特的作用。之后，周总，以及周总的同事才恍然发现，朱仁道为人高尚，品性善良，但齐台集团不需要他的高尚，更不需要他的善良，而是需要恐惧的力量。

寻找儿子的线索中断了，一切又回到起点。周总却不能停止挣扎，根本不会安静下来。可有那么一瞬间，他想放弃目标，让一切顺其自然，而他所期望的儿子，会帅气十足地自动站在他眼前。他觉得儿子把他带进了清静平和、明亮清澈的世界，包围着一片又愉快又美妙的肃静之中。这个梦的世界既抽象又无时间性，却富有弹性，能够从细微差别上区别儿子的精神和气质。

天堂还是地狱，由儿子决定。这么多年过去了，周总终于明白，命运才是真正的导演，而自己不过是它的临时演员。

公司的业务越做越大，创业的过程满足了他的欲望，却也消耗了他的激情。财富能代表什么呢？父辈苦挣，子孙挥霍，他逐渐体会到。没有永恒的财富和名誉，一切必须屈从于时代，屈从于环境，就像大雁湾事件，以及许许多多类似的事件……

周总越来越深刻地认识到，一切存在之物短暂无常，人类创造的果实不过是自然的小小游戏。任何公司、团体或闲散的组织，既存在于正义的规则，又面临邪恶的地狱，像诱人的竞技场和赌场。周总清醒地意识到，倘若没有这种自私的社会提供机遇，也就不可能有什么公司或团体。它生于此，有朝一日也会淹没于此。日子在某种麻木不仁和激烈争夺的双重矛盾中苟延残喘。如果有精神出轨，灵魂私通之罪，大街上半数行人都是罪犯。商人必须狠下心肠，像白雪覆盖的大地冰冷而坚硬。当利益受损、性命堪忧，坐在雪地里总比坐在煤炉上舒服多了。

周总从政府职员到公司老总，表面上似乎纯粹出于偶然，事实上却十分符合他的天性。然而，这职务却再也不能给他新鲜感觉了，如果后半辈子再重演这个角色，他会觉得不如去当一名种地的农民，或者退回家里，好好教育孩子更有创意。每当面对新的挑战，他就感觉自己像一个处男，第一次邀请心仪的万明跳舞。带着激动和战栗，奔赴创意不竭的新生。但如今的他，即便遇到了哭泣和坎坷，也不会让心里充满忧伤，因为，他的忧伤足够淹没所有人的眼眶。

孩子们的未来他可以想象得到——一对浮躁、虚夸、缺乏悲悯之心的女儿，守着万贯家产，她们会被某些明星帅哥迷得神魂颠倒，倾其所能地挥霍、消费着讨好。一辈子的家业，成了女儿们腐败的温床。背叛有很多种，浪费父辈的财富也是背叛。当老而无助，看着女儿们无知堕落，他只能遮蔽自己的双眼，或索性杀死自己的心——这太让人痛苦了。

如果心中有魔鬼，他们会跟着你走到天涯海角。每个人都以为自己的处境是天下最悲惨的，周总也不例外。

不，这不是他想要的未来。他的未来里必须有小石头，智慧而机智的小石头——万明培育的小石头。那样的儿子才是家族的继承人，那样的男子汉才是周家的未来，也才是他努力奋斗的理由。

他有一种预感，朱仁道一定还知道小石头的秘密，他内心一定还有一座阿里巴巴式的宝库，等待着去挖掘、去发现。引向疯狂并非是这样那样的事物，而是内心的火，那团火把他烧痛了，还不是一般的痛，疼疯了。他是块璞玉，一定要放在我的玉匣里。

杀人犯是一种招牌，像魔鬼是魔鬼的招牌。

齐台公司的人在和村民收费公司的头头儿谈判时，介绍随行人员。“这是杀人犯朱仁道。”

狂妄的收费公司头头儿立时矮了几分，看朱仁道的眼神像小偷看警察。卑鄙是卑鄙的通行证，朱仁道高大威武的身材，铿锵坚定的语气，果断灵利的思辨，无形中增强了杀气，即便朱仁道不发怒，他那坚定的气场，也让人畏惧几分。

把问题交给耐心，让它们在繁忙的事务中与公司的利润长期共处，人尽其才，把握未来。

有些人气场很强，能在自身之外创造出另一个迥然不同的自己。人是情势动物，在争斗的双方或多方关系中，畏惧强势、臣服于强势有时也是本性的选择。

许多年后，周总还清晰地记起丢失儿子那天的感觉——心总是慌慌的，仿佛厨房着火了。第六感告诉他，他必须回家看看。可一笔大单等着他约谈——那是他的第一笔大业务。从洽谈室出来，家人告诉他儿子被偷了。这件事，一直让他和上帝、老天爷、安拉、佛祖挣扎，现在也不想原谅自己。有时候，他不再相信任何神或人。他渴望儿子，渴望儿子的爱，明白爱和死一样强大。他的渴望中有未知的一部分，那丢失的一部分——这令他害怕。他不知道那部分多么宏大或多么高渺，只知道那是无法企及、无法原谅自己的一部分。

原来，生活没有胜者。

此后的所有日子，周总都在竭力逃离往事，逃离那可怕的吸干鲜血的冰冷黑洞。事业上的挣扎也好，家人的争执也罢，精疲力竭后，不得不忍受生活的阴暗，有时候放纵宣泄，有时候缄默不语，还有时候明明爱着，却又像刺猬恶毒地张开全部的刺，用彼此伤害来证明爱的存在。儿子是一段不能丧失的记忆，是家的组成部分，生命里不能缺失他，未来不能缺失他。

记忆就是摇摆的吊床、赌徒的游戏。亲人们越是不把朱仁道当回事，他却越把自己当回事。十几年监狱生涯让他终于明白，所谓亲情，就是被对方无偿地消费。哥哥、嫂子不知感恩地疏远他、隔离他，让他内心像火山般的压抑。可是当新入狱的犯人以正义之名想状告哥哥时，他又用恶魔的凶狠、无赖的拳头制服了对方；当哥哥的同事因贪污入狱，而当事人却官升一级，嫉妒之火激发着狱中人想搞一场鱼死网破的游戏。朱仁道发挥恐惧的无边威力，最终把这想法灭在了激情四射的脑壳里。

每一款法律条文的诞生都包含着社会的成熟，命运撕碎死气沉沉的人生，好让人们重新来过，用自由的双手创造干净的生活。

一个成熟男人应该有比蹲监狱更好的事情要做。

朱仁道知道自己是亲人的眼屎，他也知道哥哥有如山的财富，藏在良心的最深处。没有人是自由的，权和钱在给人享乐时，也给人枷锁。他无赖似的从哥哥那里提走了出狱的第一桶补偿，在他从姜默那里拿第二桶补偿时，差点被姜默制造的车祸害死。

与犯人谈论快乐像捕风一样徒劳，这一点朱厅长和周总都有体会。

与世俗斗，世俗总是胜利。这个世界远没有做好接受一个杀人犯的准备，"杀人犯"——这坚强的标签比一张清华或北大的文凭更坚实。朱仁道找到傻三的母亲和儿子，可老太太以他是杀人犯——比儿子的罪名更卑劣、更低贱为由，把他拒之门外，拒不让孙子接触这个儿子的狱中好友。装腔作势也许能欺骗最精明老练的成人，但掩饰得再巧妙，也仍然骗不过一个天真的孩子。好在上高一的孙子有自己的主见，总是偷偷跑出来，听叔叔讲爸爸悲惨而善良的故事。这快乐是那么微小，却像沙里的金子一样可贵。

朱仁道用朱厅长的钱，为傻三的儿子在郊区买了一套两居室。傻三的儿子小萌骗奶奶说是爸爸生前积攒的钱，奶奶竟然也快乐地相信了杀人犯的谎言——终于结束了租房生涯。从这点上来说，朱仁道就是他们的上帝，但也像上帝一样，被老太太忽视了。

朱仁道到许多单位求职，都像小萌的奶奶一样把他拒之门外。他发现这世界和他入狱前一样，在愚蠢弱智方面没什么变化。人们只看标签，不看实质，盲目追星造神，不在乎品格；只追名逐利，不在乎道德原则——这世界成了一座繁华的精神病院。

有些人对钱无所不知，除此之外就是彻头彻尾的傻瓜。

仁道喜欢天刚黑的那段时间，夜晚仍未降临，万物朦胧得很友善，蝙蝠在低空飞旋，自在而多情。他分辨不出监狱的黑夜和街道的黑暗有何不同，不明白为什么眼中的黑暗如此不同于心底的黑暗，而心底的黑暗更厚重、更寂寞。他安静地躺在夜里，黑暗的感触如此柔软，像那错乱的初恋。我从没真正做过自己，我要做一回自己。

夜晚从没这么富有过。

他主演的杀人犯角色如此强大，虽然纯粹出于偶然。朱仁道后半辈子的生活似乎总脱不掉这个招牌，毫无疑问，周总却发挥着这个招牌的超常作用。对低俗的人来说，一切艺术和修养，不过是装修门面的饰品，而人类思想的根本，归根结底完全取决于食物。人类社会就是一部竞争史，为求名逐利、为女人而进行的争斗史、淘汰史。凡是好运当头的人，都不会错过任何贪占的机会，而高尚的文化和艺术则恰恰与之相反，尽力从世俗狭隘的粪坑中挣脱出来，抵达永恒的审美境界。

朱仁道和姜默的较量因姜默的突然死亡而收尾了——无所谓胜利与失败。傻三狱中突发心梗，病亡前曾请求仁道为他复仇。姜默在傻三入狱后，诱骗了傻三的妻子，一度成了姜默首席情妇，后来跟随一位温州的老商人去了南方。

朱仁道知道周总终会找上门，没想到他动用了那么多警力、耗费了那么多时间，才香客似的站在他面前。朱仁道想去任何一个充满爱的地方，像回游的鲑鱼，坚定地寻找亲人的足迹。然而周总不是他的亲人，不是朋友——他是老板。

人们总是盼着坏蛋继续倒霉，也等待成功人士的急速没落，如果不如此，人们会觉得世道不存了。这就是世俗的哲学。

一个暴热的下午，太阳像沙漠里的火球，热辣辣地炙烤着大地，城市像光秃秃的石林，似乎每块石阶都能烫熟鸡蛋。

齐台集团的门卫告诉玉嵘——朱仁道外出了。玉嵘站在台阶上，望着车水马龙的大街，犹豫着不知往哪里落脚。一个梳着马尾的中年妇女欲进公司找人，硬往里闯，俩门卫坚实地推出了她。她便破口大骂，在门卫的脸上抓了三道血红的指痕，门卫便暗中狠狠地捣了她两拳。妇女倒地呼喊救人，像一只被捕的鸟儿扑腾挣扎。可进进出出的君子们，没有谁以慈善为怀而安慰她。

别人的闹剧吸引不了玉嵘，玉嵘有好几次差点成了门卫。内心里，对门卫有一种说不出的同情。毕竟，这个年龄的女人，让他胆寒。

越是深入人群，玉嵘就越对人性惋惜。这个如此有出息、如此有创意的社会，难免被卑劣的、品位低下的人主导着财富。酒店服务生的工作让他深切体会到，贫富和素养的高低不存在任何必然的关联。人们总是按照自己的口味蒸馏出一套行事哲学——唯我独尊、唯钱独尊或唯领导独尊。没有美丑，没有昨日也没有明天，只有永恒不变的肤浅的当前。时至今日，至于学生时代的理想，都已成为等等等等了。

那是地板，而非床单。这个缺乏鉴赏力的城市从来也没有真正赏识过这个女人。妇女伤心得像死猪般躺在地上，成了一道别致的风景，或演绎了一幕小丑的闹剧。生命并不短暂，短暂的是人，特别是在意自己青春容颜的女人。人和动物的区别在于，人能适时地变成可爱可笑的动物。周总的车停在了路边，周总和朱仁道一起踩着台阶走了上来。地上的妇女兴奋得像一只嗅到骨头的狗，一骨碌蹦起来，瞬间扑到朱仁道的身上，死死地抱着大腿。

“你不赔我钱，今天就跑不了。”

“你怀了我的孩子？”

“想得美，嫁给一个酒鬼就够倒霉的了！傻三的钱有我一份，给我二十万，就不再找你麻烦！”

仁道当即明白这妇女是谁了——傻三的前妻柳春娥，姜默的情妇。

周总厌恶地瞪了柳春娥一眼，岳父的葬礼上，这女子出现过，他从此知道了这女子的真实身份，当时就试图像拔掉病牙一样拔掉她。好在她发现无遗产可取，知趣地离开了。联想到自己的辛苦钱通过岳父大人暗自流向这女人的腰包，周总不由得愤恨起来。大街上不缺这种女人，满脑子钱财和复仇的念想、磨刀霍霍，女人从不遗忘，绝不会宽恕对手。

“滚开，这不是妓院！”

众保安像绑一只肥猪似的把妇女抬了出去。

玉嵘立刻跟了上来，周总气愤地瞪了一眼玉嵘，记起了这小伙子，厌恶地皱了皱眉。

玉嵘却转向朱仁道。“您好，能和您谈谈吗？”

“我认识你吗？”

“南坝桥发生过三死一伤的车祸，我是那伤者……”

当朱仁道是敌人时最棘手，而当他是朋友时却最可靠。正在等电梯的周总回望了一眼玉嵘和仁道，仿佛有什么大事即将浮出脑海，思索着，却一无结果。

49

正巧又是玉嵘轮值外送，他提着糕点箱就出了酒店，发动电动车时，才发现又是花园路26号。他熄了发动机，返回大厅。他本想与尚虎换班，可尚虎被一位顾客缠住，一时脱不开身。当时正值入住的高峰，玉嵘不敢耽误太长时间，索性再次登门。

玉嵘刚将电动车停在院门口，弹簧门啪地打开了，博美狗雪儿摇晃着雪白的尾巴，睁着好奇而诧异的眼睛看了看玉嵘。玉嵘在狗的引领下进了别墅，站在了几天前站过的地毯上。

大厅里依然没有人。雪儿不知所措地围着他转了两圈，摇晃着尾巴，左望望、右看看，像拿不定主意似的。

“请上来！”

玉嵘不知声音是从哪里传来的，便忐忑地踩着楼梯往上走。浴室的门半掩着，里面传来哗哗的水声。玉嵘像保镖似的站在楼梯口，内心却像等待喷发的火山。我做什么都被别人误解，总活在他人的阴影里。他轻轻地带上了浴室的门，切断了那清香销魂的雾气。

性暗示像一张白纸般明确，玉嵘不得不承认自有记忆以来，从没进行过那样复杂却混乱的挣扎。她活到八十岁还是处女都与我无关。

当沐浴后的贵妇披着一件米黄的浴衣移步出来，玉嵘早已被浴室飘荡出来的气息熏涨了头脑。这女人生得如此娇艳，长腿巨乳，雪白的皮肤，微红的脸蛋，丰厚的嘴唇，一头蒸腾的黑发仿佛刚从梦里醒来——浑身散发着诱惑。贵妇微笑着走到他身边，玫瑰花香扑鼻而来。她轻轻抚摸着耳边的头发，充满诱惑的目光像两束温热的火。贵妇的手指轻轻放在玉嵘的嘴上，玉嵘张开嘴想说点什么——或许想说那酥心糕吧，贵妇却将手指伸进了他的嘴里。玉嵘血涌大脑，头晕目眩，怕自己脑血管爆裂而亡。

贵妇像牵一条狗，拉着领带进了卧室，玉嵘像个处男似的不知该怎么办。她火热的瞳孔显示出魔鬼般的胆量，眯缝着眼，又淫荡又调唆。

玉嵘确实不知该怎么办，没关系，下一次，以及下下一次，他就成了一个老练的情人，在情妇床上肆无忌惮，细微之处，都与表演无关。这个美丽任性的美女，在这个她以为的处子情人身上黏来捣去，一会儿亲热，一会儿捣蛋，一会儿是教授，一会儿又是女王，仿佛她连做梦也在玩赏男女情事的秘密。在这短短几个礼拜里，她便把他变成了另一个人，虽不更聪明，却更有经验，虽不更年长，却更成熟。人性的成长是书本和冥想得不到的。在城市森林，在心灵的原野上，他驯服又虔诚，竟然一度感觉生活也那么美好。

无数次后，玉嵘才得知，贵妇已设计他很久了，包括那喂狗的酥心糕，那适时的雾气。

“我更喜欢你的酥心糕——甜心。”

“这很公平，我也更喜欢你的狗——雪儿。”

“那你为何不到狗窝里去睡？”

“这不是狗窝吗？”

沉默是君王之友，言辞好比利剑，一旦射出，片甲难留。她多靠眼神引导上床，言语留给事后的调侃和讥讽。她年方三十有六，和其他贪婪而热情的贵妇一样，对一切都那么肯定，毫无幽默感和自省心，与生俱来的漂亮和后天的财富使她愈加狂傲、气焰嚣张。豪华的卧室和漂亮的长腿，挣得了灵魂的皇后和肉体的奢华。她是英雄的女战士，主战场是堆满锦缎的大床。

从贵妇家出来，玉嵘被收拾得浑身像散了架，却又沉浸在莫名的兴奋和喜悦中，骑在电动车上，一遍遍闪回贵妇的床上技巧，一遍遍品尝贵妇新鲜的肉体。把他培养成有魅力的男人，贵妇下了很多功夫，玉嵘上交的学费却也是生命的精华。服务生的故事也是故事，和富二代、官二代没什么不同，要么夸耀跟美人睡过觉，要么美人跟他们睡过，如此而已。

挤下的乳汁可不能注回到乳房去。人们在适当的时候承诺，也在适当的时候爱彼此，在适当的时候忘掉彼此。

世界只有两个人——男人和女人。欲望是本真的存在，至于和尚或小沙门却像泼掉脏水，倒掉了肉体美味大餐。玉嵘感觉身体酣睡的那部分苏醒了，被吴乐乐之死伤掉的那部分又焕发了生机。吴乐乐的对错，生活无权评判，而生活既是参与者，又是法官，那无字天书，常人无从读懂。

贵妇叫赫红梅，是富商小三转正的妻子。因富商久不归乡，她便像养那只博美狗似的精心挑选了玉嵘。起初的几天，玉嵘享受着华丽的性爱，发泄着吴乐乐之死给他的压抑和愤懑，可渐渐他发觉自己无非也是一个男版的吴乐乐，无非也是另一个被包养的小牛。这一发现让他惊愕不已，一向有着高大上理想的他，却也凡俗地沦落为男妓一族。情人，不，她永远也不会是情人，并且她也没把他当情人。工具而已！

赤脚人找鞋子，受冻人寻棉衣，但谁又甘愿让自己蒙羞？玉嵘一度想戒除这堕落的关系，可那贵妇像丰盛油腻的大餐，肚里饱的时候便想离的远点，可肚子饿的时候，又迫不及待地拿起了筷子。贵妇为能笼络住小鲜肉，得靠名表、名牌衣服或名车来安抚那颗委屈的男人心。玉嵘拒收那一堆东西，他不敢穿戴，也不想穿戴，他不是怕同事的眼光，而是怕不认识镜中的自己。那个心高气傲、追求自我完善的男孩死了，另一个男妓般的男人成熟了。

拒收礼物，他违心地认为——便不是被包养的小鲜肉，而是两情相悦的情人。

“为何不收我的礼物，难道我们之间是一笔信用贷款。”

“现在讲信用已晚了，我不再来了，只是通知你一声。”

“通知收到了。”

性，他从不认为是一种随时随地可以无条件奉献的嫖客举动，而应该是爱情的影子，其间充盈着近乎宗教的狂热，应该被内心的矜持和充满浪漫气息的感情所滋润。两人上床绝不是因为爱情，多次差一点把它创造出来时，命运所做的只是让他们面对现实。她会怀着性欲饱和后所残存的爱的碎屑，把他温柔地养护起来，像养护在冰箱里的酸奶，接着两人洗掉沾满了芳香的泡沫，悻悻地分手。

他的天性不容他如此放纵，他可以没有亲人或朋友，但多少也学会了以批判的眼光来处理感情事件。缤纷的生活让他找到了一点安慰，找到了一些麻醉剂，他也会用一些小把戏来欺骗自己，无论人本身是善是恶，无论生活是苦是乐，超越苦难而得救的宣讲不过谎言而已。他感到自己走到了另一个十字路口。

他不再接赫红梅的电话，不理会她的名牌衣服和皮包，他想恢复到从前那种清贫但更积极的人生中，恢复到捧着书如饥似渴的状态中。当他深入书本，仿佛每一页都打开了通往其他世界的隧道，他终于明白，在情爱大戏的舞台上，纸糊的盾牌总比没盾牌强。

玉嵘对贵妇赫红梅的失约，相当于贵妇的宠物狗走失了。她要费心地走出家门，召唤迷失的狗儿。

赫红梅站在酒店大厅里，上下打量着工作中的玉嵘，仿佛他是一件优质的苏杭丝绸，又仿佛在告诉玉嵘——你并非林子里唯一的鸟儿。

“有房间吗，玉嵘。”

“也许有吧，有钱就有。”

玉嵘礼貌地对待她，完全忘却了床上的缠绵。只要他板起脸孔，性欲之念便像躲避暴风雨的蝴蝶逃开了。

床上的赫红梅每隔五分钟就打一次电话。玉嵘屏蔽了她的号码，她改往服务台打，搅得他无法工作。他拒绝的口气绝对冷静，这冷静就像盾牌，掩护抑制下去的愤怒。

在玉嵘负责送外卖那天，她竟然一小时订购一次酥心糕。玉嵘总不能一直让同事替他跑外送。他像英雄赴战场似的，莽撞而忐忑地冲进别墅。

赫红梅成了热恋的花痴，脱得像裸体模特，呆呆瞪瞪地站在大厅里，她听见自己的脉搏在跳动，仿佛震耳欲聋的音乐。玉嵘仿佛面临着一道深渊，来到跟前，胸脯像要开裂，不由得涌起了舍身的念头。她几乎喜不自胜，迅速把玉嵘带到床上，用柔软的女人之香把玉嵘熏染得意志全消，仿佛只为此时的肉体大战而生而亡。就在酣战淋漓时，钥匙的碰撞声吓傻了这对激情男女。玉嵘抱着衣服钻进了硕大而气派的衣橱，而赫红梅像条鱼似的溜进了浴缸。

丈夫进来了，发现忠贞的妻子正在沐浴，小别胜新婚，他竟然也脱掉衣服，玩起了夫妻浴。当两人激情地在床上缠绵，又变着花样倚着衣橱门而战。女人脸贴在门上，放浪声提高了八度，声声直刺玉嵘的灵魂。这女子的狡猾彻底惹怒了赤身缩在衣橱里的玉嵘——不为她的淫荡气愤，不为她叫得太假气愤，不为丈夫的拼搏气愤，而为自己意志不坚强气愤。这女人，连汗毛都透着虚伪、狡诈、淫荡、邪恶……

衣橱里的玉嵘忍不住从门缝里向外瞧。他是个五十多岁的中年人，头光滑得像剥了皮的熟鸡蛋，脸红的如此厉害，好似被蒸了的螃蟹。

丈夫想喝水，她抱着丈夫不放，丈夫想到楼下关门，她也不让。她根本就不让他离开卧室，甚至不让他离开床，俩人像偷情的野男女，趁人不在，加紧亲密。

“楼下怎么有糕点盒。”

“我订的，给雪儿吃。”

“我不如狗啊，老婆！”

“看你说的，你不是刚刚吃我了吗？”

“门口的摩托车是怎么回事？”

“或许是负责给小区送外卖的吧，什么样的摩托车？不会是你送我的生日礼物吧？你说送法拉利的！”

“法拉利会有的，去给我倒杯水，母狗。”

女人哼哼唧唧地走了。丈夫立刻拨打电话，一个甜美的女声。他告诉女生叫上她的姐妹立刻赶到富豪大酒店 8088 房间，最后还响亮地亲了一口。

人们彼此消遣，为的是不致相互厌烦。在祥和的岁月里，任谁也无法想象谁能比他们更幸福，有哪对夫妻比他们更般配。他们是社交圈里的模范夫妇，然而这种模范却不能给予他们新的力量，每颗灵魂都在渴求或寻觅充实的权利。

尽管，这充实也不过是另一种虚妄。

商人赤裸地站在地毯上，嗅着房间里的气味，感觉自己成了这里的陌生人了。他打开衣橱，从衣架上选了衬衣和长裤，又嘣地关上了衣橱。玉嵘的心快跳到膝盖上了。

妻子端来了水，丈夫已穿好了衣服，他说得马上离开，有港商等着谈业务。妻子百般娇嗔地、依依不舍地放行了。

玉嵘立刻跳出衣橱，快速套上衣服。

“听到我丈夫和小三讲电话了吗？”

“你知道他今天回来！”

“他的小三有一个排了，这里不过是他的敬老院。钝剑如跛马，所以我也不在乎。”

“你拿我寻开心？”

“开心的敬老院！我等过你好多次，这次轮到你等我了，衣橱里的感觉怎么样？”

“比牢房舒服。夫人，您有蜜糖般的唇舌呢！”

“来，再尝尝？”

“我得减肥了。”

“你对我有好感了。”

“纯属错觉，女士。”

这样的环境，接纳任何人都是一次冒险，但不冒险又怎能赢得别样的人生。玉嵘急匆匆地攀着二楼的窗台跳到一楼。小时爬树的技能果然在关键时候大显神功。偷情的下场往往都一样，床上一次性的做爱本身就是个讽刺的笑话。虽然，他曾笑得像爬上床的新郎。

一对正在吃冰淇淋的双胞胎女生——周明和周亮正好从这里路过，玉嵘突然从天而降，蝙蝠侠似的飞落下。她们目瞪口呆，周明的草莓冰淇淋像承受不住惊吓掉在了地上。玉嵘从地上捡起暗红的工作帽，来不及拍土，扣到头上，像小偷遇到警察，仓皇逃掉了。

50

得知眼前的这英俊男生是那名重伤者，而他的爸爸和自己的朋友一同赴了黄泉，仁道有说不出的酸楚。他搂着这名男生的肩膀，进了一楼的咖啡间。咖啡间里冷气开得很大，坐在这里聊天清凉自在。可两人的心情都像绑了石砣，轻松不起来。他们被彼此的生活、经历隔绝着，无可避免地导入不同的世界观。各要了一杯加冰可乐，可乐还没端上来，玉嵘就迫不及待地开口了。

“南坝桥上那次车祸是人为肇事的吗？”

“当然，周总的岳父，他想灭我。”

玉嵘静静地瞪着他，他从没这么久、这么没礼貌地瞪过一个人。“确定？”

“你想从周总这里讹钱吗？这可不好办，他不会为岳父买单的。看到刚才那个女人了吗——周总岳父的情妇，周总眼皮都不抬。”

“与钱无关，我只是怀疑事件的巧合。或许，想灭的人是我，我昏迷了四个多月，错过了上大学的机会。”

“上大学又不是上月球，谁又会嫉妒到害你呢？”

“我高中档案却莫名其妙地没有了。”

仁道一言不发，默默地回味着玉嵘的话，想从中找到一条通往可能的小径，思索了半天，无径可通。

“所以，我一直怀疑，那次车祸也许不像你说的那么简单。”

仁道抱着双臂，左手放在嘴唇上，食指来来回回地摩擦着嘴唇，这是他思索的惯常动作。这确实是个悲催的问题，他确定那次车祸是姜默所为，但又无法破解玉嵘的困惑。这张青春面孔上的痛苦不同寻常，似乎凝聚着一种高贵的、悲剧性的哀伤，一半出自病态，一半出自命运的孤独与绝望。仁道被这高贵的脸孔干扰，也被这忧伤深深打动了。有那么一刻，仁道卑微地低下头去，感觉以杀人犯的身份和他交流，竟然那么不般配、不和谐。自那次车祸，这小伙子渐渐变成了孤儿，他在考虑是否让周总赔偿他和爸爸在车祸中的损失。

大部分人在大脑与嘴巴之间都有个调节器，调节着大脑的想法到言语的距离。在这年轻人面前，朱仁道竟然有敞开心扉的欲望，似乎想把自己大半生的话都倒给这位初次见面的男生。他有把他当成孩子、知己或亲人的感觉。他像个探路者，预先嗅到风的气味，对前路先知先觉。

“多美呀！”他望着窗外的天空，“刚才我们来时，天上还什么都没有，现在却飞来了白云。我们的许多看法就这样不知不觉地改变的吧。”

“我们是来谈白云的？”

“玉嵘，听我说，该放且放，不要活在过去的纠结中。我曾为小的纠结而葬送了一个男人的性命，为此在监狱里浪费了十几年的青春。回忆过去，这一切真的非常不值。南坝桥的车祸已过去那么久了，肇事者也入土了，让一切成为记忆吧。

“监狱的修炼有点像宗教，最终让我感悟到——所有的期望、骄傲，以及对困窘和失败的恐惧，在死亡面前都会烟消云散。十几年来，监狱窒息了我的生命，窒息了我的灵魂，铁窗不在意我是不是有灵魂的人。我们要记住自己终会死去，要避免陷入任何陷阱。这世上，无论语言是否相通，每个人都能与任何一个人对话，像现在的你我。待在监狱的时候，觉得外面的世界是那么好，那么纯洁，而当我出狱，发现外面的世界也不过是另一所没有围墙的监狱。人类社会只要有私欲，人们就会同样恶劣，同样粗俗，愚蠢地局限于自私的目标，却又藐视别人。人们或者天性狭隘，却自命尊贵、出类拔萃，自以为远远超出了我这个犯人很多很多……人们嘲笑我，憎恶我，而我下决心把这种憎恶当作奖品，并好好珍藏。我生活在格格不入的世人中间。所以，我劝你，不必再为过去的事情而费心地清算了，旧账怎么算都会沾上一把尘土。”

“你相信你的理论吗？那为何你不帮助那名妇女，为何周总还痴心妄想地寻找他的儿子？别拿忏悔当招牌，也别拿淡忘当清高。我见过你打人，在洗浴中心广场上，你打的正是周总的岳父吧……仇恨是人类魔性的火焰，用水无法扑灭。当你一旦成了孤儿，就会感觉一切悲剧都很真实，剩下的只是对过去的回忆。我已一无所有，可我想超越自己，想竭尽全力地走好人生——可你也知道这话多么可笑。我想走捷径，也想一夜暴富或瞬间成名。人们是彼此陌生的动物，五星级酒店里住的大都是彼此坦诚却猜忌不断的朋友。但即便朋友，也只有把衣服脱了，才知道对方是男是女。你的理论很好，有佛家和道家的碎片，但没有新意，也不真诚，至少不能感动我，你自己珍藏着吧，别拿出来唬人，对我不管用！”

对朱仁道来说，忍受别人的病痛确实比忍受自己的容易得多。在这个年轻人面前，他竟然慌乱起来，他暗暗调整着呼吸，让自己平和一些，慢条斯理一些。空落落的感觉袭上心头。

“你以为我是小丑，周总也会以为我是一文不值的小丑。底层的穷人，为父亲的死探明真相没什么丢人的。我想探明事实，在人们看来就像蚂蚁登泰山。人们没有幽默感，喜欢玩世不恭，对一切都漠不关心，生命、死亡、地震、雾霾……只要不危害自己，一切都高枕无忧。有钱人用一百万可以买下无辜人的性命，就像买个玩具火车那么简单。发生的一切都很传统，历年历代从没间断过。你发现我是个混蛋，又有什么新鲜的呢？我不怕双手沾上尘土，也不怕被真相刺伤，我知道这里不是世外桃源，你也不过是周总的一个车前卒，甚至是他可口的调味品或配菜。你和周总在一起，就像坐在上帝的右手边一样安全吧。人们不是绵羊，可是碰到恶狼才变成了绵羊——你想告诉我这个道理，是吗？或者正如你说的，我该把一切怨仇交给风、交给云、交给光辉的日月？”

“孩子，不是那样的。我经历比你多，人间自有真情。”仁道突然心软得如同炙热的蜡，感觉自己成了另外一个人，不那么冷酷，不那么敏感，而且既温暖又善良了。

“不是亲爹，没有人真的关心我。我不是一朵枯苗，你不用浇灌你慷慨的同情。你没有义务帮我，同样，也没有权利阻止我。给罪犯戴上手铐的不是我，是他的原罪——虽然他死了。多么理想的结局啊，我可以放声歌唱三天三夜了。”

51

玉嵘像走在浓雾里，明明知道前方是他将到达的地方，可这一步之遥却怎么也迈不到。浓雾是多么离奇、新鲜，也许是危险的谜团，像南坝桥上的车祸……他感到非常疲惫，需要一个能安抚的人，一个在他苦闷时，可以把头枕在对方膝盖上的人。要是腿被狗咬了，不必大惊小怪，医生们可以从伤口里认识真理和狂犬病毒。可是没有人关心那肉和血的滋味。玉嵘像年少诗人害着一种莫名其妙的忧伤症，一种难以理解的模模糊糊的冲动撞击着心灵。他有一种病态的需求——或许渴望得到知己或爱情。

醒来时发现梦遗了，万小玮微笑的样子惹得奇痒难忍，所幸在意念的支配下，痛痛快快地发泄了一回。他感觉很丢脸，仿佛已在道德上死了一个世纪。有位教育家曾说他具有孩子般的单纯和一流的大脑，有天才少年的新鲜和柔软。可这话已好久没人提起了。就像他梦里会说希腊语，醒来却像瞎子一样，根本不懂任何字符的意义。玉嵘值晚班，下午五点接班。刚走进大厅，就发现大堂经理像大将军威严地立在大厅里，同事也小心地斜盱着玉嵘，仿佛玉嵘是极具传染性的非典病人。

玉嵘穿过大厅去更衣，经理伸手拦住了他。

“你不必来了，工作由别人接替了。”

玉嵘诧异地看着经理，仿佛想从这张木刻的脸上找到猿猴进化的痕迹。

“我是来推销保险的吗？就这样把我打发了？”

“有客人举报你借送外卖之机多次性骚扰……”

“举报？”

“顾客就是上帝，别和上帝过不去。”

愤怒的海潮突然袭来，玉嵘瞬间淹没在汹涌的大海里。担忧的事终于发生了。赫红梅打过几十个电话，发了上百条信息，以几十万或上百万的重金诱惑他，他竟然不知好歹地玩起了洁身自好的游戏，仿佛真有什么公主要嫁给他似的。

最后一次会面时，赫红梅曾默不作声地坐在对面，面对这位朋友，她心花怒放，然而，她已习惯于扮演尊贵和孤寂的角色，这是她迷惑人的面具。老公去非洲，她以为又将得到几星期的美妙期许，虽然没有在非洲大草原打猎的快感，却也充满着一种令人异常癫狂的醉美。最近一个时期，她和玉嵘相互斗气，以至于她觉得言归于好就像获得一次伟大战役的胜利。偷猎的美妙像新酿的葡萄酒在她脑海里风起云涌。

然而，她太把玉嵘当成她的一条肋骨了。待她把所有的期望柔柔地讲完，玉嵘站起来。“我不明白你为什么要自取其辱，母猪在监狱里就是貂蝉。我已厌恶你了，不想再看到你。”屋子里没有一息灯光，以致屋子里的黑暗和他嘴巴里的黑暗融为一体。

这招果然管用，赫红梅木乃伊般安静了。这么多天过去了，或许她已向其他的小鲜肉投出芳香的诱饵了吧。赫红梅曾是总经理的婚前好友，总经理在内心的某处依然受控于这个女人。与情沾边，变得要么迟钝，要么残忍。鱼贩子也好，土豪金也罢，全都被“情”字一网打尽。玉嵘也曾混在他们中间，被这贵妇使用得那么舒服，和她一块儿心安理得地大吃海喝。可他又常常像中了邪，心里突然失去兴致和宁静。这种醉生梦死、淫荡堕落的麻木状态，突然从他身上消失了，使他陷入了孤寂的沉思中，重新审视生活，考虑痛苦、死亡，以及忙忙碌碌的人生意义，以便正视欲望那无底深渊。

深渊那么沉，那么深，悬在脚下。梦中他总是一遍遍坠落，沉入大海，再也没有回来……他总是不知道自己丢在了哪里。

此时，赫红梅像只优雅而华贵的花瓶，和她的女伴们坐在咖啡区里，像欣赏奥斯卡颁奖典礼，欣赏着现场直播，所有的恶意在她们心中腐烂。

玉嵘转身看到了赫红梅高贵而优雅地品尝着咖啡，那琼脂般的如花面容、那细长的脖颈曾给他美丽的享受，而这一切不过是毒蛇美丽而斑斓的诱惑，透着无尽的恐怖和邪恶。四个高贵而精致的女人聚在一起，听着赫红梅讲着精致的笑话，或像看话剧似的看大堂经理和玉嵘的对手戏。她们观察并欣赏着玉嵘的反应，像观察一只打了兴奋药的小白鼠。

“我见识过这些女人的厉害，要是我就不和她们斗。”

“所以她们才叫你娘炮。”玉嵘毫不留情地顶撞着大堂经理。

服务生的托盘上放着一杯加冰可乐，稳稳地向顾客走去。玉嵘伸手取下大容量可乐杯，几步走到赫红梅身边。赫红梅多情地以为玉嵘终于灵魂开窍，招降归顺了，露出躺在床上才有的美妙而诱人的微笑。

没有打过油的摇椅，咯吱咯吱地叫着，听起来那么水性杨花。阴谋酝酿的地方，厄运将至。

“我差点嫁给一位大学教授，我们刚订了婚，他就不幸去世了。”赫红梅和同伴们聊得自在快乐。

“显然他是个幸运的教授。女士们，侃得很火热啊，降降温如何？”

玉嵘潇洒而自信满满地笑着，像玩泼水游戏，将满满一杯浮着冰块的可乐从赫红梅头上浇了下去。赫红梅漂亮的发型和那身价值不菲的丝裙立刻贴在身上，像不会游泳的人掉进了水里，手脚乱扑乱打，狼狈不堪，惊得其他三位美妇慌乱地闪开并发出孔雀沙哑而尖锐的叫声。

“敢诬陷我，不是愚蠢就是冷酷，恭喜你，两者都占了。”玉嵘将玻璃杯蹾在咖啡桌上，像对赫红梅说悄悄话似的：“受攻击就会反抗，连兔子都知道。要不要再来一杯？”

赫红梅还没从惊悚的噩梦里反应过来。玉嵘耸了耸肩膀，对其他美妇笑了笑，走了。

大堂经理急忙追了出来。“你没事吧？”

“没事。”

“看起来不像没事。”

“去照顾那位冰水浴的上帝吧。”

“这年头人都不会说再见了吗！”

“这年头上帝太多！”

“酷……酷毙了！”一位胖得像气球似的精致妇人拍着肥厚的胸脯感慨着，“惹怒一个俊俏的家伙多可惜。”

这潇洒的一幕曾经发生过，玉嵘突然想起嘲笑吴乐乐时，也曾这么得意地笑过，痛快淋漓地胜利过。那场好似发生在梦中的雪崩，差点让他葬身雪海。

失业了——这是多么骄傲的感觉。小时候，在一个飞鸟绝迹的深夜，大火从邻居家的猪圈升起，向正房卷去。刹那间，呼声四起，玉嵘被火光和叫喊声吓醒，火焰照亮了四壁和院子。他的小伙伴被大火烧死了，空气里荡漾着怪异的焦味。以至于许多年，他总是梦到小伙伴站在火里向他微笑，“你冷不冷，如果冷就到火里来”。现在，他突然意识到，那火里的小孩，正是自己，是另一个孤独的自己。

今天真是个审判和省悟的日子。他又看到了火中的男孩，那男孩关心地问他“你冷不冷，如果冷就到火里来”。是的，很冷，太冷了，不但冷，且愚蠢透顶，必须用火烧掉这一套老把戏。

他盲目地沿着大街走去，没有方向，也没有目的。这名天真的怀疑论者，失去了打开灵魂的钥匙。走，是此时存在的证据。真正的美德成了无人问津的商品，他沉入了一种平平静静、无知无觉的状态。我是沉到河底的石子。他随着人流匆匆地往前，仿佛有重要的事情要做。一旦沦入石子状态，只能乖乖地屈服，没有什么可激动的，也没有什么不安的。把诬陷当成铠甲，就没有人能伤害我。

当初要是有谁告诉他，有朝一日他会有一份固定的工作，那他准会相信，他已把全世界的幸福都握在手中了。可现在呢，失去工作的感觉，像摘掉一朵枯萎的花，除保留一点空虚和怅惘以外，便什么也没有了。

“你冷不冷，如果冷就到火里来。”此时，他觉得，再大的火也温暖不了冰冷的内心。

52

红灯亮了，玉嵘站在斑马线外等着，一群高中生叽叽喳喳地出来了。他们唤起了玉嵘的神思，勾起了他的心酸史。高中竟然成了他人生最幸福的阶段，可他距那时也不过才两年多，现在想来却仿佛是半个世纪前的故事了。站在他们中间，默默地听着他们含讽夹刺地侃大山，玉嵘像一只蜻蜓悄悄晃动。温暖的空气、柔和的轻风、淡淡的树影、明媚的音容……如清泉沁入心底。

玉嵘回头望去，写字楼的外墙上挂着一个白底红字的牌子：高考加油培训学校。

玉嵘从没听说过有这类学校。

一名男生抱着一叠试卷追了出来，叫住了正在等红灯的同学们。男生便每人发放一张试卷。一辆卡车呼啸闪过，试卷脱手，像风筝似的飘向空中。有一张忽地罩住了玉嵘的脸。玉嵘不由得笑了，这是狂走这一小时以来最幽默的感觉了。他从脸上取下试卷，发现是简单的数学题。

他把试卷还给了叫董杰的男同学。

“魔鬼老师出魔鬼题！”满脸青春痘的董杰焦急得油汗都冒出来了。

玉嵘感觉自己不是比他们大两岁，而是大三十岁。

同学们前呼后拥地踩着斑马线走了。玉嵘呆呆地站在原地，仿佛听到了内心的声音，那声音微弱，却比河底的泥沙更为沉重。几分钟后，他便拐向了高考加油培训学校。

玉嵘透过玻璃窗向室内望去，墙上贴满了高考励志标语，一位戴着花镜的老师坐在讲台上，翻看着一堆试卷。玉嵘敲了敲门。

“请问，您需要不需要辅导老师？”

讲台上的老师摘下眼镜，上上下下地瞪着玉嵘，像瞪一只会说话的鹦鹉，那怪异的目光试图提醒鹦鹉要对自己的狂言妄语羞愧。玉嵘默默地顶住这目光，暗问自己除了渴望工作究竟在什么地方犯过大错。

“这里是高考班，不关心小学生的事。”

玉嵘有一个奇怪的感觉，仿佛到了一个空间和时间的真空地带。虽然他一再向这位老先生陈述他曾考过白鹭市数学、物理等多项第一名，但老先生依然像怀疑猴子会做作业似的不相信玉嵘。他拿出了一批疑难试卷，无论是物理的、化学的、语文或地理的……玉嵘都像出题人似的轻松完成。

“怎么不读大学？”

“墨菲定律说想象中最坏的事情一定会发生——这样回答满意吗？我可以当老师吗？”

“当然。我正好要去做个小手术，这里也缺人手。”

高考加油培训学校是万校长办了十五年的高考短训学校，专门针对那些学习成绩差，或者为艺考生准备的培训班。

这期有三个班，每班二十人。各班有三位老师负责。老师们有的是退休的高中老师，有的是新毕业找不到工作的大学生。万校长给了玉嵘一堆教科书，让他连夜预习，明天就上台讲数学和物理。玉嵘乐坏了，一小时前他还一只脚踩在失业的坡道上，一只脚踩在香蕉皮上呢。

真正的力量就是鼓起勇气做正确的事。玉嵘做梦都没想到自己会当老师。他三分钟看完那小儿科般的书，五分钟把握了讲解的重点，十分钟武装了自信心。要解决复杂的问题，必须先提高心灵的层次。一夜未眠的玉嵘，努力把自己当成老师，而不再是仓库管理员、服务生或流浪汉。

天空呈现出烟灰色时，他打了个盹儿，他看到了万小玮抱着大提琴走到船上。她深深地瞥了玉嵘一眼，他想追上去打招呼，却怎么也抬不起手。大海浮起了轻飘的雾，他很害怕，但这神秘的雾又像童话中的花园吸引着他，他觉得脸红了，灵魂在受着爱情的煎熬。

在这之前他曾想当个手艺匠或开个店铺，像所有同行，挣钱养家。现在却不想这样，而要大胆地去闯，品尝生活无限的悲哀或无穷的美好。

第二天，当万校长在开课前向全班学生介绍朱玉嵘时，男女生一片惊呼，间或还有女生兴奋地尖叫。“帅哥，男生们面壁吧！”

显然，玉嵘低估了讲台的高度，他一直以为讲台不过是试卷的高度。可当即将迈向讲台时，他的双腿竟然发软，拿着课本的手也微微颤抖起来。

讲台是他的了。他向同学们展露着笑容，可他感觉那笑比哭还难看。在台下听课的万校长相当满意，上午的课结束时，万校长宣布朱玉嵘是这个班的班主任。

玉嵘起了一阵十分熟悉的痉挛，仿佛被领带勒疼了似的。

没有人愿意当班主任，其他两位六十岁的老师更是避之不及。然而玉嵘却欣喜自己能有锻炼的机会，他有决心帮助孩子们大大提高成绩。毕加索说过："好的艺术家只是照抄，而伟大的艺术家窃取灵感。"在窃取灵感方面，聪明人总是棋高一着。

玉嵘一直在寻找适合的工作，老师不是最适合的，却是目前最让他有存在感的。从流浪汉到民办学校的教师，他有种行骗的味道。他知道考验自己的不是一两节课，而是学生们逐渐提升的成绩，是家长和学生的充分认可。戴着桂冠的头才会觉得沉重，如果提不起同学们的学习兴趣，他会觉得是自己的罪过。

这比为挑剔的顾客端咖啡或送糕点高雅多了。天才常伴有一种奇怪的激情和罪恶的欲望，工作对他来说，既是盾牌又是武器。

玉嵘负责数学、物理、化学的教学任务。他把所有科目近十年来的考题分析汇总，找出考试的范畴或分值的划分。基本上分四步走：第一，找考试敏感点所在的区域，锁定必考点；第二，抓题型，将同类题型做熟做透；第三，套模型，熟记题解的思路；第四，押对题。将十年来全国各省的高考题反复研究分析，总有大致的规律和习性，就像牛必须吃草，而狼肯定吃肉一样。

玉嵘深知同学们不再是一只什么都可以往里塞的桶，不再是任人撒播各样种子的农田，他们要的仅仅是分数的快速冲刺。可喜的是当玉嵘上任一个月后，正赶上高考一模考试，同学们的成绩竟然平均提高了六十分。对这些一向失意的学生来说，绝对像摘取天上的星星般创造奇迹。玉嵘在同学、家长及高中老师中的声望瞬间提升。

玉嵘心里有个洞，想用虚心若愚的虔诚把它填上。华兹华斯说过，一个灵魂，永远孤独地航行在陌生的思想海洋中。玉嵘竟然全盘接受了非议或赞美，放任各种猜测。

人心就像午夜，以至于再多语种也表达不了心的空蒙。

53

日子可真大不如从前了，生活在二十一世纪，比任何时代都悲哀——这是朱厅长的深刻体验。互联网时代，最大的坏处就是信息太透明、传播速度也太迅疾、太坦荡。之前，只有某个层级的干部才有权知晓的机密，现在几秒钟就转发到各大网站或新闻媒体。互联网就是一个彻头彻尾的荡妇，让人充满了对未来的恐惧。

一个人在社会阶梯上站得越高，视野就越开阔，权力就越大，他的举手投足必须有王者风范……那些扛锄头的农民们又怎能理解呢。所以站在主席台上的人们吃什么、睡什么，何必让农民们知道？可现在，农民们不但能在网上评论，还敢大骂谁谁谁的手表什么牌子、衬衣多少钱……贵州、四川、广西、河南……交通厅长相继腐败被判刑的消息，先后成了各大网站、报刊和电视的头条，成了吸引眼球的关键字眼，好像那些没良心的人从没在这些交通厅厅长修的公路上走过似的，毫无感恩之心、柔和之念。这简直就像丈夫还活着就嫁人的妓女行为。

跑在阳光下的高速公路上，车皮闪烁着金光，灿烂辉煌，谁又能真正感谢过交通厅长的辛苦呢？

《交通厅长们“前腐后继”》——多么闹心的标题。鸡蛋开始教训母鸡了。但究其根本，人生就像是一场不知道终点的过山车。

每每看到这种消息，朱厅长总是心惊肉跳。朱厅长的心握在互联网的手里，人也成了互联网的奴隶。他打定主意决不忏悔，也不能忏悔，可是他每天都不能平静，仿佛红辣椒沉淀在记忆的锅底，永远散发着辛辣的味道。

形势越来越紧，许多高官陆续把家人移民到了美国、荷兰、法国……大儿子朱卫博虽然已移民到了美国，但朱厅长内心却早已判了这个儿子的死刑。每次走进儿子房间，就像走进监狱，每件家具都是想象中的杀人武器。他对所有的物品保持着冷漠的距离，甚至对空气也保持着庄重而悲哀的敬意。医生说，艾滋病人的平均寿命为 7 到 10 年。如果医术没发生奇迹，最多十年后会失去这个儿子……儿子成了他的心病，成了他的耻辱，成了他难以酣睡的坚强借口。好在钱——永远是朱家名下的。这让朱厅长在某种程度上很踏实。

将大笔财产转移到国外，无非想给财产一个崇高的尊重。毕竟几个亿的财富也不是一天积累的，也是惊险地堆积起来的。当秋柿子成熟，它就会掉下来，是因为地球引力，还是因为熟得烂透了挂不住，或者因为风吹树摇？或许都是，或许又都不是。在这种环境下，张三、李四或王二麻子来当厅长，堆积如山的财富或许都会发生，只是有的堆得像珠穆朗玛，有的像墙壁上烟雨蒙蒙的山水画。

同事惊天动地的案件，促使他对世界观重新考量，从同事的愚蠢和邪恶的动机中获取修正和改善的可能。

每当召开反腐会议，主席台上端坐的朱厅长，总会产生异样的冲动，犹如重要的话将脱口而出，却被痰呛住了喉咙。假如真的坦白出来，我人生中最小的罪恶就可消释，可我有小的罪恶吗？阳光下，人人感到自足，这个印象深深打动了他。从那些同事的身影可以判断，在春光和花丛中，他们根本没有朱厅长所感到的羞耻和虚空，毫无疑问，他们都应该感到羞耻的。说出来的是银子，未说出来的是金子。阳光是不能照亮坚硬的灵魂的。他嗅出了他们的味道，就像同性恋能嗅出基友的味道，瘾君子能嗅出大麻的味道。

纪检委和新闻界很轻易就把别人的人生像废纸篓一样整个倒翻，一点儿也不尊重社会公德。他倾向于秉持传统观念，认为这个世界是独立存在的，不是亲人，是不能监控别人卧室的动静，更不能探寻账户的数字。害得许多人家的钱，埋在树下，任那纸币像垃圾般腐烂。

这社会一点儿也没有悲悯之心了。

幸亏有两个儿子，朱厅长把所有财富转移到大儿子在美国的名下，再让妻子移民美国。朱厅长对小儿子特别关爱，虽然在美国留学，却让他回国发展，不让他沾家庭的半点“腐”味，不让他沾染不洁的一文钱。一旦自己东窗事发，小儿子依然是清清白白的人，依然可以工作或创业。多年之后，朱家的一切财宝当然是他的。

对中国移民者来说，纽约除了藏金纳银之外，没有别的事情可做。朱厅长的小儿子朱卫雄暗涛汹涌，大笔的钱都挂在了哥哥名下，而他的账户简短得像农民工。胸膛中吸进的仿佛不是空气，而是永恒的忐忑和猜疑。这让他不得不一再调整心态，安抚不断愤怒而起的情绪。然而，火山的岩浆总有喷发的时刻，不是今天就是明天。他对自己说，事情往往不像你想象得那么糟。可有时候事情比想象得更糟，再栩栩如生的谎话，也骗不过自己的内心。

周末，卫雄和同学们在酒吧，几杯酒懵懵懂懂倒进肚里，周身涌动着惬意的温暖，对身边的人产生了无限的柔情宽容，对各种思想做出肤浅的反应，不去深究父母藏金纳银的实质。

学校放春假了，他在哥哥的纽约豪华公寓里住了两天，便借口想家，就急急地回国了。虽然艾滋病通过性交、血液和母乳传播，一般的接触并不能传染。但和哥哥生活在同一屋檐下，显然，他心理上永远也做不好准备。恐惧和怨恨包围着哥哥，他享乐、贪婪、无所事事，最终愤怒裹挟着他走完每一个日出日落。

卫雄好像刚从人数众多的澡堂子里出来，带着既可怕又可喜的表情离开了那个豪华又恐惧的公寓。他觉得同哥哥和谐融洽地生活，反倒是一种怜悯，一种亲情的失败。正如一件新衣服，随着时间的推移变得破旧，失去了往日的鲜艳，新的生活渐渐变得陈旧不堪，幻灭和嫌恶感已到处浮现。

纽约国际机场候机大厅，等待登机飞往北京的乘客散落在椅子上，看书的、浏览电脑的、悄悄聊天的。

登机时间到了，心急的人们早早排队进入机舱，朱卫雄看了看表，离起飞还早着呢，他正忙着枪战游戏。每次坐飞机，打电子游戏是舒缓神经的好方法。时间到了，朱卫雄匆忙收起电脑，整理散落的电源线，突然发现一个黑色皮包像主人似的安静地摆在身旁的椅子上。登机口只剩下他自己了。他拿起所有的物品，通过了空姐的检验，登上了飞往北京的飞机。显然，包的主人就在这飞机上。

朱卫雄安顿好座位，便打开了那个装有周全运许多珍贵资料的皮包。周全运，难道是齐台集团的老总？他感觉天上就要掉下馅饼了，虽然他家并不缺馅饼。

包里还有与美国某公司签订的合同，以及其他一些单据和几千美金。好运来的时候，挡都挡不住。朱卫雄拦住了正在忙碌的空姐，要她帮忙找到这个人，并将这个包裹还给周全运。控制别人的过程本身就是一种享受，以后也许会成为一种习惯，甚至成为一种人生的需求。

五分钟后，周全运在空姐的引导下找到了朱卫雄。

卫雄大方而绅士地谢绝了周全运的好意。“不用谢。我即便有你的银行卡，也不知道密码，所以……”他摊了摊双手，幽默地做出无能为力的样子。没有判断力的感恩的确淡而无味，但未经感情处理的判断又太苦涩、太粗糙。难道我像离群的小孤鸟，得到了他撒的面包渣儿，也算是优待吗？

周总感激地看着这个干净而清爽的年轻人，似乎想看透他的内心。他是真不在乎钱或者装着不在乎钱，再或者，想钓我这条大鱼？他觉得与纽约湛蓝的天空相比，自己所挂心的一切那么微不足道，失而复得的快乐和多疑的狭隘之念杂糅在一起，越发显得那么卑微。

周总难得有这种微笑，似乎它太珍贵了，不轻易表露。

朱卫雄坦然地迎着周总的目光，这种坦然，能让任何崇高变得渺小。你不就是个亿万富翁吗，有一天我也许会超越你。

周总返回商务舱时，认真看了看这小伙子，内心的某个地方突然被刺了似的疼痛酸楚。飞机刚刚穿入高空，空姐就通知朱卫雄到一等舱就座。

朱卫雄会心地笑了，他知道这将是一趟奇特的回家之旅。但他永远也料想不到，这次飞行，给他的人生开启了怎样的天窗。

聊天中才知道，这小伙子在耶鲁读书，并且曾是白鹭市的高考状元。

骄傲的心使朱卫雄说出了自己曾高考第一的历史，但随之就后悔到想痛扇自己两耳光。

每每看到儿子的同龄人成才成家，无不勾起周总辛酸的往事。他的儿子也应该如此般读精英学校，也应该如此有智慧，也应该如此英俊而威武。假如没有这位朱卫雄，周总也会臆想出另一个优秀青年。他一直走在寻找儿子的路上，他不知道路还有多长，会不会有结果，会不会出现断崖，会不会终是空寻一场。然而，对双胞胎的失望，更坚定了他的寻找。双胞胎女儿成绩总是非常稳定地居于下游，这几乎让周总绝望。

周总询问朱卫雄的学业。朱卫雄装作不知道周总的身份，便将学到的国际金融、企业国际化发展等方面的知识缓缓地展现着，列举了大量美国企业兴衰成败的事例。周总不时点头。朱卫雄深知，他已博得了这个老总的赞赏。当然，朱卫雄无意于周总赐个饭碗，仅仅想证实自己征服企业家的能力。也就是说，他和周总下了盘棋，他赢得了胜利。虽然这胜利也没多少价值。聊天无非是胡吹海唠，不像人生那么严谨求实。他体会到，用一只手触摸功名，另一只手触摸人生，这或许也是可能的。

他们友好地分手了，周总被司机接走了。而朱卫雄拒绝搭周总的车，他不想暴露自己的身份。他知道，在国土上，特别是白鹭市，他隐藏得越深越好。他一度曾希望移民美国的不是哥哥而是自己。他的思想越是充满诈术，似乎就越能证明对世界的诚实。

他热爱这土地，但也怕这土地。无人理解他的感觉。

54

这次回国，朱卫雄有许多话要和爸爸深聊，可爸爸总是很忙，比从前更忙，几乎不是在开会，就是在基层视察。之前他整洁得像英国的老牌绅士，现在却像劳动模范，与工作人员一同研究招标方案，一同检查工程质量。

让别人上当吧，我是了解生活的，当然要和群众打成一片。朱厅长好像从一个无法测量的高度对长长的道路说着屈尊俯就的话：既要让狼吃饱，也想让羊吃好。可是谁又是狼谁又是羊呢？人人平等，不都是主人吗？往事的魅力在于已经成往事，而人们总喜欢在帷幕降落的时候，再细细回味从前的事情——让人不得安宁。

卫雄想见见爸爸，有时就得打开电视。新闻里，爸爸要不是在会上讲话，就是戴着安全帽，身后尾随着一群干事，像阳光下的一群老牛，慢慢随着镜头耕种着。

爸爸确实老了，也变了。爸爸曾说："上级说乌鸦是白的，下级就赶忙说比天鹅还白。"难道爸爸推翻了上下级的围墙？难道年龄能让人变得更勤奋？他觉得爸爸有轻度的恐惧症，心里燃烧着一团火，仿佛雷电就要摧毁这座城市，烧毁他的乌纱。卫雄不禁替他惋惜起来。

但这惋惜犹如拿棍子去捅马蜂窝。

叔叔周仁道在周总手下工作，这让他对周总多了一层好感。中午，卫雄约叔叔一起吃饭。

仁道一向喜欢这个小侄子。叔侄俩又是握手又是拥抱，搞得比父子还亲。

点了菜，卫雄便要叔叔讲他的工作，叔叔太阳穴上的血管剧烈地跳动着。叔叔对工作总是三缄其口，仿佛有什么难言之隐。一个在监狱里待过十几年的人，落在金钱万能的繁华世界，该有别样的感触吧。用犯人的思维推断现实社会——该杀的人很多，但绝不是监狱里的那几个。这名曾经的囚徒终于明白了，世界上已不分好人或坏人，混淆了贞洁和淫荡的概念，错乱了高贵和低贱的界限。监狱的围墙不在那荷枪实弹的地方，而在人心里。金钱固然可以收买人心，铁和血也能让人臣服，但人心始终是高贵的营地……通向光明的大门一次次为世人打开，但是他立刻感到，许多人根本不配靠近门槛。

“就是处理一些临时关系，帮助疏通一些梗阻的地方。”

“怎么听着像隧道工啊。”

“差不多，就是遇山开山，遇河架桥的事。”

“快娶新婶子了吧？”卫雄诡异地笑着，仿佛被点了痒痒穴。

“前几天刚被女人抱了一次大腿，可她跟我要钱，并不想嫁给我。”

正说着，仁道的手机响了，是新建厂区的经理打来的，工地上出了大乱子，施工车队根本开不进去，五十多个老太太、老大爷自带着马扎子，坐在大门口，谁劝也不听，谁动也不行。只要谁动一手指，就会以心脏病发作为由，倒在地上，一副等待阎王爷驾到的样子。

“又遇到老愚公了，还有一大群愚婆们。”

卫雄像听笑话，且有点童话的味道，这激起了他天真烂漫的好奇心。他很想知道在文明的都市里，同野蛮人混在一起到底是什么滋味。

“没什么好笑的。国内就这样，老头老太太静坐一天一百元，中午还有人送大包子、矿泉水。这成了他们创收的一种来源。”

人不是因美才可爱，而是因为可爱才美。才出国几天，卫雄竟然对这片土地的生活深感陌生。其实生活从来如此，只是从前的他被隔离在无菌环境中，那副高傲正直的心灵经常将无辜的玻璃当成寒冰。

“这是能展公司闹的，他们试图以这种方式加压，让我们让出一条通往他们公司的路。当然，如果让出那条路，能展公司就得交四百万买地费。许多时候，这种人像只嗡嗡叫的苍蝇，无须理会，很快就会散开。”

“能展公司？昨晚，他们的老总到家里去过，想拿到高速公路的建筑权。”

叔叔瞪着侄子，彼此都知道这眼神的含意，都在掂量，为了周总的业务，值不值得动用这暗藏的关系。

侄子跟叔叔去了现场，见识了挖掘机、推土机在一群老头老太太面前的无能为力。天开始飘起了小雨，老头老太太们人均一把雨伞。双方个别工人发生了械斗，虽被及时制止，还是发生了头破血流事件，被120救护车呼啸着接走了。有个老太太不是被雨淋哭的，倒是被血吓哭的。个别老太太坚持不住，宁愿不要那一百元了，干脆回家。可拉他们来的车早已跑了。他们那把老骨头，恐怕走十天十夜也找不到回山里的路。老太太有抹泪的、也有哀求的，甚至老人们终也不知道哪一帮是能展公司的，哪一帮是齐台集团的。

有位老太太看着朱仁道面善，抓着他的胳膊，苦苦哀求：“大侄子，求你了，把我送回家吧，我要回家。”这老太太从咽喉深处发出细得吓人的哀求声，仿佛被毒蛇咬住了脚腕。

雇他们的包工头大声吼道：“别急，车马上就到，十分钟后就撤。”

二十分钟后，也没见车的影子。

可更多老头老太太却目光坚定得像猿猴，对那几位意志薄弱的叛徒投去厌恶的一瞥，咬紧牙关，像将要就义的英雄。身体已风化，灵魂却变得更透明，他们相信未来，何况还吃了人家的大包子呢。

“抗战片看多了。”叔叔气愤地双手叉腰，却又无能为力，“卫雄，要记住，工作可不是慢慢品酒，我差不多每天都在处理一些薄情寡义的事。在中国，如果想欣赏鲜血淋淋的场面，可真不必到屠宰场。”

卫雄决定参与此事，当想到帮叔叔，进而就是帮周总时，卫雄突然有很强烈的成就感和责任心。

人才就是为解决关键问题准备的。

他拨打了名片上能展公司老总的电话。果然，几分钟后，对方的人马全部撤离，雨也突然停了，老头老太太们像刚在婚宴上吃饱喝足了，喜滋滋地坐上了回家的大客车。挖掘机、推土机轰轰烈烈地开进了工地，复杂的矛盾因卫雄的一个电话解决了。

有种人不怕死，却怕电话。叔叔掘墓人般的气质让卫雄的和弦走了音，备感惊讶。

机遇就像耗子，嗅到芝麻的香味就会伸出脑袋。让冰山见鬼去吧，现在已是微风的季节了。

卫雄感觉自己很有王者气度，和叔叔往回走时，不由得肩膀端得更平了，胸脯也挺得更高了。

55

得到消息的富豪大酒店总经理，立刻将女儿娜娜安放在了高考加油培训学校。果然，娜娜的积极性非常高，总是第一个到教室，又是最后一个离开。不过是不是专心学习，只有天知道了。有一点可以肯定，娜娜每天一封情书，作文水平一定提高了不少。玉嵘从没打开过情书，甚至第二天将未启封的信封随着娜娜的作业，发还给了作者。

"你该交的是试卷，不是信封。"

"朱老师，不能让学生的心里空着。"

"那就用试卷填满。"

讲台让玉嵘明白，教学这雕虫小技，也不过像农民种菜、清洁工扫地般自然而从容。不管伟大的人还是渺小的人，除了用自己摧毁自己之外，没有人能毁灭他。第一次，他坚信自己智商与众不同，可以创造奇迹。这坚定了他对未来的信心，虽然还不知道未来是什么，但绝不是之前的要么忙着生，要么忙着死的简单选择。

第二次模拟考试，同学们的成绩又平均提高了五十四分。在出成绩的第二天，就有黔驴技穷的高中老师怀着赌一把的心态，把自己的孩子送到他班上。

2011 年的高考，让朱玉嵘这三个字喊得比月亮还响。他辅导的那些差级生，无一例外地升入了大学，并且有一半升入了全国重点大学。这在之前是做梦都想不到的。同学们越是庆贺，玉嵘越觉得不是滋味，虽然学校始终把“临阵磨枪，不快也光”当成箴言，但他明白，在真正的战场上，仅仅靠光亮是吓不倒敌人的。而他没能把丰厚的知识储备到学生的大脑里，只是把考试的技巧教给了应战的同学们。他给同学们指点了一条歧途，诱使他们进行快速思辨，这也略带捉弄这帮笨青年和嘲笑高考的成分。

同学们被一种须臾无常的神奇景象所攫住——一群学生如此幸运地遇到了一位改变了他们命运的好老师，而其他同学却没有这么幸运。他们逃过了那么多日夜的煎熬、那么多老师的辛苦说教……短期内不可思议地达到顶峰。

玉嵘明白，这些突然提升成绩的同学们，就像地基不牢的房屋，将在未来的风雨中暴露出知识严重缺钙的毛病。但大学又有多少学生扎实而紧张地学习呢。玉嵘顿然领悟：学习也好，玩乐也罢，世上万事万物莫不自有其丰富的意义，每一个符号，每一项发明，像互联网和手机移动终端，并非要进入这里或那里，而只是要进入世界的中心，或进入一种更原始、更纯粹的认知之中。优等生或差等生、好人或坏人，在呼与吸、阴与阳的不断交替中，完成人类短暂而永恒的定义。

有悲哀的地方就有神圣。玉嵘终于体验到了这句话的含义。他正是在别人的悲哀之地树起了自己骄傲的丰碑。

娜娜的爸爸——把玉嵘赶出富豪大酒店的总经理，在富豪大酒店郑重地摆了一桌。总经理既感谢玉嵘对娜娜的辅导，又为当初把他辞退而表示歉意。然而，没有那时的逼上梁山，又哪有今天的卓越成就。总经理当然不懂娜娜的诡计，她早已将玉嵘锁定成恋人，可玉嵘对她像对其他调皮而顽劣的学生，既训斥、惩罚，又引导、激发。

酒宴将结束时，娜娜借去洗手间提前溜了出来。玉嵘与总经理及家人握手言别，和大厅里的老同事打过招呼，心情美美地走在夏日的大街上，感觉生活从来也没有这么幸福过。娜娜突然从路边跳了出来，直挺挺地站在玉嵘面前，抱住玉嵘的头，像吻一只宠物狗似的。玉嵘猛地推开了娜娜。娜娜的暴烈行为，让他想起了赫红梅，这不洁的联想，彻底坏掉了满腹的山珍海味，不由得跑到路边孕妇似的狂吐不止。

娜娜笑的下颌快掉了。

“滚开，蠢货！”

“说谁呢？”

娜娜晕萌中酝酿着情绪，玉嵘像站在讲台上似的大声说道：“《箴言篇》13.3 节谨守其口，得保生命，口嘴大张，必致败亡。”

“与箴言有什么关系？”

“闭嘴的关系。”

正巧一辆出租车停在身边，玉嵘迅速逃掉了，像逃出猎人埋伏圈的野猪。他度过了一个内心同嘴里一样不是滋味的夜晚。之后，便将最后的故事断片了。

2011 年的夏天，玉嵘感觉自己成了小富翁，账户上终于有了十四万多的存款。

明年将参加高考的学生，现在报名加入玉嵘班级的，已突破一百四十名了，并且人数还在继续上升。玉嵘仿佛看到了属于自己的楼房，甚至做梦也开上了自己的豪车。欲望过多，思想就开始滴血。预言未来固然重要，但是一味着眼于长远计划，若成不了预言家，就是说谎者。玉嵘相信自己与后者无缘。

生活无限美好，不过一切又过于妥帖、过于顺利了，看起来哪个地方不对劲。

谢师宴、庆功酒，赞美和掌声……尘世攫住了他。路缓缓延伸，是一条水泥路，两旁都是树，枝丫在上空相接，低而圆的月亮默默地陪伴着行人。谁都不知道玉嵘的无限轻蔑和厌倦。没有任何形式比榜上有名能够更直接、更讽刺地发泄出人们对财富、地位、辉煌未来的向往和膜拜。人们曾经毫不吝惜地下注，经历可怕的焦虑后，重又胜利地占据到追求财富和权势的高地，投入新一轮的搏击和豪赌中。

玉嵘厌恶自己嘴中喷出的酒气，厌恶如雷贯耳的赞美，正如喝酒过多的人在痛楚的呕吐之后，下决心弃绝这毫无意义的享乐。

玉嵘细究自己，发现自己擅长教育和帮助别人，他和同龄的同学们既是好友，又是良医和导师，将同学们置于他智慧的保护之下。他越来越专注，越来越有经验，与其说是教学，倒不如说是在梦想。午夜时分，静听窗外蟋蟀鸣叫，倾听火车穿透黑暗而发出呜呜的响声，他会有一种存在感，一种踏实感，一种肚里有食的满足感。从而体会到：信心和怀疑是相互关联的，就像阴与阳一样相互制约。欲望归根结底是一种精神疾病，或是一种癫狂。

日常的任何细节足以创造一个人的品格或破坏一个人的品格。流浪时，他放弃对自我的主宰，不再是自己灵魂的掌舵人，并且也不懂得自己的灵魂了；在酒店当服务生时，既恢复了他的信念，却也搅浑了他的信念；在加油培训学校，无疑锻炼了他分析问题的能力，扩展了灵魂的庄园。

世上最困难的事，不是把别人的钱硬塞进自己的口袋，而是把自己的想法硬塞进别人的脑袋。玉嵘的想法很多，能塞到学生大脑里的也许不足百分之七。然而，这不是他保守，而恰恰是他的慷慨。

一年后，玉嵘才认识到真正的收获却并不是教学，而是当初为了方便同学们查找考题而建立的加油培训网。注册了培训网的域名，同时发现域名注册和收藏，才是巨大利益之源。自此，他多了个爱好，午夜抢购那些有升值潜质的域名，这为他在随后的战役中，夺得了意想不到的先机。这是后话。

玉嵘将自己研究分析的考试区域、难题题解的方法等挂到网站上，让同学们公开浏览。渐渐地，除了高考加油培训学校的同学们心系加油培训网外，其他学校的师生们也成了该网站的常客。甚至有些高中老师，将高考加油培训网每天更新的试题，当成学生的必修作业。北京、上海等几十个城市的培训学校提出和玉嵘合作，玉嵘没有答应，也没有拒绝。事发突然，他得好好消化、反思。

玉嵘的同事建议他不要将网站公开，要对自己的知识产权进行保护。可玉嵘认为，只要不得老年痴呆，智慧就不会枯竭，如果能帮助更多的师生，岂不更有价值。

有人叫他傻帽儿，也有人叫他二货，可玉嵘感觉这些名字很多年前就曾为自己专有了。

不安全感也许正是人生乐趣之一。不玩骰子，就不会输掉财产，但人们还是爱玩骰子。当今时代，当智慧贬值、哲学空挂、格言化为灰烬，对玉嵘来说，只要想起那"傻帽儿"、"二货"的称谓，就感到生活为他打开了一道怜悯的源泉，能使沙漠生出玫瑰，把自我从孤独中拯救出来了。

深夜，玉嵘更新完网站，抢购了几个不错的域名，像打了一场胜仗般得意。369bao.com、qiangwei123.com、genxie.com、qitaijt.com均已收入账下。特别是qitaijt.com，他觉得特别吉祥，齐抬——齐抬集团——齐心协力，当然，他更暗合了齐台集团公司。

玉嵘端着水杯，模糊地望着窗外的黑暗，那黑暗仿佛善解人意，被光束或楼壁切割成几何图形。远处，浓灰的天穹下，星星稀疏，群楼静立，红光闪闪，绿光幽幽，在昏暗中重叠交错。

没有人因为他是傻帽儿而不喜欢他。

56

玉嵘翻译了大量外国大学的公开课，挂到网站上，在翻译这些公开课时，先进的知识、理念像春风般刮进了他的大脑里，滋润着他的灵魂。哈佛大学、剑桥大学、耶鲁大学等那么高质量的公开课，像金子吸引贪婪者那样，吸引着玉嵘，也培育着玉嵘。他网站上的公开课点击率直线上升，或被反复转载，或被某些赢利机构下载，从而设定成了他们的收费项目。玉嵘具有傻帽儿般的博爱精神，他坚持认为，关于知识，一定要全社会共享。

师生们说加油培训网是小新东方，却比新东方更有针对性和时效性。玉嵘从不这么认为。他仅仅想尽自己微薄之力，帮助能帮助的人。人要有足够的勇气看清自己的渺小。现在的玉嵘不再觉得自己能成什么大事，但路总会莫名其妙地出现在拐角的地方。

万校长起初因左肾结石住院，后来发现还长了个恶性肿瘤，于是将左肾摘除了。玉嵘买了一束鲜花，到医院探望老校长。

刚走进医院大门，突然发现万小玮背着绿色的皮包走在前面。玉嵘心里一趔趄，急忙追上去。万小玮急噔噔跑上了楼梯，玉嵘像警察追赶小偷紧盯不放，差点把一位头上包着白纱帽的病人撞倒，连忙歉意地扶住了对方。等他赶到二楼时，已没有了万小玮的身影。他凭借那热烈的情感，彻头彻尾的疯狂，像朝拜者跪着爬山，此时，突然觉得膝盖软得像个棉垫子。

鲜花对病人而言也许是氧气。玉嵘将花举在胸前，静静吸着百合花的香气。他突然觉得这玫瑰、勿忘我、康乃馨、香水百合等都是万小玮，万小玮就被他紧紧地握在手心里。可他又觉得不是他握紧了万小玮，而是万小玮紧紧抓住了他。他跟丢了她，不但感到别扭、羞臊，而且还厌恶自己。自此他才明白，那次庞培带走了万小玮后，天下所有的女人似乎都填补不了她在心里留下的空缺。

电梯里挤满了病人或家属，一个男子捧着一束鲜花挤在忧伤的人群中，似乎有点傻气。他像花瓶安静得待着。电梯跑得非常慢，每层都有人上下。胳膊打着石膏的小女孩说“真香啊”，坐轮椅的老先生接过话说“很贵吧”，一位忘了穿外衣就出了门的女子说“百合有毒”。这些话都不需要回答，玉嵘笑了笑就应付过去了。二十六层，似乎是他与万小玮的距离。

玉嵘推开万校长病房的门，突然发现万小玮正在帮万校长削水果。玉嵘拿着花愣在门口，大脑像电脑短路般一片灰暗。直到万校长向他招手，要他坐在床边的椅子上。

“原来你就是那位传奇的老师。”万小玮转向爷爷，“他就是我们学校的朱因斯坦。”

玉嵘竟然木讷地不知说什么好，僵硬地笑着，那表情像塑料面具。当环境变了，人却没变，就只有尴尬了。

“就是你到医院看望过的植物人？”

“前年高考，他可是考了全市第一呢！”

“我可不是老糊涂，那年的第一是我的学生，交通厅朱厅长的二公子。现在美国。”

万小玮和玉嵘呆住了，像两只受到打扰的鹅，沉默而警觉。万校长的信息正迎合了吴乐乐的话。是的，朱厅长的二公子也曾叫朱玉峰，又考了第一……玉嵘仿佛觉得有人兜头打过来，本能地把身子往后一缩，生出一种近似对待蚊蝇的心境：又是厌恶，又是残忍，又是懊恼。

只要说话人足够老，并且还生了重病，那他宣布的信息就是真的。玉嵘焦灼得像雄鸟见了雌鸟，这让老校长笑抽搐了。

“医生已经剥夺了我接触烟草、酒精和教学的权利，他们就容不得我做任何事情。”安静下来的万校长发着牢骚，表达着对医院的不满，“医生们不知道，我的学生可都很厉害，拿枪的、扛炮的都有。”

万小玮像安抚一头易怒的雄狮。“你如果再不听话，我就休学，专门监督你。”

“这是威胁。”

祖孙俩对抗中体现着一股浓得化不开的亲情，让玉嵘心酸又嫉妒。

玉嵘从万校长这里了解到朱厅长的二公子朱卫雄在八里中学读的高中，曾在万校长这里参加了三个月的短训，因此成了万校长非常骄傲的培训范例。

生活就是赛跑，你跑不快，别人就超过你。玉嵘和万小玮沿着街道走着，她聊着美国的学习，讲有趣的故事。玉嵘感觉自己被超越了。她是留美学生，见多识广，自己农民工一个。然而玉嵘又觉得错过了这机会，恐怕就自断退路。从她含糊其词的语气，他意识到自己不可能获得更多的东西。

玉嵘像昆虫贪恋细线的诱惑，心甘情愿地粘到了蜘蛛网上。心激动地缩在蜗牛壳里，又憋闷、又黑暗、又忐忑，享受着万小玮的语言和声调，陶醉在她恩赐的灵感中。

一直以来，万小玮对他像银河系般神秘且遥远。有时他会听到一个轻柔声音在静静地提醒他，在遥远的空中柔柔地抱怨他，他时常猜测，她也在等待着他。

57

雨后空气清新，天空蔚蓝，白云像山头似的在天上飘荡。玉嵘觉得生平第一次这么舒爽，清洁的街道、绿油油的梧桐，鲜艳的花朵和泛着水影的商场橱窗……在经年累月的麻木之后，玉嵘感觉自己需要某种冲击、某种震撼，才能从消沉、混浊的状态中惊醒……而这新的欲求是从和万小玮散步开始的。他一生中最美好、最幸福的时刻浮上心头……他记起了在舞台上初次见到她时，记起她红色的衣裙和大提琴，于是一种比从前任何时候更生动、更强烈的柔情在他内心苏醒了，对这个人充满了热烈的爱和怜悯。多么离奇的巧合，多么神秘的天意，这是他此生最具有决定性的事件之一，一切变得美好而诗意。

“听说你那车祸有了说法？”

“也仅仅是个说法。肇事者想害仇家，我和爸爸正好踩中了霉运点。刚才万校长说，你到医院探望过我，事发时，我时而清醒，时而昏沉。你是不是穿的红衣服……朦胧记得，一位穿红衣的女子守在我身边。”

万小玮静静看着玉嵘，显然在思索着什么。

“可是，你为什么去看我？我们并不……”

“我偶然听人谈到想用一个尖子生的档案换另一个学生的……随后你就发生了车祸，我只想去看个究竟，虽觉奇怪，可也无能为力。”

“七班班主任李兵强。”

“不是。”万小玮诧异地看着他，“我是偶然听一位女老师打的电话，不知道是谁。”

“我家的霉运起始于那次车祸，而不是谁替我上了大学。那起车祸因别人的仇恨夺去了爸爸的生命。如果当事人能够意识到生活没有过不去的坎儿，他们又何必为仇恨而葬送生命呢……成功在一眨眼的工夫让菜鸟们欣喜若狂，或许，我就是那个菜鸟。人们一边像鬣狗一样嘲笑我的轻狂，一边让我下地狱。”以前玉嵘从不在意别人的想法，现在多俗气啊，仅仅几分钟，他就感觉自己成了城市的宠儿，且根本无法掩饰内心的激动。

“杜鹃把别的鸟蛋扔掉后，在那巢里下蛋，可见生命就是从竞争开始的。”万小玮柔美的声音，细细地揉搓着玉嵘的神经。

“也可以从另一个方面解释这种现象，一是杜鹃鸟的妈妈自己不会孵化，所以非常有爱心地将孩子托付给技术高的鸟，二是为了迅速在别的鸟窝里下卵，所以杜鹃下卵的速度既快又准，并且杜鹃的鸟蛋壳是最结实的，在迅速贪占别人的鸟窝时，不至于碰破。所以这社会有人是科学家，有人是清洁工，有人拉大提琴，而有人只能做辅导班的老师。只要心胸开阔，就能体悟生命的福祉。”

“你还真把大家藏在故事里。”

“不，我是把自己埋在故事里。我不想为过去纠结。这世界如此斑斓，日月星辰，奇特而神秘，所有这一切，不是为了让我们追求痛苦和仇恨而存在的，而是为了让我们感受美、感受爱、感受自然的丰富而存在的。”他抬头向四周望去，脸庞上荡漾着暖暖的笑意。这道理也是刚刚悟出来的。

万小玮被他的话温暖着。“记得你曾说，我的发夹在你手里？”

“惭愧。被我换成肉夹馍吃了。”

“编故事吧？”

“真的，我流浪了一段时间，身无分文，就把那紫水晶发夹换成肉夹馍了。”

玉嵘的坦率在万小玮心里泛起层层涟漪，心酸地望着玉嵘，突然拉起他的手。“那肉夹馍一定很香，我也想尝尝。”

“现在去吃？”

玉嵘觉得好像在很久以前的一个下午，他和万小玮走出校园，穿越挤满店铺的街道，他们就这么和谐而神秘地走过。而今天不过是以往过程的重复。很早的时候，甚至在少年的时候，他就有一种感觉，他会娶到一个美丽的女人当媳妇，而今天，他又想起了那时的幻想，心率不由得加快了。他也希望自己能以热切的心情来分享纯净的日常生活，也希望自己真正参与世俗生活并享受其乐趣，而不仅仅是一个旁观者。他的内心总有一处宁静的圣地，可以随时退避，并在那里成为孤高的自己。

蓝天上的白云渐渐扩大、组合，悠闲地浮荡着。玉嵘远远地观望这些多变的浮云，有一种极其美妙的感觉。无限之中人很渺小，但是我还是庆幸这样存在着。他曾有一个目标，使自我化为空无，而今，他经受了痛苦，经历了饥饿、诱惑与疲惫，沿着弃绝自我之路，尝试了种种生活滋味。在阳光下、月华里、阴影中，或在风雪里再度自我加油，感受四季的繁重折磨，痛饮苦乐之杯。

半小时后，他们买了四个肉夹馍，去了玉嵘流浪时经常游荡的公园，坐在公园的木椅上，香甜地吃了起来。

荣誉、财富、尊严像美好的阳光，慷慨地降临到玉嵘身上，玉嵘突然想要得更多，或许这些都不是他真正关注的，而真正关注的却迟迟没有出现。那是什么呢？权力、智慧、爱？他觉得自己比以前更是个自私主义者了，除了想占有那些他没有的，他所拥有的一切对他似乎都没有意义。世上还没有真正理解我的人。他发现内心在寻找一种新的自我认知方式，而他或许永远走在失望的路上。我爱过一个女人，被爱烧伤了翅膀。朋友最终会离开，人会孤独，枪是永远的朋友，一旦生命受到威胁，它就会保护自己。但玉嵘不想要枪，还是想要朋友，特别想要可以共度一生的爱人。

一个轮椅慢慢滑了过来，轮椅上挂满了破烂货。玉嵘突然认出了这就是在青岛海边的疯子。疯子依然那么黑、那么瘦、那么干瘪。显然疯子根本没认出他，或者根本就没有记忆。疯子远远地瞪着他们，玉嵘将剩下的两个肉夹馍送到了疯子手里。疯子毫无感激之心地香甜地吃着。是什么把这人蹉跎成了风干的白菜帮。玉嵘又嗅到了伤感的气味，在托词横行的时代，一切都是可能的。苍蝇在空中飞旋，像中了毒的没落天使。这老家伙，真丢脸。我真想点一堆篝火，把这老家伙扔进熊熊燃烧的大火里，把自己的迷惑也烧掉。

"你结交的范围真广。"

"是的，还很有深度。"

帮那个流浪汉就是帮助自己。玉嵘的两面性思维使他总有两种截然相反的判断：有时他像死囚坚信自己终将获得自由，有时又像个龋齿病人夸张地预知死期将近。

"你适合来美国留学，他们的大学更欢迎你这样的人。"

"如果仅仅是学校欢迎，还不足以成为留学的动力。"

"那你还想要什么？"

他和她对视着，像茫茫人海中仅有的两个相互了解的人。玉嵘一脸心照不宣的梦悠悠表情，像从深渊里挣脱出来的挑战者。万小玮突然明白了，脸瞬间潮红了，心脏也像元宵节的鼓点越敲越快。

万小玮不知道说些什么才好，言辞卡在了喉咙里。

“庞培……他好吗？”

“那你得问庞培，或庞培的女朋友，他女朋友你认识——张地，你们班的。”

玉嵘像大暑天冲了个凉水澡，透心地舒服起来，一副忍不住大笑一场的表情，让人起疑。

“你笑什么？”

“笑庞培这个大傻瓜怎么会放弃你而选择了张地。”

“同学们也是这样嘲笑我的，说我这个大傻瓜怎么舍得放弃庞培而……”万小玮看了玉嵘一眼，低下头，耳廓红得像桃花。

58

卫雄和叔叔在必胜客继续吃午餐。刚刚落座，能展公司的佐总便开着宝马赶到了。在佐总看来，他宁愿全世界化为齑粉，也不愿一杯快到嘴边的美酒被人抢走。

当得知俩人均是朱厅长的家人，佐总更是左也殷勤右也殷勤。饭后，佐总亲自开车送卫雄回家里，还送给卫雄一个包裹，说是感谢他帮助处理了一桩非常棘手的事情——因为他们本不想让齐台公司让出那条路，只是他们当初答应过，后又不同意了，脸面上过不去。正好卫雄给了个台阶，妥善解决了这个问题。

卫雄一时没理解这复杂推理：好像能展公司没能完成修一条路的目标，反感谢卫雄帮助了他们放弃了这个目标。他像一个快要窒息的人，闪电般回忆了工地上发生的事情。

趁卫雄迷茫之际，佐总把包挂在卫雄的肩膀上便钻进了车里，卷起一团水雾，开走了。戏剧的矛盾全部解决，今后的舞台只上演辉煌。

三十万，人民币。卫雄不知道这钱是多是少，不知道这报酬是深是浅？白鹭市就是一座海洋，珍珠只有在海洋里才能捞到。这足够嘲弄财神的。

卫雄忽而体会到一种成功的自豪感，忽而感悟权力的无穷魅力。怪不得当初哥哥那么霸气，怪不得妈妈像女王似的华美而娇贵。他忐忑中等待着爸爸回家，等待着爸爸像表扬哥哥似的夸赞他。他将举起家族的小火炬，照亮被阴霾笼罩的家庭。

然而，他等到了响亮的一巴掌——爸爸踢开门，一步蹿到儿子胸前，甩开老手掌就抡了过来。这一巴掌把卫雄打蒙了，像飞机在头顶上盘旋似的轰轰乱叫。他两手紧紧地按着额角，试图制止血管的暴跳，又像病魔缠身，绵软地蹲了下去。

“混蛋，不要插手任何我的事情，不要拿一分外人的钱。他们都是恶狗，今天向你摇头摆尾地表忠诚，明天就会把你送进监狱。对你来说什么最危险，不是手舞长矛的敌人，而是背后打黑电话的朋友，明白吗？”

卫雄觉得自己有一种殉道者的精神，那一巴掌有着殉道悲哀的美。作为儿子，应该有义务满足父辈的跋扈吧。

不管儿子明白不明白，朱厅长提着那包钱就出去了。书房里传来爸爸大发雷霆的声音。半小时后，佐总的车到了门口，佐总提着那包钱，颤颤巍巍、低声下气地出去了，却掩饰不住内心的狂喜。因为，他知道，他必将得到那条高速的承建权了。

不在官场、商场混上几年，卫雄也许永远不理解其中的微妙。

这可不是国际金融学能教授的知识。

朱厅长的那一巴掌，像牛魔王的芭蕉扇，一掌就扇远了父子的距离。

妈妈像用人似的两耳不闻家中事，仿佛丈夫也不是她的丈夫，儿子也不是她的儿子。她和用人一起在厨房里准备晚餐，洗着水果，调理着丈夫爱吃的炸酱面。

家的温度再次降到冰点，卫雄把自己关在屋里，晚饭也不吃。他从没动过哥哥一根手指头！凡人皆有一死，现在考虑死亡没有意义，却让他想起少年时被父母无端训斥而试图自杀的事。现在，我宁愿将每一天都看作新的开始。

爱一个人不需要理由，却都是理由；恨一个人需要理由，却又不像理由。家人像新铸的匕首，锋利而明亮。

卫雄坚定地认为，爸爸妈妈都喜欢哥哥，即便哥哥得了有辱门风的性病，他们依然喜欢他，而对这个小儿子，却缺乏为父为母的基本关爱。他带着岩石般冷漠神情听着楼下的动静，眼睛呆滞地盯着某个地方。人在悲痛的时候，可以放火烧掉整个城市，但却不知道如何保护那尺寸之心。

不得不承认，人都是用自己的尺子衡量世界的。他觉得自己是一个偶然被遗忘在世界上的人，生存的目的和意义必须自己去开创。

亲情在卫雄心里，也不过是尺子冷冰冰的这端，到冷冰冰的那端的距离。动物也有伦理之乐，可卫雄感觉这家连动物园都不如。

朱厅长自知对卫雄处罚太过严厉，便想到儿子房间细谈，走到楼梯中段时，手机响了。随后便忘记了谈心的事。

朱厅长像了解海潮的水手般了解社会人生，否则便无法生存，遑论将官做大。成大事者不拘小节，做事却不能畏手畏脚，杯弓蛇影。卫雄自然要大气从容，像弹簧门，伸缩自如。朱厅长本能地以为，亲子关系是不带任何附加条件的，可是，有时并不如此。

第二天又到北京开会，随后便把和儿子的这份过节儿遗忘在繁忙而惊险的工作中。他和秘书在候车厅验票进站时，一名男子拍了拍朱厅长前面男子的肩膀，悄声说要他出队说话。他诧异地看看他们。“你们是谁？我要出差，正在检票，有事以后再说吧。”

工作人员亮了亮证件，那人目光惊恐、面色苍白，想夺路而逃，被隐藏在队伍里的男子瞬间抓捕了。那个可怜的人一点也没有想到，他早已是猎枪的目标了，其实他也没做什么坏事，只是没分清自家的钱袋子和公家的钱袋子的位置。据传言他还被人时常抓拍到床上藏有女下属，多么淘气的女下属，做游戏也不能藏到别人的床单下啊。

这一幕，吓得朱厅长和秘书呼吸急促，心脏也积极地狂跳着。真是盛世出故事，这故事真够旁观者喝一壶的。无论是人还是鬼，上帝都制服不了他们，他们就是怕纪委。

历史像聋子一样只回答无人提问的问题。

周总深知阎王好见，小鬼难缠。公司虽然成了地方的一个招牌，可也成了周围小工厂揩油的大山。蚂蚁无法理解伟人的生活，而所有人在苍天面前又是蚂蚁。靠山吃山的理论是许多“蚂蚁”的哲学核心。

周总难得在家吃晚餐，一对双胞胎女儿怕爸爸责问考试成绩，紧张得像一对被瞄准的鸟儿，一个玩着手机游戏，一个看着手机新闻。妻子姜图美帮助用人整理着碗筷，悄悄关注着老公的表情。

“老年敢死队！天哪，爸爸遇到老年敢死队了！”周明大声喊着，妈妈和周亮立刻围过来。

手机上，老头老太太冒雨静坐的照片清晰地闪现着。周总走进了餐厅，女儿们立刻将手机递给了爸爸。周总看完新闻，起身离开了餐厅，餐厅里的双胞胎姐妹相互挤眼，大厅里传来爸爸愤怒的电话声。可不一会儿，爸爸又什么事没发生似的回来了。他告诉妻子，事件平息了，那些老人们安全地回到山里了。

每逢看到丈夫发脾气，妻子就忐忑不安，她既爱他又怕他，她心甘情愿地满足家人的一切心愿，一股深沉的柔情像大海的波涛在心里浪漫地翻腾。姜图美长期以来看着丈夫的表情生活都忘记自己是谁了，或许她永远无法亲吻丈夫的思想，思想不会流血，不会爱，不能触摸。她用虔诚的行为掩盖一个无主的内心。

双胞胎姐妹伸了伸舌头，她们又躲过了一场暴风雨。

第二天刚上班，周总就把朱仁道叫到办公室，问昨天在工地和他站在一起的男生是谁。对这个男生第二次出现在他身边，很好奇。

“我侄子，朱卫雄。他正好和对方公司的老总熟悉，是他摆平了事件。”

“如此说来，我欠了他一份人情。”

“本来是对方无理取闹，也是卫雄举手之劳，不必在意。”

“约他吃顿饭吧。”

仁道答应了，便退了出来。他不由得诧异，虽然说卫雄帮了大忙，感谢的方法很多，但也不至于老总亲自出面请那毛孩子吃饭。

可这饭也不是说请就能请的，卫雄和爸爸发生摩擦后，独自去欧洲旅行了，这一去就是一个多月。等从欧洲回来，仁道忙得杂七杂八，安排饭局的事，早就当作闲言碎语给丢到脑后了。哪知周总却当成心事写在了日程表上。

与酒店清凉的空气相比，外面的天气灼热得像爸爸的巴掌。如果有一个斤斤计较的儿子，当父母的可真要行事小心了。

卫雄也没想到会被周总邀请。其实就是吃饭聊天，然后送给卫雄一块十一万元的瑞士表，作为对平息事件的谢意。饭可以吃，表却如何也不敢接受，他不是怕自己的手腕承受不起，怕的是爸爸的巴掌和爸爸愤怒的血压。

毕竟他还不敢拿爸爸的身体开玩笑，爸爸的巴掌不停地在脑海闪现，这种冰冷的家庭气氛，渐渐使他变成了一个令人捉摸不定的青年。连神仙也受不得委屈，何况人呢。谁要是生活在暴君中间，那他就变成疯子，并且会从这种疯狂中发现一种乐趣。

周总越发喜欢这位对钱财不那么贪婪的青年。其实贪婪也是有前提的，当穷人守着大粮仓时，谁还当野外辛苦的仓鼠呢？

晚餐聊得很愉快，和年轻人在一起，周总感觉自己也回到了二十岁——青春、朝气，有无穷的创造力。他很羡慕朱厅长。

周总在洗手间遇到了在环保局工作的刘加，他们是多年的老朋友，虽然见面少，但刘加从不把他当外人，更不把他当高不可攀的富翁。他说他早就看到周总和客人在一起了。

“朱厅长的二公子，是个不错的青年。”

“严格地说，那青年可算不上是朱厅长的公子。我曾和朱厅长的妻子在同一办公室工作七年，她根本就没怀过孕，休了两个月的假期，突然就宣布有了第二个儿子。见过的人都知道，那周岁大的儿子，不知从哪里买来的。这可是机密，千万不能说。”

吃惊的可不止周总，同时还有待在另一个小隔间里的卫雄。晴天霹雳！他终于明白为何爸妈对他像上元宫女说天宝旧事——痛痒都隔了层皮。他有生以来第一次体验到，痛苦就像野兽噬咬着心房。在这以前，他一直都认为，父母是爱他的，至少是关心他的，现在却不敢相信自己了。他怒火中烧，然而，这愤怒毫无力量。那人的话造成的伤痛比刀剑造成的伤痛强烈一万倍。

多嘴的鹦鹉都是蠢货，以为挑拨别人家的关系，就会赢得富翁的馈赠。如果富翁都如鹦鹉所想的，那富翁不叫富翁，而改叫鸟人了。

做自己生活的旁观者是非常痛苦的。第二天，卫雄用自己的头发和妈妈的牙刷做了亲子鉴定，一切都像上帝提前设定的，他肯定不是从妈妈肚子里生出来的。几天后，他便回了美国，继续读他的大学。他像高烧病人，仅靠希望来支持自己，可一想到未来，却总是浑身虚脱。“儿子”原来不过是个空头衔，像一枚精致的橡皮图章。

他曾多情地以为父母对他的爱，是真正的爱，并不包含不高尚的和非理性的东西。现在，那酸楚的往事可以抹掉，手段是悔恨、克制或遗忘，但未来却难以避免。他要到美国慢慢消化“父母”赐予的爱的大餐，慢慢感悟记忆中亲情的冰冷、漠然的表演。原来一切都是假的，原来都是在演戏，唯独爸爸那坚实的一巴掌是真实的。他害怕说话，不知为什么，他觉得一开口就会哭出来。小学二年级，有一次生病住院，醒来时，却发现妈妈抱着他。妈妈的怀抱那么温暖，那么柔软。从那一刻起，整个中学阶段，他都盼着重病加身，盼着依偎在妈妈的怀抱里。可那一刻的记忆，成了整个学生时代甜美的回忆。别人凡常的母子亲昵举动，在他却成了整个童年乃至青少年时期的奢望。现在一切都支离破碎了，只剩下一些毫无意义的现象，没有任何联系。登机时，他同别人一道过了安检，感受到一种压迫心脏的说不清的繁杂情绪。他想笑，或者试着享受快乐，眼泪却哽住了喉咙，胸膛里充满着自己也不明缘由的泪水，一种又轻松又痛苦的感情激荡着他。

无论在中国还是美国，卫雄都像个溺水的人，一块木板或一块腐木，对他来说都是救命的抓手。连日来，他用新的概念为自己沐浴、修面、折叠心情，对镜察看，已找不到两个月前的男生，但也不认识现在的自己。

卫雄时常拉着同学买醉，是酒精在说话，而不是他。他那张脸渐渐的有种不受时间影响的城府与镇静，无论发怒还是欣喜，那张脸都用同样的方式表达。同学们很想知道他这辈子是否哭过，如果有的话，流出的应该是冰。

周总从此再也放不下卫雄，无论清醒还是微醉，心里想着的总是那个青年，像一见钟情的恋人，无论自己是否成家，是否已华发满头，内心里的他依然是想象中浪漫故事的主角。

59

在公园，疯子狼吞虎咽地吃完了那两个肉夹馍。玉嵘和万小玮消化着他们之间的那份温暖和难以启齿的甜蜜。玉嵘的骄傲和胆怯，使他无法说出更温暖的话来，更不敢碰一下万小玮面团似的小手。万小玮深知她和朱因斯坦的关系大大前进了一步，甚至看到了幸福的曙光，不由得庆幸自己的坚持和机缘。她的手机响了，年轻男子的电话。

万小玮要回去了。一只鸟扑扇着翅膀似飞似坠地掉在了暗红色的地砖上，万小玮吓了一跳，差点踩到那只病鸟。疯子远远看到了病鸟，像饿狗扑食般转着轮椅就滑了过来，弯腰从地上轻轻地捧起麻雀，嘴嘟成一撮，向小鸟吹着气，手指缓缓地梳理着羽毛，像照顾婴儿的小母亲。

疯子窃取了玉嵘的创意，那一套动作正是玉嵘想做的。玉嵘突然很温暖，眼睛一热，急忙眨眼，把即将涌上来的热泪扇了回去。他不敢看万小玮，也不敢让万小玮发现他的表情。他像一个小孩子待在奇怪的梦里，生怕秘密从梦里漏出来。

“没有比那鸟更糟的了。”

“有，也许，”玉嵘看了看疯子，忐忑地说，“至少疯子在保护小鸟，可没人保护这疯子。”

玉嵘忧伤的口气让万小玮不安。她瞥了他一眼——那英俊模样却透着令人心悸的孤独。她想起当初到医院看望昏迷的玉嵘时，医生曾说玉嵘可能成了永远的植物人。他也许还在为没能上大学而心存芥蒂吧。

“一位作家说世上只有一件事比被人议论更糟糕，那就是没人议论你。整个高中阶段，你就是大家的话题。但我感觉，现在的你比那时更真实。”

玉嵘回味着她的话，声音的韵味有着兰花的奇妙，他嗅到了一种莫名的温暖和热度，预感到一种可喜的机遇已迫在眉睫。

最普通的事，一经犹豫，便显得有滋味。他知道得越多就越想知道，产生了一种越喂越饿的饥饿感。

出租车停下的时候，万小玮柔柔地问玉嵘：“明天我生日，也庆祝爷爷出院，到我家来吃顿便饭吧。”

万小玮温暖的声音使得他浑身颤抖，柔美的音色令他终生难忘，他再一次验证了一个道理——女人与音乐有相似的作用。他始终也没能弄明白，到底是声音让他颤抖还是她的话让他激动。当出租车开走时，他越想越兴奋。

玉嵘对未来充满了信心，不由得想到，若能赢得整个世界却失去了这个女子的身影，世界于他又有何益。

万小玮、肉夹馍、疯子、昔日的公园……这可真是回味无穷的一天。平凡的日子也像中学生作文，中间段落总有着承上启下的作用。

命运为他准备了大起大落，他害怕了，他从没做好登台的准备，而自己总是被人仓促地推上舞台，成为一出出苦情戏的主角。

他回忆着这一天的生活，梳理着与万小玮的重逢，也许这一切是许多年前的延续，是冥冥之中的约定。

他越想越兴奋，像停不下来的风，爽快地吹拂着树的每一寸肌肤。云朵像一团团棉絮，游戏似的飘过青石般的天空。他在亭子里的长椅上坐下，一个俊美的青年无所事事地坐在这里，似乎有点傻，可流浪时的他是那么从容、那么坦荡地占据着这张舒服的“床”。我宁愿把自己的整个灵魂交给她，宁愿变成一朵花插在她的乌发上。

疯子陶醉在他的护理事业中，把病鸟放在肮脏的T恤里，仿佛鸟儿怕冷似的。如果鸟儿死了，也一定是被他身上的气味熏死的。算命先生曾说摸鸟的脑袋可以带来好运，摆地摊的小老板便夸口说含他的老二也会洪福齐天。这可真是个出哲理名言的时代。

垃圾箱的上面放着一只空鞋盒子。玉嵘将盒子的前后左右和顶盖上各抠出几个天窗，做成了一个简易的鸟窝。小时候，爸爸在路上抓到一只五颜六色的鸟，鸟儿非常小，比麻雀还小，长着长长的红冠子，叫声微弱而柔软，就放在红色的鞋盒里。半夜起床小便时，玉嵘也会动一动盒子，直到小鸟发出吱吱的叫声，才放心睡去。

他把盒子递给疯子，疯子立刻将病鸟掏出来，怕打碎了似的轻轻地放在盒子里。毫无感恩之心地抱着盒子、转着轮椅走了。无论世界发生什么，似乎没有任何事情能影响疯子。他似乎独立于命运和环境，这种斯多葛式的思想强烈地打动了他，他第一次在疯子身上看到了宗教的可能性。

所有的快乐包裹了一层灰色，心情不由得复杂起来。他感觉内心深处有一汪永恒的热流，就像温泉的底部，盼望来一次一劳永逸的喷发，或者彻底跟自己清算！每个阶级都宣称德行的重要性，而自己无须去实行——富人总是夸赞穷人的节俭，高官赞扬草根的轻松，而疯子也总是冷漠地把所有人当弱智。

向所有江湖骗子致意。

给万小玮送什么生日礼物呢？玉嵘整天都盘旋着这个问题。当初和吴乐乐恋爱时，吴乐乐那么朴实，几乎想不起曾送给她什么礼物。吴乐乐一直是玉嵘不敢回翻的书，怕那血淋淋的刺疼，更怕自己的悔恨和罪责。

他独自在商场转悠，一想到即将看到万小玮，他竟然热血沸腾，手足无措。电梯对面是皮包展区，买个皮包也不错。贵妇赫红梅说过，她的包没有少于一万的。酒店的服务员经历，让玉嵘知道了什么是名牌，什么是奢侈品。对于还在读书的万小玮，太贵了显得浮华，太便宜显得小气。那就选一款两千多元的包吧。

一个声音引起了玉嵘的注意。转过货架，果然是李兵强——七班班主任，整个高中阶段，他似乎都在和这位班主任斗智斗勇，还请客掏空了李兵强的饭卡。但这一切似乎归结于在某个晚上，李兵强响亮地给了万小玮一巴掌。李兵强那暴力的一巴掌让玉嵘恼火了高中以来的所有时光。

这么多年过去了，物是人非，那时的恩怨也付了四季。可见，对于仇和恨，还是不要太认真的好，因为时间总比人更健忘、更无情、更容易稀释情感和怨仇。但不知当初他和万小玮有什么过节儿。玉嵘发现李兵强买了一款玫瑰色枕头似的皮包，挂着一把金色的小锁。

李兵强走后，他也向服务员要那款包，对于女人的用品，他向来怀疑自己的判断能力。服务员告诉他每款只有一件。说也奇怪，玉嵘竟然再也没发现满意的包。转了一下午，最后还是买了一件紫色的水晶发夹，虽然和之前的水晶发夹不同，但至少心意纯纯的。

玉嵘深知赴宴的意义，也许从看到万小玮抱着大提琴走向舞台的那一刻，就注定了今天的结局。可见上天自有安排，人间自有灵性，神秘而多情的初恋，曾那么深刻地影响着他、支配着他。万小玮，万小玮，万小玮……玉嵘感觉心快醉了——多么美好的生活啊。

卢梭说人是高贵的野蛮人。卢梭说这话的时候心里一定没有爱情。现在的玉嵘内心无比温润，足以消化一顿钢铁大餐。

诸事顺利时，日月、风声、车流和树影，都涌动着一种极为动人的情绪。美是自然的一种形式，也是心灵的一种形式，心情愉悦时，视野中的一切都有着奇异的绚丽。

傍晚时分，玉嵘拿着万小玮给他的地址，走进了修逸小区，35号楼在哪里呢。他沿着干净的水泥路往前走着，路边的花坛灿烂地开放着五颜六色的花儿，安静的无花果树缀着绿球似的果实，一群麻雀忽地从草地上飞起，叽叽喳喳落到梧桐树和槐树上。一辆银色奥迪停在前方，万小玮从车上下来。玉嵘惊喜得像麻雀，刚想打招呼，突然发现李兵强从驾驶座处钻了出来。万小玮亲密地搂着李兵强的胳膊，而李兵强揽着她的肩膀一起向前走去，万小玮把那款玫瑰色枕头似的皮包甩到肩膀上，皮包上的金锁，随着他们的步履有节奏地晃荡着。

玉嵘像被电住了。这个敏感的人差点被这动感的“视频”压垮，他感觉在错误的时间走进了错误的地点，完完全全做了件傻事。怪不得万小玮说：“来吧，会让你大吃一惊的！”他曾多情地以为她要当着家人的面真情地表露她也喜欢他。是的，我大吃一惊，吃饱了！他下午还警告自己要淡忘与这个人的仇恨，可傍晚就复读了与李兵强的全部仇恨。他是我高中的宿敌。忽然觉得生活像沼泽般腥臭而黏腻，自己向来在沼泽中跋涉，却一直都没能觉察。

仿佛时间从没有在自己身上流走，而只在他人身上留下了痕迹。直到这一刻才发现，自己依然是那个昏迷不醒的倒霉蛋，是那个在睡梦中耗费青春的孤儿。

感官能拯救灵魂，感官也能摧毁爱情。玉嵘像突然被叫醒的人露出了恐惧的眼神，鼻孔颤动着，嘴唇也抖个不停。当整件事像一记耳光那样直白，他觉得这个发抖的人不应是他，却又不是别人。就像独自在黑暗的山洞里用灯火引导着前行，走到一半时，灯火突然灭了，前不见古人，后不见来者，黑幽幽山洞只剩下自己。

玉嵘把包装精美的紫水晶发夹狠狠地扔进了垃圾堆里。虽然花了他一千二百元。他知道，他扔掉的不是钱，也不是水晶发夹，而是一种心情，一种差点掉入陷阱的状态。

这里没有风景，只有羞辱的感觉。合理的借口和正常的戏弄引导着他走到虚无的门前，而打开门，却什么也没有。

他扔掉了那种状态，删掉了万小玮的电话。但他扔不掉愤怒，删不掉受辱的心情。他的爱情被她点燃、被她勾引，也被充分地发挥和扩展，可这一切，都是欺骗。她在玩弄着他，逗弄着他，这让他极度愤恨。傍晚飘浮着淡蓝的烟雾，像一种虚饰，一场虚伪的表演。书上的爱情都是浪漫的，似乎每个人都要经历一场爱情的浪漫史，而浪漫史最坏的地方，到头来使人不浪漫。

我活成了一个笑话！

60

走出小区，玉嵘又后悔把水晶发夹扔了，毕竟那是用钱买的，不应该不尊重自己的血汗钱。他返回到垃圾箱边，忍着西瓜皮、剩菜的臭气，用一根枯枝把精美的包装盒钩了出来。翻腾出来的垃圾臭气在空气中弥漫，像腐烂的天使在扑腾翅膀。他终于切近地体会到阴郁可怕、令人窒息的恶臭，这种气味在无数个不眠的夜晚，混着酸楚的气息飘进他的梦里，他被心痛的迷雾弄得晕头转向。

翻动垃圾时心中只有爱的疼痛。

盒子上沾了污迹，他拆开包装，取出漂亮的紫水晶发夹，握在手心里，反复看了看，最后又把它扔进了垃圾箱里。之前所有的美好，以及美好的天气和风景，全都以哭泣的方式结束了。一大群苍蝇从垃圾堆起飞，带着柔柔的臭气，多情而伤感地围着他哀号，搅乱了他内心深处滋生出的爱的绝望。

他觉得自己依然是个纯粹的流浪汉，只要一只手里有半块面包，另一只手就敢挥手告别。他也不知道是怎么样的力量让他那么想念万小玮，但现在，他宁愿横穿整个世界远远追踪一颗星星，也不愿被月亮晃瞎了眼睛。

他感觉自己好似被火箭发射到了另一个星球上，不同的风景、空气，连痛苦也迥然有别。孤单让他越发脆弱，苦难让他越发敏感，他背负着这易碎的十字架，快被压垮了。他学会了品味残羹剩饭，并从中得到营养。他的人生才刚迈开步伐，刚刚摒弃了忐忑的海市蜃楼，万小玮却又让他伤感疼痛起来——他始终没能成为自己中学时憧憬的样子，反而成了这副连自己都不敢细察的模样。

这生活是从梦里租借来的。

曾有两位老师与玉嵘抢购万校长的高考加油培训学校，玉嵘当即决定放弃购买计划，另立门户，自己成立新起点学校。那天晚上，气愤中的玉嵘突然灵感勃发，拉拢了另两位大学生参与到他的团队里，制作了新起点学校建校方案。在激烈的生存竞争中，人们总想拥有某种经久不灭的东西，家长们希望把哪怕无用的知识塞满孩子们的脑袋，愚蠢地幻想着以此占据未来的高地。

教育市场大有可为。

一切强制影响学生都是不道德的，因为强制影响一个人会限制人的灵魂，使人不会按天性去思考，成了别人的回声，甚至始终扮演着别人给他规定的角色。玉嵘的学校将基于学生个性的开发和激情的培养，在于素养的提升和求知欲的点燃。在注重基础教育的同时，大量对接国外名校，借助于他们的教学，启发和引导学生们。

白鹭市的网站、媒体到处都有朱玉嵘挂名成立的新起点学校的宣传资料，没几天的时间，报到的学生超过了三百名。玉嵘广招有经验的老师，包括海归教师，高标准地扩大了师资力量，细细规划了教学方案，建立班级教学与网上授课联网互动的方式，开创网络新时代的教学模式。与此同时，新起点学校与各大城市的培训学校联合，成立了四十八家分支机构，第二年就扩大到一百三十七家。

互联网就是这样，总让人自愿沉浸在它的怀抱里，而不是待在边缘。有人以为年轻人创业就像一只盛满水的玻璃杯，再加上哪怕一滴水，也会溢出边缘。可年轻根本不在乎容器，他们建立的是条大河，他们创造着一块新的冲积平原，一块新大陆。

玉嵘缺席了万小玮的生日宴，万小玮发信息也不回，电话也不接。似乎昨日的温柔像一场虚拟的网络游戏，而今游戏已下线。

连万校长也不明白玉嵘为何突然放弃收购他的学校。老人对自己的年轻朋友相知越深，就越为对方惋惜。当初，让玉嵘接管高考加油培训学校却是他唯一的心愿。同样是万校长，两年后，却盛赞朱玉嵘的霸气和魄力，同时大骂那些把他的学校做到破产的笨蛋们。万校长哪里知道，激起玉嵘斗志的不是玉嵘天才的创意，而是对万小玮的绝望，对李兵强的怨恨。他小心翼翼地不让任何表情和言语泄露内心的痛苦，但在那一刻之前，他从未认识到自己的悲愤能创造出那么多出人意料的成绩，从未意识到它会为自己带来那么多悲欢离合。

玉嵘和两位合伙人在教室里商讨事情，传来几声轻柔的敲门声，如果不细辨，还真听不清楚。推门进来的是一位漂亮的妇人，比挂历上的年轻女子还美几分。

“请问，谁是朱玉嵘？”

“我是。”

“想请您到我家给我的双胞胎女儿辅导。”

“我可以派最好的家教去。”

“多少钱，尽管开口，但必须您去。”

玉嵘嘴角扯起一丝笑意，仿佛看一只美丽的蝴蝶瞎子似的落进了火焰里。

“夫人，您这么漂亮，回绝您让我良心不安，这不是钱的问题，是时间。”

“我丈夫是周全运，一小时一万可以吗？”

“这名字吓坏我了。周总——我仰慕已久。不过，夫人，我无意冒犯您，一小时一百万我都不会踏进周总家的门！”

进来吧，做个梦吧，梦破了又怎样，梦醒了又怎样。

梦是白日焦虑的化装舞会，就像诗歌是生活的化装舞会。合伙人钱杰能推了一把玉嵘，楚秋生也诧异地看着玉嵘，不明白这家伙为何这么怪异。

姜图美失望地站在门口，不知如何是好。她不明白这小伙子为何说出一百万的话来，伤心的泪都快流出来似的。玉嵘替她拉开门，礼貌地目送她出去了。

她是姜默的女儿，正是她爸爸杀死了我爸爸，也误了我的人生。

钱杰能说除了积极地挣钱或痛快地花钱，其他任何事情都不值得去做。他骂玉嵘是傻帽儿，简直把罪恶当作实现他审美的一种方式，既不识美色，也不会欣赏金币的叮当声。

“不要谈我，今晚我很讨厌自己。”无关疼痒的东西都能清楚地说出口，不能说出的东西必须保持沉默。

自禅的立场看世界，万古长空，无非风月，挑水砍柴，无非大道。

新起点学校以创始人也料想不到的速度快速发展着。2013 年春节时，影响力已扩展到全国各地。网上授课视频的点击率竟然居同类视频之首。世界各大名校的优秀课程，像一份份营养不同的大餐，呈现在网民面前，让人足不出户，就可以欣赏到世界顶尖教授的智慧。当然，这已是新起点学校网的收费项目了，并且开通了网络支付功能，创新性开设了线上线下教育联动，前途无限广阔。

玉嵘用一双老鹰似的眼睛，搜寻着海外留学生的学习动态，像纽约文化沙龙、伦敦文化沙龙等中国留学生自发组织的课程，或举办的文化交流项目，都被玉嵘毫无保留地共享到网站上，极大地提升了网站的品位，丰富了学习内容，也开阔了教学视野。每当有优质课件翻译到网上，他就被一种既成功又庄严的神圣感笼罩着，心儿怦怦直跳。

每次数据的刷新，都让玉嵘更得意、更自信，也更从容。人无论智商多高，都需要一些激励，看着银行卡上数字的攀升，他竟然有做梦的感觉，甚至怀疑这一切的真实性。这个时代就是这么魔力无穷，一夜暴富的往往是二十岁左右的熊孩子，世界到处克隆着比尔·盖茨的成功案例。

玉嵘深知成功绝非易事，他只是碰巧捡到了馅饼。

他好想和什么人分享这美好的心情，可似乎又没有做好对话的准备。除了保留在内心深处的一小片温暖，记忆的岩穴里，到处湿冷沉郁，苔藓不生。

那次缺席了万小玮的生日，万小玮到学校来找他，他像生气的蜗牛，缩起了自己的灵魂。

有过吴乐乐，有过赫红梅，他实在不想和别人共享一个女人，不想让爱情变成负累、变成伤疤、变成战争的导火索……到头来却发现，万小玮是他永远的伤疤，是他所有失眠的借口。他多次在梦中轻松愉快地利用了万小玮的爱情，可大梦初醒又删除了一切。记忆里有一个漏雨的洞，然后就有了一段漏雨的爱情。他总是一遍遍坠入无尽的洞里，却无法找到出路。看书的时候他告诉自己忘记吧，身体却号啕大哭。每页都写着她，书页里散发着疼痛的味道。

命运拯救了他，在这阴郁时刻，事业给了他一片满足欲望的花园，给了他一座寄托灵魂的崭新祭坛，在这儿他把危险的欲火变成点燃事业的火焰，变成高尚的精神大餐。

周总的妻子姜图美又来过两次，玉嵘没出面，直接让钱杰能把她打发了。玉嵘发现自己越来越硬，越来越冷，也越来越暴躁，他似乎正在变成另一个人，另一个非我。心底的那股火热的岩浆，一直没有喷发的出口，生命的真正动能，没能让他活得更自在，而是更不自在。生活中发狂的预兆已经开始，精神和肉体很难完美地融为一体，而那些喜欢吹牛、举止粗俗、智力平庸的年轻人必然无法理解。

玉嵘深深地感受到，自己如果不是一个艺术家，就肯定是一个无限忧郁的人，或一个疯子，他从没想到自己会是一个年轻的企业家。这世界已向他敞开了胸怀，它曾给他痛苦，也将给他欢乐，如今，他不再是一个从窗口眺望世界的中学生。

只要有钱有名，不管血液里是否流淌着烈性毒液，脊椎里是否闪烁着好色的火焰，漂亮女孩依然会向他发出阵阵香气。可这香气都不是他想要的种类。女人像夏天的蚊子，哼哼着情爱歌曲整日盘旋在他身边，在无数次被女人叮咬之后，他竟然又恢复了流浪时的孤独心境。

人生就是孤独旅行，他有大隐隐于心的状态。

新起点学校的影响力越来越大了。有名的培训公司出几千万收购他的学校，风险信托投资、天使投资等也找上门来，帮助他把公司做成上市公司。他从没想到自己会走到风口浪尖上，可他真实地感受到了成功的福利。

合伙人钱杰能和楚秋生各买了一辆宝马，而且总是左拥右抱，招蜂引蝶，招摇过市。玉嵘却非常低调地买了一辆二十多万的丰田。钱杰能骂他是乞丐命，他却把杯子往桌子上一蹾："懂个屁，乞丐才是真正的贵族。"说完甩门出去了。此后好多天，钱杰能和楚秋生都在讨论乞丐为何就成了贵族的话题。

当今时代，一切享受都可以用金钱换取，包括奢华的生活和女人，腐化堕落腐蚀了社会的品格，像传染病把奢靡带入了内心。敢于破坏和挑战被认为是最好的时尚，除了功利，没有人愿意捧起书本。

玉嵘斗胆设想，自己的冷漠也许不过是抵抗恐惧的保护壳。明白这一点的那个失眠的午夜，忍受着羞愧，站在残忍的大雨中，无声痛哭，直到小区的保安来巡夜，他匆忙抹了把脸回家了。

和万小玮分别一年之后，玉嵘突然幻想在色彩缤纷的街头，可能会和万小玮有一场温柔旖旎的相遇，这种念头一经渗透，心底便涌起一片蔚蓝的海浪。

玉嵘还真就在街头遇到了，当然，那人可不是万小玮，而是李兵强。李兵强和一名三十多岁的女人——他依然亲切地揽着对方的肩膀。玉嵘的心立刻无所不在。这年头，谁都有笔浪漫的烂账。

玉嵘想下车痛揍李兵强一顿。可他还是压制住了内心的怒火。那晚他果真又梦到万小玮了，她在阳光下和着海浪跳舞，一举一动都弹拨着玉嵘隐秘的神经。他躲在沙丘后面，不敢出声，更不敢走出来，因为那令人怜悯的激动，已使他浑身瘫痪，双腿根本不会迈步。不安的心悸，焦灼的渴慕，梦境中的苦与乐，使他魂不守舍，完全沉湎于内心的声浪，咀嚼着意味无穷梦中的情爱。

兽性和美感在玉嵘的心里交融在一起，而玉嵘却想划清那道分界线，这劳而无功的行为，最终使大脑嗡嗡作响，头痛欲裂。而这头痛又似乎只有万小玮的一个微笑就能解决。这是灰蒙蒙的叫人疼痛的日子，这种漫漫长日却又助长了灰蒙蒙的感觉。

没有爱情的人生，山河也徒增寂寞，他终是在爱情的路上逃亡着。

61

玉嵘实在不想和周总有任何瓜葛，但在白鹭市，很难逃开对方。原来的校址已满足不了需要，玉嵘不得不租用趋光大厦，改做培训和办公地点。

租用手续本来不需要周总亲自操持，可是当看到承租人是朱玉嵘时，周总火冒三丈。他不由得想起“一小时一百万我都不会踏进周总家的门”的狠话。

周总不缺钱，也不缺霸气，更不缺手腕。他不在乎每年五百万的承租费，即便不要这五百万，也不能让这小子太张狂。

“对不起，我刚才把价格说错了。不是五百万。”

“我看也没这么贵。”

“是一千五百万。”

玉嵘和齐台集团负责楼盘租赁的胡经理谈了两小时，毫无进展。这种就地翻三倍的无赖行为，很让玉嵘失望。

在大厅里，玉嵘一行遇到了周总和仁道。不明所以的胡经理马上替双方介绍。玉嵘热情地伸出了手，周总却像对待苍蝇似的昂首走了过去。

玉嵘收回手，尴尬地对众人说：“昨天我想和一个人握手，他也这样对我。后来才知道，他有性病，怕传染给我，很有爱心！”

周总停住了脚步，咀嚼着玉嵘的话，聋子似的他最终进了电梯。

玉嵘低下了头，似乎在和自己的皮鞋交流。我早该知道来这里只会自讨羞辱。

任何环境总有那么一两个特殊人物，大家要么爱他，要么怕他，他出类拔萃，让人由衷臣服。显然，玉嵘也体会到了周总那强大的慑服人的气场。他毫不迟疑地确立了目标——做人当像他那样自信而强大。

朋友们或许会给他安慰，大家也知道从熟悉的东西里获取安慰是多么微弱。当那么多裂痕都已经发生，人们怎么能依旧如故？

几分钟后，仁道就在停车场拦住了玉嵘的车子，坐在了副驾驶座位上。

自上次玉嵘找过仁道之后，二人虽然在某些场合相遇过，也仅仅是打个招呼而已。才两年多的时间，玉嵘却成了小名人。仁道不由感慨世事的多变，这个时代是年轻人的，他们的一个点子可能成为某项科技的巨大创意，成为新兴行业的开端。

“你为什么不辅导他的女儿呢？”

“你知道的。他岳父制造车祸撞死了我爸爸，我不会帮仇人，没你那心胸。”

“我曾为你爸爸的事向周总提过，周总非常恨他的岳父，所以，他不会为岳父买单。也别拿我和你比，我是杀人犯，没有单位想给犯人一个未来。所以……”

“我为周总这个大好人感动得泪哗哗的了，你为他卖命，干任何坏事也不在乎吗？看看那烟筒，每到晚上就喷出浓浓的浪漫，看看那东复河里的黑水，流淌的应该是满满的仁慈吧，你的工作不就是为齐台集团掩盖污点吗？”

“玉嵘，你还年轻，并不是人人都能靠一台电脑挣大钱。北京、上海……整个中东部，哪里还有一块干净的天空？问题太多了……别为难自己，对人宽容，就是对己宽容。别以为我心里没有一杆秤。当初，我也想离开公司，到一个更干净更纯洁的地方工作。你告诉我，哪里有适合我的工作？我那些监狱出来的弟兄们，你能给他们一个饭碗吗？所以，反过来想，周总也不错，至少解决了那么多人就业，每年给国家也上缴了不少税款。正如你说的，我像个不辨是非的人，周总的岳父企图杀我，却害死了我朋友，我不该为他卖命。可我的亲人又怎样呢，他们竟然像躲避一坨大便似的躲避着我。这就是现实，玉嵘。你的美好生活才刚刚开始，可我的美好青春，除了那血淋淋的一刀，什么都没有。”

“跟我干吧，我任命你为行政后勤老总。”

“跟你干和跟他干有什么区别？按马克思的理论，不都是被你们剥夺剩余价值？”

两人都笑了，车里的气氛比刚才轻松多了。仁道继续苦口婆心地劝这年轻的小伙子。“周总很关心下一代，你如果能给他女儿们辅导，楼盘租金他会全免。他刚才的无礼你别在意，进门之前听说了一件让他恼火的事，工厂附近的丁香村，竟然从社会上搜集了几个疯子，说是工厂水污染，影响村民们神经发育，导致村民们精神失常……还要召集媒体大做文章，企图要挟周总交巨款赔偿……”

玉嵘突然想到了疯子，怪不得这几天没看到疯子。难道疯子也被村民们带走了？有一次玉嵘在路口打电话，突然斜刺里冲出一辆教练车，疯子一把拉住了玉嵘，躲过了一场车祸。玉嵘惊魂未定，疯子自言自语、有急事似的，转着轮椅离开了。一时间，玉嵘不知道自己是清醒还是在梦中，不知道是疯子冷静，还是自己迷狂。

和仁道分手后，玉嵘立刻出了城，赶往丁香村。跑在林荫大道上，一边是浓密的绿荫，一边是柔和的阳光，一直延伸到远景的尽头，那儿深绿的大山隐约可见。周总给他的羞辱似乎也不那么痛了。

心理学家说，孤儿总是对社会上的弱势群体表现出无原则的仁慈和善良，以彰显他们的存在感。孤儿的这种行为，相当于战士的钢枪和电脑的防火墙，从根本上说就是一种自卫。每个人身上都有天堂和地狱。青春总会无缘无故地微笑和苦恼，这也是魅力所在。

这个村子以丁香树闻名，每到春天，房前屋后以及漫山遍野的丁香次第开放，到处氤氲着丁香的浓郁香气。可丁香并不能卖钱，也不产什么果子，更不能因为那短短的花期而开发什么旅游项目。当别的村子因为水泥厂、砖瓦厂或化工厂而致富时，丁香村依然寂寞地枯守着漫长的无花期。

邪恶的人便生出了借疯子炒作的妙招。

玉嵘将车子停在一棵白杨树下，站在那些高耸入云的树干间，树冠哗哗作响。他决定，要让这成为今生的最有意义的一次解救行动。

一群放学的孩子告诉玉嵘在大队部里关着两个疯子。玉嵘开车去了大队部，钢筋铁门上落着一把大铁锁。院内杂乱，一只褪了色的蓝塑料拖鞋横在木柴堆上，长着几株月季花的花坛，杂草比月季花还高，两棵槐树间挂着一架秋千，似乎很久没人敢把屁股放在那朽木板上了。玉嵘白痴似的愣了一会儿，那闪光的铁锁会聚着他炽热的目光。除了可怕而冷酷的清醒，什么也锁不住。

玉嵘围着院子转了一圈，透过平房向北开的窗口，玉嵘看到两个疯子被关在一间堆满麦秸秆的小屋里。发现有人影，那个年轻的疯子瞬间将脸贴到玻璃窗上，吓了玉嵘一跳。玉嵘又转回到院门口，拍打着铁门。

不一会儿，一个胖胖的中年妇女问玉嵘来干吗。

“我在找一个坐轮椅的疯子，刚才看到了，就关在那间小屋里。”

“你肯定看错了。”

玉嵘胸中一阵哽咽，他一向把朴实的农村妇女看作是世上品格最为高尚的人。“如果不放他出来，我马上给公安局打电话。”

妇女显然慌乱了。不知何时，铁门里面站着一个又矮又瘦的理着平头的男子。“你为什么找他。”

玉嵘盯着这个凶狠的男子，不由得胆怯了几分。如果玩不好，挨顿揍事小，出人命也许并不稀奇。

平头男子好像近视似的觑着眼睛，仔细听着远处的车声，又像憋着一个放不出来的屁。

人总想毫无恐惧地活着，但这是不可能的。

62

玉嵘和村民门里门外僵持时，一辆中巴开了过来。玉嵘被突然而至的欢闹弄得不知所措。地方网站、小报、实习记者们，扛着摄像机、照相机立刻围在了院门口，排演好的村主任、村民们也蜂拥而至。铁门打开，小平头还来不及向村主任汇报，村主任就对着记者发表了演讲，他艺术地拉长了每一个音，以启发的语气，伴着激烈的手势，痛斥齐台集团的污染，要求赔偿被地下水残害得越来越疯狂的村民。自从当上村主任的第一天起，他讲话就变成了这个样子。

只要有胆量，谁都可以是新的哥伦布，是天才的鼓动者，是新人类的种。村主任要求齐台集团废除对村民的偏见，要敢于和这些疯傻了的村民共舞。村主任知道该怎么用舌头，他所表现的不是勇气，而是怒气。手起剑落，模仿着列宁在1918的演讲。

早就有村民推出了轮椅疯子，拉出了另一个年轻疯子。疯子们哪里会想到，他们也会上新闻的头条。妓女并非为了爱客才接客。新闻也是这样，只要能吸引眼球，不管什么类型的真假消息，都能让读者消费片刻。

玉嵘挤进人群，疯子像见到亲人似的紧紧地抓着玉嵘的胳膊。玉嵘推着疯子向外走，村主任拦住了他。

“你要干吗？”

“我来接我爸！”

记者不漏过任何有戏剧感的场面。“你们囚禁我爸，如果我起诉，想想你会判几年吧！”

村主任实在没想到会有这天大的漏洞。他为没能选好疯子而后悔不已。判刑的话确实吓坏了他，当即向玉嵘道歉，说玉嵘的爹爹确实太像他们村走失多年的疯子了。

“走失多年的疯子，与新建的工厂有什么关系呢？”玉嵘实在被这无耻的村主任气疯了，狠狠地嚷了一句，推着疯子爸爸离开了。从话语的摇荡中，玉嵘联想起了春天丁香盛开的景象，那浓郁的芳香和疯子身上的臭气结合在一起，仿佛他正和一场流血事件携手梦游。

村主任厚颜无耻地对镜头申斥着，即使眼前发生地震，村主任也不会崩溃，因为他坚信事件是按他的思路发展的。村主任很想在任职期间创造辉煌，也想像其他的村主任一样，出入豪车，坐享村官的奢华。他深知会哭的孩子有奶吃，这个时代，要哭出艺术、哭出美感、哭出轰动效应，红利自然会在运转中流进腰包。

摄像机跟随着疯子的背影拍摄着，这最后的讽刺，默默地撕碎了村主任的心，他终也不明白为何记者们没有一点同情心。

玉嵘推着疯子走出大铁门时，从疯子怀里掉出了一只死鸟，疯子弯腰捡起了死鸟，那绝望无助的表情，立刻在玉嵘心里引起一阵错乱。幼小动物的软弱无力总能引起人们的同情，疯子也不例外。可例外的又是什么呢？

玉嵘蹲在轮椅边。“我给你买只鸟好不好？”

疯子没听到似的轻轻抚摸着鸟的羽毛，仿佛鸟儿在他手掌里睡着了。玉嵘呆呆地蹲着，临了竟像个孩子似的抽泣起来。精神真要发起高烧，就连诸葛亮也都难保行为不古怪。

玉嵘双手捂着脸，扑簌簌地掉下泪来。即便真有这样一位疯爸爸，至少也是有爸爸的人。生来还从没流过这样疼痛的泪水，他感到泪水穿过手指，流到了心里。他仿佛和疯子走进了一个无须讲话的世界，语言是没有意义的，他乐意这样，和疯子在一起不需要语言和思想。他清楚地感觉出什么是重要的，什么是美好的。

玉嵘把疯子送进了疯人院，并预付了半年的治疗费。医护人员给疯子办理住院手续，洗澡理发，更换干净的病员服。疯子漂亮多了，成了一个干净的中年病人。主治医生把疯子的贴身物品交给玉嵘保管——一个蜡黄的牛皮纸信封。玉嵘不关心信封的内容，却受不了信封发出能熏死人的臭味。走出疯人院时，玉嵘想扔进垃圾箱里，但又一想还是没扔，随手放在副驾驶座上。

疯人院里，疯子是唯一允许养鸟的病人。无论走到哪里，疯子总是提着鸟笼子，里面养着一只漂亮的鹦鹉。

回到他住的小区，停好车，才撕开散发着怪味的信封。里面有三张照片，其中两张是疯子和一个小个子男人在车间和厂区照的。另一张，却让玉嵘惊呆了——分明是他周岁时，爸爸妈妈抱着他照的全家福。

同一底版的照片，在他家的墙壁上挂了十几年，怎么会被疯子保存着。照片的背面写的话，更让玉嵘如坠云雾："小男孩就是姜默偷走的他女婿的儿子!!!"

怎么可能！一定是疯子弄错了！我怎么会是周总的儿子！信封里还有一张剪报，是从报纸上剪下来的寻人启事：周岁的小石头微笑着看着前方。前方有多少险恶，他可真不知道。

玉嵘忽然记起钱杰能的话。上午和周总在大厅里打了个照面，周总像躲避垃圾似的冷落了他。钱杰能却坚持说他和周总长得很像，如果不是对手，肯定有人以为会是父子，眼、眉毛、鼻子和耳垂都极其相似。

玉嵘被这消息击碎了。自有记忆以来，父母那么爱他，甚至怀疑自己的出身就是对他们的不敬。爸爸以前在青岛教书，玉嵘推算了一下，爸爸调回故乡时，自己正好一周多岁。难道真是他们贩买的孩子？记忆是不能做证的，做一个亲子鉴定就万事大吉了。但玉嵘却不想用 DNA 证明自己——那是对血缘的污辱。虽然人对自己的需要、自己的理解、自己的痛苦，永远缺乏准确的尺寸，但父子却是世界上最特别、最忠诚、最无私的关系，他不想用任何人类语言或手段，对崇高的父子关系敲敲打打，指东画西。他希望这份亲情发出自然的光辉、音响铿锵，感动星宿。这种难以形容的美丽，来自喜悦、原始和本性，来自生理和心理的协调。如果真是周总的儿子，一定会有血缘暗示的。

第一次遇到周总是吴乐乐带他吃西餐，之后，许多次他与周总都阴错阳差地发生着各种交手，不但没增进彼此的关系，反而增添了彼此的厌恶。

父子之间应该有奇特的关联，像乔布斯与父亲一样。乔布斯自小被父亲抛弃，几十年后，当乔布斯成了世界名人，经常到公司附近的餐馆就餐，而餐馆的老板也因为苹果公司的高官来就餐而倍感荣幸。许多年后，乔布斯才知道那老板就是自己的生父，而老板也才明白，那位让他仰慕的大人物，却是被自己遗弃的儿子。虽然吃了那么多次父亲的大餐，说过那么多待客的敬语，乔布斯却至死都不能原谅父亲。

父子关系对玉嵘来说代表着所有。他是我的父亲，这感觉像证明我的右手就是我的手一样真实。玉嵘越想越激动，越激动越想，像待产的孕妇，又像孕妇肚子里等待出世的孩子。难道这不是又一次降生吗？我有父亲了，有后妈，还有两个妹妹，是大家庭的一员，是爸爸的孩子。人们为什么喜欢孩子，因为那是存在过的唯一证据。

每个人心里都有谋杀的种子，谋杀自己或谋杀阻碍自己的那些关系。我却是周总油锅里的冻豆腐。要清除他对自己的厌恶，必须先去掉自己的恐惧。有了目的，就会变成疯子。夜里两点，玉嵘把钱杰能和楚秋生招到他家里。这样的事以前也发生过，那时公司遇到瓶颈，而玉嵘有了新创意——融资扩大规模。这家伙凌晨三点把两人从被窝里提起来讨论他的创意，他不得不用一杯又一杯浓烈咖啡，让合作伙伴回归现实。

今天，当两人睡眼迷离地出现在他的客厅里，他们发现玉嵘像一只注射了兴奋剂的猴子，眼神明亮、语无伦次、活蹦乱跳，一会儿也不安宁。不信任我，是您做过的最不明智的事。

“我不明白，你们俩混蛋怎么还有心情睡觉？公司租用大楼的事一点儿也不放在心上吗？”

俩人怪异地看着玉嵘，钱杰能闷头闷脑地问道：“朱总，你是不是病了？”伸手就去摸玉嵘的额头，玉嵘一把打掉了他的手。

“周总的漂亮夫人来找了你三次，你从了她不就得了？为孩子们辅导又不是要你的小命根。我敢说，你若答应辅导，楼盘的事就不是事了。”楚秋生头歪在沙发扶手上，一副进入梦乡的样子。

“或许你一箭双雕呢。”钱杰能及时跟风。

无人理解玉嵘的疼痛和愤怒，他快速地走到厨房，但绝不是为他们做夜宵。他端了满满一盆水，猝不及防地冲他们倒头泼了下去，俩人像踏到电门的疯狗，立刻弹跳起来，沙发、茶几和木地板立刻一片汪洋。

“滚！”

俩人淋离着满头满脸的水，像在梦中被人痛殴了一阵。

“滚啊，我要你们快滚！”

俩人像洒水车一路淋漓到楼下。他们讨论着玉嵘的反常，天快亮时，才驱车回家。

亲情给了我力量，若控制不好，反会毁了亲情。命运拯救了他，在这事业发展的忐忑时刻，命运把父亲带给了他，给了他一片满足亲情的花园，给了一座寄托血缘的祭坛。这儿允许他爱，允许把自己的心献给一位可钦佩的、年长的、慈爱的父亲，可以把余生汇入亲情的江河，变成其中的一部分。

第二天上午，玉嵘就和一所职业学院签订了教学楼的租用合同。

当然，这是退而求其次的方案。

玉嵘却像捡到了金元宝，总让人怀疑他要不怀着什么阴谋，要不就隐藏着巨大的好事。那种喜形于色的孩子似的兴奋，让对手不安，也让合作伙伴忐忑。大街上，乐队正折磨着一首交响乐曲。他门窗大开，仿佛也想把自己的胸膛打开晒晒阳光似的。

更出人意料的是，玉嵘让朱仁道主动联系周总或周夫人。仁道很诧异，以为他在开玩笑。

“别让人认出你是骗子，否则你就爬不高了。”

“爬高的不都是骗子吗？”

“你不觉得自己太想当然了？”

“也许，就像你想当然地化敌为友。我也得向前辈学习，宽容也是一种智慧嘛！”

每次见面，朱仁道都不得不承受着这个毛小子的尖酸刻薄，可又止不住地喜欢他。

玉嵘可以为周总的双胞胎女儿辅导，事先交付二十万，等高考结束，俩女儿升入重点大学后，再付五十万。如果有一个没能考上，他全部退款。

但有一个先决条件：双胞胎女儿必须全日在玉嵘的学校上课，并住在玉嵘家，可以让周家的用人来照顾两姐妹的生活。

家族的精神可不是用砖块垒的，妹妹们的教育当然不能忽视。

午夜，街上空荡荡的，这是没有白鹭的白鹭城。是我的城市，父亲的城市，我的故乡，我的地狱，和天堂。

63

人们之所以跌倒，也许是为了学会爬起来。连周明和周亮落后的学习现状，玉嵘都认为是上天替他创造的续接亲情的契机。他有过一位坚强的父亲和一位影子似的、病弱的母亲。原来他们是善意的说谎者，是他生命的接管人。而今，除了那些难以固化的记忆外，渐渐的，像所有去世的人，仅剩下一个个苍白的传说。他珍念父母，父母却渐行渐远。记忆就是一座深不见底的海洋。

朱仁道感觉玉嵘这小子有点疯癫，想问题太简单化了。谁的父母能敢把孩子交给这样的人辅导呢。但又一想，他之所以成功，也许正因为他的另类、偏激和不走寻常路。而寻常路上又总不见什么好风景。

周总深知女儿们需要的正是严格教育和强制约束，可把孩子们的前途赌在这个毛孩子身上，未免也太疯狂了。疯狂的事，一生做一次就行了。

双胞胎女孩却极想摆脱家庭的束缚，极想靠近这位神话般的商业小王子。老师和同学们都以朱玉嵘为榜样，而她们将和这传奇人物在一起，那是何等的骄傲啊。

周总始终不相信玉嵘的诚意，总感觉这小伙子不靠谱，甚至怀疑这小子使什么坏主意。周总既不同意让双胞胎女孩住到玉嵘家里，也不同意到新起点学校上学。如果玉嵘同意，就每晚到周总家辅导两个小时。

玉嵘竟然同意了，但条件是不保证升入任何大学。玉嵘这宽泛的举动反助长了周总的多疑，更让周总提高警惕。

玉嵘兴奋得在夜晚的大街上狂走。街头乐队没完没了地折磨着一首好乐曲，路灯迷离，透着一层神秘。这或许是没有诗意的城市，但不能是没有亲情的夜晚。在这样的夜里，人心不能空着。十一二岁的时候，他就有一种感觉，他不是出身低微的人，他属于大城市。那时的城市在他看来，楼群高耸入云，街道延伸至天边，总有一种极其美妙的感觉。

双胞胎姐妹表现得比任何人都兴奋，因为此时的玉嵘不但是高考辅导专家，也是年轻的企业家、商界奇才。她们自信地认为，朱玉嵘选择培训她们，是因为她们也有优秀的基因，也有优秀的可能。

第一天上课，就让两姐妹尝到了苦滋味。他带了五份数学试卷，要求两姐妹把五份数学试卷——七个半小时的题量，一小时内做完。一是检验她们快速判断能力，增强对题的自信心，二是争取最短时间做最拿手的题，这样既能检测出她们的基础，又能掌握薄弱环节，从而进行重点突破。

第一晚的授课就让两姐妹没有喘息的机会。本来两人以为可以和知名的帅哥斗斗嘴，调调情，哪知这魔鬼老师如此变态，竟然一脚把她们踢进了题海。

一小时后，两人交了试卷，玉嵘用几分钟评判了她们的分数，随后针对她们知识的漏点，进行了专题讲解。谁若不专心，他就拿着粉笔弹谁的额头。我不能用亲情代替教育。体罚，这也是前提条件中允许的。有时一节课下来，两姐妹被各色粉笔弹得成了大花脸。站在爸爸妈妈面前时，两姐妹相互指着笑破了肚皮，爸爸妈妈也被她们逗乐了。

课程结束，周家人都很满意，双胞胎也许因为第一天授课新鲜，并没抱怨课业太重或管束太严。周总忐忑地接受了姐妹的评价，但依然不放心把女儿们交给这个狡猾的家伙。

然而玉嵘却刻薄到一天也不休息，并且每天的内容都在增多。更可恨的是，玉嵘还带来了其他辅导老师，专门教授地理、生物等课程。而别人教授时，他却可以在另一个房间里打电话联系工作。

双胞胎不喜欢其他老师辅导，倒希望玉嵘一直陪着她们，并不情愿其他人加入他们的团队中。这就好像花生米，喜欢一起挤在花生壳里，而不喜欢一颗绿豆参与进来。下课后，两姐妹表达了她们的不满。

“我得找个比我有经验的培训你们。”

“比你还有经验？”

“好吧，我只是谦虚了一下。”

“在白鹭市，能打败你的人不多吧？”

“以前没有，现在有四个了。”

“谁？”

“保密。”

玉嵘细心捕捉着周总的声音，感受周总的存在。总让他想起生活中的某段插曲，某个幻想的身影，甚至梦中的一所房子……记忆总是在遗忘和未知中摇摆。他深切地感受到，一个人若没有亲人是多么贫乏，多么欠缺。十三岁时，他的狗死了，却不知道把它埋在哪里，没有一片记忆能折叠起来放进口袋，狗孤独，他也伤心。周全运——这个名字有一种熟悉的味道。而在自己随口说出这个让他颤抖的名字时，却不清楚自己究竟身在何方，将走向何处？

毒药是懦夫的武器，父爱是儿子的武器。玉嵘等待着，他站在时间的屋檐下、站在周总的屋檐下等待着，像一个漂泊者遇上暴风雪……仅仅为等待，仅仅为欣赏此处的风景，或者仅仅处于对这种恶劣天气的恐惧。他不知道这种等待对不对，但等待却也是幸福的感觉。

玉嵘总是准七点赶到周总家，九点离开。那天学校的课拖堂了，晚七点时，姐妹俩还没回家。

玉嵘借在书房看书的机会，翻找这个家庭的照片。书架上摆放着全家福，周总夫妇坐在沙发上，双胞胎女儿伏身在沙发靠背上，幸福和美。玉嵘其实是想找另一人——周总前妻的照片，他的妈妈。妈妈什么样呢？内心里一直盘旋着这个问题。听说是大学教师，一定很智慧。幻想中的妈妈就像一线希望，在未来摇摇晃晃，又像一枚红苹果，挂在树枝头，总给他幸福的欲望。

没有哪个幸福的家庭能摆出前妻的照片。玉嵘有些失望，大脑中一直描绘着妈妈的样子，很美丽、很和蔼也很温暖。

玉嵘拿起周总全家福，想象中把自己安插在了他们中间。在姐妹俩中间吧——多幸福的一家啊。他盯着周总的照片，分析着他和周总眉毛鼻子耳朵的相似之处。果然，两人都是滴水耳，都是高挺的鼻梁，都是卧蚕似的眉毛。玉嵘的手指轻轻地在周总眉毛上划着，似乎感觉那眉毛的隆起。我这张脸庞难道没能给他一点提示吗？在平凡的父子间，DNA 的招牌让一切都无法回避，让情感无处逃脱，每一种牵挂都是亲情的回声，或者是血缘对未来的准确预兆。对于亲情来说，庄严隆重的爱，永远不会消失。

他始终无法理解楚秋生父子的感情——虽然是亲生父子，却反目成仇。楚秋生父亲嗜赌成性，输后便暴打楚秋生和母亲，母亲终因忍受不了悲惨生活，带着流血的后背上吊自杀了。楚秋生痛殴了父亲，致使父亲断了两条肋骨。虽然欧洲文学中弑父情节常见，但玉嵘却怎么也理解不了那种行为。楚秋生的痛苦不在于暴打了亲情，而在于暴打了自己。

周总不知何时进来了，玉嵘尴尬得像做了错事的孩子，羞愧、红脸、傻笑，调皮地吐了吐舌头。

这哪里是霸气外露的朱玉嵘，分明是一个大毛孩子。周总诧异地看着害羞的小朱老板，甚至怀疑与那天在大厅里羞辱他的不是同一人。周总冷静而狡猾，善于渐进地施加压力和威胁。

“为什么这样？”

玉嵘显然不明白周总问的是什么，像一只好奇的小鸟瞪着大大的眼睛，一副呆呆的表情。那个使人头晕目眩的话题成了他不可抗拒的命运，烫得口舌酸楚，差点吐出心里话，差点以儿子的身份拥抱爸爸。

“为什么突然同意辅导了？”

玉嵘像卸下千斤重担似的深深地出了口气，低头翻弄着一本书，良久才慌乱地看了周总一眼。“因为……因为关联主义吧！”

“关联主义？”周总疑惑的声调立时高了八度，冷峻的眼神像匕首般无情。这瞬间提振了玉嵘的精神，又恢复了那个好辩而尖锐的玉嵘。那个真正的小石头，立刻隐藏起来，出现一个自信且狂妄的小伙子——不时和周总争斗的小伙子。

“关联主义，一个新兴的哲学命题。是指自己周围的人群，或早或晚都可能会和自己发生这样那样的关系，所以为了生存在高素养的世界里，只要有条件便努力提升周围人的综合素养、包括开设学校、辅导学生、翻译国外的视频课程等等，都是关联主义的实践。”

“周明、周亮与你的关联主义有什么关系？”

“我们都在同一城市啊，再说了您夫人三次登门，即便诸葛孔明也不过三顾茅庐，我如果再不来，就违背关联主义了。”

“没租给你楼盘，你心里不窝火？”

玉嵘没想到周总会问这个问题。现在的他哪里还窝火？

玉嵘突然眼睛红了，强忍着把泪憋了回去。周总再次证明，这位气焰嚣张的朱玉嵘，不过是偶然捡到馅饼的高智商、低智能的傻小子罢了。

“我不记仇，更不会窝火。”

“没人关心你的怨仇，你爸爸的死值得同情，但同情也仅是一时之快。”

“亲情呢，亲情也是一时之快吗？”

“我不和孤儿谈什么亲情！如果你敢耍阴谋，我会让你变成烤地瓜！”

“我不是孤儿，关于我，您一无所知。”您丢了您的儿子，您葬送了亲情。

“真不幸，以后我也不想知道你的历史。”用人进来倒茶，周总便气冲冲地出去了。玉嵘像掉进醋缸里又落进蜜罐里似的酸楚难忍又甜蜜无边。与亲情混在一起很容易被逼疯，他好在还没有时间消化周总冷酷无情的话语。

父子情诚然可贵，却终究无法改变麻木的本性。给玉嵘一万把扫把，他也无法把蒙尘的心房打扫干净。

半点的钟声敲响了，玉嵘像是记起该办什么事似的站起身。这位关联主义的创始人，瞬间又丰富了关联主义的思想：历史是个圆的，天下无新鲜事，过去发生的一切，将来还会发生。他原谅爸爸，希望他能长点情商，也能睁开眼睛。当儿子一再站到面前，心智却像盲人似的一无所感，这样的父亲也够悲哀的了。

无论如何，他已踏入了一个全新的世界。在回顾迷茫、流浪和沉迷于赫红梅的那段时间，感到愤慨和羞愧。世上只有一位神，它的名字叫背叛。玉嵘总感觉背叛之神偷偷向他微笑，仿佛世界就是个秘密的玩笑。

他深刻地认识到，为一种宗教而死比终生弘扬它要简单得多。亲情也是如此，持续不断地呼唤亲情，是一件艰难的事情，比攀登世界之巅更难。为父者最大的罪恶莫过于对儿孙轻蔑，甚至缺乏怜悯之心。玉嵘突然明白了一个道理，那就是为父者的任何事物都可能成为儿子幸福的借口，一张脸、一句话、一个眼神、一个爱抚的动作。但儿子如果沉迷其中，就可能发狂。

如果父亲对儿子始终厌恶至极，甚至弃之如敝屣，儿子还有多少信心站在父亲面前？玉嵘暗自叮嘱自己必须发出小石头的声音，彰显小石头的存在。

64

玉嵘带了个助手帮助辅导物理，监督她们做题的质量。玉嵘则忙得审查下属报的项目方案。下课后，助手离开，玉嵘讲解试题的重点。周明向妹妹周亮使了个眼色，妹妹便大胆地说："你如果敢再让其他人来教我们，我们就把你跳窗偷会情人的事贴到网上？"

玉嵘记起那天从赫红梅家的后窗逃走，确实遇到了一对双胞胎女孩。

他突然哈哈大笑，把两姐妹笑毛了。"你们如果敢说半句，我就把周明和男生在操场接吻，把周亮偷写情书的事都宣传出去。别忘记了我可有网站。哼哼哼哼……"

玉嵘笑得越奸诈，反倒越暴露了他的孩子气。本来他才比这对双胞胎大两岁半，三人立刻扭打成一团，两姐妹把玉嵘按倒在椅子上，周亮摸出了玉嵘的手机，周明按住玉嵘。“快看他手机里有什么？”

“姐，这个闷骚男，除了工作，什么也没有！”

“查他的照片库。”

玉嵘起身想夺手机，周亮却翻到了大量她和姐姐的照片。

两姐妹终于占了上风，欲报严酷管教之仇。玉嵘赶忙解释：“我投降，为了掌握你们俩的特点，我跟踪了你们很久。怎么样，我当私家侦探还很成功吧。你们俩好好听我话，保你们上重点大学。如果你们俩愿意，我们仨就结拜兄妹好不好？”

两姐妹玩性不减，突然发现她们一向崇拜的、知名的创业天才，竟然像个大孩子似的调皮顽劣，并且还心甘情愿地和她们拜兄妹，这有桃园三结义的味道，也太有江湖感了。俩人凑到门后商量起来，像设计惊天大阴谋似的。姐妹俩走到玉嵘身边，各伸出右手，三只手就握在了一起，欢天喜地地结成了兄妹同盟，命名为——“书房三结义”。仨人约定一定保守秘密，不告诉任何人。

我赢了，靠说谎，亲情终于从试图埋葬的地方死灰复燃。为了庆祝这新型的兄妹关系，玉嵘同意明晚放假，他带她们去看电影，吃冰淇淋，放松大脑，绝不考虑一个英语单词。

玉嵘对周总夫妇说是带双胞胎去听一堂大课，便直接从学校把她们接走了。花树和湖泊，田野和丘陵……他们向着夕阳、山峦和原野飞奔而去，一路欢歌。大自然多么驯服、风那么柔和、树的姿态又是多么美啊。兜了一圈，他们先吃了比萨，又去电影院看了《冰雪奇缘》，晚上十点，准时回家。仨人一起逃课有协同作战的意味，有共荣共辱、共进共退的团队感，无形中增进了融洽度，糅合了兄妹感情。

车快到家门时，妹妹周亮忧虑地问：“你不会爱上我们吧？”

“不会。”

“为什么？我们不好？”

“我有女朋友，在美国留学，非常漂亮。”

“那为什么对我们这么好？”

“我不是你们的哥哥吗？”

她们俩说话时寻找字眼，一再琢磨，仿佛像梦中吃巧克力那么惊奇。

其实从开车接上双胞胎的那一刻，玉嵘就有了当大哥哥的亲密感。他突然体会到，亲情是一种寄托，也是一种归宿。吃饭、吃冰淇淋、看电影……他仿佛已生活在那个家里，已成了那个家的一部分。严重事件超过时间和空间的范畴，在精神边际游走。他暗自惭愧自己的贪婪，很想立刻融入那个家庭。

双胞胎哪里知道，这一晚玉嵘过得多么幸福。他下决心要好好帮助她们俩，要让她们进入心仪的大学。

周总站在窗口，带着岩石般冷漠的神情听着女儿们的欢笑声，眼睛呆滞地盯着某个地方。他知道没有什么大课，只有一晚的谎言。他十分确信，这几天家里荡漾着奇特的感觉，家人们带着前所未有的热情、欢乐和责任感生活着——这恰恰是陌生的体验。他总发觉有人窥视他，朝身后看去，当然一无所有。

和玉嵘的这场没有硝烟的战争，远没有结束的可能。

玉嵘呼吸的空气中有一种近乎爱的感情，仿佛站在海边，海浪翻滚着神秘的、幸福的滋味。这幸福同过去、现在和将来的许多事情有着千丝万缕的联系，他寻找着启示，直到和这个家对上号。

玉嵘很想和人分享，却又无人能分享，他知道早晚会告诉周总，但现在不是时候，好多事，他还没理清楚。博尔赫斯说：清醒是另一场梦，梦见自己并未做梦。其实这个世界本来就虚虚实实，给自己时间，就是给别人时间。命运并不因其多变性而令人恐惧，它令人恐惧是因为亲情的误解、出卖，甚至无意或有意的伤害。

世界仍然会谜一般包围着玉嵘，他不得不在孤寂中侧耳倾听，听见自己的心跳并不像他想象的坚强。他经常梦到自己在荒无人迹的茫茫雪原上跑着，流浪汉似的前进着，后有狼追，前有虎堵，饥饿像头疯狂的野兽在肚子里嗥叫。他疲乏得倒在地上，绝望中听到了父亲的呼唤，迷茫中看到周总向他伸出了手，给了热烈的拥抱，鼓励他在绝境中振奋起来。这痛楚的梦使他陶醉，欣喜地感到生命之火因父亲而旺盛地燃烧着。

半夜两点，他兴奋得像猫头鹰，再次把钱杰能和楚秋生招到家里，大骂他们像懒猪，对公司未来没有一点设想。他准备答应齐月风险投资，同意他们注资，包装公司上市。

“会有什么好处？”楚秋生打着哈欠问道。

“你会变成亿万富翁。”

“中国合伙人？”

“更年轻的中国合伙人！”

钱杰能和楚秋生顿时睡意全消，手舞足蹈。那晚他们开会到天亮，在风险投资、天命投资和卖掉公司三个方案上反复研讨切磋。最后还是以吸纳风险投资，把公司做大做强包装上市为主攻方向。

玉嵘要用卓越的成绩证明给爸爸看。他个性中一切受压抑的力量和被禁锢的野性，都通过事业这个透气孔发泄出来，使他成为全城闻名小才子。他本来想给爸爸一些暗示的，和他聊聊寻人启事的广告等，可是每次碰到爸爸的目光，就不能不感受到爸爸那种可怕的、蔑视的、拒人千里之外的东西。

玉嵘宁静、温顺，却不失果断，充满着青春活力和内在的和谐。虽然内心承受着被排斥和蔑视的痛苦，可他并没有表现出一点绝望、混乱和烦恼。

大量阅读和假意的修行在关键时刻帮了大忙，让他帅气的肉体流动着高贵因子，他既快乐，又忧伤，充满着虔诚和彻悟，洋溢着幸福与宁静的光辉，充满自信。

65

健康查体时，朱厅长透视肺部有阴影，CT 检查，医生确诊是癌症。这无疑晴天霹雳。朱厅长不相信灾难会落在他身上，像在梦里结交了犹太人，在几乎要知道犹太人的银行密码时，却突然醒了。他对自己极为不满。悲哀的事一向属于别人，而癌症却像衰老的节奏，从肺里流出了病弱的光阴。疾病像屠龙之士，洋溢着豪迈的冒险精神，扛着人人平等的大旗，制造一出出悲剧。这个城市，无论官职高低，大家有时还真都一样。

当灾难落到自己头上，朱厅长不仅不考虑怎么样结束这种局面，甚至根本不愿正视它，因为这实在太可怕，太不体面了。他还有太多事情要做，还有太多美好的未来等待开发。

好在发现得早，在北京协和医院做肺癌根治手术。手术很顺利，郭燕燕和小儿子卫雄侍候在病房里。

卫雄得知爸爸病重，主动请假回国。一是回报爸爸多年的养育之恩，二是也想赢得一些利好。毕竟，大笔的钱都在哥哥名下，如果自己将来身无分文地游走在社会上，岂不太吃亏。病弱的爸爸向他耳朵塞满了关切的病语，而卫雄的嘴里却回荡着黄连的苦味。多人同食一盆饭，有人饥饿有人饱，这个道理，他懂。

真实的卫雄却像一个永远的饥饿者，一个心力交瘁的士兵，一个骨子里的速记员，被可怜的法律条文和银行卡数字弄得差点精神失常。

郭燕燕值白班，卫雄值夜班。郭燕燕随身携带着一条信念——丈夫所在之处就是她的家。侍候病人可不是轻松的事情，郭燕燕拖着疲惫的身体回宾馆，突然看到一名男子匆匆走进医院。她愣在那里，大脑快速闪回。突然想起，他就是妹妹当年的男朋友。她立刻跟随着那男子进了大厅，急忙拉住那男子的衣角。“嗨，你好。”

那男子好奇地看着这位妇女。

“你不是顾新吗？郭莎莎的男朋友。”

顾新惊讶地拍着额头，仿佛额头里住着小人儿似的。“您是姐姐郭燕燕，这么多年了，还这么漂亮。”

郭燕燕可不想和顾新谈论漂亮的事。儿子的性病，丈夫的肺病几乎把她击垮了，今天突然遇到顾新，很想把压抑在心底的几十年的话说出来。人们总希望一只眼睛透过记忆，看清事件的本质，而另一只透过谎言，直达灵魂的核心。对她来说，最痛苦的事情就是对妹妹的长期贬责。

顾新美国医学博士毕业，在协和医院进行短期学术交流。郭燕燕真搞不明白，当初妹妹为何不抓住这位帅哥，而为何怀了帅哥的孩子却又不嫁给他，也许是顾新甩了妹妹。

郭燕燕和顾新到永和豆浆聊天，有太多疑问想求个明白，却一时又不知如何开口。房间里像得了热病，某种恼人的气味把郭燕燕折磨得想发脾气。

“莎莎还好吗？”

“这你得问上帝。她死了二十一年了。”

“对不起，分手后，便再也联系不上她了。”最好的情人果然就是死掉的情人。由愚蠢和绝望所生的思念，常常难以区分。

“当初你们多么般配啊！”

“是她要分手的。她有了其他人。”

“哪有其他人，她说的其他人就是她肚里的孩子啊！”

“孩子？哪来的孩子？”

“你当医生不知道哪来的孩子？”

“我拉拉她的手也不会怀孕啊！”

这话听上去像个七星级孬种，情欲和贞操根本不在同一条路上。郭燕燕像扎了铁钉的轮胎，瞬间瘪了下去。顾新又问了什么或说了什么，她一概没听见。

意外结局总会给当事人带来某种虚脱感。博士匆匆逃掉，许多天后，这让郭燕燕对他心生疑窦。博士是明白她的表情的，正如他也明白郭莎莎的故事。没有一个女孩甘愿遗世独立，除非有人在她周围筑起金黄色的篱笆。

郭燕燕独自坐在宾馆里，房间黑黑的。她不需要光亮，任何光亮也照不到心底的黑暗。她独自在大海上漂浮，没有救生衣，没有安全感，她突然顿悟，是自己把救生衣早早扔了。在这世上，大家都会痛苦，都会遭遇生活的混乱琐碎，都会被欺骗，也欺骗着别人。与妹妹这惊天骗术相比，自己那点幽默，可真是沧海一粟。

她回忆着养育卫雄的过程——竟然是个巨大的黑洞。卫雄是谁的孩子呢？她不由得回想起同事或朋友们的话。“兄弟俩真像啊……卫博更像你，卫雄更多的像你丈夫……这兄弟俩走路都像他爸爸，一个模子倒出来的……”

郭燕燕恍然顿悟，说不出是气愤、是惊讶，还是悲哀，她好想痛哭一场。她爬到床上，捂着被子号啕起来，内心充满了对妹妹的恨、对丈夫的恨，以及对这位博士的恨。从小我就照顾着你，长大了也捧着你，你却睡我的丈夫，还为他生了孩子……

那洁白的被子把一个悲惨的故事闷死在柔软的棉絮里。她伏在那里，像一朵踩扁了的花。

有人说，一类男人是在白天出生的，一类是在晚上出生的。白天出生的人说话坦诚，但总不能使人相信；晚上出生的开口就是欺骗，却能深得人心。郭燕燕以前不信，现在信了，因为她的丈夫是黑白交替时出生的。追寻人生的开端根本没有意义，无论如何，开端都是粗糙、空洞、丑陋的。通往开端之路必然通往死亡。

万事万物皆在时间长河中融化，一如糖浸在水里。这个家庭几十年的过程里，郭燕燕觉得自己存在着，却也被冷酷地缺失着。

痛苦的她不吃不喝，也不去医院，独自在灯光暗淡的街道上徘徊，走过黑影笼罩的狭长小巷和一些面目狰狞的房子，空中回荡着难听的音乐，醉汉摇摇晃晃从她身边走过，嬉皮笑脸地向她飞着媚眼。对她来说，被他们强暴也许是一帖不错的镇痛剂。她买了一支冰淇淋，边走边舔着，舌头伸得超长，嘴也裂得足够大，引得闲散男子围着她转。那三个钟头，她经受了漫长的痛苦，挨过了没完没了的折磨。

鸠占鹊巢，妹妹以坚强的逝去，赢得了她儿子的坚强存在。她不但霸占了姐姐的丈夫，而多年之后，她的儿子也将坚实地代替了姐姐的儿子。想到此，郭燕燕也想像愤怒的仁道，一刀子送进卫雄的肚子里。可是当卫雄站在她面前，亲切地叫她妈妈时，她竟然抱着他号啕痛哭起来。

卫雄是我的儿子，我的儿子。有些人固执地用麻绳穿针眼，郭燕燕不会。两个儿子之间的差别，也许小于他们之间的相似。生活中，行为就像菜肴，感情则像调料，口味轻重完全取决于自己。我养育了他二十多年，他是我的儿子。

在丈夫的诚实里，谎话浮在真话上面，就像油浮在水上面一样。丈夫对她造成的伤害，就是卖掉他的一生，也不够买膏药来敷疗伤口的痛。她要用丈夫的所有，一笔一笔补偿自己所受的伤害。

沉迷于悲伤中的女人等于自掘坟墓，这个道理她懂。多亏郭燕燕曾津津乐道于培养异性朋友。而今，她发现自己不再是评判别人演技的评委，而是情感短剧的演员，或者两者兼而有之，这神奇的感觉让她抵消了丈夫和妹妹偷情带来的伤害，而且剧本本身让她着迷。在深渊的边缘，她竟步出了销魂的仙境。她的悲哀，无人能懂。

生活的新一页是丈夫帮着她翻开的。

66

傻三的前妻柳春娥听人说朱仁道总是提着满满旅行包的钱，到处寻找投资机会。朱仁道之所以为傻三的儿子买房子，是因为那钱是傻三的，当然就有她的一份。她从来不会失误到泼掉自己的那杯羹。嫁给犯人真操蛋，虽然嫁之前不知道他会成为犯人。犯人把监狱过成了生活，把生活过成了狗屎。即便是狗屎，也应该让前妻看看是什么颜色吧。

一想到傻三的钱被别人支配着，她就想狠狠地撕扯自己的头发。俗话说欠裁缝的债可以不还，欠职业赌棍的债必须还。敢不把我柳春娥当回事，我可比职业赌棍更凶狠。

说多了，都是泪。

人人都有自己的真理。柳春娥突然有了坚强的证据，证明丈夫有过一笔巨款。傻三在监狱里总是以日记的形式，给儿子写信，无非是忏悔自己的过失，鼓励儿子小萌要好好学习，要品格高尚，千万别喝酒等。因傻三写得情切切、意深深，字里行间流淌着忏悔的血泪，曾有出版社要为傻三结集出版，也想炮制出中国版的《自深深处》。不知为何，傻三坚决不同意。傻三当然不是为了文学艺术而进行狱中创作。傻三去世后，那厚厚的忏悔录和励志家书本来由儿子小萌所有，柳春娥在小萌处发现了这宝贝，本能地觉得拿到了前夫的日记，就等于淘到金灿灿的金币。

回忆长长的一生，傻三歪歪斜斜的狱中日记，竟然是柳春娥最认真、最清醒的阅读，不放过每一次大小便的记录，不错过每次承上启下的转接。对傻三想儿子的催泪语言，总能极其理智地扫过，对鼓励儿子好好学习的段落，也总是鄙视地一笑了之。她要的不是这些，而是对金钱的记录和暗示。功夫不负有心人，柳春娥果然就找到了证据。对柳春娥来说，生活不论如何错综复杂，千头万绪，事实上只有一个瞬间——也就是发大财的那个瞬间。

有一天傻三做了个发财梦，这梦写在了两页纸上，前一页记载着日期和梦的开始，写到最后一行后，才续写到下一页。问题就出在这转接过程中。前一页不知为何，被人撕掉了，所以后一页就缺少了关于梦的解释。直接记录着那大包大包的钱——“我有七八包钱，估计得有三四百万吧。我开心极了，却不知该把钱放在哪儿。我朋友来了，帮我一起存到了银行里。我们大吃海喝了一顿。那日子真是爽极了。”

徐娘半老的柳春娥半生坎坷，穷困奔波。丈夫入狱后，和姜默好了一阵子，急匆匆和傻三离婚。后来她从了南方商人，南方商人也并非忠于爱情而只忠于前妻和金钱。她发现没有扶正的希望，也没有开上宝马的可能，便又不得不回归到独身生活。鸡蛋和爱情这类东西在金币的敲击下，总会显出易碎的特性。人到中年的柳春娥在结交男人方面不得不一再打折，甚至成了菜市场上贱卖的白菜帮子。这让她变得越来越尖刻、自私和狡猾。艰苦的生活让她明白一个道理——亲人最终会离开你，你会孤独，但钱是你永远的朋友。她告诫自己不要哭，世上的任何男人都不值得落泪。虽然徐娘半老，总还有点姿色和心计，好在在床上，只要有钱，肉体的缠绵与岁月无关。

太阳变胖了，装满了午后的天空。柳春娥穿过植物园，走过那狭长的阴影，风景里全是生机勃勃的植物，湖水平静，北山的铁塔苍老又奇怪。柳春娥今天轻松自在，有了上次的经验，这次打扮得极其朴素，踩着半高跟的漆皮鞋，拿着一个文件夹似的皮包，扭扭地就混过了门卫，轻松地闯进了朱仁道的办公室。为热爱的东西而努力，没什么丢人的。她把傻三的日记往仁道的桌子上一拍，一屁股坐在椅子上，交叠起了二郎腿，挺直了胸脯，气哼哼地说：“看吧，傻三果然有大笔钱。这回可不是二十万的事，没有一百万，我不会出这个门。”说出那个数目时，她瞬间体会到了一种奇特的幸福感，觉得自己已成了一大堆金银珠宝的主人。

仁道眼睛盯着这女人，伸手拿起了日记本。说也巧，他打开后封底，黑色塑料皮下遮挡着两行比蚂蚁还小的字，如果不是碰巧指甲勾住了封皮，也许根本不会发现。“被姜默卖掉的男孩 2009 年考了白鹭第一。那照片上的父母该高兴死了吧。不知郑包法今在何处，保险柜里的照片又在哪里？郑包法是个极好的领导，也是我最好的兄弟。”

仁道正为这几行字发呆时，周总进来，本来是询问丁香村的事，发现这讨厌的女人在，便转身离开。柳春娥可不是省油的灯，自以为曾和姜默有过短暂的同居生涯，也就应该和周总沾点亲缘关系。

“别看到我就逃，像撞到鬼，我可不会给摇钱树带来麻烦。”

“你是来还钱的吗？我岳父可给了你不少钱吧。我还有一大把岳父转账的证据呢。”

不同人种的友谊，不超过在同一屋檐下的狗和猫的关系。柳春娥像被惹怒的猴子，一双杏仁眼愤怒地瞪着，口水乱喷地指着周总。“你岳父，你岳父那流氓差点把我卖了，我还想找他算账呢，他口头承诺过，要给我五十万。”

“他在梦里告诉我，他已还清了那五十万了。”

钱对他们而言是氧气。柳春娥气得像一只被夺了松果的松鼠。她调整好嗅觉，磨尖了爪子，定要从这个亿万富翁身上扯下片片金缕衣。

男人是公敌，当他不再爱一个女人，你和他之间只有死亡，那些曾经温润彼此的关于未来的蓝图，也已烟消云散了。但柳春娥却想着那死去的情人，这账，阎王爷也许会热衷于偿付的。

仁道把日记本递给周总，周总像踩到地雷，满面惊奇。

仁道一把扶住了周总，周总才没晕倒。柳春娥惊讶于自己创造的吃惊效应，像看到那几百万的现款，开心得几乎欢跳起来。

仁道急忙让保安把柳春娥带走，柳春娥却像黏黏糖似的坚决不离开办公室。

“王八羔子，还我笔记本。”

“既然是王八羔子，今天就不给了。”

“杀人犯，你他妈不是东西！”

“还记得我是杀人犯，那就别惹我。”

“我咒你祖宗八辈不得好死！”

“反正他们都死了。”

几名保安把她连推带拉地请了出去。柳春娥意识到，用传统的手段，终究难以敲开被葬礼封死的大门。她后悔自己姿色渐衰，也后悔失去了勾引这个男人的先天机遇。如果当时遇到的不是姜默，而是这位周总，该是多幸福的人生啊！在她看来，全世界无非是一伙好色之徒的渊薮。

两分钟后，他们知道了2009年的高考状元是谁。这次要昏过去的却不是周总，而是朱仁道。“朱玉峰，小名朱卫雄，怎么会是我的小侄子呢？”

这信息让周总激动得抽搐了，他像抓住救命麻绳似的紧紧拉着朱仁道的衣服。“我早就怀疑了，果然是真的。以前就听人说，你嫂子根本就没怀孕第二胎，孩子一周岁时突然落户到家里的。天啊，太像做梦了，那孩子……真是天意安排……真是冥冥中注定的血缘！”

周总竟然满脸泪水，突然对日记本顶礼膜拜，充满柔情和敬畏的嘴久久地吻着封皮。仁道恍然走在大雾里。他在新疆工作那几年，确实不知道小侄子是不是从人贩子那里买的。

事情太简单不过了，做个亲子鉴定就什么都能说清楚了。可朱厅长出院后，朱卫雄直接从北京飞回美国了。

别急、别急、别急……好事将近，慢慢呼吸。周总劝自己，在事情没确定之前，一定要先保守秘密。

那个让人激动的时刻马上来临，那个千呼万唤的答案马上出现——先沉住气吧。在看到日记的那一刻，周总已经超越了时间，超越了所有外在的快乐，大脑里预演过多次的似曾相识的奇迹把他带离现实。

“周总，我为你打工，你却夺走了我的侄子。”

“不如这样说，你来打工，却也带来了我的儿子。”

67

朱厅长出院了，到家里探视的挤破了门槛。当平安中学丁校长前来拜访时，朱厅长叮嘱用人谢绝任何访客。两年前，她连升两级，成了校长。

朱厅长和丁校长密谈了一下午。丁校长带来的消息，相当于十级地震。一位叫玉嵘的青年曾到学校查过朱玉峰的档案，并且，这位玉嵘，就是当年平安中学的朱玉峰——外号朱因斯坦。最可怕的是，现在的玉嵘，成了白鹭市最年轻的富翁，最成功的天才企业家，听说他的公司正在筹备上市，影响力也越来越大。

丁校长只摆问题，至于怎么解决，她相信朱厅长会有办法。

干净的白衬衣，也不及朱厅长的脸色白，摇晃的钟摆也不及牙齿抖得厉害。没有无法医治的顽症，只有尚未找到门道的医生。朱厅长的小儿子顶替高考的事，是绝对不能曝光的。一定会有办法，一定会有上上策的。当初朱玉峰突然车祸昏迷，那简直是上帝在帮助自己。难道上帝变心了吗？上帝总帮助智慧的人，朱厅长从来都是技高一筹。

朱厅长一夜未眠。丁校长的话如匕首般冰冷，朱厅长必须把匕首变成儿童玩具。朱厅长非常想念儿子，不争气的大儿子等同于死亡，而心细的小儿子才是他的未来。他想象着抚摸卫雄那充满青春朝气的脸，慈父的视线迷失在层层绿意中，穿过杜仲、樱花、楼群间高大的槐树和白杨，直到雾霾笼罩的边际。如果卫雄有了麻烦我却不能分担，看着心爱的儿子哭泣，这是多么残酷的事情。

除非上帝让朱玉嵘突然死亡，否则，这定时炸弹随时都有引爆的可能。不能给卫雄制造任何麻烦。但上帝似乎在拿他当笛子吹，多重灾难同时降临到这个家里。

原本陌路的个体因为种种利害关系有了交集，不得不忍受彼此的恶毒。这也是大自然的恩赐，是活着的盛宴。

那小子竟然是身价几千万的老板？朱厅长实在不明白上帝怎么会如此盲视。

郭燕燕回家时，丁校长正要离开。自北京回来，郭燕燕对虚弱的丈夫监督得极其严格，对出入家庭的任何女人，她都要挖地三尺地深究考查，生怕这些女人是丈夫的情妇，生怕丈夫在病重之际把财产转移到她们手里。毕竟被判刑的腐败官员里，情妇之多犹如西双版纳的蝴蝶。情妇是悲哀的丑角，是官员腐败的衍生品，是山寨版夫人。

“丁校长来干吗？”

“她亲戚想进交通厅工作。”

对朱厅长来说，谎话一如实话般自然而真切。郭燕燕扫了一眼客厅，冷冷地盯了一眼丈夫，转身出去了。朱厅长极力忍耐着妻子的坏脾气，总以为更年期在作怪，他哪里知道妻子愤怒的真正原因呢？他记起在麦克白毁灭之际的话：“人生如痴人说梦，充满了喧哗与骚动，没有意义。”然而，朱厅长必须把这喧哗与骚动的人生继续下去，并努力变得有意义。他长长叹了口气，只有他自己知道那叹气的深意。

所谓家庭，就是这样磕磕绊绊彼此隐忍坚持下去的吧。

办公厅主任每天都来向朱厅长汇报。这几天的消息让他翻江倒海，新建高速公路出现了路基塌陷，路面损坏现象。因事发突然，司机来不及刹车，车毁人亡。虽然有关部门正加紧抢修，但因是新路，网民炒得沸沸扬扬。

朱厅长像听一个疯子在梳理自己的生活，却依然保持着耐心，只有处于风暴中心的人才会产生这样的耐心。

“尽快赔偿家属，严惩替罪羊，不然网民的愤怒不好平息，容易出大事。”

朱厅长和办公厅主任都明白，修那条高速路，他们的账户上多的可不是一两千万。

真是风雨飘摇，多事之秋，可这事又不能向第三者泄密。悲哀的后面始终潜藏着悲哀，嘲笑一个处于痛苦中的灵魂是一件可怕的事。

妻子郭燕燕却像世界末日似的，盯着钱财不放，够一定数额就往美国转账。但这转账也让朱厅长心悸。可浅薄的郭燕燕根本不听丈夫的劝阻，她本能地以为丈夫是想把钱偷偷地留给小儿子。

没门。卫雄可不在遗产分封之列。郭燕燕想得比朱厅长远多了。这是对丈夫和妹妹的惩罚。多重矛盾使郭燕燕变得简单又复杂，安静又烦躁，惊恐又谨慎，这么多奇妙的特质汇集在她身上，也难怪脾气暴躁，情绪不稳。

在北京做手术时，弟弟朱仁道曾提出到北京照顾哥哥，郭燕燕一口回绝了。这个贪得无厌的弟弟曾从家里提了两次钱，可谁也不知道那钱干什么用了。哥哥病重，他也许想从锅里再挖几碗肉吃。郭燕燕不会给朱仁道充当救星的角色，任何靠近这个家庭的人，都是对遗产的谋杀。

寂静占领了城市的天空，像有预言降临。到了夜晚，当郭燕燕无法入眠，就干脆坐在花园的椅子上，闭上双眼，犹如倾听欲望深处的回声，倾听青春时唱过的情歌或拥抱过的那些温柔的情人。

对病毒讲人的感情，对海浪讲沙的感情，都是无聊的。嫂子拒绝仁道，仁道便不再坚持，毕竟让她心烦也不是善良的事。亲情就像一道遥远的末世阴影，小心翼翼地沉默地疏远着。人们竭力逃离往事，逃离那些尴尬回忆。默默挣扎也好，激进拼搏也罢，精疲力竭后，生活总在继续。血缘关系实在是非常奇怪的事情，就因为共享相同的基因，彼此隐忍、缄默，甚至掩盖着那些难以承受的血泪史——抱怨、指责、大打出手，表面上又客客气气。

伟大的感情只为伟大的灵魂准备着，而只有伟大的人才能看清事件的本质。

朱厅长想到了弟弟，也许他能帮助摆平这次风险。

朱厅长本来躺在床上，弟弟仁道进来后，便勉强地倚在床头。房间里充满甜腻腻的药味和汗味混杂的气息。仁道走到窗前，将窗子打开一条缝，让气流避开床头。哥哥虚弱地咳了一声。在弟弟面前，他不必伪装，那副衰弱的样子，差点让仁道流下泪来。

仁道在哥哥身边坐下，该死的亲情和着柔软的回忆纠缠着他们，不由得从久远的事情说起……小时候一起掏鸟蛋，一起往邻居老爷爷的菜地里撒尿……

哥哥一阵寒战过后，决心接受任何不幸，只要不让悲剧在这个家庭里上演。

“死了就解脱了。”

“哥，别这么说。咱家都长寿着呢。”

这是朱厅长最爱听的话了。最近一段时间，他时常用家族男子寿命的概率推算自己剩下的岁月。

“爷爷活到八十一岁，爸爸活到八十三岁。”仁道安慰着哥哥，哥哥却抹起了眼泪，这是自生病以来，第一次委屈得想哭。他深切地体会到，最好的还是亲人，还是血缘。女人的头脑是不开化的，女人的想象力是僵死的。妻子即便和他睡三十年，关键的时候，心也不知飘在哪里。

喝了杯热水，朱厅长渐渐平复了激动的情绪，他向弟弟说了高速塌陷的事。弟弟却感觉事情说大也大，说小也小，既然已积极地补救了，就不必太在意。家庭是紧紧交织的藤萝，是根茎相连的喜乐与哀痛，是荣辱与共、唇亡齿寒的亲密共生。小的时候哥哥就时常用狼、羊和牧羊犬的事例教训弟弟：这个社会上有三种类型的人：狼、羊和牧羊犬。如果出现暴力，却不会保护自己，乖乖被暴力灭掉的，这就是羊；善于使用暴力，毫无品德地弱肉强食，这就是狼；有些能阻止暴力，保护弱者，这是牧羊犬。今天哥哥迷失了自己，不知道自己是狼还是牧羊犬了。

兄弟情意好像一篇反复涂改的演讲稿。即便今天哥哥不找他，仁道也会找哥哥，他把在监狱结识傻三、傻三和周总的岳父一起贩卖了周总儿子的事，缓缓讲给哥哥听。他把傻三的日记递到哥哥手上，翻到最后一页。朱厅长懵懵懂懂地读了那段藏在黑封皮下面的歪歪斜斜的文字。

朱厅长迷茫地看着弟弟，弟弟则希望哥哥快快揭开谜底。

“与我有什么关系？”

“哥，你怎么能说有什么关系？别瞒着我了，我都明白了。卫雄不是嫂子生的，他明明是你们从人贩子那里买来的。卫雄 2009 年高考考了个第一吧。这不就齐了吗？连周总都知道卫雄是他的儿子了！”

朱厅长的大脑立刻恢复到恶狼扑食的状态，快速运转，飞也似的推导着各项可能的证据。

“郑包法是谁？他还有当时的照片吗？”

“他曾是周总的同事，疯了十多年了，现关在精神病院里。照片当然没有了。”

只有理清这些百般纠结的杂乱信息，才能从中找到提起的线头，进而解开这个线团。朱厅长眼睛炯炯闪光，像一只发现猎物的土狼，暗自盘算着周总上百亿的家资。

“周总怎么想？”

“想儿子都快想疯了。他和卫雄竟然也很有缘，卫雄有一次捡到了他的皮包，能展公司闹事那次，正巧又是卫雄帮了他一把，可见老天也在帮助这对父子。”

不是老天，是我在满足周总想要儿子的心愿。“卫雄在美国，先别打扰他。你告诉周总，他们分别了那么久，也不在乎这一朝一夕。是他的，肯定会还给他。”

仁道就是太积极了，像苍蝇似的四处乱撞。年轻时就因为这毛病而被关了十几年。现在依然是昆虫的思维，根本不懂得越是透明的玻璃就越有欺骗性。说谎是一件痛苦的事情，但被迫当场创作童话比说谎更痛苦。一个人最高尚的品德莫过于躺在病床上，却仁慈地将亲生儿子赠送给别人。

弟弟走后，朱厅长起身下床，生活、亲情和创意的美，使他头晕目眩，惊叹不已。心里有一种感情需要抒发，想拥抱什么人，想做点不寻常的事。他突然感觉身上充满了无穷的力量，仿佛又回到了年轻时代，可以迎接任何挑战。新起点学校的老总朱玉嵘，就是当时高考第一的朱玉峰，他才是周总的亲生儿子！

整个春天可能就隐藏在一枚寒梅的花蕾里。

68

政治展现的是男人最为丑陋的一面，而贪欲则让恶劣的人权欲熏天。朱厅长在窗前静静地站着，妻子进进出出都没有发觉。郭燕燕太了解丈夫了，每当有重大事情发生，丈夫就这样深思熟虑。这样的冥想肯定与女人无关，与家事无关，更多与钱财有关，与权力有关。丈夫是王者，每次战役都打得非常漂亮，和丈夫过招的政客或商人，要不为丈夫臣服，要不被丈夫踢走。

从文弱的书生，到霸气的狮王，其间必然是三十年的宦海厮杀、枪林弹雨。

病重的丈夫又为什么大事费心呢？郭燕燕是个好妻子，泡了杯参茶，送到丈夫手上。朱厅长接过茶，时而轻轻摇晃，时而放在唇边，像和尚手里的木鱼，成了他冥想的道具。他近视似的觑着眼睛，对着窗外的石榴露出了笑意，让别人目瞪口呆吧。

家庭生活不应该抬到大街上被众人展览，周总却把家庭秘密拉到公共平台，这就要倒霉了。既然卫雄替朱玉嵘上了大学，何不一替到底，让卫雄也替他做周总的儿子！朱厅长快速幻想着，谁又说这幻想不对呢，许多发明不就是靠幻想一步步实现的吗？就像公路，地上本没有路，在图纸上画一条线，搞个招投标，路不就修好了吗？周总肯定要做亲子鉴定，这技术一环怎么能骗过去呢？

“快喝了吧，不然就凉了。”郭燕燕催促着。

杯子里的水果然凉了，他顺手将水倒进了盆栽的发财树上。意志可以坚强，肠胃却不坚强，没有热度的水，他不敢吞进肚里，像没有热度的语言，他也听得不入耳。

人出生时是天使，正是可鄙的生活把天使弄成了无耻之徒。无数次从恐惧的深渊成功逃离，朱厅长明白了一个道理，机遇无处不在，即便没有机遇，聪明人也会创造机遇。这一生，不就是在自造的各种机遇中走上来的吗？至于良心根本是书上的概念，现实中，良心像海市蜃楼，有它也可，没它也行。

至于灵魂的高贵，则是不传染的。他长时间呆呆地望着工厂的烟囱冒出的缕缕轻烟，生命似乎也沉浸在轻烟的飘浮中。

因为某种不想说的原因，这家人生活在闷闷不乐的压抑气氛中，充满了对相互摩擦的恐惧。他们的言谈举止，像成熟的石榴子，显得过分细致周到，过分讲究礼仪。

双胞胎一模考试成绩不错，但远没达到玉嵘的目标，这使他不得不调整方案，增加教育的深度。玉嵘坐在书房里忐忑不安，双胞胎做试题时，他的心思并不在试卷上。上午朱仁道曾找过他，问他要他保管的疯子的照片。他当然只把疯子与傻三的合影照片给了他，而把养父母抱着他的照片藏了起来。

玉嵘时常凝视着那张照片，那张在墙上挂了近二十年的照片，却让他洞见了另一种人生，另一种不平衡的人生。养父母掉进了天涯的彼端，而任何一个被发现自己还有另一重人生的人，都无法平静地展望未来。生活的河汹涌奔突，即便只有一支橹，那也是他的命运。

一定意义上是玉嵘帮助齐台集团平息了“丁香村风波”。周总从网上疯传的“丁香村风波”里看到了轮椅上的疯子，认出了他就是走失多年的郑包法。

周总和仁道便一路赶到精神病院。疯子曾是周总一起创业的朋友，甚至是公司的元老级功臣，正是在一次爆炸中，疯子救了傻三。周总看到疯子，内心隐隐不安。如果我向记忆屈服，只能靠阴影为食。多愁善感，会使人成为奴隶。我必须是奴隶主。

玉嵘不由得感慨空间的错位和命运的轮回。无论多少坎坷、多少春秋，总不过这几个人出出入入、沉沉浮浮。佛教中把苦分为苦苦、坏苦、行苦三类，娑婆世界，万苦归一，人生充满无常，无常即苦。生命的无常是无法回避的，生老病死，如同春夏秋冬的轮转。只有明白了生命的无常，才会珍惜生命的有限。玉嵘现在悟到，悲哀是人所能表现出的最高贵的感情，同时也是一切伟大情感的试金石。当听说周总心脏不好到医院治疗时，玉嵘比双胞胎更焦急、更担忧。好在是轻度冠心病，积极治疗，并无大碍。爱，使我卑微如尘埃，如果没有爱，我将在生命的沼泽里跋涉。爸爸，我是您的儿子，也是您的尘埃。

玉嵘猜测不到周总看到疯子时是什么心情，如果说惋惜，那也是人之常情。但看到疯子，周总却想起了那只鹦鹉，想起了鹦鹉在疯子走失了许多年后依然重复的话："我非常非常喜欢万明女士……我非常非常喜欢万明女士……"现在想来，那鹦鹉天真的声音，竟然有隔空传爱的感觉。

疯子是精神病院里唯一可以养鸟的人。因为那鸟也是交了住院费的。周总望着抱着鸟笼坐着的疯子，不知他为何还喜欢鸟，难道心里依然想着万明？

疯子根本不认识周总，无论周总怎么向他示好，他依然猴子似的没有良心。

疯子在静默中盯着周总和仁道，像个十足的牺牲者，以至于周总和仁道也开始怀疑自己的脑子。说实在的，岁月走的是蜗牛的步子，这是野蛮时代。

艺术家有时被称为疯子，但疯子却无论如何也不会被当作艺术家，虽然他也像艺术家一样在寻找灵与肉既合又分离的独特的存在模式。疯子欢笑的后面，或许还有粗暴、生硬的东西，但疯子却不懂悲哀，只有痛苦。他痛苦得很纯粹，想哭就哭，不戴任何面具。

人生本来像大浪淘沙，要不随波浪沉入海底，要不被浪头推到岸边。许多事虽然身不由己，但毕竟也是身不由外人。周总唯一遗憾的是，当年他没有像那些刁钻的情人们，把那只多嘴的鹦鹉烤烤吃掉。

69

双胞胎正在做题，玉嵘站在书橱前，目光扫着一排排书目，他很想得到妈妈的照片。妈妈的灵魂使空气变得甜蜜，使精神世界变得像阳光下的沙滩。

他害怕有一扇看不到的门，这扇门可能随时会打开，而幻想的一切都会瞬间消失，包括周总爸爸、万明妈妈和双胞胎妹妹——虽然他还不曾真正拥有他们的亲情。

讲解完试题，休息十分钟。玉嵘翻看着手机，微信朋友圈里发了一条新闻——一位二十七年前被偷走的孩子，终于回到故乡与家人团聚了。周明和周亮也凑过来观看。

“听说你们有个哥哥被人贩子偷走了？”

“小声点，爸爸会伤心的。”周明右手食指竖在嘴上，周亮便打开书橱最下层的抽屉，抱出了一大本影集。

这次谈话像一道宽慰的符咒，当玉嵘投出话语的陷阱，心中感到的不只是亲情的甜蜜，仿佛许多年前就已经是这个家庭的一员。影集里，周总抱着小石头的照片，以及周总和万明的合影……一张张照片呈现在他眼前，他心跳如万马奔腾、思绪似千帆竞渡，呼吸急促，眼前发黑，冷汗珍珠般落下来。“哥，你怎么了？”

玉嵘昏沉沉的，眼皮也抬不起来，马上要昏死过去似的。他那么压抑，无法排解，像一场等待爆发的大海啸。

周亮去拿蜂蜜水，周明则去取巧克力。玉嵘迅速将周总抱着小石头的照片和万明的照片藏在口袋里。阴谋得逞，他感到自己距离妈妈越发遥远。就在快要窒息的时候，他发现自己坐在一片春光之中。

喝了蜂蜜水，吃了巧克力，玉嵘渐渐平静下来，像愤怒的大海突然掀起十级风暴，卷起滔天巨浪，之后又波平如镜，安详如梦。记忆一定程度上也是象征，因为人成了象征。爱是聪明人一直寻找的秘籍，只有通过爱，人才能接近亲人的灵魂。玉嵘觉得将照片贴近自己的肉体时，同时也贴近了亲人的灵魂，瞬间他有着孩子般的单纯和快乐。

“你们想那个小石头哥哥吗？”

“想，也不想。”周明说，“如果他成了穷人怎么办？我讨厌穷人，他们很脏，也很无知。他要是走进这个家……”周明撇了撇嘴，把剩下的话也撇掉了。

“妈妈说，他很可能被卖到穷苦人家，变成了农民工。”周亮补充着。

“假如，我是说假如，我是小石头呢？”

“爸爸会第一个疯掉，因为他最讨厌你……你、你……”周明吞吞吐吐找不到合适的词。周亮立刻补充道：“你太狡猾，爸爸不喜欢和狡猾的人打交道。他说你后生可畏。”

“我狡猾吗？”

“当然啊，玩转高考试题，白鹭市，哪个老师能狡猾过你啊！”

站在灯火通明的大街上，玉嵘取出爸爸抱着他的照片，放在嘴边热热地亲吻着，热泪滚滚而下。这照片应该和养父母抱着他的照片是同一时间拍的，因为照片里小石头的帽子、鞋子都是相同的，鞋头上都绣着一只红红的苹果。

爸爸，我再狡猾也是您的儿子啊！他和爸爸相遇过无数次，现在想来，每次他都像做错了事的孩子，等待着爸爸的宽慰和安抚。爸爸，我是小石头啊！

万明照片的背面，写着一句话："做一只快乐猪，也好过不开心的苏格拉底。"问题就在这里，玉嵘不相信猪，也不相信苏格拉底。世界是创造出来的，在无垠的时光倒退中，对他没有任何意义。发生就发生了，存在就存在了，妈妈意味着善，善无处不在。

70

顺风美发厅是白鹭市美发造型技术顶尖的场馆，前身是退伍军人理发馆，由几位退伍军人创办的。老板宁虎，虽然自己的头像剥了皮的熟鸡蛋，但他对付别人的头发却技术娴熟，有三十年的理发经验，平时基本不挥剪了，只为几位特殊的顾客，才亲自操作。他的口头禅是：没有人能毫发无损地走过顺风美发厅。

自朱厅长走到领导岗位后，因工作繁忙，都是让宁虎到家里服务。

这是朱厅长病后第一次理发，宁虎不改一贯的风格，在为朱厅长梳发、动剪时，把街谈巷议的小道消息、幽默的小段子，滔滔不绝地吐给朱厅长，逗得朱厅长开怀大笑，笑声里包含着对整个世界的嘲弄。他们一边理发，一边聊天。生活在这个时代，要么累，要么醉，朱厅长不由得感慨，这年头，能拿着剪刀在头顶上吓唬人也不错。

修剪耳后的头发时，宁虎道出了顺风美发厅业务量大增的内幕。他是白鹭市第一家将美发业务与网络联合起来的理发厅，顾客可以从支付宝上付款，或直接在店里扫描二维码，享受非常优惠的服务。连新起点公司的老总朱玉嵘的微信上，都转发了理发店的广告。这种新兴的推销手段，也是朱玉嵘倡导建立的。

"他也到你们店理发吗？"

"当然，每月理两次，初一、十五，雷打不动，总理那种很时尚的发型。"

只要能给我一点微小的希望，就会创造一个全新的命运。疾病无法让意志刚强的人产生敬意，对朱厅长来说，生活像永远不能回头的高铁。朱厅长的思维立刻陷入一片雾霾笼罩的沼泽里，至于宁虎给他理了什么发型，又说了什么话，朱厅长都没在意。他当然不是因恐惧而不知所措，因痛苦而茫然，他已把护犊之爱留在心里。

朱厅长觉得这一辈子活得很匆忙很无奈，如果让他重新活一回，他会攀得更高，或将事业做得更大。这小小的厅长，绝不是他仕途的终点。他是个性格论决定者，是那种外柔内刚、持之以恒又善于运筹帷幄的人。可是疾病让他有了紧迫感，更助长了他的坏脾气。自宁虎走后，他就钻研着同一问题——如何在理发店拿到玉嵘小老板的头发。

如果我不是我，那我一定是朱玉嵘那样的人。

把他为我所用，岂不就超越了他。朱厅长从不和人才结怨，只将人才为他所用。对于一位在官场混了三十年的人，灵魂早已被锻炼，锻炼成真金，而交手过的其他人，不过是一堆铅锡混合物。朱厅长的秘籍，在于他有一颗渴求胜利的灵魂，极力追求内心的完美，根本不会为悲哀而心慈，因悔恨而垂首，因不幸而谦卑，在一副副面具的遮护下成功演绎着官场人生。

朱厅长像一条发动攻击的蛇，吃饭时想，睡觉前想，泡中药浴时也想，那淡淡的药香，似乎更适合思考复杂问题。

陷在思索中的朱厅长，以至第二天一整天都没说一句话，嘴紧紧闭着，只有吃饭时才张开。像死刑犯在行刑的清晨，早早醒了，什么都没做，只是一分钟一分钟地梳理着沦落至此的每一步。后来才发现是梦，该死的是别人，而自己恰恰是那个挥舞着法槌的法官。他甚至嘲笑自己的梦了。

朱厅长正处在恢复期，身体还很虚弱，绝少出入公共场所。再有三天就是那小老板光顾理发店的日子。他有足够的时间设计细节。

关键环节必须亲自动手，这个世上，让他信得过的人还没出生。阴谋和陷阱的气味犹如少女身上的芬芳。他喜欢少女，更喜欢让少女怀孕，妻妹郭莎莎生育时，他体会到霸占后宫三千佳丽的王者快意。他知道妻子的娼道，他以与少女的山盟海誓，嘲笑了妻子的雕虫小技，以暗度陈仓的骄傲，戏弄妻子的多情滥交。

人生的机遇不会像熟透的桃子掉进自己的篮子里。贪婪使人盲目，并且微妙地、秘密地啮吃着人的本性，就像苔藓紧紧咬住植物的根。朱厅长像神经紧绷的狗，冰冷的眼神像匕首，包藏着对肉包子的全部野心。

那天，朱厅长戴着深咖色的帽子，白色的口罩罩住了大半个脸。他出现在顺风美发厅时，理发师们以为是哪个明星大腕，好奇地从镜子里瞄他。宁虎听说朱厅长驾到，立刻把他让到了贵宾室。朱厅长说在家闷了太久了，出来接接地气。

生活中已没有比这更刺激的事情等着他去做了。

透过贵宾室的玻璃能清晰地看到理发厅的情况。朱厅长让宁虎去忙，他要好好欣赏美发师们的美发过程。宁虎经理理解他的感受，给他泡了杯日照绿茶，准备了两本时尚杂志，就退了出去。朱厅长喝着茶，目光却盯着大厅。一个小时过去了，朱厅长有些累了，甚至有点不耐烦了。他一直以为自己有着当海豹突击队员的潜质，现在看来，耐性还是不足。他露出一副更适合妓院而不是美发厅的忐忑，渴望的眼神盯着进进出出的门口。他可不能让家人在自己制造的乱局中翻船，只要对卫雄有利，就是与魔鬼对抗，他也能制定出最佳的制胜方案。一定意义上说魔鬼占据了他的大儿子，魔鬼也应该知足了。

朱厅长要尽可能让卫雄有无与伦比的威仪。他制作了一支携带着致命毒性的箭，笔直地射向命运的靶心。他瞄准了周总财富的大门，也希望击中周总的心。

他在自己的生活里上演了一出玄妙的闹剧，而自己兼职导演、演员和看客为一身，最终也将在自己孤独的掌声中沉沉睡去。

郭燕燕打电话来要接他回家吃药时，玉嵘就像一头跑进屠宰场的猪，进了理发厅。

那小子果然气宇轩昂、神采奕奕，眉目间透着机智和自信。如果我的儿子们都像他，我又何必这么辛苦呢？瞬间，一股难言的没落感在胸膛里泛滥，淡淡的哀痛在大脑里回旋。朱厅长感到自己变得脆弱，像屋檐下的冰凌。好在，他是能把握大局的人，深知来此地的目的。一个人只要脸皮厚，总会得意的。

玉嵘理发结束了。当玉嵘起身到洗手池洗手时，戴着帽子和口罩的朱厅长借放杂志的动作，弯腰从蓬松的发堆上抓了一把头发，以极快的速度放进了裤子的口袋里。

胜者为王。对于朱厅长来说，只有参与到惊险的阴谋中才能意识到自己的存在。只有对胜利的渴求，才是活下去的力量。今天，他借用一缕头发就在一个不寻常的下午把人生看透了。

但这个动作被玉嵘从洗手池上的镜子里看到了，他以为这年老的卫生工要做毛刷用呢。

郭燕燕的车子停在了顺风理发厅的停车场，紧挨着玉嵘的车子。玉嵘刚坐进车里，突然发现宁虎老板扶着“卫生工”上了奥迪 A6，宁虎礼貌地挥挥手：“朱厅长，再见。”

竟然是朱厅长？玉嵘立刻想到了吴乐乐。不知这位朱厅长的大公子怎么样了？

担心别人的事不如操心自己的事。在这明媚的下午，从树叶缝隙筛落下来的阳光戏耍着车玻璃，玉嵘感觉生活里有那么多问题，记忆里有过那么多人，他们距他说近也近，说远也很远。

因为翻译了许多名牌大学的公开课，又不断地向各大学输送特殊人才，与世界许多著名大学的学者们建立了友好合作关系，招募了许多兼职的留学生，专门为他整理各大学的公开课。有一位叫华刚的留美学生，把纽约华人沙龙的讲课，每次都及时地传给他，并鼓励他应该到美国深造，毕竟世界级的大学会有世界级的眼光，也会有世界级的营养。

人人都有秘密，而玉嵘生活的全部秘密，生活的全部意义，就是看到爸爸，或听到爸爸的声音。辅导双胞胎时，每次远远听到爸爸回家的声音，他就像一个渴得要命的人，终于对着清冽的矿泉水狂饮一顿，那莫名的喜悦，双胞胎不理解，世人也不理解。

爸爸进家，向书房里瞥一眼，发现她们在认真地复习。玉嵘却因这一眼而感觉无比幸福。

玉嵘甚至害怕高考的临近，害怕没有借口出现在家里。

新起点公司正处于发展的关键时期，如果这次融资成功，公司将改组上市，就会打造出另一个新东方。但他有信心比新东方更时尚，更前卫，更符合当前教育的新形势。对未来，他有信心。

二十一世纪的人，最大的悲哀是浅薄，虚荣心是年轻人佩戴的一朵优雅的花。玉嵘渴望像那些高材生们，坐在世界顶尖大学的教室里，听著名科学家的课，那也是别样的享受吧。虚荣也罢，梦想也罢，一想到要远离爸爸，玉嵘感觉就像罪犯被揭发一般，说不出多狼狈。

那是未来的事，也许是想象中的情景。

玉嵘对双胞胎的辅导很有效果。正如评论家所说，不是歌德创造了浮士德，而是浮士德创造了歌德，玉嵘也感觉不是自己提升了双胞胎，而是双胞胎满足了自己灵魂的渴望。他寻求灵魂的故乡和亲情的影响，它们无处不在，却又处处皆无。

周总一直对这位小老板持怀疑态度，不相信他为了那屈屈五十万而下如此大的力气。所以，每当发现玉嵘出出入入，他就特别警惕，像高度警戒的黑猫警长。他的辅导是热情的，在周总看来，这份热情很难归类，它介于恨或更大的阴谋之间吧。周总始终认为，任何一个极端都包含着自己的对立面：狠心包含着慈祥，怯懦包含着勇敢，生命包含着死亡。玉嵘把自己的生活弄成现在这样了，乞丐似的低着看别人的脸色，机会不缺，也不少，恰恰够让他成为这一点。那卑微的出身，注定了他的生命痕迹。

玉嵘正处在一种精神的饥饿状态，周总家的天空似乎正酝酿着一道绚丽的彩虹。玉嵘早早赶到了周家，姜图美去了美容店，双胞胎还没回家，用人把玉嵘让进客厅，给他泡了杯茶后就出去了。玉嵘很少有机会在客厅里坐一会儿。他观赏着客厅的装饰，突然发现西墙边的衣帽架上挂着这家人的衣服。他像老鼠出洞似的察看了四周，他走到衣帽架前，伸手拿起了周总的衣服。楼上监视着他的周总，透过开启的门缝，观察着玉嵘的一举一动。他以为玉嵘要翻他的衣袋，从而取走他的钱财。可玉嵘把头埋在衬衣里，深深地吸吮着，仿佛那是氧气袋似的。周总很诧异，他怀疑玉嵘会放下他的衣服而拿起妻子或女儿们的衣服，可玉嵘根本不动她们的衣服。他像只贪婪的狗，不停地嗅着周总的衣服。这个农民工！变态狂！周总恶狠狠地骂着。门外突然传来欢笑声，玉嵘匆忙放下衣服，欢笑地迎接那对双胞胎。

人们越是深入探讨一个命题，结果却往往会陷入反命题的误区中。周总按照自己预先铺设的轨道前进着，对自己的理论充满信心。这个有钱的流浪汉多么肤浅可鄙啊。白鹭是一座严肃的城市，可周总却感觉到它那么没有原则，连这种变态都让他那么得意。这真是现代文明的悲哀。

玉嵘感觉自己所有的幸福都在那衣服的气味里——爸爸的气味里，这无法复制的气味。

在每个男人的灵魂深处，总有某种东西，或闻到某种香味，不管是饭菜的香味或家人的气味，灵魂就会戛然惊醒。人类对亲情的反应，与年龄、才智、经验、知识或真理无关。

71

卫雄毕业了。他没邀请任何人参加毕业典礼，他觉得他们都不配。他是王者，是无敌的王者。家人试图买金钱买不到的东西，卫雄却不再上当，他有权操纵自己的心灵。爸爸虽然没给他一分闲钱，但他战胜了爸爸，因为他鄙视爸爸给他规划的回国就业的路线，他将在美国发展。凭借哥哥在银行的巨额存款，在任何华尔街大公司，都能找到不错的工作，甚至有些公司很想捞到卫雄这种特殊出身的员工。哥哥如山的财富和爸爸的身份，才是他腾飞的跳板。再说了哥哥那如山的财富，终有一天，会玩转在他手下。毕竟我是学金融的。他好像在弹一架完美的风琴，借助它的键盘，探索着整个精神世界，再现充满欲望和争斗的生命内涵。

生活的悲喜剧反复揭示一个道理——人类从摇篮到坟墓并非一次完成的。支离破碎的日常片断，纵使能骗出心慈人的眼泪，却也使更多人懂得了丛林规则，变得心狠手辣。只要看看人们是多么容易接受那些荒唐的胡言乱语就知道了。卫雄要站在众人之上，出人头地，他已准备了坚强的头脑和足够的子弹。

卫雄回到家的第一天，朱厅长就亲自操刀，给儿子理发，并且大张旗鼓地折腾着。妻子不明白病弱的丈夫何必彰显那份父爱呢，而卫雄则任其折腾，他努力配合父母的虚伪表演。

棋子和棋盘离开了棋的规则，一无用处。爸爸的动作包含秘密的意义，也许是得了绝症人的良心忏悔。他不希望爸爸道出真相。既然爱是统辖家庭的支柱，那就让我一直是您可爱的儿子吧。玩耍这种小小的情感游戏也完全符合内心需求，闭上眼睛不去证实那些难解的疑问，和骇人听闻的没落景象，以便使自己充分享受富裕的生活。千万别哭出来，你这个傻瓜，要么自然地活着，要么假意地活着。人也像动物一样，有蹑手蹑脚躲起来的时候。

钱不是我的媒介，我要变成钱的媒介。作为不是亲生的儿子，演戏是他最拿手的技能。他觉得自己变了，长大了，感觉自己和世界之间有了新张力。如今家里暮气沉沉，到处弥漫着老朽而衰败的气氛，给人一种暂时状态的感觉，好似穿着偷来的衣服，既不合体，也不舒服。

理发仅仅是朱厅长做给家人看的一项举动而已，它真正的意义在于，将玉嵘的头发当成卫雄的头发，赠送给周总。

朱厅长把弟弟招到家里，把那包他从顺风美发厅得到的头发，拜托给了弟弟仁道。

朱仁道省略了所有中间环节和不必要的解释。周总激动地拿着那包头发，并且将永久保留着儿子的头发。他嗅着头发的气味，眼睛紧紧地闭着，好像被这个猝不及防的消息震昏了。

在仁道看来，这像是一次迟到的辩护，或一次迟到的忏悔。

周总可不傻，他同时在北京、济南、白鹭和青岛市四家亲子鉴定中心进行亲子鉴定。生命的意义在于真实，而真实的意义在于不可造假。父爱的长处是应该宽容，而不是怀疑。只有一种景色是完美的，那就是头顶的天空，而人间所有景色不过是粗制滥造的复制品。双胞胎二模考试取得了极好的成绩，玉嵘也喜滋滋地和双胞胎出出入入，这让周总更忐忑。那吸吮衣服的镜头，深深地刻进了他脑海里。这流浪汉到底想干什么呢？周总必须求得合理的答案，否则无法应对内心的不安。

辅导结束，玉嵘离开。周总站在客厅里，询问兴高采烈的两个女儿。

“他教得还尽心吗？”

“连副校长的孩子都来听他的课呢！”

“听说他有很多怪癖？”

双胞胎快速地思考着，谁都想第一时间回答爸爸的问题，可两人眼珠乱转，怎么也没明白怪癖是什么。

“他喜欢吃青岛饼干……包里总装着去美国的护照，这算怪癖吗？”

“他还喜欢问你的一些特点，比如爱吃什么、喝什么，喜不喜足球，爱看什么书？”

“问我的特点？”周总隐隐约约感觉这暴发户在酝酿着什么阴谋。且等着吧，早晚会露出狐狸尾巴的。对周总而言，玉嵘给他造成的压迫感始终未能减轻。他每看到他，或每听到其他人谈论他，都会自然而然地增强内心的反感，像陷入泥潭，永远不想再踏入第二次。周总把贪婪和逐利看成一种危机，一种人心不古的堕落，一种腐败，或者是一种需要救赎的罪恶。而他和他的家庭只能在这种世道中健康而富贵地延续着。

浪头已经涌起，终有一天会把浮躁冲洗殆尽。人衡量自己的品格时，永远缺乏准确的尺度，而在折磨同类时，却像修补一只破锣，不停地敲敲打打，总盼着音响铿锵、威震街坊，实际上只是徒增鸡鸣狗跳的喧闹而已。

世界金融危机后，国内的制造业、地产业、金融业都受到了不小的冲击，实体经济发展受阻。

齐台集团不同程度地受到了形势的蹂躏，好在周总及时调整了投资方向，在新疆和广州分别投资建厂，既节省了运输费用，又降低了电力和人工成本，他还适时将大笔资金入注了风险投资行业。当其他公司关停并转，甚至割臂断腕时，齐台集团却不断扩大规模，逆势发展，成为业界突出重围的楷模。网络给传统企业提供了太多可能，当齐台集团也大力开发网络业务时，才发现，齐台集团的域名已被别人注册了，只有购回域名，才会有完整的网络身份。

没有任何东西强迫人把脑袋伸进狮子的嘴里。许多创业的人，尽管小有成绩，也不过是庸碌之辈，他们的思想始终夹在金钱和政治这两堵墙之间，而周总却高于这个平台，将事业崇高化、神圣化。在他的公司里，既不缺刑满释放的犯人、肢体残疾的员工，也不缺那些有轻微智障的弱势群体，当然，使用这些人的工资成本也极低。周总相信，单凭这种善良，就足以让他嘲笑所有的暴发户们。

周总的心充满猎人的兴致，乐滋滋的总是获胜。他是个绝对派，没时间理会那些没看到过九位数的存款，就以为富人不存在的人。天堂还是地狱，由智商决定。那些在小酒馆里宿醉的穷人，只要有了酒精，就一定抛弃清醒。

飞翔风险投资公司这几年瞄准投资方向，让股东们挣得盆满钵满。飞翔投资公司的陶总于英国剑桥毕业，智慧而沉稳，很得周总信任。而陶总在审视市场、瞅准机会方面总能独具眼光，善于在不可能处，发现商机，争得利益。

经多方调查研究，教育成了新的淘金地。英国的朋友曾告诉陶总，如果没有中国留学生，英国的许多大学将倒闭，这是一个庞大的数字，足以拯救一个古老的帝国，而且提升学生素质，培训学生适应国际交流，输出一支精英留学生，也是利国利民的事业……这是朝阳产业，其间蕴藏着巨额利润。

陶总一直瞄准着这类学校，果然与极具生命力的新起点公司一拍即合。陶总和新起点公司的老总朱玉嵘深入交谈，心甘情愿被这个小伙子征服。朱玉嵘不但智商超群，而且极具眼光，对参与国际间教育的培训，搭一班航天的快车道，有着超人的胆识和能力。两年间，新起点公司建起了与法国、意大利、挪威等几十个国家的教育互动培训机构，每天线上培训交流达上千人。

周总也看好教育领地，前妻万明是大学讲师，爸爸又曾是大学教授。对教育，周总竟然有着特别的亲近感，仿佛投资教育不是为了牟利，而是为了继承祖业。况且，飞翔风险投资公司向来能为股东们锦上添花。

上午九点，飞翔风险投资公司的股东或股东代表们将听取教育机构的发展方案。本来是副总的业务，可副总昨晚在高速路上出了车祸，股骨骨折。毕竟几个亿的投资，马虎不得，周总也想了解教育的动向，便亲自参加会议。

等电梯的时间，周总看到玉嵘和几名小伙子急匆匆地进了大厅。电梯门打开时，玉嵘一行也站到了电梯口。突然遇到周总，玉嵘像得了大礼包似的笑得很灿烂。每次看到周总，玉嵘内心总洋溢着蔚蓝的阳光、充满着天真的嬉笑。何况在这无与伦比的一天，每一分钟，都有着启示录般的意义。

玉嵘灿烂的笑，让周总很不舒服，仿佛这小伙子在设计什么阴谋。满腹心事的周总，并没意识到他们将投资的公司，就是玉嵘的新起点公司。如果有精神抢劫，灵魂杀人之罪，周总第一个会检举眼前这个家伙。落在周总手里，你尽可以洗净自己的心，或索性杀死自己的心，一旦让他反感，便永无回头之日。这太让人痛苦了。

朱仁道急匆匆地叫住了周总，满面惊喜的表情，预示着有好消息要宣布。正如他哥朱厅长说他的，他总是太着急，像怀胎十月的孕妇，总盼着快快生下来。他哪里知道，正是他急急地宣布消息，既毁了玉嵘公司的发展计划，也毁了玉嵘对亲情的希望，最终成了压倒骆驼的最后一根羽毛。

“周总，有两个消息……”

周总不理解地看了他一眼，昨晚副总的性命，让周总失眠了一宿。“先说坏的吧。”

“都是好消息。”仁道故意卖关子，调动着周总的情绪，“卫雄被美国的高盛公司聘用了，并且职务还很高，是华人中稀少的职务。第二个好消息，四个鉴定结果都出来了……全部 99.99%。”

多少年来，周总的渴望中一直存在着未知部分，正是那不可琢磨的部分令他紧张、害怕。周总突然两眼放光，心也快跳出胸膛了，他紧紧搂着仁道的肩膀，仿佛那肩膀是金子铸的。事态转化得如此神速，虽然他早有心理准备，可消息出来的片刻，他还是惊愕而惶恐，仿佛不明白究竟发生了什么事，又仿佛这一切不是真的，怕那好消息得而复失，怕他那宝贝儿子再次被人抢走。他像蚊子似的大声嗡嗡，其实连自己也才刚刚听到，“太好了太好了太好了……我的儿子当然是最优秀的！当然最棒最好！”

正待进入会场的玉嵘走了过来，仁道忙向周总介绍今天主讲人——朱玉嵘。

“这个毛孩子……给他投资？”周总好像咬到什么难咽的食物，面露苦色。

仁道还没回答周总的疑问，陶总就请大家进了会议室。五分钟后，玉嵘将主讲新起点公司的发展规划以及美好的创业前景。

为了今天的宣讲，玉嵘忙碌了好几个不眠之夜，他努力让自己展示到最好，让方案最精致最有活力最有前景。一是为公司的发展，二是为了在爸爸面前展示自己卓越的一面。

周总听了两分钟就出去了，再也没有回到会议室。

仿佛一个重重的铅球砸在了脚趾上。玉嵘很快调整了情绪，尽可能完美地把方案介绍清楚。

之后玉嵘退出，静待风险投资的股东们商议结果。

同时看好新起点公司的还有另两家风险投资公司，玉嵘之所以选择飞翔风险投资公司，就是为了能靠爸爸更近些，能从业务上与爸爸有些关联。这内心深处的欲求，只有上帝知道。

会议室里，股东们争论得异常激烈。以陶总为首的赞同派，和以周总为首的反对派，唇枪舌剑。现在的周总觉得他已和整个世界较量过了，并且大获全胜，凯旋的他有勇气挑战任何人。当周总慷慨陈词时，玉嵘从洗手间出来，路过会议室的门口，那让他灵魂颤抖的既像丝绸又像钢铁的声音，迫使他停下了脚步，清晰地听到了周总的演讲。

"我不相信他，我不赞同把大笔的钱压在一个骗子身上。他为骗取今天的投资，早就开始了预谋。他之前不同意为我女儿辅导，自开始策划这个项目后，他突然又同意辅导了。他随身携带着去美国的护照签证，说不定资金到位后，立刻卷款走人。我和他打交道可不止一两天。我岳父去世前，他就曾以某件小事而勒索过我，并且还是在公安局里。可见这小子野心多大，多狂妄。你们真以为一个流浪汉、农民工能成什么大事，会有什么品格？一个没进过大学门槛的人，能玩转你们的投资？他的新起点公司或许不错，但我认为那也仅仅是碰巧捡到了天上掉下的馅饼，并不代表他真有什么能耐。请记住：一名非常出色的骑手，却可能是一名非常糟糕的水手。你们也许被他灌足了迷魂汤，但我是清醒的，我认清了他的本质面目。我坚决反对把宝押在如此品行不端的人身上……"

人类是没有诚信的生物，所以需要辩论。会场辩论得很激烈，但最终周总一派胜出。这世界很丑陋，很不公平，但周总对这个世界很感激。这件事让玉嵘很受伤，但伤口不能由周总来缝，周总是主刀，不负责缝合止血。

陶总走出会议室，拍着玉嵘的肩膀，表情凄楚地说："我个人给你注资，押上我全部家当。"

仿佛冰水往他的腰里灌，叫他活成了冰块里的鱼。

玉嵘受不了大家安抚的目光，把自己关在厕所里，倚着墙壁泪流满面，努力压抑着没号啕出声音来。不是失败让他流泪，而是爸爸对他的污辱、诽谤，作为儿子，他却无权申辩——他无法大逆不道地将父亲大人置于冷酷、卑鄙，甚至愚蠢的祭坛上。毕竟一个无家可归的人是有理由哭的，即便在精神病院里和其他一百个病人挤在一起盯着电视，也好过在厕所里一个人的哭泣吧。

他想去任何一个充满爱的地方，他要像那回游的鲑鱼，坚定地寻找爱的足迹。不过，他先得找到自己的那片海。

72

哭够了，良久，玉嵘像做了错事、被父母关了禁闭的孩子，悄悄走出来，反复地洗着脸，洗掉泪痕，洗掉伤痛，也洗掉亲情的尘埃。他看着镜中的自己，只觉昏昏沉沉，仿佛挨了一闷棍，他按捺不住内心的愤怒，也按捺不住对自己的失望，连连向墙壁捶去，仿佛那手也不是自己的手，疼痛也不是自己的疼痛了。直到有人进来，他才提着血红的拳头像战败的拳击手似的出去了。他深呼吸、深呼吸、深呼吸、深呼吸……努力平复暴烈的情绪，不让大伙儿同情和怜悯自己。他微笑地回到大伙面前。钱杰能和楚秋生想安慰他，可半个字也说不出，因为玉嵘那尴尬的表情，谁看了都心疼。

周总在大厅里再次遇到玉嵘一行。周总像老虎站到山羊面前威严而不耐烦地告诉玉嵘："你已经知道了我的态度。从今天开始，你不必辅导周明和周亮了，我不会放任一个变态狂出出入入。钱我会付给你，但请你不要再耍花招了。看看周围，所有人都是骗子，都比你会撒谎。知道吗，太劣拙的撒谎是对人的不尊重。别以什么狗屁关联主义，试图和我有什么关联。也别对我摇尾逢迎，狗才那样。做人还是本分点，你不该以辅导我女儿们骗得我的信任，你也不该如此放长线钓大鱼。记着，我不是你的鱼，你永远不能算计我。从前不能，今后也不能！”

玉嵘简直像被火箭炮吓蒙的傻里傻气的猴子了，目瞪口呆，恨不得找个地缝钻进去。这次事件也让他有机会联想起无数次口角，一阵反感掀起另一阵反感，旧伤疤被揭开，变成了新伤口。他十分惊愕，因为痛苦地证实了，在这么多次的接触中，所做的一切都不过是培养了爸爸的仇恨。

熟悉的生活突然换上了副陌生的面孔，灵魂在沼泽和高山之间游荡，在恐惧和友爱之间徘徊，来路疾风骤雨，归途更是一片沼泽。有好多次玉峰都想说出真相，都想拿出那张养父母抱着他的照片，但他的舌头打结，心也出于自我防卫而反叛着。他无酒自醉，醉在爸爸的醍醐里。

钱杰能无法忍受嚣张的周总，气得一把抓住周总。“你有什么权力污辱他！你凭什么污辱一个对你家有帮助的人，要不是你老婆反复来求他，他怎么会去辅导那对笨丫头！你太没良心、太卑鄙了！”

钱杰能挥拳要打，被许多人拉开了。

周总没想到会有人敢当胸提起他的衣服，无比气恼，恶狠狠地瞪了玉嵘一眼，转身走了。玉嵘惊讶地注视着他，像注视一个外星人，想不出一句即便不疼不痒的话来，他只觉得大地在震荡，肉体和亲情正在这强烈的震荡中撕裂、破碎。他向周总深深地鞠了一躬，躬送着周总离开，仿佛他做了什么错事、蠢事、不道德的事而得罪了周总似的。

为了在这零度寒天中活下来，他冷冻了自己的心，希望世上有一家当铺可以将心典当，心痛时包块干净的布暂时寄存，待到体温回暖、灵魂自在时再赎回来。这情景是一种需尽心尽力对付的煎熬，大厅里的看客们，隐入一片灰暗的雾霾之中，裹着一种奇特的伤感。玉嵘怀疑谁都看透了他那份趋向爸爸的热望。

钱杰能推开了他，对他的鞠躬相当不满。

“你是别人打你的左脸，你再把右脸递过去的圣徒吗？我看你就是窝囊废、窝囊废、窝囊废！”

我就是窝囊废。我就是会逃跑的窝囊废！

他们拖着玉嵘一起来到街上，人人情绪低落，心里别扭，淡淡的忧伤拂之不去。玉嵘非常感谢这些嘘寒问暖的朋友，有他们陪伴，思想也不缺春天。

融资失败，谁也不知道玉嵘去了哪里，手机关机，办公室和家里都没有人。

他独自开车出了城。几年前，他被朱七叔骗走了那仅存的房产。其实，他知道那是圈套，仅仅想回报朱七叔在危机的时刻对家人的照顾。他有宁愿上当的受虐瘾，也有那么一点享受被故乡抛弃的自虐感觉。潜意识里，他发觉自己不属于那个村子，也不和村民们是同一类人。无论多么落魄，玉嵘始终感觉自己是贵族是精英是科学家。

可是被爸爸周总弃绝，玉嵘悲痛万分，仿佛第一次承受人生悲剧。还有什么比被爸爸彻底的厌恶更残忍、更悲哀呢？聪明的赌徒总是留一手，不至于下回没了赌注，但玉嵘耗尽了全部赌资，赔尽了所有希望。他精神上再次一无所有、孤苦伶仃。他的视线越过一张张赌台，直探向痛苦和失落的空间，那是一种不知餍足的痛苦，沉寂的场所里都是些饥饿的孩子。

白鹭城是一个没有记忆的地方。生活在远方，而我在这里，我只是一个精子的偶然的选择。玉嵘出了城，一路向西开去，宽宽的河面好似光滑的金属带，挨着国道延伸着。天空仿佛着了火，火焰点染着云霞和山峰。村庄安静得像睡着了，树木也静静地发呆，没有一丝儿风，不摇不晃，极其入定。霞光渐渐熄灭，颜色越来越深，变得黯然神伤了。山峰、村庄和树木淹没在黑暗中，彼此存在却又遥不可及。玉嵘忍不住凄惶地战栗，仿佛他是那孤独而寂寞的树，是那被遗弃在大地上的村庄。恐惧的战栗带有地狱的味道，衰败的感觉从敞开的车窗弥漫进来，袭扰着他的心灵。刚才路人还在欢声笑语，现在却默默不语了。星星出来了，像哑巴。

午夜，坐在滚滚的河边，不安的情绪折磨着他，他仿佛成了沙漏里等待漏下去的沙子。湛蓝的天际上悬挂着那轮尖细单薄的月牙儿，不远处是一片黑暗的小树林。起风了，风吹得树叶沙沙作响。每个人都有慧根。他感觉自己是个空空如也的存在，被召唤去享受无尽的欢乐。野草在风中摇曳，和着潮湿的地气，做着轮回转世成花的美梦。

然而剑就是剑、枪就是枪，无论谁的手伸进火里都会烧伤。有些话，伤到谁都会心疼。

玉嵘不由得扪心自问，发觉这不安的情绪源自一种朦胧而隐秘的念头，一种沉到灵魂深处才能发现的念头。

他只想逃走，逃到更远的地方，用剧烈的方式割断与过去的所有联系。

他要做爸爸世界里的失踪者。这是爸爸的悲哀，不再是他的悲哀。

73

周总有些疯狂，按捺不住内心的激荡，是惊喜从内而外、从肉体到灵魂的渗透，是暗涛汹涌了二十年后的喷发，是生活一次本真的还原。优秀的小石头回来了。

鞋子上必将沾着过往的泥浆。二十年的思念就像一场淋漓不止的雨水，冲刷着为父者所有疼痛的神经。政客用谎言掩盖真相，亲情用感觉表达真相。长期以来戴着面具生活都忘记自己是谁了，只有在儿子面前，才能恢复自然的本真。

任何冲突都消解不了周总的喜悦，他恨不得立刻见到儿子卫雄。但仁道告诉他，因哥哥身体不好，哥哥叮嘱暂时先别惊动卫雄。

周总缩在车里，等候着朱卫雄从医院出现。他来了，身材挺拔，衣着时尚，自信骄傲，沉稳而霸气——周总把想象中的全部优点都集中在儿子身上。他用虔诚的行为掩盖一个魔鬼式父亲的心，用博大的护犊之爱呵护为父者的灵魂。此时，他就是上帝的助手，不用掷骰子，也不信巧合，坚定的信念全部指向了那个儿子。怀疑会让这个国家回到混乱中，会让灵魂回到地狱里。他满心欢喜地看着小石头穿过公路，走到停车场，看着他的北京现代缓缓离开，他成长的二十年的空白，也缓缓消散了。

父爱是用来抵制分裂的最坚强武器，如同用挺进的坦克对付纸糊的围墙。儿子，你不会在我这里遇到锁着的门了。此时，被幸福感包围着的周总，不知道是自己拯救了儿子，还是儿子拯救了他，他也不知道自己是激动的父亲还是曾经那个激动的孩子。

人们之所以把别人想得很好，是因为大家都替自己担心，乐观主义纯粹是基于恐惧，对未来的恐惧，对亲情的恐惧，甚至对死亡的恐惧。

周总决定送给儿子礼物，一辆价值二百多万元的保时捷，还想送给他一块价值四十万的手表。如果他喜欢，甚至可以满足他任何需求。

周总父爱荡漾，像沉睡了几个世纪，终于得到喷发的借口。喷发只是途径不是结局，他们相信心灵的火山，正有神迹发生着。

仁道非常同情玉嵘。周总是个出身论者，即便在用工方面也是如此，只要出身在知识分子家庭，他都会充满天然的信任，而对来自农村的学生，却总是拒之千里万里，待之如乞丐。周总用阅读的眼睛，已把员工分成许多种。员工如果自作多情，试图让自己的感情合理化，试图在周总的微笑里寻找职业的避风港，终会发现避风港里吹着失望的风。

欲求过多就会让周总的嘴变成毒气室，尖酸刻薄的言辞呛进别人的喉咙和耳廓，失望成了最慷慨的礼物，塞满衣袋和大脑。

世上到处是明里装圣徒，暗地里却是魔鬼心肠的大人物。说白了，人人都在自己的路上逃亡，无论是圣徒还是魔鬼。周总因为过惯了众星捧月似的生活，根本没耐心听取别人的意见，更不会体察别人的心情，有时霸道得像狂风，盲目得像无月的深夜，把坏脾气当阅世的借口，把恶毒当处世的风度。

他开心地犯着这类人的通病，骄傲地成了为我独尊的孤家寡人。

也许因为自己和玉嵘同是南坝桥车祸的受害者，仁道对玉嵘总有一种特殊的亲密感。接近权力让一些人以为就拥有权力，这就错了。仁道既反对周总对玉嵘的看法，也不赞同周总对玉嵘的态度。但反对无效，一点影响力都没有。周总若想找人商量公司的未来，会找那些在国外大公司有工作经历的博士们；如果想出去健身，就让那些在各类国家级比赛中得过奖牌的员工陪同，如果想排解低俗的难题，就干脆推给痞性十足的下属，朱仁道深知自己就是这种类型的员工。如果没有显赫的背景，就别在周总眼前晃荡。当然朱仁道大学教授加杀人犯的特殊身份，也有他奇特的分量。

皇宫里总是母为子贵，现在，仁道感觉自己是因侄子的原因，也日益尊贵起来。这尊贵，也不过是杀手与雇主的特殊关系，逃不脱刀剑对主人的实用价值。

仁道请玉嵘吃饭，说起来是想安慰融资失败的玉嵘，其实也有同病相怜的味道。

“我有不可推卸的责任，我不该提前把消息告诉周总。很明显，那好消息助长了周总的扈气。”

“什么消息？”

“周总丢失二十年的儿子找到了，竟然是我的小侄子朱卫雄。”

“这怎么可能？太奇怪了。”玉嵘像掉进了螺旋桨里，又想试着在杯酒里走出自虐，走出旧习，走出希望。

仁道根本不知道这消息有多伤人。

玉嵘感觉自己的生活像演戏，却按着别人的剧本推进着。当那么多重要的事情都已经篡改，生活怎么能依旧如故？歌曲唱着，灵魂满着，嘴不停地说着，每个人都忙碌着快乐，或者不快乐！很多时候，玉嵘都奢侈幻想着，爸爸会推开厚重的门进来和他喝一杯。

“你相信命运吗，玉嵘？”

“命运不相信我。”

“参与贩卖小石头的人曾是我的狱友，也是疯子的同事。他在日记里记下了那孩子的踪迹，说他曾是白鹭高考状元。那年考试最好的就是我侄子，并且亲子鉴定结果已出来了，铁定他们是父子。”

玉嵘差点没晕过去。他努力调整着呼吸，让那山呼海啸般的风暴，慢慢化作细流涓水，酸楚地在心底流淌。他似乎听到了心底的哽噎，听到了灵魂的震荡。这是个奇怪的巧合，有着显而易见的解释。我作为儿子的尊严不值多少钱，但这是我真正的基因，却有人冒险顶替。真是幸福的大结局。

他奔向爸爸，却找不到终点。忘记吧，忘记吧，身体却号啕大哭。亲情有着铜臭的气味，抓起来却像沙子，缓缓从指间漏掉了。

一名坐在角落里的鲜艳女子不时瞅他们，那探寻而勾魂的眼神，像激光灯，不时闪出五彩缤纷的光线。“千万不要以为天生丑陋的就嘲笑她们，其实，灌下几杯烈酒，瞎眼的丑妇也和美女一样标致。周总就犯了这种弱智的错误——出身决定论！”

“周总是对的，我就是垃圾……骗子……无赖……”

“自贱降低不了你的身价。”

“你知道我为什么辅导双胞胎吗？”

“为了融资？”

“为了提醒自己离猛虎只一步之遥……提醒自己，谁也别信，包括父亲。”

玉嵘喝醉了，仁道开车送他回家，把他背上回家的台阶，他竟然又哭又笑，如疯似傻。“你要是我爸爸就好了。做我爸爸吧……”

“其实，我不是孤儿……我有爸爸、有妹妹……还有一个妈妈……我是……窝囊废……”

醉得够大的。仁道把他安顿好才离开。

尘归尘，土归土，仁道因为抱着并无什么用处的同情心而感觉像个骗子。回到车上，他久久没有离开。他没有儿子，体会不到为父的神圣，却感觉玉嵘有无限的悲哀，虽然他不知道这悲哀为啥而起。

生活的痛苦也是挺鼓舞人心的。

任何沉重的发生，总会被岁月消解。人总想毫无恐惧地活着，这怎么可能。有阳光就有阴影，有欲望就有恐惧。

亲情不需要勇气，也不需要怒气，更不需手起剑落，就像摩西开辟红海一样。亲情就是亲情，具有永远保鲜的性能。

74

交通厅魏主任突然失去了联系，他妻子哭哭啼啼地向朱厅长讨说法。朱厅长曾和魏主任有约在先的，基于形势紧张，除非被检察院带走，手机没收，任何情况下都要保持通讯畅通。

而今天通讯不畅通了。

打破常规含有一种神秘的快感。

魏主任真糊涂，干吗去了呢？

魏主任每次汇报工作总是抑扬顿挫、踌躇满志，好像一个优等生，正在拿出老师要的满意答案。魏主任的每一份请示朱厅长从不看就签字，因为他知道魏主任是一条忠实的狗。

旁观者都清楚，当事人总是不够理性。魏主任的妻子和朱厅长希望魏主任突然喝高了，或者突然病重昏迷，甚至，突然车祸死了。

在朱厅长看来，一个人坠入法网，和坠入情网一样，就从活人花名册上勾销了，变成了白痴，不仅白痴，而且等同于死人，或被人当成案例搬到课堂上展览。有一次魏主任不小心丢了手机，吓得冷汗直冒，怕那黄色照片，约会的信息惹来麻烦。那时朱厅长才认识到，即便一条忠诚的疯狗也有寻觅母狗的可能。他飞快地瞥了魏主任妻子一眼，那身打扮简直不可一世，步履那么沉重，看她走动，那粗壮的身板像泰山在移动。打心眼里同情她家的床板。

朱厅长长夜难眠，听到妻子挑衅似的鼾声，气愤得想拿鞋子砸醒她。黎明终于像迟暮的老太太缓缓走来，小鸟烦人地吵闹着。朱厅长皮肤苍白，腿上稀疏地长着几根汗毛，活像没处理干净的猪蹄子。朱厅长头昏脑涨，穿裤子时，一头栽倒在地板上。CT检查，脑及肝脾都有癌细胞转移。关于平均寿命在八十一岁的目标，他是没指望了。他被推进了重病室，也是从那一天起，他再也没能回过自己的家。

疾病用它那魔鬼一样的智慧，将朱厅长上上下下结实地调教了一番，也击碎了那些精妙绝伦的借口，给他上了一堂生命之课——谁也别妄图当生活的老师。

他还有重要的心事要了结，看到卫雄侍候在身边，不由得感慨命运的残酷和生活的无情。他多希望看到卫雄驾驭那上百亿的资产，成为社会精英，呼风唤雨，甚至光宗耀祖。

然而朱厅长仿佛一座逐渐倒塌的房屋，只给后人留下一个绝望的灵魂。他真该向周总这个暴发户致敬喝彩，他居然在这个伪君子冶游的时刻，也来贪占朱家的后代，妓女般大胆展示从床上挣来的奢华。朱厅长隐约感到，他、周总和青楼女子竟有共同之处，有一种天然的联系，三人同处一个族群，拥有同一种心态，足以做一锅史诗般的炖杂烩——周总继续飞黄腾达，妓女将持续床上的事业，而他却只能徒手抗拒即将到来的死亡。

朱厅长一直认为自己是生活的王者，却也沦落到如此没有尊严的地步。不由得感慨命运的无常和上帝的残酷。安排好儿子，也是指点江山的王道。他知道，谎话不用说千遍，只要当事人相信，瞬间就成了真理。长期住院总会让他心智困乏，滋生出某种空虚，甚至延绵不断的厌倦感。他觉得除了他之外，似乎人人都担心全球变暖、环境污染、经济滑坡，可人人又幸福又美满，只有他郁郁寡欢地困守在黑暗而寂寞的病床上。他知道在职场摸爬滚打过三十年的人，便无一例外地成了骗子。作为骗子之王，而且出于本能，不能让一个好故事白白贬值。

他拉着妻子的手，虽然不相信将和妻子分离，但他决定像从前一样，对妻子要有所交代，更要有所隐瞒。我以前爱过她，现在感兴趣的倒是她的谎言和愚蠢。

谁能在这座堕落的房子里出污泥而不染呢？人世间便是这样一座堕落的房子，然而，值得庆幸的是人生苦短，转瞬即逝，在坟墓的那边可能就是复活。

朱厅长的嘴巴一张一合的，像困在网里的鱼。他是那种连石头都能弄碎的人，却也有驾驭不了舌头的时候。妻子以为他要交代后事，没想到却说起了卫雄。妻子最不能忍受丈夫提起卫雄的，她永远不能接受丈夫和妹妹的私情，更不能当面谈论这私情的恶果。许多天来，这好像成了她心底的地雷，总怕什么时候被炸响，自己被炸得颜面全无，身碎万片。你就带着肮脏的故事进地狱吧。

夜灯的光波神经质地在天花板上荡漾出一圈圈的涟漪。

她是来听，不是来说的，几个月来她一直逃避着这个当面了断的机会。

“燕燕，我必须向你坦白卫雄的事。”

“求你，别说了。”

“亲爱的，说或不说我们都被骗了，我们都以为那孩子是你妹妹和他的恋人生的，其实不是，竟然是她从人贩子手里买来的。玉峰是齐台集团周总的孩子。”

郭燕燕比妹妹复活在眼前更惊讶、更吃惊。她拿不准是丈夫在开玩笑，还是死去的妹妹真的和所有人开了个天大的玩笑。丈夫的口气却像匕首一样锋利，那双油滑的眼波似乎预示着一个残忍的计划。

“她为什么要买个孩子？”

“也许是她和周总生的孩子——我如果是她，就能告诉你了。等到了天堂，我会问个明白的。诽谤死者不必负任何责任。”厌恶感使他无法与妻子争论，就像无法与狗争论。

郭燕燕气得脸色发青。你到了天堂还要和莎莎团聚吗？卑鄙的家伙，无耻透顶。“你怎么就知道莎莎在天堂。她偷了别人的孩子会下地狱的。”

“真有预见性，亲爱的。卫雄将继承那泰山般的财富，你懂了吗？”

郭燕燕真的不懂，她竟然一点也不懂。他不知道丈夫的话哪句是真的，哪句是假的。“卫雄真的是周总的儿子？”

“反正亲子鉴定证明是亲生儿子了。”

“鉴定也会造假吧！”

“你真笨……我要睡一会儿了，记着，感激我的时候，别忘了烧炷香……”

朱厅长一边喝药一边提醒自己，生活即将清空，他可以从头再来——对自己负责，把日子过得简简单单，清风明月，远离官场。他知道这是以前的想法，却也仅仅是想法。他一再多情地以为自己是命运的宠儿，这满身的疾病却也证实，生活和命运联手陷害了他。骑狮子容易下狮子难，疾病温柔地总结了他从政的一生。

无论承认与否，他都将在某一个节日里独自退场，这流光溢彩的幸福世界，他终将别无他求。爱他的人或恨他的人都会将他遗忘。有人说这是一个政治卑下、充满诡计的世界，这就是地狱。然而，朱厅长是多么留恋这个地狱啊。时间是永恒的馈赠，然而对他的馈赠太少太少了。朱厅长望着纯洁的天花板，心也像天花板一样纯洁。他讨厌纯洁，纯洁是死亡的颜色。米开朗基罗说天才就是永恒的耐心。我有的是耐心，请给我召示耐心的时间。

郭燕燕和这个男人睡了一辈子，也不知道丈夫是个什么人，永远也不知道他那硬脑壳里盘旋着怎样的智谋和诡计。她不由得觉得丈夫不是癌细胞扩散，而是那恶毒的智商在作怪。太聪明的人会遭到报应的，丈夫首当其冲地中枪了。出于隐秘的原因，她盼着丈夫离世的那一刻快快到来，至少比纪委或检察院的人来得快些，那样就能保住那几亿的家产，至少自己和卫博能有一段安静的人生。未来，也不过是个十足的妓女或男妓，有钱就可以消费生活，无钱则被生活无情地消费着。一种无比自怜的热流涌向心头，她觉得每一次不公正，每一次冲突，或师出无名的恋情都浓缩在这小小的病房里。她已不再爱他，没有一点点爱，仅仅是守着他的死亡，就像守着那笔财富。生活的色彩全被这场疾病磨灭了，整个世界留下的只有暗淡的白色和灰色。自大儿子卫博染病以来，她以为生活早就被原谅了，可生活从没被原谅。

麻雀一直叫着，好像不叫就会死似的。

卫雄竟然是周总的儿子，卫雄将成为那百亿资产的主人，至少是主人之一。一夜之后，郭燕燕才慢慢消化丈夫的伟大和多谋。如果没有这样的丈夫，如何会有这样的幸福生活呢？她宁愿不去深究细节，只是努力享受和美的生活吧。

但生活从不和美。郭燕燕记住了丈夫的话，为了未来，早已准备了足够的香火。有一次她梦到了和丈夫的争吵。

“我也会观察，像你一样，我也有新发现。”

“你应该发现你老了，帅哥们不会吻一个被皱纹封住的嘴。你什么也不是，你只是个寄生虫。”

“你也是，只是爬得比较高的寄生虫。”

就在朱厅长告诉妻子卫雄是周总儿子的时候，被门外的卫雄听到了。这惊天新闻，无疑是天降星辰，他差点欢呼起来。但终究这是医院，又是爸爸病危的时刻，他努力隐忍着。坐在白鹭湖边，一会儿哭，一会儿又笑了。哭是感动地哭，高兴地哭，笑也是开心地笑，幸福地笑。以前的生活不过是一种示范、表演，或如假意祈祷，原来一切已影射着另一种结局。

生活可比这病房大多了。

原来他一直把自己当成一无所有的赤贫者，却是货真价实的王子，耀武扬威的王子，真正有才华的富二代。绝望之人无所不能，但充满希望之人，更不怕故事的任何开头，当然也不在乎故事的任何一种结尾。

青春好比一场拍卖会，谁能带来最惨痛的破坏力，并且还屹立不倒，谁就是赢家。如此大的变故，世界为什么还像什么没发生过似的继续前进呢？虚假的悲伤是一件有趣的事情，他要将虚假进行到底。

一群白鹭打开了它那天使般的翅膀，不紧不慢地用力一扇，飞到了空中。

卫雄感觉自己应该沿着长街、天桥一路飞奔，他有条件居高临下、抚今追昔、感慨万千、纵览全局。他的后半生清晰地画在那里，像天边的彩虹，他有充分的理由占据最高处的座椅。

与这秘密相比，整个世界都微不足道。

但事发过于突然，要明白事件的全部意义，还需要更多的时日。

75

魏主任果然被纪委带走了。这惊天新闻吓坏了朱厅长。朱厅长希望魏主任有将牢底坐穿的坚毅，希望他守住底线，不招供、不招供、不招供……可根据以往的案例，凡是进去的贪官，无论党龄多长，意志多坚，还没有不招供的。更有甚者，不但招供，还招出偷窥癖、异装癖、异味癖等屁事，惹得办案人员不是气破肚子就是笑破肚子。他们的脚指甲、灵魂，甚至头发都仿佛隐隐生疼，望着办案人员，像望着一座正在喷发的火山，渴望自己要么被烧死，要么被砸死，却不想在冰火两重天中一再被吓尿了。

一个人只能待在宿命之地。

有人一碰到妓女的手就忘掉了妻子儿女，陶醉在买来的荒谬却迷人、有毒、悦耳的理论里。困住人们的那张网不是别人织的，在妓女的眼里，监狱代表着嫖客的纯粹。

生活开始对他面露凶相。朱厅长感觉这可不是一时运气不佳，而是厄运缠身，挥之不去。无论魏主任如何开口，任何一笔受贿行为，都脱不开朱厅长的干系。病弱的朱厅长依然高速调动着大脑神经，请来律师，立了遗嘱，将所有财产（两处房产、股票和五十万存款）归妻子所有。遗嘱里，声称已和重病的大儿子断绝了任何关系，至于小儿子卫雄，遗嘱里明确规定，希望他自力更生，白手起家，从零开始，艰苦创业。

没有怨恨的地方就没有爱。自己明明是周总家的后代，却迟迟不公开，也不让相认，天天守在病房里，守着一具即将进入坟墓的枯骨。卫雄有说不出的气恼和挣扎，恨不得自己跑到周总家，亮明身份，找准自己的座椅。

更可恨的是，朱厅长望着卫雄的眼神，活像一个怀春少女望着崇拜的偶像，目光里含着喜爱、占有和献身的欲望。有那么一瞬间，爸爸那柔情的微笑让他绝望。这个生来便被忽略的男生，生来便当哥哥阴影的弟弟，如今失去了方向。爸爸痴迷的笑容，让他忐忑不安。越老越变态，真让人恶心，恨不得一把掐死他。

立遗嘱了，卫雄估算着自己能分到亿位数，或者至少八千万以上。有这些钱垫底，将来干点什么呢？私人飞机、豪华游艇……他暗自盘算着距这些消费还需要多少钱，甚至还需要多少时间。他开始变得魂不守舍，双眸中出现了一种奇特的光亮。

夜深人静时，卫雄偷偷打开了锁在爸爸抽屉里的遗嘱。他为爸爸如此善待自己而心怀憎恨，不由得怒火中烧。他很想当胸捣他几拳，让他立刻命归黄泉，那把贱骨头还有什么理由对得起这个叫了他二十多年爸爸的儿子，还有什么借口让自己再侍候他哪怕一分钟！美国只是一个国家，不是一个月亮。为何把钱都给了那个被判了死缓的人？仅仅因他是亲生的败家子，而我是抱养的好儿子？谁人知晓那个数字迷人的魅力，然而他始终都知道，他体内的欲望无法受控，而由于那个数字所带来的激动和颤抖，足以使一切冒险变得值得。

金钱是一种野心，一种美丽的野心。怒火烧得卫雄脖颈通红、泪水满眶。他走到自己的房间，以免被什么人看见，尽管家里只有他一个人。

可怜的卫雄，用情太深，容易被失望冲昏头脑。

正如地震了几分钟后，人们才相信了地震一样。此时才意识到，自己这二十多年的生活，也不过是为这个家庭敲了敲边鼓，当了当陪衬。

当我为鱼肉，人为刀俎，我该怎么办？我不能摔倒，绊一下也不行！他可不想赤身裸体地走到周家，被周家的人瞧不起。可这就是命运。命运就是命运，跟他摆架子毫无用处。

这座不仁不义的城市悄无声息地潜入了黑夜，大街小巷都笼罩在那种凄凉的、虚假的、带点魔幻色彩的光线之下。多少悲情故事正在上演，多少看客也成了演员。自己的脸上流着别人的泪水，也好，至少说明还有心痛的感觉。

麻木是一种可怕的病。

76

一切都是假的。自己明明是周总的儿子，别人又怎么通过了亲子鉴定？

当被问题包围、被失望包围，玉嵘只会从自己那里逃跑，躺在公园长长的木椅上，满心疑惑。

他不是一个好战士，因为他总是过于担忧即将发生的事。每场游戏的结尾，都会有一个出乎意料的反高潮。在这场游戏里，他没能体会到亲情的爱，却感受到了亲情的刺痛、亲情的尖刻。他曾认为重要的、珍贵的东西，在别人眼中竟然不重要了。游戏本身太激动人心，这过程太痛、太伤感。他成了一个没有东西可输的英雄。

世界的通道仿佛在中间坍塌了，一头是他，一头是爸爸。儿子的心成了爸爸的玩物。

玉嵘坐在学校操场上，两姐妹收到信息后便来见他。爸爸武断地封杀玉嵘，却扼杀不了双胞胎对玉嵘的感情。周遭的空气爱抚着她们的肌肤。她们一左一右地坐在哥哥身边，一脸挨了打的小女孩的表情，强忍着泪水。在幻想超越现实的年纪，她们对未来充满着奇特的信心。她们甚至幻想四五十年后，三人依然信心满满又亲亲热热地在一起侃大山。

她们都不相信只有傻瓜才会幸福，但倘若真的必要，她们也可以随时装聋作哑。她们和他都在长大，都体会到一种患难与共的亲情，并相约一起到国外留学。对未来的幻想，让他们体会到暴风雨中能伸能屈的树，才不会折断的道理。

无论周总如何诽谤朱玉嵘，双胞胎自有她们的主意。玉嵘代表着才华、事业和未来。爸爸对玉嵘的蔑视，不由得使双胞胎怀疑是爸爸嫉妒之心在作怪。爸爸恐惧了，恐惧年轻人超越他。之前双胞胎非常崇拜爸爸，以为爸爸是卓越的，是人中的珠穆朗玛，可现在她们不那么认为了。揽镜自照，谁又不认为自己是最正派的呢？通向地狱的路不是用良好的意愿，而是用自我辩解铺成的。她们学会了沉默，学会了以无语抵抗思想暴力，学会了一个耳朵听一个耳朵冒，过滤着长辈的言行。

不冒险就没有成功，这是行业领袖和一般人的区别。她们偷偷和玉嵘联系，一起吃饭或一起到图书馆复习。同学们羡慕的眼神，更助长了姐妹的骄傲。三人兄妹联盟像坚强的堡垒，无人能拆散。

正像班主任说的，改变双胞胎的正是朱玉嵘。和智慧的人在一起，你就会成为智慧的人。之前的双胞胎被社会上的轻浮女子吸引，试图以色彩和修饰赢得师生们的眼球。自从玉嵘辅导后，玉嵘智慧的魅力和朴实的自信感染着姐妹俩，从而使她们顿悟到，吸引眼球和受人尊重根本就是两个概念。漂亮的瓢虫自信这是一辈子的旅程很广，它们又会飞又会爬，还有着五彩缤纷的衣饰。但其实，它们哪儿都去不了，甚至离不开那个麦子成熟的季节，活不到秋风萧瑟的黎明。

无价的东西最珍贵，就像这无私的兄妹之情。接纳一个人就是一次冒险，但不冒险又怎能赢得未来。

“我一直把你当成小石头哥哥，再也容不下别人顶替小石头了。”周明忧郁地说着，揽着玉嵘的胳膊，头歪在玉嵘身上。

“有人要顶替了吗？”

“爸爸找到小石头了，用爸爸的头发和小石头的头发做的亲子鉴定……”玉嵘突然想起顺风美发厅里，朱厅长迅速抓一把他的头发，塞进裤子衣袋里。

玉嵘灵台透亮。简直开心死了，他突然搂着双胞胎妹妹左右各亲了一口。他觉得上苍再次眷顾了他，神圣的光环照亮了他，他瞬间无比幸福，也无比快乐。他突然站起来，跳到台阶下，挥着手对她们说：“放心，我还是你们的哥哥。还有几天就考试了，走，我再辅导辅导你们！”

刚刚汇集到心里的血液，像汹涌奔腾的浪漫，一下子涌到了脸上。爸爸的叮嘱比这操场上的石子还多，但也阻碍不了她们飞奔而去。

谁刺了谁，谁伤了谁，谁错过了谁，谁又主宰了谁。上帝知道，上帝从来不说。

天冷，人更冷漠。这世界，有病的人可不止去医院的那些，更多的时候可能是大街上的、酒吧里的、舞台上的，甚至主席台上的。

朱厅长病得越来越重了，借助呼吸机和营养液才能维持呼吸和心跳。每天就像一辈子那么漫长。回忆这一辈子，朱厅长就像没看懂剧本就被迫推上场的演员，一切那么虚幻那么浮躁。通常只要有耐心和时间，就能达到他的任何目的。但现在这两样，他都没有了。

天傍黑的时候，郭燕燕离开了病房，病房里除了病人，没有其他人。朱玉嵘就缓缓推开了病房的门，悄悄地站在病床边。朱厅长以为是风进来了，却又不像风。

“是谁？”

“是啊，朱厅长，我也想问您，我是谁？”

朱厅长的目光在这青年脸上扫来扫去。他突然非常激动，仿佛要坐起来似的，监护仪上的血压和心率数字飞快地上升着。

昨天心脏报警，不得不安上了临时心脏起搏器。

“我让朱厅长血压升高了。看来你记起我是谁了，如果我公布真相，你的儿子会怎么样呢？”

许多时间以来，朱厅长一直心神不宁，他在等待一个人，如果这个人一旦出现，说明他知道了一切真相。他当然希望他永远不要出现。他潜意识感觉到，这个人会出现，会和他清算从前。但朱厅长有信心打赢最后一仗。这世界虽然很丑陋，很不公平，但偶尔，他对这个世界很感激。

大脑里飓风像一千头狼在狼嗥，嗥声多得足以压垮胸膛。走到最后，他要与之较量的，竟然是一个年轻的后生。这让他有失重的感觉，虽然一直躺在床上。

“都是我干的，是我……与任何人都没有关系，我让他顶替你上大学……也是我用你的头发做了亲子鉴定……我罪该万死……你杀死我吧……”

“你知道天谴是什么吗，是报应、惩罚。”

“是的，杀死我吧，拔掉那个电极，我就死了……在你面前，我是罪人！”

“这个电极吗？我拿掉它你就会 OUT 了。我试试？”

“是的，就这样，拔掉吧，我罪该万死！”

“我不上当。杀你死，脏了我的手吗？不，先生，你把这机会当成忏悔的礼物送给了我，我只看到了阴谋，没看到忏悔。你就慢慢地享受吧，灵魂的审判根本就不会停息！”

“你不知道什么是灵魂，你从小被卖掉，可你几次和生父擦肩而过，灵魂没让他认出你。卫雄站到他面前，他却本能地认为是他的儿子，从而不惜夺走我的后代。爱不是人类发明出来的东西，一只杜鹃鸟都比你亲爹强，如果不是欲望和贪婪，这一切又怎会发生。如果说我这么做是爱子的表现，可这也不意味着我错了。我或许是帮助儿子的父亲，或许也是害他的罪人。你有智慧，命运就给你运用智慧的舞台；其他人没有那样的天赋，命运就只给他挥霍炫耀的机会。世界是公平的，孩子，惩罚我吧，我们都是聪明人，把这个电极拔下来就万事大吉了……”

“多么哲学的演说啊，不愧是厅长。既然你分析得如此透彻，我为什么要杀你？不要拿你的世界观来理解我的生活。绝望之人无所不能，我已看到了你和你儿子们的疯狂。我可不是你的儿子，不受你蛊惑。我虽傻，但我不浅薄。我虽没有得到，但并不意味着我已失去。我只是来告诉你，我还是我，你什么也替换不掉，我的精神，我的肉体，我的DNA……这些会永远折磨着你，以及你的儿子们，你说呢？拔下那电极的人，应该是爱你的人。无论如何也不会是我！即便你生前脱了干系，死后也会遍体鳞伤。我祝你长命万岁！”

生活中真正的悲剧竟然与暴力无关，竟然以温柔而宽容的形式，拥抱死亡。这太超乎朱厅长的意料，不符合他的思维。

玉嵘说完就出去了，愤怒和自怜如鲠在喉。一切发生得太慢，同时又太快，他一分钟都不能多待。这是个罪恶的监牢，和那罪犯在一起，连呼吸都有着腐朽的气味。灵魂无法称重，无法度量，可这人像没有灵魂的魔鬼。难道人之将死，都如此通透而思辨吗？

面对那个阴谋家，为何如此忐忑不安呢？

77

医生说爸爸已没有多少时日了。

除了卫雄，谁还会关心一场必输的棋。持久的权力胜过金钱，但权力从不持久，如果还能修改遗书，也许另当别论。

卫雄站在床边，他要和爸爸清算一笔账，如果错过了机会，就永远没有清算的可能了。他掀掉乖儿子的面纱，像一只服服帖帖的狗靠到爸爸床前。他抚摸着爸爸宽阔的额头，轻而易举地摘取了疼爱的心。卫雄仿佛又看到小时候爸爸将哥哥扛在肩头的情景，恍若看见在永世照耀的月光下，大路没有尽头，看见爸爸妈妈和哥哥三口之家和谐幸福的情景。一股厌恶感泛上心头。

人的记忆多糟糕，又多可怕，完全暴露了智力的停滞，人应当忘掉细节，细节永远是庸俗的。

“爸爸，你太偏心了吧，我即便不是你亲生的，至少还喊了你二十多年的爸爸吧。你怎么能一分遗产也不舍得给我呢。我那不争气的哥却守着金山任其骄奢淫逸地挥霍。你太不道德了、太没品格了！”

“不……不是这样的……你是我的亲儿子……谁说你不是我亲儿子，那是骗他们的……”他为儿子创造新世界的那一刻，往往是可喜的，充满了对未来和财富的赞美。

“爸爸，你到死都不说句实话吗？你还有说实话的舌头吗？”

“儿子，我的儿子，我最最……最疼你……”

“是的，我领教你仁慈又赤贫的爱了！对我说疼爱的谎话，你得多走点心，多用点情。重写一份遗嘱吧，别对我那么不在意！”

“不，孩子，遗嘱不会改。看远点，一切都会好的。”

“看远点？看到窗台，还是看到院子里，还是看到泰山、上海、纽约？”

朱厅长显然非常激动，挣扎着试图坐起来，突然挂掉了身上的电极，起搏器停止运作了——朱厅长瞬间呼吸急促、心律失常，身体因缺氧而紫绀了。他惊恐地瞪着儿子，希望儿子快快接上那救命的起搏器。电极的一端通向了一个市场，那里机车声、喊声、吠声、哭声、低语声、音乐声交汇在一起，冲刺着他的大脑。一只小羊在咩咩地叫着……那小羊竟然是儿子卫雄，他揣摩不出小羊的心思。疲惫的山头，枫叶红得像火，城市着起了大火，火焰冲天，烧烤着他的肌肉和骨骼……他闻到了烧烤肌肉的香味……

儿子冷漠地看着朱厅长挣扎，像看一只中了毒的老鼠在院子里翻腾。我希望和强者交手，但你被打垮了，你太腐朽了。

“修改遗嘱吗，爸爸？”

“不能，儿……儿子……”

“去死吧。”卫雄气愤地倒退着离开了床边。

“儿子……快救我……”

朱厅长惊恐地向儿子伸出手，渴求儿子快快插上电极，他可不想死在儿子手里，他更不想让儿子背上杀父的骂名。他有太多太多话要对儿子讲，儿子是他的希望，是他的梦想，儿子才是他的至爱……他可不想这样结束与儿子的交流。莎莎，我们的儿子……我们的儿子……我答应要照顾好他……他很好……战斗中，时间就是一切，谁都希望首先行动，他渴望卫雄给他点时间……他觉得自己幸运地骑着金币……越走越远……

卫雄后退到门口，像在商店里没发现要购买的商品，转身出去了。一种莫名的战栗掠过心头，传遍肌肤，一阵隐隐的惶恐袭上大脑。为什么，他不明白，但他又明白。他忽而感觉自己陷入危险的包围之中，被所有人抛弃了，孤单单在这世界上。小的时候妈妈总说哥哥卫博能当上部长，能当老总，能当科学家，从没有人喜欢他，从没有人赞美他，仿佛他是乞丐。我若是自寻烦恼就太愚蠢了，人人为己，胜利属于胆大包天的人。

卫雄去了洗手间，又去医院的超市买了一听可乐。喝完后，才心事满满地回到病房。医生遗憾地告诉他，他爸爸走了，走得很安详。看来，错过了他生命的最后狂欢。

他应该哭，应该快速地流下眼泪。心底却总想笑，像得了笑症似的。他觉得应该呕吐才是，但没有，肚子只是翻江倒海，恶心至极。终于，当妈妈赶到时，他被绊了一下，顺势扑倒在妈妈怀里哭得悲痛欲绝。他觉得，他是爱爸爸的。是的，他是爱爸爸的。

78

玉嵘感觉自己像天空一样干净，又像云朵一样轻松。忽而大写，忽而小写，对他来说都不重要了。重要的是，他活着，自在地、有爱地活着。每当想到爸爸狠狠地痛斥自己，他总会给自己打强心针："玉嵘，给我打起精神来，不管你了解不了解这个世界，这个世界都不会让着你，就算你是流浪汉、打工仔，就算你挣得了千万的财富，就算你有DNA，也没人懂你的心思，你就在悬崖边上，一不小心就会坠入万丈深渊。悬崖的风景虽好，摔下去的可能性也很大。"

精神搞不定的时候就靠上帝吧。书是他的上帝，他终于在上帝的无量里走出了自己的悲剧。

玉嵘习惯在白鹭湖边读书。今天读的是普鲁斯特的《追忆似水年华》。这名奇特的病人，被关在豪华的"监狱"里，用十五年的时间写出了一部名著。书中，那个贵族男孩，用细腻的眼光观察着贵族生活……那古老的阶层，不缺命根枯萎的老者和下体褶皱的古板老妪，他们端坐在自己阶层的金字塔上，啜饮美酒，侃侃而谈古帝国的光辉岁月，丝毫不顾时光飞逝。城市的墙基缓缓崩塌成灰，习俗和禁令将年轻人死死限制，直到新时代来临……

玉嵘如饥似渴地沉浸在上个世纪法国贵族的社会中。我要做多少努力，才能成为他那样的人呢，用生命感悟一个时代的变迁。

一个五颜六色的皮球滚到玉嵘脚边，一个两岁多的小女孩，穿着雪白的公主裙，颤颤地跑来捡皮球。玉嵘捡起皮球，递给小女孩。突然李兵强就站到了玉嵘面前，并且抱起了小女孩。

“嗐，朱因斯坦，还是翻脸跟翻书一样快吗？那些名校视频够用吗？”

玉嵘一时没明白他的话，诧异地看着这位让他高中阶段愤怒的七班班主任——李兵强。

“纽约文化沙龙，华刚，那是我妹妹万小玮。小子，别一副不知感恩的样子！”

华刚，万小玮，李兵强……玉嵘像困在梦里，怎么也挣脱不出来。

“可我见过你打万小玮。”

李兵强双眼冒火，像能看穿玉嵘的脑壳。“靠，只会逃避的窝囊废，你迟钝得像三脚凳子，蠢得像木瓜。你比她还能记仇。我们是同母异父的兄妹，有过不痛快的记忆。总比你强吧，孤儿，连个同父异母的姐妹都没有！”

我有，两个！生活强奸了世人，这让玉嵘像闷葫芦似的满肚子的话倒不出来。他发愣地站着，好像自己是石头做的，他的手依然放在打开的书上，书却被完全忘记了。他这副尊容与其说像人，不如说像雕塑。

“我见过你在我们小区翻垃圾箱，那味道一定不错吧。”

玉嵘像当胸挨了一拳，愣愣地盯着李兵强，快速回忆万小玮过生日那天，他把水晶发夹扔在垃圾箱里，后来又翻动垃圾搅起腐臭也搅起了尴尬。

“真不知我妹妹看上你什么，你就是个心胸狭窄的窝囊废。”

“我不是窝囊废，我还狂吃了你一个月的工资呢！”

“你竟敢提这事！臭小子，终有一天，你会乖乖地投降的，到时候看我怎么收拾你……”

李兵强抱着小女孩很有风度地转身走了，甚至还带了点实属难得的亲善，他肩膀上的小女孩笑眯眯地看着这位呆呆的叔叔。从那刻起，他们之间的所有怨仇不费吹灰之力地消散了。

玉嵘终于明白，生活总是于无声处奇迹不断。

潜伏在玉嵘内心深处的野性突然想抓住李兵强，想狠狠吻他，或热烈地拥抱他，再或者猛烈地给他一拳，以报复很久以前对万小玮的暴力。但他心中爱情的那部分知道这很荒诞，也很夸张。持久的仇恨胜过时间，但仇恨从不持久。

我真是笨蛋！我是大笨蛋！经常在网上聊的好友华刚，给自己收集名校视频的华刚，竟然是万小玮！玉嵘突然觉得自己笨手笨脚，笨嘴拙舌，春心涌动，反应迟钝。他木然地举起了手，向那小女孩示意再见，尽管他们已走出了很远。

为了逃避万小玮的爱情，他时常把身体留在梦里，机械地与别人交谈，穿行于一条条蜿蜒的街道，穴居在梦幻的房子里，无尽地惩罚自己，也惩罚万小玮。在那儿，万小玮是他从没有勇气尝试的航行。你还等着我，真想不到。

看来，寒冬过去了。

戴你这珍珠，我愿意献出自己的脖子。他合上书本，飞快地离去，仿佛这样快速奔跑就能跑到美国，能见到万小玮似的。

79

8 月 16 日，这特殊的日子，仁道打来电话，郭燕燕边接电话边往外走，她要去做个高雅的发型。突然一个黑影抓住了她的头发，她大声惊呼，手机掉在地上。仁道问出了什么事，可除了乒乓的关开门声和杂沓的脚步，再无人声应答。

瞬间，郭燕燕被胶带罩封住了嘴，双手反绑着，像拖一头猪似的，被拖进了车里。

郭燕燕以为自己要死了。

车子开得飞快，左拐右转，晃得郭燕燕想吐。她本想记住绑匪行驶的路线，可她只记住了泪水的温度、胳膊反扭的疼痛和拖拉推搡的屈辱。她从没像现在这么想念仁道和卫雄。他们一定会尽快救我的。

她已错乱了，不知行驶了多久。最终，绑匪用一串钥匙，哗啦啦转开一道道锁。她被塞进了一户人家里，绑在暖气管道上，像绑一条得了狂犬病的疯狗。她坐在地上，动弹不得。泪水哗哗地流着，觉得今生从没这么狼狈过。

她听到几个男子在另一个房间窃窃私语，他们一定在商量赎金。果然，门开了，一串串脚步近了。

“你是朱卫雄吧，你妈妈在我们手上，限你午夜十二点之前筹够五百万，否则，立刻撕票，并且绝对不能报警。”

他们撕掉了郭燕燕的胶带，隔着头套，母子俩哭天喊地地叫着。卫雄悲愤地呼唤着妈妈，好像妈妈马上见阎王爷似的。郭燕燕机智地告诉儿子——保险柜的密码是爸爸和哥哥的生日。

电话挂了，房间再次回到午夜般的寂静里。郭燕燕不知道儿子会不会报警，会不会完全按绑匪的要求去做。不就是五百万吗，给他们就是，但千万不能报警，一旦报警，万事皆空，这道理卫雄应该懂得。至于丈夫，从她办完丧事的那天起，就已经不再思念他了。但就在说出密码的瞬间，她说不出有多么恨他或想念他，正是由于他的缺位，她才会沦落到如此卑下的地步。

他们是强盗，抢东西天经地义。

2013 年 8 月 16 日，那天正好是周总的生日。朱卫雄将由叔叔朱仁道带进周家，正式踏入周家门槛。

提前十多天，姜图美在丈夫的指导下开始装饰儿子房间，双胞胎女儿也积极参与家中的重要活动。对陌生人的未知，让她们忐忑又好奇。无论穷人还是富人，对未来的惊恐都是生活的背景色彩，但金币的声音在哪儿都畅通无阻。

姜图美一直是家里的橡皮图章，今后也将继续着橡皮图章的生活。丈夫完全顾不上她的心情，对她没有一丝一毫的关照。

希望找到小石头是一回事，但真正让成年的小石头进家是另一回事。一想到一个完全陌生的男子站到她面前，生活在家里，至今都让她忐忑地喘不过气来。很久很久以前，她想到那个小石头时已不再痛苦了，他已是她心里的一个概念。而现在，她却不情愿地想着他，越想越愤怒，而越愤怒就越想，直到有一天她趁丈夫还没起床，坐在床边对丈夫说："亲爱的，狗很忠诚，虽然和亲人的忠诚很相似，但我能忍受狗，因为狗从来不奢侈地花钱。但这个儿子，你可真得教育他像狗一样遵守家道。"

丈夫想生气却又想笑。他突然觉得妻子变聪明了，能说出如此智慧的话，但又一回味，妻子依然那么愚蠢，说了这么没智商的劝告。

最终，姜图美感觉不是小石头住进家里，而是自己住进了孤儿院里。好在双胞胎女儿们及时安慰着她，给了她信心和勇气，使她勉强地担当起女主人的角色。

8 月 16 日，周总请来了众多朋友和商业伙伴庆祝生日，也让亲朋好友认识他的儿子，分享他的快乐。家里布置得像办喜事似的，鲜花璀璨、美酒香槟、歌曲绕梁，亲朋好友陆续进场。

堕落一下吧，未来发出了邀请。

11 点 18 分，吉日吉时，儿子将在仁道的带领下，踏进家门。周总的心情无比激动，比生儿子还要激动。那天他得了儿子，却失去了万明。而今天，他仿佛又迎娶了万明。至少，他身上有万明的基因。他听从医生的建议，吃了脑清片才治好一阵又一阵的头疼，他感到自己和儿子不是几步之遥，而是处在两个不同的时空，一股超自然的风将儿子带进了家门。最近，他在衣橱里照镜子，立刻明白，他正毫不客气地模仿着爸爸的老年形象了。老之将至的感觉，迫使他从往昔的回忆中找到一条秘密之路，牵着儿子的手回家。这一天，终于到了。

玉嵘谢绝了另两个风险投资公司的注资，他干脆卖掉了新起点公司——新起点公司被另一个著名的教育机构收购。他正经历人生的重要阶段，一个变革期或转型期。从前对人生、爱情、亲情的想法，曾无数次像夜间的鸟儿扑扇着翅膀掠过头顶，可每当想抓住它们，它们惊飞四散，只剩下片片羽毛。

人们发现了一个陌生的玉嵘，这个冷静、幽默的玉嵘与那个热情而快乐的玉嵘不相符。他一针见血得令人心惊胆寒，逼迫贪婪的对手总是惊慌失措，赶紧想找一扇破窗溜走。因为他知道，无论是谁，都不会因为爱而出价购买公司，仅仅为了利润才和他坐在谈判桌上。

8月16日清晨，疯人院突然打来电话，他的“爸爸”疯子出大事了。

玉嵘飞车赶往精神病院，原来疯子的鸟笼挂在铁丝上，一辆给食堂送货的卡车突然带掉了鸟笼，眼看鸟笼和鹦鹉就要葬身车轮下，疯子冲出过道，飞速地去抢鹦鹉，可他和鹦鹉一起被轧了。

到死，疯子都紧紧抓着鹦鹉。

玉嵘听医生缓缓地讲着，像听一个童话故事，那悲伤的故事仿佛与己无关。可是当看到疯子手里依然紧紧抓着那只小鸟，不由得悲从中来，哭得泪流满面，伤心欲绝。从站在这里的寂寞时光开始，目光就离不开那鸟，仿佛那鸟是一块载满记忆的珍贵宝石，值得疯子以命相救。

玉嵘屏住呼吸，散漫的回忆纠缠着他，想起在青岛海边的情景，疯子在垃圾箱上捡食物……后来才知道，他有很长时间的健康期，只是根本不知道自己是谁，只知道和某人合影了，他寻找过照片中的人，可他不可能找到，因为傻三安静地待在监狱里，不愁吃穿地幸福生活着；那抱着孩子的夫妇，也已离开了人间。

一阵寒战过后，玉嵘甚至希望疯子紧紧抓着的是自己。正常人却不如疯子，不如鸟……他站在精神病院门前，仿佛来到了另一座城市，8月里月季芳香四溢，他掐一朵火红的月季花，贪婪地嗅着。只有当一个男人想大哭一场时，才会这样做。

玉嵘决定为疯子举办隆重的鲜花葬礼，他那博大的自然之爱，是配受这些的。邀请疯子的生前好友出席葬礼。

周总家热闹非凡，一派喜气洋洋。亲朋好友登门祝贺。周总满面红光，神采飞扬，却突然接到仁道的电话：因出了点事故，仁道和卫雄要晚一会儿才到。周总正诧异间，秘书递给他一封讣告。

讣　告

齐台集团化学品氧化铝原厂长郑包法同志，因急于想从车轮下救出儿子般的鹦鹉，于2013年8月16日6时40分不幸与鹦鹉（鸟龄不详）同归于尽，终年49岁。郑包法同志和鹦鹉先生的遗体告别仪式定于2013年8月16日12时38分在白鹭市殡仪馆举行。孤独使他疯狂，他终于在疯狂中摆脱了孤独。

郑包法同志和鹦鹉先生治丧委员会

2013年8月16日

80

看完讣告，周总非常气愤，显然有人在调侃他。胆敢这样调侃，又似乎不能小视。他让秘书给精神病院打了个电话，疯子果然死了，而为他举办葬礼的正是那个朱玉嵘。

周总恨得牙根痒痒。说也奇怪，他竟然有些胆怯，仿佛在一座不属于他的房子里，在飘着花香的地方，拍一场没有剧本、没有主角的影片。他似乎看到那个年轻的郑包法正从身边经过，试图在席上喝一杯，在镜头前留下一个伤感的微笑。他不由得惊愕，倍感凄凉，有一种想哭出来的欲望，不知道自己身在何处，也失去了对时间的把握，以至于再也说不出话来。

周总转身看到了镜子中的自己，眼睛呆望着，几乎没有了呼吸，比死人还像死人。空气中弥漫着一种神奇的烟雾，使镜子更显得神秘而魔幻，他不由得确信：今天绝不是个平常的日子，许多生死考验摆到面前。而他将带着前所未有的热情、痛苦去面对这必然的命运。

殡仪馆的礼堂哀乐回荡，气氛压抑。周总走进礼堂，仿佛走进鲜花的海洋。朱玉嵘一身素衣，是这里唯一的活人。

郑包法整齐地躺在正中央，手里依然抓着那鹦鹉。

一阵清风吹来，他闻到了鲜花的芬芳，忧伤的音乐也停止了。周总凭自己老狐狸的本领洞察了一切。“他可真是一鸟在手，胜过两鸟在林。”

“您呢，您有整座森林，当然想要什么鸟就有什么鸟。”

玉嵘觉得到了一个自省的时刻，他带着尊严、高傲，甚至带看无法抑制的追问下去的渴望，面对爸爸。他简直无法熄灭内心这份无主的亲情。他们之间曾有太多误解、太多争执，以及太多没有释然的怨恨。相反，当一个儿子决定和父亲牵手时，理论上就没有越不过去的围墙，没有推不倒的堡垒。

事实上，根本就没有管住他的上帝。

“周总，您相信鬼魂吗？”

“不信，但我有点怕它。”丢了二十年的儿子，今天才找到，差点耗干我的心血。这份迟来的顿悟使周总吓了一跳，面前的郑包法，身边的朱玉嵘与他有什么关联，而他必须静静地立在这里，表现出一副沉痛和悲哀，而内心真正的悲哀，他却又说不出来。

走到阳光下，天热得像下火，刚刚的阴郁瞬间蒸发了。

周总看着玉嵘，不解地问：“这样做有意义吗？有什么用？”

“体会到了就有用，如果没体会到，那可就真没用。”

“别跟我打太极，这很无聊。”

“这可不是太极。听说您儿子今天进家门，他可真幸运，不管真假，他有好几个父母。”

周总突然感觉某个地方非常疼痛，似乎被刺了一刀，不见伤口，却能听到咕咕的流血声。他不由得转身多看了一眼这青年，像观看身后是否遗落了什么。是的，许多年前，他丢过儿子，也丢过钱包，还丢过身份证。他突然感觉自己仿佛飘浮在不同寻常的花香之中，阳光、哀乐、鲜花混杂在一起，让正午显得格外引人注意。男人的成熟可以一天完成，可面对这个男生，周总莫名其妙地忐忑不安、闪烁其词，就好像他不是比他大二十多岁，而是比玉嵘小二十多岁。但一想到家里的客人，他又有充分的理由相信，命运用一次天意的飞行嘉奖了他的父爱，让他和他的儿子以出其不意的方式相遇。

电话响了，仁道告诉周总——卫雄的妈妈被绑架了！

周总突然想起玉嵘刚刚说的几个父母的事，恍然顿悟。一定是他干的，他在报复风险投资的失败，这个混蛋！

周总收起手机，几步走到玉嵘面前，玉嵘笑得像一朵盛开的牡丹花。这更惹恼了周总，挥拳捣在了玉嵘的脸上。玉嵘猝不及防，本以为将得到糖果，却得到了拳头，委屈的泪水瞬间孩子似的流了下来，双手架在头上，挡住了周总再次落下的暴力，灼热的嘴唇呢喃着：“爸……爸……”尽管那声音极其微弱。

“爸爸，绑匪刚给我来电话了！”卫雄气喘吁吁地站在周总和玉嵘面前。周总愤怒地瞪了一眼玉嵘。显然，他冤枉玉嵘了。

为了怕爸爸着急，卫雄一路追到殡仪馆，第一时间向亲爱的爸爸汇报事件的过程。

“别让我再看到你！”周总转身上车时，又回头看了玉嵘一眼，今天，他总感觉哪个地方不对劲。此时，沮丧的玉嵘站立的姿态那么熟悉，周总一阵心酸，不知是为刚才的拳头，还是为殡仪馆的闹剧，眼睛有些湿润。他不明白自己怎么了，也许因为郑包法，也许因为这地方让他想起去世的亲人们。万明曾责怪他的固执，他曾希望在万明的目光里老去。这不切实际的幻想，在他看来，正是时常迷失在回忆中的原因。

许多天后，大脑里一直回忆着玉嵘站在阳光下的孤独形象，像谁呢。周总一直没想起来。

“别让我再看到你！”

周总的话像匕首架在了玉嵘的脖子上……目送着周总离开，这或许是最郑重的一次见面了。他是爸爸，他走了。玉嵘泪水涌了出来。为爸爸哭，哭多少次都值得。爸爸，我不是孤儿……我才是小石头啊……爸爸，您……多保重……

玉嵘以泪洗面，那百无聊赖的青春没有一天像此时，让他感受到8月16日的正午竟如此漫长，如此孤单，如此不堪忍受。他带着葬礼的哀痛，在阳光下站了许久。他一直在想，走出这个正午，就不会再有哭的欲望了。他不相信世界上有儿子能抵得住对爸爸的好奇，如果有，一定是自己。他已意识到，用儿子的忠诚，终究难以敲开被偏见封死的大门。

我是个窝囊废！一个人只有用深井般的双眼和坚忍的嘴唇，才能把这一天挨过去。恨和爱是一对孪生姐妹，是硬币的两面，互为依存，相伴而生。恨不是肉体的独有，快乐也不是灵魂的专项。生活的磨砺最可怕的不在于撕碎了一个人的心，而是把心变成石头。人生充满无常，生老病死，如同日月轮转。我因伤心而茫然，但我不会恨你。我必须把爱留在心里，否则我怎么活过这一生。

世界对玉嵘来说变成了一座地狱，因为从最初想靠近爸爸那一刻起，他就意识到挑战爸爸的观念，让爸爸难堪，自己也会心痛。其实，玉嵘更像他的爷爷，简直就是爷爷的翻版，和爷爷一样出类拔萃，和他一样博学又藏而不露，也和他一样靠智慧的滋养生活着，连站立的姿势都极其相似。

只有明白了生命的无常，才会珍惜生命的有限。“这样做有意义吗？有什么用？”爸爸的话一遍遍回响在耳边，玉嵘不由得体会到，人太在乎意义了，太在乎作用了，太急功近利了。儿子有什么用，老子有什么用，书有什么用，友情有什么用？没有用的就统统删掉，统统烧掉。人们的眼上覆盖了厚厚的翳障，看不到真情，理解不了大爱。

一切故事，不过是利益舞台上的取舍，不过是功名光环下的悲喜。灵魂被欲望占满，心灵的高地正在水土流失，冲击出欲望的平原。人们时常冷冰冰地参加一场场需要热情的战斗，不可避免地陷入自己制造的混乱中。把问题交给时间，让它与日月长期共处、痛苦相随，却永远不会熟视无睹。人唯一需要的就是一个懂自己的人。

玉嵘只能像瑞典火柴，反复在自己的盒子里擦燃，烧灼着自己的心。

爸爸不过是生了自己的那个人，不过是提供精子的那个人，爸爸并不等同于领路人、导师，不一定具备解疑释惑的资格和素养。他不过是爸爸，爸爸也是丢失意义的人。

如果说孤儿有什么优势的话，那就是再也没人能对他发号施令了。“嗯，这是孤儿的自由。”在说出这句话的前一刻，他其实还从未这样想过，但一旦承认这种可能性，他就足以视为铁板钉钉的事情了。这个英勇的决定似乎减免了他很多痛苦，为了能在这场灾难中活下去，他又把自己关在厕所里流下多少苦涩的泪水。为了不至于疯掉，并且为了不说出真相，他必须向厕所倾诉一番。

玉嵘清洗了身上的污垢，放下了所有的执着，使世间的嘲笑不再刺痛。谁都可以逆之则怒，顺之则欢，但做到顺逆在心，喜怒在情却少之又少。爸爸，再见！

城市的灯光灿烂如火，夜夜昌盛，平缓而沉寂的河水和一轮满月，成了被遗忘的风景。

普鲁斯特说：当一个人不能拥有的时候，他唯一能做的便是不要忘记。

亲爱的爸爸，那么再见！

81

卫雄听从了仁道和爸爸周总的话，没报警。他打开了保险箱，又从保险箱里找到密室的钥匙。他的记忆是对的。童年时偶然一次看到过爸爸往密室里放珠宝，从爸爸的胳膊肘间望过去，那金灿灿的链条、翠绿的玉石、火红的宝石……简直就是一座阿里巴巴的宝库。难道那些财宝都卖掉了？果然没错。他们换了更大的藏宝地方，整个假墙，里面叠满了箱子，也叠满了幸福。

可恶的是妈妈将出国，珠宝根本不能带走，可她依然不想留给卫雄。

卫雄打开了阿里巴巴的宝库，虽然不是用芝麻开门的暗语。当然，他必须建立自己的宝宫，比妈妈的更安全更妥当。

他准时将三十万元放在了小区的垃圾箱里——“绑匪”表演的辛苦费。

当他在东城的一个桥下接到妈妈时，妈妈衣裙破烂，披头散发，像刚刚从水里提出来，又湿淋淋地被暴打了一顿似的。

珠宝全被卫雄转移了。他告诉妈妈绑匪埋伏在家里，抢走了所有珍藏。

自创世以来，暴力和愚笨之人占尽了世间的便宜，可以随意在大街上走来晃去，随意吐痰或撒尿，张大嘴看景，高声嘲笑，虽不知仁慈为何物，却至少可以免尝痛苦的滋味。

郭燕燕被那绑匪折磨得够呛，人鬼混乱、晨昏颠倒。抢走了珠宝事小，子宫里种上个祸害事大，她像吃巧克力似的狂吞避孕药。昔日那位美丽的少女，已长成了时而傲慢，时而残忍，甚至还变化无常的贵妇。时间是无辜的，生活是杀猪刀。

母子抱头痛哭，泪水比河水更泛滥。卫雄恨透了绑匪，强奸可不在绑架游戏之列，这帮家伙一点也没有绑匪的职业道德。

卫雄很想痛揍他们一顿，可如果真那样，只会打痛自己的手。

朱卫雄果然开上了二百多万的保时捷，极其拉风地在白鹭市招摇着，成了白鹭市一道亮丽彩虹。年轻人争相攀宠，女孩子们争相卖笑，那皇太子的感觉，卫雄极其享受。他吃什么、穿什么、玩什么都成了白鹭市时尚的风向标。他渐渐找到了哥哥当年的感觉。美国高盛的工作早就放弃了，他正跟爸爸学管理，当然先从驾驭保时捷开始。

在卫雄看来，寄生于别人家而造成屈辱感要比乞丐更难忍受，再光荣的回归都无法抚平成长的愤怒。周总毫不怀疑儿子会平息怨怒，但儿子却坚信心底的愤怒永远也不会平息。

周总盆满钵满的父爱似乎只会用金钱来测量，似乎倾其所有，也弥补不了二十年的缺位。曾几何时，他曾对那些溺爱孩子的父母嗤之以鼻，而对穷人的孩子早当家式的教育推崇备至。但当卫雄站在面前，三观瞬间毁掉了，教育儿子的法则也瞬间破碎如泥。失子之痛和得子之乐让他无法还原自己，身不由己地犯着溺爱的美好错误。他相信儿子会比自己更优秀，会更具有企业家的风采，更有事业大成之人的做派。但卫雄的悲哀，抑或这个家庭的悲哀在于，他只专注于报复，将怨仇牢记于心，失去了欣赏美好风景的眼睛。每天醒来，他理理纷乱的心绪，前去迎接慷慨的命运，为能回家而倍感无限轻松。

他要在余生默默向命运讨还自己所受的痛苦折磨。

玉嵘正在百货公司的停车场倒车，卫雄的车旋风般切进了他正倒桩的车位，极其傲慢地霸占了玉嵘的车道。两位美女一左一右地伴着卫雄离开了。

又是鸠占鹊巢，玉嵘无奈地笑了，那眼神仿佛在欣赏一只开屏的孔雀。他斗胆设想，那种傲慢和冷漠也许不过是抵抗恐惧的保护壳。他不由得可怜起卫雄来。

熙熙攘攘的大街上，阳光明媚，蓝天白云，风光无限美好。朱玉嵘迎面向着朱卫雄走去，在错肩而过的瞬间，他突然轻轻喊了一个名字。“朱——玉——峰！”

朱卫雄惊恐地停住脚步，仿佛脖子上被飞镖射中，慢慢转过身来。大街上人们汹涌而来，又汹涌而去。不知谁叫了一声那忌讳的名号，他的心不由得加快了节奏。

自那天下午起，在那个绿树成荫的街道上，那个声音便留在了灵魂里。微风轻轻地吹着，他站在那里，伤心地望着人群。其实大可不必伤心，因为风从来没有记忆。

朱卫雄以为自己听错了，但这不是做梦，不是酒后。午夜时分，他时常被某种声音惊醒，仿佛真有人在窗外叫了那个名字，仿佛魔鬼在逗他玩。他总吓得心惊肉跳，虚汗淋漓。

是谁，难道是“爸爸”，是朱厅长在报复他？我不是凶手，我没有杀你，我只是没救你！

“请原谅，请原谅！”他对着黑暗的空中急切地求助着，仿佛那里的神明真能听懂似的。墙壁回荡着他的声音，他不禁打了个寒战，一个可怕的想法晴天霹雳般击中了他——死魂灵。死魂灵是一位冷眼旁观的隐形客人，他虽洞察一切，却像3月的微风，说有就有，说无可也真没什么。他很想找到一条通往梦幻的线索，能够解开“爸爸”的心结，拉开灵魂的每条纹路，摸索心脏的尺寸。每当忌日，他总是非常慷慨地为爸爸买些纸糊的高楼大厦、飞机、游艇，以及一些纸糊的美人，希望美女们能安抚爸爸愤怒的灵魂。在为爸爸大把大把地烧冥币时，终于流出了泪水。泪水到底是烟熏的，还是感动的，终也说不清楚了。

双胞胎以满意的成绩考入了心仪的大学，并在玉嵘的指导下，大一就申请了到美国留学。姜图美和儿子卫雄相处不错，她学会了享受爱的残羹，并从中得到幸福。她的人生永远不会迈入成熟阶段，或许刚刚摒弃生活的海市蜃楼，便又收敛起了多情的心愿。

郭燕燕反思着绑架案，大脑里总逃不开绑匪强暴她的过程。他先是看中她的项链，可他一把扯断项链时，那价值二十多万的玉坠却掉在地上，怎么也找不到了。恼羞成怒的绑匪便起了邪念，趁别人在另一个房间里打盹时，他撕掉了她的裙子，扯掉了内裤。

她觉得她的一生就是一次次强暴，强暴别人，或被别人强暴。

她总感觉有扇门的声音很独特、很熟悉，那吱吱的门轴声，像缺了油似的尖厉而短促。

她突然想起，很久以前，某建筑公司送的一套别墅里，厨房的门就是那动静。这奇特的联想，瞬间让她恢复了当校花时的全部尖锐。

虽然是深夜两点，郭燕燕开车赶到了别墅。当推开房门，那熟悉的气味差点让她昏过去。厨房的门依然发出吱吱的尖厉而短促声。暖气管上有她摩擦的痕迹。竟然在门后的角落里，找到了绑匪想夺走的玉坠。

郭燕燕生平第一次有垂死的恐惧——不是在绑架时，而是在平安解救后。是儿子——毒蛇！

当厅长的丈夫曾一再叮嘱她：保持警醒，对灵魂有好处。而今，郭燕燕才理解丈夫的深明大义。人不可能万物不侵、丝毫不吐、坚不可摧地活着，更不可能没有畏惧地活着。有些人，没有秘密就不是自己。

晚餐时，郭燕燕看着卫雄大嚼意大利进口小牛肉，自己一点食欲都没有，拿着刀子在肉块上比画来比画去，迟疑地问道：“卫雄，什么时候起，变得这么干练了？”

仿佛这是个很难回答的问题，卫雄停止了切肉动作，认真地想了想。一个遥远而模糊的午后，卫雄和哥哥躺在床上午睡，妈妈哼着儿歌，一下一下温柔地拍在哥哥身体上。那时，他就盼着妈妈的手能拍在自己身上……他又想起了把藏有叔叔打人视频的手机扔到水池的情景，妈妈和哥哥同仇敌忾，对他怒目而视……

卫雄突然看到妈妈酸楚、僵硬的表情，收回了漫游的思绪，不由得温和地笑了，一只手按在妈妈握餐刀的手背上。“妈妈，我永远是您的儿子，是您家教的作品。”

郭燕燕被自己的作品吓得后背出汗。

82

三天后，郭燕燕急切地逃往美国。临行前，她话别周总。“祝贺您，终于得到了一个品学兼优的好儿子。”

“都是您精心教导的成果！”

“或许基因优秀吧！”

人们彼此消遣，为的是不致相互冷淡。

郭燕燕感觉和周总的通话过于简练，似乎还有好多话没说出来。可又感觉，那个周总，一向也不是她话语的对象。

过了安检，郭燕燕仿佛把惊险的地雷甩在了身后，也仿佛把自己长长的一生甩在了身后。那靓丽的青春、逗趣的情爱，还有那些绵长的午后时光，以及和名流们的咖啡时刻，都已成了往事。争来斗去的大半生，竟然以逃跑结束，以投降收尾了。败给了谁？不是时间、不是情敌、更不是情人们，而是那个小不点的儿子！

郭燕燕突然很想念朱仁道，在即将离开祖国的时候，竟然发现，自己依然像当初般爱着他，或者一直就爱着他，这爱像酣睡在地壳里的钻石，被生活的岩石压住了，被世俗的厚土埋葬了。因为酒吧里那个情人的死，她一直不敢面对这份感情，甚至像变态狂似的折磨这份感情。此时，又被突然开采出来——仁道才是最智慧、最率性、最纯真的人。然而，她也知道，仁道是多么讨厌她，甚至多么恨她。

她拿出手机，迟疑着，仿佛颤抖的手指有发射原子弹的尴尬。

酝酿的时间越长，内心的波澜就越狂。手机突然响了，竟然是朱仁道打来的。在接听的瞬间，郭燕燕的眼眶突然热了。

“嫂子，怎么不说一声就走了呢，我今天才知道，我在机场，你在哪儿？”

“马上要登机了。”郭燕燕努力控制哽咽的情绪，压制着颤抖的声调。

“我总担心发生什么事，忐忑地很。你先别走了，发生这么多事，一家人应该聚在一起，才好共渡难关。”

郭燕燕终于控制不住抽泣起来，她感受到了一股温暖，一种亲人的体贴。可许多年来，她奢侈地消费了这份亲情，透支了亲人的慷慨。她很羞愧，很伤心。

郭燕燕很想和弟弟谈，她有好多话要说，关于卫雄，关于丈夫，以及卫博。

“弟弟，人多奇怪啊，再熟悉的人，也会变得那么陌生。”

“是啊，从一定意义上来讲，人们都是病人。”

仁道关于病人的判断，瞬间让郭燕燕没了谈下去的兴致。是啊，他的话太对了，我也是病人。

仁道又说了什么，她全没听进去，挂了电话，在空姐的催促下，抹着眼泪，登上了飞机。她正飞往未知的未来，或许，那里是一片圣土。

嫂子是第一个让仁道心动的女人，也是唯一一个让他彻底绝望的女人。他几乎从嫂子身上看到了所有人性的恶，所有淫荡和卑劣。可她是嫂子，是哥哥的另一半。一直以来，他不愿走进那个家，不愿靠近哥哥和嫂子。哥哥成了政治人，没了从前“哥哥”的影子。但无论如何，他依然是哥哥，而她，依然是那位曾让他心碎奋而远赴西藏的嫂子。

如今，尘埃落定。嫂子却这样匆匆离开了。

或许这也是选择，反正到哪里都是这混浊的世界，到哪里都是这杂色的人生。人只活给自己看，良心是自己行为的法官，不明白这个道理，就不懂人生的真谛。

成功地解救了母亲，让卫雄有英雄般的感觉，获得周总及家人的赞誉。

齐台集团域名的问题，拖了半年，总也解决不下来。卫雄主动请战，他要亲自去攻关。Qitaijt.com 对方要价 19920726 元，少一分也不行，多一分也不要。

几次沟通都是电话里进行的。卫雄多次提出面谈，玉嵘一直回避着。成功和得意，使卫雄狂妄自大，自以为才华横溢，惊才绝艳。

“面谈吗？好的，再增长十倍，199207260 元”，也就是近两个亿才能成交。

在卫雄看来，整个白鹭市的人们都在向周总家缴纳他们的忠诚、友好和金钱，正像社会学家说的，周总家解决了几十万甚至上百万人的就业。可是他——朱玉嵘，却不知羞耻地站在那里，试图用一个几百元买的域名，敲诈齐台集团。

域名成交，打的是耐心和智慧战。卫雄只想尽快立功，占尽风头浪尖的无限光彩。白鹭市各大媒体争相炒作，纷纷报道 Qitaijt.com 域名的谈判进度。

两个团队像敌我似的终于见面了。

“一亿九千九百二拾万七千二百六十元（199207260 元），你的要价太荒唐了，太离谱了。”

“是的，不离谱咱们也不会坐在这里。买白菜到菜市场得了。”

“听说您和我的两个妹妹拜了干兄妹，看在她们的分上，你不降价吗？”

“你又不是她们，她们开口，我才降价，否则，一分都不变。”

卫雄庆幸朱玉嵘这个傻瓜落进了他的陷阱。他向随行人员使了个眼色，从会议室的侧门，周明、周亮果然就欢欢喜喜地跑了进来，她们一左一右地坐在玉嵘旁边，像两个芭比娃娃。

“哥，今晚咱去看电影吧。”

“还得吃冰淇淋！”

“都大学生了，还不严肃点。”

域名最终降了十倍，以一千九百九十二万零七百二十六元成交。这正是玉嵘要的最有纪念意义的数字。

此时，卫雄无法理解朱玉嵘究竟有什么深藏不露的特性，让双胞胎做出了那样亲昵的举动。他突然感觉，自己只是肉体进了家门，而灵魂却被一道看不见的锁，锁在了门外。

卫雄有信心能获得一切。

他像骄傲的公牛进出公司办公大楼，在大厅里遇到了仁道叔叔。一段时间以来，仁道默默观察侄子，发现他几乎继承了朱家全部的奢华和自满，似乎也继承了那份浮浪和狂妄。

“卫雄，周总的家业是一点点苦挣来的，可不像朱家的……周总很谨慎，侯门深似海，你小心为好……”

“放心，叔叔，我会游泳，何况游姿都不赖！”卫雄拍了拍叔叔的肩膀，笑得像打了胜仗的将军，昂首挺胸地离开了。

83

玉嵘这一轮的创业告一段落。已有多所大学向他发出了邀请，其中包括哈佛和麻省理工。他要为找回生命的意义而重新坐在教室里，任凭那些卓越的教授，用知识和理念感染他的大脑。他不禁自问：你要想从导师那里学到什么呢？——那就是自我，我希望学到有关自我的意义和本质。他之所以对自我如此陌生，只因为他害怕自我，他在逃避自我。爸爸的、吴乐乐的、朱七叔的，以及世人的……最本真的自我，究竟是什么？

人人获得，人人付出，这就是生活。与其说生活诱人，不如说生活滑稽。有时玉嵘会听到一个濒临熄灭的声音在静静地抱怨：什么时候我们把这个世界让给了贪婪，让给了欲望？让给了享乐？爱才是生命的初衷，而也许只有爱才能让人类重拾亲情的价值，重拾生命的意义。

我是强者，我是贵族。给人以强人的印象并不难，关键就是别露怯，更别让人看破你的无知。卫雄读懂了爸爸对自己的渴望，希望自己自信而强大，智慧而霸气。卫雄当然有自信的基础，也有霸气的条件，这样的家庭之子，这样的学历基础，若不霸气还待何时，若不智慧还有谁敢举着脑袋行走。

他非常有创意地把周旋于女孩中间，穿名牌、吃大餐当成霸气外露的重要特征。

虚荣心像一朵优雅的丁香，封闭了心灵的窗户。骄傲和忐忑混成了一杯五颜六色的鸡尾酒，很美，易醉，但饮多了，午夜的街头不过又多了一个醉鬼。

和儿子的衣着相比，姜图美感觉自己像保姆。这感觉很糟糕。

2013年的中秋节，周总与家人吃团圆饭，儿子卫雄（也已更名为周卫雄），及双胞胎女儿和妻子，欢欢乐乐，无比融洽祥和。这是第一个团圆的中秋，节后双胞胎女儿将去美国留学，这是周总听取了大学老师们建议的结果。以她们的成绩，竟然申请到了不错的学校，女儿们也变得积极向上。他当然不知道朱玉嵘在其间做了什么工作。

午夜过后，女人们都睡去了，周总和儿子在二楼的阳台上邀月对酌。明月浮在中天，像挂在自己的门楣上。自古以来，中秋赏月总有着诗人般的浪漫情怀。无论曹操的“对酒当歌，人生几何”，还是李白的“举杯邀明月，对影成三人”，无不表现了人生苦短的无奈和伤感。周总感觉与年轻气盛的儿子谈人生苦短，未免不合时宜，但内心被这节日、这明月、这美酒弄得暗涛汹涌。

“知道什么是人类代代繁衍的基础吗？”

卫雄摇了摇头。

“是血缘。血缘、亲情，以及人间的大爱才是维持人类生生不息的最根本的元素……所以你才考第一。”

卫雄顿了一下，仿佛没听明白爸爸的话。

爸爸也愣住了，随后笑着说：“我说的是高考，你不是高考状元吗？”

卫雄的脸突然不受控制地红了，现出难言的尴尬。好在时间很短，短到没什么意义。

“现在域名价格越来越高了，齐台集团域名成交的价位非常不错。”周总想鼓励儿子，年轻人是需要及时推助的。

“不知朱玉嵘那家伙为何总盯着那一串数字，肯定有什么意义？”

那数字是你妈妈去世和你出生的日期啊！难道不是你特地选的吗？周总盯着儿子，这眼神把儿子看毛了。看来，被领养的创伤可真不小！

卫雄急忙给爸爸斟上蒙卡维，葡萄酒高贵而芬芳，美味而浪漫，父子轻轻对饮。周总的心像明月一样皎洁，卫雄也沉醉月华里。白鹭湖的风轻轻吹拂，苹果树也发出阵阵甜美的香味。亲情只有升华为一种审美现象，世界才会有梦想的充足理由。若与魔鬼同行，终会将自己的心置于炭火之上。

北京国际机场，周总夫妇送双胞胎女儿去美国。站在候机大厅，周总突然感觉怪异，仿佛不是站在大厅，而是立在梦或非梦的边缘。他紧紧盯着咖啡间靠窗坐着的一个身影，那人正歪头看书，右手支着下巴，头向右微倾，左手扶着书页，脖颈优雅在伸着。这奇怪的姿势，这魂牵梦绕的侧影……他差点哭出来——万明！万明！周总丢下看管行李的妻子，茫然向那身影走去，仿佛梦里无数次走向那触不可及的爱人……突然，那身影站了起来。周总失望地愣在那里，气得想赶过去痛揍朱玉嵘一顿。朱玉嵘合上书，挎上包，拉着行李从另一个出口走了。

周总突然觉得自己老了，总是在不经意的时候，错乱地看到那些去世的亲人们。他听到心底的呜咽声，仿佛哭的又不是自己。

在人来人往的大厅里，他感觉很孤独，很伤感。当双胞胎女儿办完手续左右搂着他的胳膊时，他的心思依然停留在那熟悉又心痛的侧影里。

双胞胎女儿又是高兴又是不舍，母女不停地抹泪。在周总看来，之前对女儿的偏见是那么重、那么没有信心，此时，竟然有无数的暖心的话倒不出来。他倒羡慕妻子姜图美了，有时眼泪可真是不错的媒介。

双胞胎过了安检，挥手向父母道别。周总突然很感激妻子，感激妻子的善良和包容，正是妻子才给他生下了如此可爱又聪明的一对女儿，正是妻子给他支起温暖的家。他突然握起妻子的手，静静站在那里，像一对非常和美的、灵魂相通的老夫妻。周总却突然伤感起来，仿佛生活的大部分被切掉了，他已不记得怎么和家人欢笑，怎么陪女儿们逗乐，好像在她们漫长的成长岁月里，他缺失了。

他觉得生活中精华的部分丢失了，最华美的乐章被剪掉了。他发觉自己不会爱，甚至忘记了爱，忘记了亲情，忘记了岁月长河那些闪光的日子。此刻，他很糊涂很混乱，仿佛正处在重要关口，却第一次失去了决策能力。

双胞胎上了扶梯，玉嵘高高地站在明亮的窗口等待着她们。她们飞快地跑向哥哥，仨人一起向登机口走去。周总在贵宾室仿佛看到了玉嵘和双胞胎的身影，心不由得忐忑起来。他当然听说他们拜兄妹的事，但看到他们在一起，还是非常诧异。

“你没看到什么吗？”

“那个孩子，他们仨一起走过去了。”

“你说那家伙是孩子？”

“是啊，你没发现，他就是个没长大的孩子？”

周总像不认识妻子似的，愣愣地看着她。他想起了玉嵘的关联主义，以及他讲解关联主义时孩子般的神情。

生活是不断上演悲喜剧的舞台。然而，在机场上演的这幕情景剧，周总却觉得导演是朱玉嵘，而自己则是被贸然抓来的群众演员。

他们正穿过星月灿烂的夜空，飞往另一个黎明。

双脚经过的地方，已化作记忆的丝带。生活从未被如此清晰地描述，也从未被如此无可辩驳地展示出来。

世界圆融而统一，水晶般明晰，既非决定于偶然，也非决定于神祇。无论世界善恶，或生活的苦乐，人们总是超拔艰险、丑陋和伤痛，一如既往地追求人生的大美……慧心荷韵，真挚而神奇，绚丽而辽阔。

图书在版编目（CIP）数据

失格的味道 / 张冰丽著 .—北京：作家出版社，2016.8

ISBN 978-7-5063-9120-7

Ⅰ. ①失…　Ⅱ. ①张…　Ⅲ. ①长篇小说—中国—当代
Ⅳ. ① I247.5

中国版本图书馆 CIP 数据核字（2016）第 209322 号

失格的味道

作　　者：张冰丽
责任编辑：田小爽
装帧设计：回归线视觉传达
出版发行：作家出版社
社　　址：北京农展馆南里 10 号　　邮　　编：100125
电话传真：86-10-65930756（出版发行部）
86-10-65004079（总编室）
86-10-65015116（邮购部）
E-mail:zuojia @ zuojia.net.cn
http://www.haozuojia.com（作家在线）
印　　刷：三河市紫恒印装有限公司
成品尺寸：152×230
字　　数：310 千字
印　　张：23.5
版　　次：2016 年 9 月第 1 版
印　　次：2016 年 9 月第 1 次印刷
ISBN 978-7-5063-9120-7
定　　价：35 元